Retiens-moi

*

Et bien plus si affinités

*

Instants volés

KATE HOFFMANN

Retiens-moi

Traduction française de
CLAIRE NEYMON

Sexy

HARLEQUIN

Collection : SEXY

Titre original :
THE MIGHTY QUINNS: ROGAN

Ce roman a déjà été publié en 2015

HARPERCOLLINS FRANCE
83-85, boulevard Vincent-Auriol, 75646 PARIS CEDEX 13
Service Lectrices — Tél. : 01 45 82 47 47 - www.harlequin.fr
ISBN 978-2-2804-5270-0 — ISSN 2426-7945

Composé et édité par HarperCollins France. Achevé d'imprimer en février 2021.
par CPI Black Print - Barcelone - Espagne
Dépôt légal : mars 2021.

MIXTE
Papier issu de sources responsables
FSC® C159065

Pour limiter l'empreinte environnementale de ses livres, HarperCollins France s'engage à n'utiliser que du papier fabriqué à partir de bois provenant de forêts gérées durablement et de manière responsable.

Prologue

— Que veulent-ils, à ton avis ? demanda Rogan, observant par la fenêtre la foule des journalistes rassemblée devant la grille de la maison de ses grands-parents.

Ryan, son frère jumeau, haussa les épaules.

— Nous photographier en train de pleurer notre père, sans doute, pour pouvoir montrer à quel point nous souffrons.

— Je ne leur ferai pas ce plaisir, rétorqua Rogan, le visage fermé. Qu'ils fichent le camp et nous laissent tranquilles !

Il s'éloigna de la fenêtre et son regard se posa sur la porte de la chambre fermée. Sa mère n'avait pas paru de toute la matinée.

Depuis la mort de leur père, un mois plus tôt, il y avait les bons et les mauvais jours. Les bons jours, elle parvenait à se joindre à eux, à la table du dîner, drapée dans sa robe de chambre, mais elle ne touchait pas à la nourriture, ne s'intéressait pas à la conversation, ne prêtait aucune attention à ses quatre enfants. A la fin du repas, elle regagnait sa chambre d'un pas traînant.

Elle était devenue l'ombre d'elle-même, frêle et silencieuse, le regard fixant le vide.

Rogan, lui aussi, avait subi cette disparition. Et il en souffrait terriblement. Mais il faisait de son mieux pour surmonter la douleur. Pourquoi sa mère n'y parvenait-elle pas ? Pourquoi avait-elle perdu toute force, tout appétit de vivre ?

Il n'avait cessé de se le demander au cours des semaines passées. Qu'y avait-il de si unique, de si exceptionnel, dans l'amour qui unissait son père et sa mère ? Peut-être quelque chose que seuls les adultes pouvaient comprendre ?

A sept ans, il n'avait qu'une idée très vague de ce qu'il se passait entre un homme et une femme. Il en avait parlé avec des copains, bien sûr, mais cela avait suscité en lui plus de questions que de réponses.

Il se doutait qu'en grandissant il comprendrait le chagrin de sa mère. Mais, surtout, il ne voulait pas qu'une telle chose lui arrive un jour à lui. Jamais.

Il frappa doucement à la porte de la chambre.

— Maman, est-ce que tu veux que je t'apporte du thé ?

Il attendit, dans l'espoir d'une réponse. Mais il n'y eut que le silence. Il se détourna, regagna la fenêtre, maudissant ces vautours de journalistes qui rôdaient autour de la maison. S'ils s'en allaient, peut-être sa mère sortirait-elle, peut-être la retrouveraient-ils telle qu'ils l'avaient toujours connue, aimante et joyeuse.

— Je vais aller les voir, dit-il.

Son frère le retint par le bras.

— Non. Grand-mère dit qu'il faut faire comme s'ils n'existaient pas. Elle sera bientôt de retour. Elle les chassera.

— Je n'ai pas l'intention de l'attendre ! Nous pouvons nous en charger. Tu viens ?

Depuis toujours, ils agissaient de concert. Rogan prenait généralement l'initiative, aussitôt épaulé par Ryan. Mais, cette fois, ce dernier prit le temps de réfléchir.

— D'accord, dit-il finalement.

Rogan gagna la porte et l'ouvrit. A l'instant où les reporters les aperçurent, ils se jetèrent sur la grille. Les flashes crépitèrent, tandis que les questions jaillissaient de toutes parts.

Rogan sentit la colère monter en lui. Il dévala les marches du perron, saisit une pleine poignée de terre dans un massif de fleurs et la lança de toutes ses forces sur la grille.

— Laissez-nous tranquilles ! hurla-t-il. Allez-vous-en ! Nous n'avons rien à vous dire.

La pluie de terre avait fait reculer les importuns. Ryan se mit alors de la partie, leur en jetant à son tour de pleines poignées.

Bientôt, tous les journalistes eurent battu en retraite vers les voitures. Rogan ramassa une pierre qu'il lança contre un pare-brise. Tout le monde décampa.

Lorsque la rue fut vide, il se tourna vers son frère et sourit.

— Quels lâches !

Ryan gloussa.

— On leur a montré qui on était.

— Ça oui !

Lorsqu'ils regagnèrent la maison, Rogan découvrit avec surprise sa mère, debout à la fenêtre. Elle avait écarté le rideau et les observait.

— Beau travail ! dit-elle lorsqu'ils entrèrent.

— Tu veux une tasse de thé ? lui proposa Rogan de nouveau.

Elle regagnait déjà sa chambre et s'immobilisa. Il la vit prendre une grande inspiration redresser ses frêles épaules.

— Volontiers, dit-elle. Je crois que ça me fera du bien.

Ils se précipitèrent tous deux vers elle, la conduisirent jusqu'au canapé et s'assirent à ses côtés. Elle les entoura de ses bras, les serra contre elle et posa un baiser sur leurs cheveux.

— Mes deux grands garçons courageux, murmura-t-elle. Promettez-moi que vous ne me quitterez jamais.

— Je te le promets, maman, dit Rogan.

— Moi aussi, ajouta Ryan.

Mais Rogan se fit également une autre promesse. A lui-même, cette fois. Si ce que vivait sa mère était la rançon de l'amour, si tout ce qu'il y avait à gagner à aimer, c'était le désespoir et la solitude, alors très peu pour lui ! Il n'en voulait pas. Aucune femme au monde ne vaudrait jamais la peine qu'il prenne un tel risque.

Chapitre 1

La sonnerie de son portable arracha Rogan à un profond sommeil. Il poussa un grognement et roula sur le côté, cherchant l'appareil à tâtons sur sa table de chevet.

Des doigts délicats effleurèrent son ventre et il sourit lorsque Kaylee vint lover son corps chaud et doux contre le sien.

— Tu as l'intention de répondre ? murmura-t-elle.

Il scruta l'écran, plissant les yeux. Si ce n'était ni sa mère ni sa sœur ni l'un de ses frères, il laisserait se déclencher la messagerie. Toutefois, il changea d'avis lorsqu'il vit qu'il s'agissait du Dr Claudia Mathison, une psychologue, cliente de sa prochaine expédition.

— Je dois répondre, dit-il à Kaylee.

Elle poussa un soupir.

— Essaie d'être bref. Je dois bientôt me lever.

Il se redressa, s'assit sur le bord du lit.

— Docteur Mathison, dit-il, la voix encore ensommeillée.

— Bonjour, monsieur Quinn. J'espère que je ne vous dérange pas ?

Elle n'attendit pas la réponse et poursuivit aussitôt :

— Je voulais seulement mettre au point quelques petits détails qui me semblent importants, afin que notre voyage se déroule au mieux.

Elle l'avait appelé au moins deux fois par jour au cours des dernières semaines au sujet de ces « petits détails » et, si elle continuait, elle allait le rendre fou !

Il comprenait le défi que ce voyage représentait pour ses

cinq patients phobiques, bien sûr. Mais toutes ces personnes vivaient dans le monde réel. Il ne s'agissait pas d'handicapés incapables de se prendre en charge.

Lorsqu'il avait accepté d'être leur guide, il s'était vanté auprès de ses frères Malcolm et Ryan d'avoir découvert une nouvelle clientèle, un nouveau créneau tout à fait porteur.

Max Adrenaline, l'entreprise familiale, spécialisée dans les circuits d'aventure et les vacances sportives, devait faire face, depuis plusieurs années, à une concurrence sévère de la part de *Kiwi*, dirigée par l'ex-associé de leur père. Rogan était convaincu que, en s'ouvrant à une nouvelle clientèle, ils seraient en mesure de développer leur activité principale, les expéditions d'escalade et de trekking, et de regagner des parts de marché.

Mais ce n'était pas son unique motivation. Au départ, il avait été heureux de travailler avec ses frères et d'honorer ainsi la mémoire de leur père. Toutefois, il n'avait jamais eu l'intention d'en faire son métier. Il s'était toujours dit qu'une fois l'entreprise sortie du rouge il partirait. Cela tardait à venir et il commençait à en avoir assez d'escalader les montagnes et de traverser les glaciers.

Que ferait-il à la place ? Il l'ignorait. Mais il était convaincu que, quelle que soit l'activité qu'il exercerait, il serait de nouveau heureux. Il était las de subir le stress qu'engendrait ce métier, las de mener une vie déracinée. Il avait envie de découvrir de nouveaux lieux, de vivre de nouvelles aventures. Or depuis quatre ans, il était cantonné aux mêmes expéditions.

Proposer de nouveaux itinéraires représentait toujours un risque pour une entreprise et exigeait un très gros investissement en temps et en équipement. Si ses frères et lui pouvaient trouver une source de revenus facile et qui ne mette pas en péril leur capital, peut-être pourrait-il enfin quitter *Max Adrenaline* et mener sa propre existence. Ce qui signifiait, dans l'immédiat, qu'il avait tout intérêt à satisfaire Claudia Mathison.

— Que puis-je faire pour vous ce matin, docteur Mathison ?

— J'ai de nouveau réfléchi à la répartition de mes patients

dans les tentes et je pense qu'il va nous en falloir d'autres. L'idéal serait que chacun ait la sienne, si ce n'est pas un problème pour vous. J'ai affaire à des personnalités très versatiles et je souhaite que tout se passe au mieux.

— Non, ce n'est pas un problème de passer de trois à six tentes, si vos patients ne voient pas d'inconvénient à les porter. Gardez cependant à l'esprit que les tentes pour deux que nous utilisons pour ce genre d'expédition pèsent quatre kilos. Chacun devra donc porter ce poids supplémentaire.

— Quatre kilos ? Ce n'est pas beaucoup.

— C'est beaucoup, au contraire, lorsqu'il s'agit de grimper des pentes très raides, ce qui va être le cas en certains endroits.

— Peut-être quelqu'un pourrait-il nous précéder avec, suggéra-t-elle.

— Je pensais que vous vouliez lancer un défi à vos patients, les obliger à s'aventurer en terrain inconnu. J'ai prévu une semaine de camping sauvage et d'entraînement à la survie. Si *Max Adrenaline* doit faire tout le travail, peut-être vaudrait-il mieux réserver dans le spa le plus proche et s'en tenir à des bains et des massages !

Un long silence suivit sa déclaration et Rogan songea que son accès de mauvaise humeur n'était pas la manière de réagir la plus maligne face à une nouvelle cliente. Mais si c'était ainsi qu'elle envisageait les choses, l'expédition allait être un enfer pour tous les deux. En plus de la liste inépuisable des précautions qu'elle jugeait nécessaire de prendre pour prévenir les crises de phobie de ses patients, voilà qu'elle remettait en question le défi qui était le but même de l'expédition ! Elle avait sérieusement besoin de se calmer, elle aussi !

Mais l'entreprise familiale ne pouvait se permettre de perdre une cliente.

— Je suis désolé, dit-il. Je crois qu'il serait préférable que je vous rappelle après avoir bu un bon café.

— Il vaudrait peut-être mieux, en effet, répondit-elle. Rappelez-moi à 12 h 45, c'est-à-dire 14 h 45 pour vous. J'ai un créneau de vingt minutes dans mon emploi du temps. Nous pourrons régler les derniers détails à ce moment-là.

Rogan calcula. Il était 9 heures du matin à Auckland, 7 heures pour elle, à Sydney.

— Vous commencez toujours à travailler d'aussi bonne heure ? demanda-t-il.

— Je n'ai pas besoin de beaucoup de sommeil. A tout à l'heure.

— D'accord. A tout à l'heure.

Il se laissa retomber sur le lit, un bras replié sur les yeux. Quelques secondes plus tard, Kaylee se penchait sur lui et posait un baiser sur son torse.

Elle lui sourit, son visage encadré d'espiègles mèches blondes.

— Bonjour…

— Bonjour, répondit-il. Désolé pour le coup de fil.

— Pas de souci. Il est l'heure que je me lève, de toute façon. J'ai pas mal de bagages à faire aujourd'hui.

— Des bagages ? Tu pars en vacances ?

Elle eut un sourire gêné.

— Non. Je déménage.

— Tu changes d'appartement ?

— Disons plutôt que… je change de vie.

Elle se redressa, s'assit, et tira le drap sur son corps nu.

— Je voulais t'en parler hier soir, mais nous avons bu un cocktail, un deuxième, et les choses se sont emballées entre nous. Je pars m'installer à Christchurch, avec Denny Fitzgerald. Il a obtenu un poste intéressant et m'a demandé si ça me plairait de l'accompagner. J'ai accepté.

Rogan secoua la tête, incrédule.

— Tu pars avec Denny ?

— Oui. C'est un chic type, tu sais. Nous nous sommes beaucoup rapprochés tous les deux. Il m'aime et veut faire sa vie avec moi. Il ne sera pas tout le temps parti, lui.

— C'est arrivé quand ?

— Ces derniers mois, mais il n'y avait rien d'officiel. Jusqu'à présent.

— Comment se fait-il que je n'en ai pas entendu parler ?

— Je ne sais pas. Peut-être parce que tu n'es jamais là. Ecoute, Rogan, je t'aime beaucoup, mais une femme ne peut pas se contenter de voir un homme seulement de temps en temps, même si faire l'amour avec lui, c'est génial. Moi, en tout cas, ça ne me suffit pas. J'ai besoin d'autre chose. Je veux un mari, une famille. Et tout ça, Denny peut me l'offrir.

— Je pourrais te donner davantage, dit Rogan.

Mais il savait que ce n'était pas vrai. S'il avait vraiment voulu s'engager plus avant avec Kaylee, il l'aurait fait.

En réalité, la situation, telle qu'elle était, lui convenait parfaitement. Il la retrouvait tous les deux ou trois mois, lorsqu'il revenait à Auckland, pour partager cette passion physique extraordinaire et, entre-temps, il n'avait pas besoin de se préoccuper d'elle.

Elle tendit la main, caressa sa joue.

— Tu crois vouloir t'impliquer davantage, mais je te connais. Tu ne peux te lier à qui que ce soit. Ce n'est pas ta nature, c'est tout.

— C'est vrai, marmonna Rogan, même s'il m'arrive de le regretter.

Un sourire mélancolique effleura les lèvres de Kaylee.

— Nous allons être très heureux, Denny et moi.

Rogan hocha la tête, peu convaincu.

— J'espère qu'il est conscient d'avoir rencontré une fille formidable.

— Je le crois.

Elle se leva.

— Tu trouveras quelqu'un d'autre. Les femmes sont irrésistiblement attirées par les hommes comme toi. Pendant un temps, tout du moins.

Il la regarda s'habiller en silence. Il avait envie de lui faire l'amour une dernière fois. Mais cela ne contribuerait qu'à lui faire regretter davantage son départ. De toutes les femmes avec lesquelles il était sorti, elle était sa préférée. Ils n'avaient jamais cherché à définir la nature de leur relation, en dehors du plaisir qu'ils se donnaient l'un à l'autre, mais il était chaque fois impatient de la retrouver au retour de ses voyages. Elle était douce, sexy, facile à vivre et n'attendait rien de lui. Enfin, c'était du moins ce qu'il croyait…

Elle s'assit sur le bord du lit, enfila ses chaussures, puis se tourna vers lui.

— J'imagine que le moment est venu de se dire au revoir.

— Il semblerait, oui.

Elle se pencha vers lui, posa un baiser sur ses lèvres.

— C'était bien, nous deux… Tu vas me manquer. Tâche de ne pas dégringoler d'une montagne.

Rogan tendit la main, écarta une mèche blonde de ses yeux.

— Tu vas me manquer aussi.

Elle rit, une lueur amusée dans le regard.

— Mais non… D'ici la fin de la semaine, je suis certaine qu'il y aura déjà une autre femme dans ton lit.

Elle se leva d'un bond et gagna la porte. Elle se retourna une dernière fois sur le seuil et lui envoya un baiser.

— Salut, Rogan. Bonne continuation.

— Salut, Kaylee. Prends soin de toi.

Il écouta le bruit de ses pas décroître dans le couloir, puis la porte d'entrée claquer. Il ferma les yeux et poussa un soupir.

— Et merde !

La porte d'entrée se rouvrit, ramenant un sourire satisfait sur ses lèvres. Déjà changé d'avis ? Denny Fitzgerald était un branque, de toute façon. Aucune femme sensée n'aurait songé à vivre avec lui.

— Tu es déjà de retour ? lança-t-il.

— C'est moi !

Quelques instants plus tard, Malcom pénétrait dans la chambre.

— J'ai croisé Kaylee dans l'allée. Ce n'est pas de chance ce qui t'arrive.

Rogan étouffa un juron. Il se leva, enfila son jean et passa dans la salle de bains.

— Depuis quand tu sais, pour Fitzgerald et elle ?

— Dana m'en a parlé il y a quelques mois. Je pensais que tu étais au courant.

Rogan s'étonna du silence de leur sœur à son égard ; elle n'était pourtant pas le genre de personne à garder un secret.

— Je viens de l'apprendre, dit-il, commençant à se brosser les dents. Je ne peux pas lui en vouloir. Je ne suis pas en mesure de lui offrir la vie qu'elle veut. Et toi ? ajouta-t-il, se penchant pour jeter un coup d'œil à son frère. Qu'est-ce qui t'amène ?

Mal brandit une grande enveloppe.

— Je suis venu t'apporter ça. Ce sont les trois premiers chapitres de la biographie de papa. J'ai pensé que tu aimerais les lire. C'est très bien, Amy est douée. Si toutefois je peux me permettre de faire l'éloge de ce qu'écrit ma petite amie !

Rogan attrapa une serviette et s'essuya la bouche. Devant son manque manifeste d'intérêt, Malcolm eut un petit haussement d'épaules et posa l'enveloppe sur la table basse.

Rogan ne savait que penser de toute l'agitation qui avait lieu, depuis quelque temps, au sujet de leur père. La biographie, la découverte de son corps, l'expédition pour aller le chercher dans l'Everest, la publicité qui ne manquerait pas de s'ensuivre. Il comprenait que Mal s'enthousiasme, mais son instinct lui enjoignait la prudence.

Il connaissait d'avantage de choses sur leur père que son frère ne voulait probablement en connaître. Lors d'un trekking dans l'Anapurna, il avait eu vent de rumeurs. Au cours d'un repas, deux guides discutaient de femmes alpinistes, et plus particulièrement de l'une d'entre elles, Annalise Montgomery. Il n'écoutait pas vraiment, mais en entendant mentionner le nom de Max Quinn, il s'était retourné vers les deux hommes qui, le reconnaissant, s'étaient tus aussitôt. Il avait espéré que les choses en resteraient là.

Il s'assit sur le canapé et fixa l'enveloppe.

— Es-tu certain de vouloir remuer le passé, Mal ? Imagine que nous tombions sur quelque chose que nous n'avons pas envie de savoir ? Quelque chose qui pourrait faire souffrir maman ?

— Elle pense que ce livre est une bonne idée.

— Mais elle hésite encore en ce qui concerne l'expédition. Elle me l'a dit.

— Elle sera d'accord, tu verras. Nous avons pratiquement trouvé le financement. Et ne me dis pas que l'ascension de l'Everest ne t'intéresse pas !

Bien sûr que l'ascension de l'Everest l'intéressait... Ce serait une expérience nouvelle. Et pour une fois qu'il n'aurait pas à se préoccuper des clients... *Max Adrenaline* n'avait jamais organisé d'expédition dans l'Everest par égard pour sa mère. Rogan doutait qu'elle approuve de voir ses trois fils faire l'ascension d'un pic qui lui avait pris son mari.

— Je persiste à penser que nous devons discuter du livre, reprit-il. Toi, moi, Ryan et Dana.

Mal haussa les épaules.

— Tu sais bien qu'il est quasiment impossible de trouver le moyen de nous voir tous les quatre. Et puis, qu'est-ce que ça changerait ?

Il se leva.

— Bon, maintenant, il faut que je retrouve mon vieux vélo. Tu ne l'aurais pas vu, par hasard ? Ryan s'en est servi l'hiver dernier. Amy voudrait un vélo avec un panier pour aller faire ses courses en ville et ne plus prendre la voiture.

— Je ne sais pas où il peut être. Pourquoi tu ne lui en achètes pas un neuf ?

— C'est exactement ce que je lui ai proposé mais, en ce moment, elle fait attention à tout. Elle dit que nous devons faire des économies si nous voulons fonder une famille.

— Fonder une famille ? Vous n'êtes même pas encore mariés !

— Je sais, mais nous y pensons sérieusement. Et puis, nous voulons tous les deux des enfants. Alors, le plus tôt sera le mieux, non ?

— Seigneur, Mal, tu ne crois pas que tu vas un peu vite ?

— Non. Maintenant que nous avons décidé que nous voulons vivre ensemble, autant aller de l'avant. Un pied devant l'autre, comme avait coutume de dire papa. C'est le seul moyen de parvenir quelque part.

— Tu as pensé à l'impact que ça risque d'avoir sur ton travail ?

— Amy est parfaitement consciente que nous serons séparés durant de longues périodes. Pour elle, ce n'est pas un problème. Toutefois, j'aimerais lever un peu le pied en ce qui concerne les expéditions longues. Je voulais justement vous en parler, à Ryan et à toi.

Voilà autre chose ! Rogan se passa la main dans ses cheveux ébouriffés. Si Mal comptait se marier, autant oublier tout de suite son projet de quitter l'entreprise familiale ! Ryan ne pourrait, à lui seul, assumer cet aspect de l'activité.

— Comme tu voudras, dit-il. Pas de problème.

— Génial ! Et puis, ce ne sera que temporaire. Les affaires vont reprendre, j'en suis certain, et nous pourrons alors engager d'autres guides. Dans l'idéal, j'aimerais n'accompagner que quelques voyages par an.

Rogan se leva. *Max Adrenaline* avait toujours été le bébé de Mal, l'aîné de la fratrie. C'était lui qui les avait convaincus, Ryan et lui, de s'engager dans l'aventure et, aujourd'hui, il voulait prendre ses distances…

— Tu as réussi à dénicher la seule femme capable de s'accommoder de ton style de vie. Comment as-tu fait ?

Il passa devant lui, gagna la cuisine, en proie à un violent sentiment de frustration. Pourquoi tout semblait-il toujours facile pour Malcolm ? Il paraissait avoir prise sur tout, sa vie, ses émotions, ses relations avec les femmes…

— Ne te défoule pas sur moi, dit Mal en lui emboîtant le pas. Ce n'est pas ma faute si Kaylee a décidé de suivre Fitzgerald.

— Elle n'est pas seule en cause. Ma journée avait mal commencé, de toute façon.

En fait, il y avait bien longtemps qu'il n'avait pas démarré une journée avec enthousiasme. Plus rien ne l'émouvait, pas plus la vue imprenable du sommet d'une montagne que le parfum profond, intense, de la forêt tropicale. Il manquait quelque chose à sa vie, mais il ne savait dire quoi.

S'il avait été libre de faire ce qu'il voulait, il se serait probablement retiré dans un monastère, au Tibet par exemple, le temps de faire le point. Mais il avait des responsabilités auxquelles il ne pouvait se soustraire. Des responsabilités que son aîné ne manquait pas de lui rappeler chaque jour.

— Allez, courage ! s'écria ce dernier, répétant l'adage familial.

C'était ainsi que les Quinn abordaient toujours les problèmes. Avec détermination et sans se plaindre.

— En plus, ta nouvelle cliente ne peut pas être aussi pénible que tu le prétends.

— Elle m'a appelé ce matin avec une nouvelle liste de sujets dont elle veut discuter. C'est à se demander jusqu'où elle va aller. Je ferais mieux de te la refiler, tiens ! Tu t'accommoderais sans doute plus facilement que moi de cette enquiquineuse.

— C'est ta cliente, pas la mienne. Et je ne vois pas ce qui te fait dire que je m'accommoderais mieux que toi d'une enquiquineuse.

Rogan gloussa.

— C'est bien toi qui as une femme dans ta vie, non ?

— Si. Mais Amy n'est pas du genre à m'enquiquiner.

— Jamais ?

— Jamais. Nous nous entendons très bien. J'aime sa compagnie. Il n'y a personne d'autre avec qui j'aurais envie de vivre.

— Pourquoi ? Qu'est-ce qu'elle a de si extraordinaire ?

Mal resta un long moment silencieux, comme s'il cherchait les mots justes pour exprimer ce qu'il ressentait.

— J'aime sa façon d'aborder la vie, son humour, et elle aime la même chose chez moi. Je crois que lorsque les deux personnes, dans un couple, partagent ce genre de complicité, il n'y a pas grand-chose qui puisse les séparer.

Rogan songea que c'était peut-être ce qui lui manquait

dans la vie, une complice. Quelqu'un qui ait de l'humour, qui l'amuse. Quelqu'un pour égayer ses jours et ses nuits.

— Ecoute, reprit Mal, ton voyage ne dure qu'une semaine et tu restes en Nouvelle-Zélande, de surcroît. Et puis, ce n'est pas la première fois que tu enseignes les techniques de survie. Tu es un pro en la matière et ça paie bien. Tu seras de retour avant même d'avoir vu passer la semaine !

— Sans doute, admit Rogan. Mais je ne crois pas que des lingettes antibactériennes soient indispensables. Quant à la préoccupation du Dr Mathison concernant la quantité de papier toilette à emporter, elle vire carrément à l'obsession. Tu vois que j'ai de quoi m'inquiéter ! Je crains de me retrouver à jouer les baby-sitters plutôt que de m'occuper d'adultes.

— Sois cool et donne-lui satisfaction. C'est un nouveau marché très prometteur pour nous. De plus, elle a payé comptant et nous avons déjà investi l'argent.

— Je comprends mieux, à présent, pourquoi elle a payé d'avance. C'est pour que je ne puisse pas annuler !

Il poussa un profond soupir.

— Je vais le faire, ce voyage… Ce ne sera sans doute pas sans dommage pour ma santé mentale, mais je surmonterai l'épreuve.

— Parfait ! Et maintenant, enfile vite une chemise. Je t'emmène prendre un petit déjeuner. Puis nous jetterons un coup d'œil à ta feuille de route pour voir si tout baigne.

— Tu crois que je devrais tenter de la reconquérir ?

— Qui ? Claudia Mathison ?

— Non, Kaylee. Si ça se trouve, c'est elle la femme qu'il me faut et je ne m'en suis pas rendu compte. Tu imagines si elle épousait cet imbécile avant que j'aie eu le temps de lui dire ce que j'éprouve pour elle ?

— Crois-moi, Rogan, si tu l'aimais, tu le saurais. L'amour, ça te frappe comme un direct à l'estomac et ça te laisse le souffle coupé.

Rogan jeta un regard de biais à son frère. Il n'avait pas d'autre choix que de lui faire confiance. Mal était le seul à avoir vécu cette expérience. Il voulait bien croire que Kaylee n'était pas la femme de sa vie, mais il ne voyait pas qui pourrait lui convenir davantage. Cela dit, il n'y avait pas le feu. Et son but n'était pas de tomber amoureux.

Pour l'instant, il allait se concentrer sur cette expédition et faire en sorte de donner satisfaction au Dr Claudia Mathison. Il aurait tout le temps, plus tard, de se préoccuper de ses problèmes personnels.

Le tapis roulant se mit en marche et les premières valises apparurent. Claudia réprima un bâillement, observant ses cinq patients, tous en état de stress. Après trois tentatives d'embarquement avortées, ils étaient finalement parvenus à monter à bord de l'avion, mais les trois heures de vol entre Sydney et Auckland avaient été un véritable cauchemar.

Emma Wilson, obsédée par les microbes, avait passé son temps à nettoyer toutes les surfaces autour d'elle à l'aide de lingettes antibactériennes, le visage protégé par un masque. Millie Zastrow, la claustrophobe, n'avait cessé d'arpenter l'allée menant de son siège aux toilettes, tel un animal en cage. Eddie Findlay, agoraphobe, avait passé les trois heures à se parler, la tête enfouie sous une couverture, inquiétant tous les passagers qui se trouvaient à proximité de lui. Leticia Macullum, elle, avait pris les devants et bu une bonne quantité d'alcool, ce qui lui avait valu de sombrer dans un profond sommeil aussitôt après le décollage. Ainsi n'avait-elle pas eu à se préoccuper du vertige qui la paralysait d'habitude. Quant à Marshall Block, qui nourrissait une peur panique des insectes, il n'avait pas quitté un instant le sol des yeux, surveillant l'apparition de bestioles rampantes indésirables qui auraient pu élire domicile dans l'avion.

Depuis quelque temps, il arrivait à Claudia de se demander si elle avait vraiment choisi la profession qui lui convenait. Cela faisait deux ans, maintenant, qu'elle travaillait avec eux et aucun d'eux n'était parvenu à vaincre sa phobie. Elle ne demandait pas la lune et se serait contentée d'en voir au moins un s'en sortir. Mais non, elle n'avait obtenu aucun résultat.

Depuis un an, elle avait accepté de donner des cours. Elle enseignait à temps partiel dans une petite université de Sydney, et cette activité lui faisait envisager sérieusement de changer de carrière. Peut-être le milieu universitaire lui conviendrait-il mieux que le milieu clinique. La plupart de ses patients ne se porteraient pas plus mal en étant soignés par d'autres médecins. Peut-être même mieux.

Elle jeta un coup d'œil au petit groupe et se sentit soudain prise de remords. Ils semblaient tous très satisfaits de suivre avec elle une thérapie collective et, même s'ils s'accrochaient souvent, ils formaient une sorte de famille. Une famille à problèmes, certes, mais une famille tout de même.

Certains jours, ils paraissaient tout près de résoudre leurs problèmes. A d'autres moments, en revanche, ils semblaient en plein désarroi. Claudia avait vraiment misé sur ce voyage, au cours duquel ils allaient s'aventurer en territoire inconnu. Aucun d'eux n'avait jamais voyagé auparavant, bloqués qu'ils étaient tous dans leur routine par des peurs indépassables et préférant demeurer dans un environnement contrôlable grâce aux stratégies qu'ils avaient mises en place.

Elle avait donc pensé qu'en les plongeant dans une situation nouvelle ils apprendraient à composer avec le monde sans son aide. Jusqu'ici, force lui était d'admettre qu'elle s'était trompée.

— Attendez-moi ici, dit-elle. Je fais un saut rapide aux toilettes.

— Tenez, intervint Emma Wilson, prenez ces lingettes. Vous n'imaginez pas le nombre de virus qui pullulent dans ce genre d'installations. Ebola, typhus, méningite… Je pourrais vous en dresser toute une liste.

— Je ne pense pas que ce soit nécessaire. Et je crois pouvoir me passer de lingettes.

Claudia s'éloigna d'un pas rapide, les yeux soudain emplis de larmes. L'aventure tournait au désastre ! Tout ce qu'elle avait mis tant de temps à construire se trouvait compromis à cause de ce projet stupide ! Il paraissait si séduisant sur le papier, pourtant… Elle s'était même déjà imaginée relatant l'expérience dans un article. Ou un livre, pourquoi pas ? Elle en avait même trouvé le titre : *Une thérapie par l'aventure.*

Les larmes commencèrent à rouler sur ses joues. Elle s'avança vers une rangée de fauteuils et s'y écroula. La tête enfouie entre les mains, elle se laissa aller, espérant que pleurer un bon coup lui permettrait d'évacuer le stress et de retrouver son calme. Si elle avait l'intention d'enseigner en université, il fallait qu'elle publie. Mais dans sa hâte à trouver une nouvelle voie professionnelle, elle avait mis en péril non seulement le bien-être de ses patients mais aussi sa réputation. S'ils parvenaient tout juste à affronter un vol de trois heures, comment parviendraient-ils à vivre le reste de la semaine ?

— Ça ne va pas ?

Elle releva la tête. Un homme se tenait devant elle, le regard inquiet.

Un homme extrêmement séduisant.

— Si. Pourquoi ça n'irait pas ?

— Il est minuit ; vous êtes assise toute seule, dans un coin isolé de l'aéroport, en train de pleurer. Simple supposition…

Claudia sentit ses joues s'empourprer. Serait-il en train de la draguer, par hasard ? Rien, pourtant, dans son attitude ne laissait supposer qu'elle soit disponible. A moins que ce ne soit un besoin irrépressible chez lui de se précipiter au secours des gens. Il sourit et elle sentit un délicieux frisson la parcourir. Après tout, ce n'était peut-être qu'un homme aimable, préoccupé par le sort d'une inconnue.

— Je prenais juste le temps de décompresser. Ma journée n'a été qu'une longue suite de catastrophes. Il fallait que j'évacue le stress.

Elle tendit les bras, fit quelques rotations de poignets pour se détendre les muscles et ferma un instant les yeux. Lorsqu'elle les rouvrit, son interlocuteur était toujours là et la fixait.

— Vous savez que le stress peut tuer ? dit-il. Vous voulez

que j'aille vous chercher quelque chose à manger ? A boire ? Un thé ?

Mon Dieu, quel homme charmant ! A moins qu'il ne soit le genre de prédateur arraisonnant les aéroports, la nuit, en quête de femmes vulnérables… Non. Impossible. Il était beaucoup trop séduisant pour avoir besoin de recourir à un tel stratagème !

Elle inspira profondément.

— Merci, mais tout va bien à présent, et il faut que je rejoigne mon groupe.

— Votre groupe ?

Il eut un petit rire.

— Vous ne seriez pas le Dr Mathison, par hasard ?

— Si. Comment…

Elle le fixa, interdite.

— Et vous êtes Rogan Quinn, c'est ça ? J'aurais dû m'en douter !

Les larmes, de nouveau, jaillirent de ses yeux.

— C'est fabuleux ! Je suis responsable de ce groupe, censée avoir la maîtrise de la situation et vous tombez sur moi en train de pleurnicher comme une idiote !

— Vous n'avez absolument pas l'air d'une idiote. Et ça ne fait de mal à personne de pleurer un bon coup, de temps en temps, ajouta-t-il, taquin. Pour tout vous avouer, je vous ai trouvée très tendue lorsque nous nous sommes parlé au téléphone.

— Je vous demande pardon ?

— Ce voyage est censé apporter du plaisir. Mais je vois que je vais avoir du pain sur la planche.

Elle lui lança un regard de défi.

— Ce n'est pas moi qui ai besoin d'aide.

— Sans doute… Cela dit, je pense très sérieusement pouvoir vous faire beaucoup de bien, à vous aussi. Détendez-vous. Vous êtes en vacances.

— Je suis tout à fait détendue, merci !

D'un geste rageur, elle essuya ses joues humides.

— De plus, il ne s'agit pas de vacances mais de travail

pour moi. Il n'y a pas grande différence avec les séances de thérapie que je conduis dans mon cabinet.

— Travail ou pas, j'ai effectué des réservations dans un hôtel, tout près d'ici. Je me suis dit qu'une bonne nuit de repos serait exactement ce qu'il faudrait à votre groupe. Allez, en route ! ajouta-t-il, en lui tendant la main.

Claudia y glissa la sienne. Il aurait été impoli d'ignorer ce geste, surtout venant d'un homme qui cherchait manifestement à l'aider. Mais elle était loin de s'attendre au choc qu'elle ressentit lorsque la main de Rogan Quinn pressa la sienne. Son cœur se mit soudain à battre plus fort, tandis qu'une chaleur intense l'envahissait.

Il y avait si longtemps qu'elle n'avait pas éprouvé pareil émoi, si longtemps qu'un homme ne l'avait pas troublée ! Elle en avait oublié ce qu'était le désir.

Le désir ? Ce ne pouvait tout de même pas être ce qu'elle éprouvait, si ? Rogan Quinn était très séduisant, il avait un charme fou et un sourire à tomber à la renverse, mais ils venaient à peine de se rencontrer !

Elle se leva, et ôta doucement sa main. Tandis qu'ils gagnaient la zone de retrait des bagages, il posa tout naturellement la sienne au bas de son dos, dans un geste qui semblait aller de soi. Un trouble intense assaillit aussitôt Claudia. Pourquoi agissait-il ainsi ?

Stop ! C'était insensé, à la fin ! Elle n'allait pas continuer à analyser chacun des gestes de ce Rogan Quinn et la réaction qu'ils provoquaient en elle. Il se montrait courtois. Point final. Mais comment ignorer les sensations merveilleuses qui l'assaillaient ? C'était si bon de se sentir de nouveau vivante, tous les sens en éveil !

— Donc, le voyage s'est bien passé…

Claudia partit d'un éclat de rire.

— Vous plaisantez, j'imagine ?

— C'était histoire de parler.

— Monsieur Quinn, je…

— Appelez-moi Rogan.

C'était hors de question. L'appeler par son prénom ne pouvait que jeter le trouble dans des relations qu'elle entendait maintenir sur un plan purement professionnel. Rogan… Un prénom peu courant. Pour un homme peu ordinaire, il fallait bien l'avouer.

Il y avait chez lui quelque chose de magnétique. Un charisme, un charme tout à fait irrésistible. Lorsqu'il lui souriait, elle éprouvait la sensation soudaine d'être unique au monde.

Elle connaissait bien ce genre d'hommes. Ses patientes en avaient connu, elles aussi. Ils étaient aujourd'hui leurs ex-petits amis ou leurs ex-maris. Des hommes dont une femme pouvait tomber follement amoureuse, au point d'en perdre toute capacité de jugement. Des hommes extrêmement dangereux. Et Rogan Quinn appartenait sans nul doute à cette catégorie.

— Peut-être devriez-vous partir devant, pour vous occuper du transfert à l'hôtel, suggéra-t-elle, impatiente de pouvoir souffler un instant, seule.

— Mon van vous attend sur le parking. Tout est prévu.

Claudia sentit son corps se détendre brusquement, la tension refluer et elle eut envie de lui sauter au cou et de l'embrasser. Les effusions, surtout en public, n'étaient pas son style, mais il était si compétent, si organisé et tellement charmant ! Il venait de la sauver du désastre et cela méritait récompense.

— Je ne vous oublierai pas au moment du pourboire, murmura-t-elle.

Elle regretta aussitôt ses paroles. Ce qui était pour elle un compliment rabaissait en fait cette attention à un niveau mercantile, alors qu'il ne cherchait qu'à mettre son professionnalisme à son service.

— Ça fait partie de mon travail, répondit-il.

Elle lui jeta un bref regard, s'efforçant de déchiffrer l'expression de son visage. Il ne paraissait pas offensé. Elle qui s'enorgueillissait de sa capacité à anticiper les problèmes et à les gérer avant qu'ils ne tournent au désastre devait avoir l'air d'une gaffeuse à ses yeux, et totalement incompétente de surcroît !

— J'espère que le retard dû au vol n'aura pas trop d'incidence sur notre itinéraire, dit-elle.

— Je crois qu'il serait sage de faire en sorte qu'il demeure le plus souple possible.

— Mais tout est planifié. Je veux optimiser au maximum ce qui…

Il l'arrêta d'un geste de la main.

— Pas d'affolement, on se détend… Laissez-vous porter par le courant. La situation est sous contrôle. Faites-moi confiance.

Elle hocha la tête. Elle savait qu'elle n'avait pas la réputation d'être une personne très souple. Et, de fait, chaque minute de sa journée, de sa semaine, de sa vie était planifiée. Elle ne faisait rien qui ne soit déjà noté dans son agenda. Mais elle n'était pas contre tenter une nouvelle expérience, s'aventurer en territoire inconnu. Qui sait ? Ce voyage pourrait s'avérer riche d'enseignement pour elle, aussi bien que pour ses patients.

Ils gagnèrent ensemble le tapis roulant. Ses patients s'y trouvaient toujours, en grande discussion. Lorsqu'ils l'aperçurent, ils se turent et lui jetèrent des regards anxieux.

Emma se détacha du groupe et s'avança, redressant les épaules.

— Nous sommes fatigués et nous avons faim.

Elle se tourna vers les autres membres du groupe qui acquiescèrent tous.

— Nous voulons nous rendre à l'hôtel, à présent, et avoir des chambres séparées, poursuivit-elle.

— Avec room-service, ajouta Eddie Findlay, l'agoraphobe. Il est hors de question que je mange dans un restaurant !

— Moi, il me faut une chambre au rez-de-chaussée, précisa Leticia Macullum. En cas d'incendie, pas question que je saute par la fenêtre.

— Et moi, je ne monte pas dans l'ascenseur, renchérit Millie Zastrow. Il me faut une grande chambre, avec de grandes fenêtres. Et qui s'ouvrent, surtout.

— Millie, je pensais que vous aviez vaincu votre peur de

l'ascenseur, lui fit remarquer Claudia. Vous vous souvenez de notre stratégie ? Le petit jeu qui consiste à compter.

— Pas d'ascenseur, répéta Millie, croisant fermement les bras sur sa poitrine.

Rogan leva les mains en signe d'apaisement.

— Je suis certain que nous allons pouvoir satisfaire chacune de vos requêtes, annonça-t-il d'un ton chaleureux. Récupérons d'abord vos bagages. Ensuite, j'irai chercher le van et nous gagnerons l'hôtel.

Un sourire triomphant illumina le visage d'Emma.

— Parfait ! Vous savez, ce voyage nous a éreintés.

— A quand remonte la dernière désinfection de l'hôtel ? demanda Marshall Block. Je... j'ai un problème avec les insectes.

— Je l'ignore, répondit Rogan. Mais je poserai la question dès notre arrivée.

Claudia l'observa tandis qu'il dirigeait le groupe vers la sortie. Elle savait qu'il était un guide expérimenté — c'était la raison pour laquelle elle l'avait choisi —, mais elle ne s'attendait pas à ce qu'il se montre aussi patient et compréhensif. Il semblait percevoir parfaitement dans quel état d'esprit se trouvait le groupe et se comportait en conséquence. De façon tout à fait surprenante, tous le suivirent sans protester.

Il n'eut à répondre qu'à une ou deux questions concernant le van avant que tout le monde se retrouve tranquillement installé dedans. Tandis qu'ils faisaient route vers l'hôtel, Claudia l'observa discrètement. Aucune femme normalement constituée n'aurait pu rester insensible à sa beauté.

Il avait des cheveux sombres et épais qu'il ne coiffait sans doute qu'en y glissant rapidement les doigts, songea-t-elle. Son teint profondément hâlé par le grand air faisait ressortir la blancheur éblouissante de son sourire et la couleur de ses yeux d'un bleu aussi pur et intense qu'un ciel d'été. Elle avait toujours préféré les hommes impeccablement rasés, mais elle devait reconnaître que la barbe naissante qui ombrait ses joues ajoutait à son allure un côté aventurier, sauvage, extrêmement séduisant. Mais c'était son sourire, chaleureux et engageant, qu'elle trouvait irrésistible.

Fascinée, elle laissa son regard l'englober tout entier. Il était grand et mince, mais elle se doutait que sous sa tenue décontractée se cachait un corps ferme et musclé, rompu à la vie au grand air et à l'exercice physique.

Personne ne parla durant le trajet qui s'avéra heureusement très court. Lorsqu'ils descendirent du véhicule, Rogan aida à porter les bagages, puis rassembla tout le monde à la réception.

— Rendez-vous demain, à midi, ici même, annonça-t-il. Je vous laisse prendre votre petit déjeuner chacun de son côté. Tous les frais sont pris en charge, il vous suffira de donner votre numéro de chambre.

— Qu'est-il prévu de faire demain ? demanda Leticia d'une voix timide.

— Je n'ai pas encore tout à fait arrêté le programme, répondit Rogan. Mais il n'y aura pas à prendre l'avion.

La réponse fut accueillie par tous avec soulagement.

— Que diriez-vous de nous retrouver à 11 heures pour une séance de groupe ? proposa alors Claudia. Nous pourrions discuter de ce qui s'est passé aujourd'hui et…

— Je crois qu'il serait préférable de considérer qu'aujourd'hui appartient au passé, la coupa Rogan. Il est important d'aller de l'avant.

Elle en demeura bouche bée. Pour qui se prenait-il, pour bafouer ainsi son autorité, et à un stade aussi précoce du voyage, en plus ? Elle ne fit cependant aucune remarque. Il n'aurait pas été très professionnel de sa part de l'attaquer sur le sujet devant ses patients.

— Ce serait peut-être mieux, en effet, concéda-t-elle.

Elle ne tenait pas à entamer une polémique. Elle prendrait Rogan à part, un peu plus tard, et lui dirait tranquillement sa façon de penser.

A part ? Un peu plus tard ? Une image traversa soudain son esprit. Ils étaient en tête à tête, mais pas en train de revenir sur cet incident. La scène était très intime, la lumière tamisée, l'atmosphère détendue et…

Elle chassa aussitôt cette vision. Lorsqu'elle leva les yeux, Rogan la fixait.

— Rendez-vous donc demain à midi, à la réception, confirma-t-elle.

Ses patients acquiescèrent en chœur et se mirent aussitôt en ligne devant la réception pour procéder à l'enregistrement.

— Je vous laisse le soin de régler les détails, ajouta-t-elle à l'intention de Rogan.

Elle saisit son sac et se dirigea vers le salon et ses profonds canapés. Mais, au dernier moment, elle changea d'avis et bifurqua en direction du bar. Il n'était pas dans ses habitudes de fréquenter les bars d'hôtel pourtant, ce soir, elle avait besoin d'un verre pour se remonter le moral. Ce voyage allait être le plus grand défi de sa carrière, et il pourrait s'avérer également sa plus grande réussite, lui ouvrir des portes, la propulser sur le devant de la scène, grâce à une approche nouvelle du problème des phobies. Elle imaginait déjà nombre d'universités intéressées par son travail révolutionnaire. Et pas seulement en Australie…

Pourtant, en cet instant, elle était prête à tout laisser tomber et à prendre le premier avion pour Sydney, avec ou sans son groupe. Allons ! Il fallait qu'elle se ressaisisse… Si elle voulait que ce voyage soit un succès, elle allait devoir retrouver toute sa détermination et vaincre ses frustrations. Et puis, elle était curieuse de découvrir ce que Rogan Quinn avait préparé. Sa maîtrise et son calme étaient des plus rassurants. Elle doutait de la réussite de l'entreprise, mais lui semblait penser que cela marcherait.

— Fais confiance à l'expert, murmura-t-elle pour elle-même.

Elle n'avait pas le choix. D'une certaine manière, elle avait mis sa carrière entre ses mains.

Rogan trouva Claudia assise au bar, devant un Martini. Il n'avait guère prêté attention à elle lorsqu'elle s'était éloignée, occupé qu'il était à l'enregistrement du groupe. Mais, une fois chaque participant installé dans sa chambre et Leticia rassurée par l'itinéraire qu'il avait concocté avec elle en cas d'incendie, il s'était rendu compte que Claudia ne s'était pas encore enregistrée. Ce n'était qu'après avoir procédé pour elle à l'enregistrement qu'il s'était lancé à sa recherche.

Il s'approcha, s'installa sur le tabouret à côté d'elle.

— Un whisky. Sec, s'il vous plaît, commanda-t-il au barman.

Claudia se tourna vers lui, le regard embué de larmes. Il semblait qu'elle ait eu besoin de décompresser encore. Rien n'indiquait cependant qu'elle ait pleuré. Elle avait bu, en revanche. En dépit de cela et de la fatigue qui lui tirait un peu les traits, elle était très belle. Elle n'imaginait certainement pas à quel point.

Ses cheveux sombres, qu'elle avait maintenus jusque-là sagement attachés, ondulaient maintenant en vagues souples autour de son visage. Son rouge à lèvres était à demi effacé et son élégante tenue, veste cintrée et chemisier blanc, un peu fripée.

— Ne devriez-vous pas être couché ? lui demanda-t-elle.

— J'allais vous poser la même question. Vous avez l'air épuisée.

Elle leva son verre, feignant de porter un toast, et but d'un trait la dernière gorgée. Puis elle croqua la petite olive plantée sur une pique, l'air songeur, paraissant réfléchir à ce qu'il venait de dire.

— C'est parfait… J'ai donc exactement l'air de ce que je suis.

Elle tendit son verre au barman pour qu'il lui serve un nouveau Martini. Il s'exécuta aussitôt.

— Combien en avez-vous bu ? voulut savoir Rogan.

— Combien ? demanda Claudia au barman.

Ce dernier leva trois doigts.

— Celui-ci inclus ? demanda Rogan.

Le barman hocha la tête.

— Alors je pense que c'est suffisant, docteur Mathison.

— Ok, c'est vous le chef, maintenant, murmura Claudia, pointant un doigt sur lui.

— Vos patients sont tous tranquillement installés dans leurs chambres. Vous n'aurez pas le moindre problème d'ici demain matin.

— Merci, dit-elle, avant d'avaler une gorgée de Martini. Ce fut une journée très édifiante. Je me suis retrouvée face à mes limites en tant que thérapeute et je dois avouer que j'en suis un peu meurtrie à l'heure qu'il est.

Elle eut soudain un petit rire.

— Et un tout petit peu soûle, aussi.

— Je vous ai conseillé de vous détendre mais, là, vous y êtes allée un peu fort !

— Je ne fais que suivre les ordres.

Elle lui adressa un grand sourire.

— Et, de fait, je me sens totalement détendue…

Il n'avait pas prévu pareille situation. Néanmoins, on en était là, et il ne lui restait plus qu'à s'assurer que Claudia monte se coucher, sa dignité intacte.

— Si vous me parliez un peu de vous, monsieur Quinn, dit-elle, se penchant soudain vers lui.

Si près qu'elle buta contre son épaule.

— Qu'est-ce qui vous branche, dans la vie ?

— Chercheriez-vous à m'analyser, par hasard ?

— Je n'ai pas l'énergie pour ça, ce soir. Simple curiosité.

— Que voulez-vous savoir ?

— Est-ce que vous êtes marié ?

— Non.

Elle allait droit au but, c'était le moins qu'on puisse dire ! Mais il ne voyait pas très bien la raison de sa question. Qu'il soit ou non marié, quelle différence cela faisait-il pour elle ?

— Expliquez-moi, dit-elle.

Il lui jeta un regard interrogateur.

— Vous expliquer quoi ?

— Comment un homme aussi attirant que vous, avec une voix comme la vôtre…

Elle inspira profondément et ferma les yeux.

— Et qui sent aussi bon… Enfin, comment se fait-il que vous ne soyez pas encore marié avec enfants, maison et tout le bazar ?

— J'imagine que je n'ai pas encore trouvé la femme qui me convient.

— Vous vous intéressez aux femmes, au moins ? Vous pouvez tout me dire, vous savez. Je suis une professionnelle.

— Oui, répondit Rogan. Je m'intéresse aux femmes.

Claudia poussa un soupir et but une nouvelle gorgée.

— Parfait ! Ce serait tellement dommage si ce n'était pas le cas. Et… vous avez une petite amie ?

— Est-ce une habitude chez vous de soumettre les inconnus à ce genre d'interrogatoire ou est-ce dû au Martini ?

— Je fais ça assez souvent. Je suis curieuse de nature. Les gens ne voient pas d'inconvénient à me répondre, en général. Je dirais même qu'ils adorent parler de leurs problèmes. Et lorsqu'ils découvrent que je suis psychologue, ils sont tout heureux de s'offrir une consultation gratuite.

— Je n'ai pas besoin de vos services, docteur Mathison.

— Tout le monde a des problèmes qui valent la peine qu'on s'y attarde.

— Comme votre besoin de contrôler chaque minute de ce voyage ? Parce que ça va poser problème, en effet. Peut-être devrions-nous en parler…

Elle parut réfléchir un instant, puis hocha la tête.

— Message reçu. J'ai mes propres démons, je le reconnais… Mais ce sont les vôtres qui m'intéressent.

— Je n'en ai pas.

Il était tout à fait conscient de mentir. Mais il n'avait pas la moindre envie que Claudia Mathison vienne mettre son nez dans les zones d'ombre de sa personnalité.

— Je vous propose un marché, dit-elle.

— Un marché ? Je vous écoute.

— Si vous parvenez à me faire lâcher prise, j'aurai le droit de voir ce qui se passe dans votre tête.

— Vous voulez radiographier mon cerveau ?

— Non, répondit-elle en riant. Je veux arriver à comprendre qui vous êtes. Si vous parvenez à faire en sorte que je sois décontractée, j'acquiers le droit de vous analyser, d'accord ? Il vous faudra alors répondre à toutes mes questions.

— Croyez-moi, vous ne trouverez rien d'intéressant dans ma tête. Je suis un homme très normal.

— Ça n'existe pas, les gens normaux. Regardez-vous ! Vous êtes superbe… et vous n'êtes pas marié. Vous n'avez même pas de femme dans votre vie.

— Qu'est-ce que vous en savez ?

— Si c'était le cas, vous ne seriez pas là à me fixer comme si vous n'aviez qu'une envie, m'embrasser.

Sa réponse le souffla.

— Je ne…

— Oh ! je vous en prie ! Depuis le début, vous flirtez avec moi. Vous saisissez toutes les occasions de me prendre la main, de me toucher. La preuve, ajouta-t-elle, pointant du menton sa main posée contre la sienne. Allez, n'ayez pas peur, confiez-moi tous vos secrets…

Rogan avala son whisky d'un trait et en commanda un autre. Il n'avait jamais rencontré une femme comme elle. Une femme qui disait exactement ce qu'elle pensait, au moment où elle le pensait. Il était habitué à dépenser une énergie folle à comprendre les membres du sexe opposé. Les femmes ne disaient jamais directement ce qu'elles avaient en tête, d'ordinaire ; il y avait toujours comme une espèce de jeu.

Peut-être était-ce pour cette raison qu'il était si réticent à s'engager. Comment avoir confiance en une éventuelle compagne lorsqu'on était incapable de savoir si elle était sérieuse ou si elle jouait, si elle disait la vérité ou si elle mentait ?

— Je n'ai pas de secrets, répondit-il. Et je pense que nous devrions maintenant parler de l'itinéraire de demain.

— Echappatoire typique !

— Je ne fais que mon travail.

— Je suis certaine que tout ira comme prévu.

— Il est impossible de tout prévoir, docteur Mathison. Je...

— Vous devriez m'appeler Claudia. A moins que vous ne souhaitiez maintenir délibérément une distance entre nous. Ce qui ne semble pas être le cas, puisque votre main se trouve toujours contre la mienne.

Rogan baissa les yeux. Il ne s'était même pas rendu compte de ce qu'il faisait. Il déplaça sa main.

— Il se peut que je modifie légèrement ce qui était prévu, dit-il. Je ne veux pas risquer de stresser votre groupe le premier jour.

— La journée qui vient de s'écouler a été calamiteuse. J'aurais dû le prévoir et m'organiser différemment. Mais ça a été comme... comment appelle-t-on ça, déjà, lorsque la neige glisse le long d'une pente et...

— Une avalanche ?

— Oui, c'est ça ! Une avalanche. Ça s'est amplifié peu à peu, jusqu'à ce que je ne puisse plus rien arrêter. Une avalanche, tout à fait... Pourquoi ai-je été incapable de retrouver ce mot ?

— Vous êtes épuisée. Votre cerveau ne fonctionne plus à plein régime. Sans compter que vous en êtes à votre troisième Martini.

— Je n'ai pas besoin de beaucoup de sommeil.

Rogan se retint de sourire ; elle était vraiment incroyable !

— Oui, vous me l'avez dit au téléphone.

— Je sais que je peux être casse-pieds et je tiens à m'excuser si je me suis montrée trop exigeante. J'ai conscience de vous avoir agacé, mais on gagne toujours à être fin prêt. J'aime quand tout est parfaitement planifié. Vous me comprenez ?

— Oui, bien sûr. Mais garder un peu de spontanéité n'est pas mal non plus. Les imprévus peuvent s'avérer parfois très intéressants.

— J'imagine, oui, concéda-t-elle. Je ne m'attendais pas à ce que vous soyez aussi séduisant, par exemple. Je ne l'avais pas prévu.

Rogan sourit.

— A quoi vous attendiez-vous ?

— A quelqu'un de plus âgé, de plus rude, avec davantage d'autorité.

— Je manque d'autorité ?

— Non. Mais là n'est pas la question. Il est clair que vous êtes tout à fait compétent. Je dirais que vous êtes quelqu'un de chaleureux. Oui, c'est ça, chaleureux.

Etait-ce vraiment ce qui l'avait frappée de prime abord chez lui ? D'habitude, les femmes étaient plutôt impressionnées par son physique et son charme. C'était ce qu'elles prétendaient, du moins.

— Vous dites ça sous l'effet de l'alcool.

— Je suis certaine que vous n'aurez pas changé demain matin. Ceci dit, j'admets que j'ai un peu trop bu.

Elle partit aussitôt d'un petit rire en cascade, si contagieux que Rogan ne tarda pas à l'imiter. Lorsqu'ils s'arrêtèrent, ils étaient tous les deux hors d'haleine.

— Oh ! Ça fait du bien ! dit-elle.

— C'est mieux que de pleurer, non ?

— Nettement mieux.

— Venez, à présent. Votre chambre vous attend. Vous finirez votre verre là-haut.

Elle descendit du tabouret, mais la tête lui tourna et elle dut se retenir au bord du bar.

— Doucement… Un pied devant l'autre, dit Rogan. L'ascenseur n'est pas loin.

Il fallut à Claudia quelques instants pour retrouver son équilibre. Mais, lorsque ce fut chose faite, elle se dirigea d'un pas assuré vers l'ascenseur, ses talons claquant avec élégance sur les dalles de marbre du hall. Rogan la suivit.

Arrivée devant l'ascenseur, elle pressa le bouton et demeura le nez en l'air, à fixer les lumières au-dessus de la porte. Il se demanda à quoi elle pensait.

En ce qui le concernait, les choses étaient on ne pouvait plus limpides… Il laissa son regard glisser jusqu'au creux de ses reins, sur ses hanches, ses fesses, dont il admira les courbes harmonieuses, moulées par le jean. Elle semblait un modèle de perfection, jusqu'au bout de ses ongles vernis, mais il avait le sentiment que cette enveloppe pimpante, impeccable, dissimulait une personnalité confuse, pleine de contradictions.

Il avait toujours entendu dire des psy qu'ils étaient encore plus perturbés que leurs patients. Claudia Mathison, en tout état de cause, devait l'être pour avoir voulu faire monter cinq patients phobiques dans un avion, les conduire jusqu'en Nouvelle-Zélande et les entraîner dans l'aventure qu'allait être ce voyage.

Il poussa un soupir. Cette semaine s'avérerait probablement un enfer pour lui. Malgré tout, sa curiosité était piquée, et il ne pouvait s'empêcher de trouver réjouissante la perspective d'apprendre à connaître un peu mieux cette thérapeute si peu conventionnelle.

Il avait toujours été attiré par les filles décontractées. Celles qui ne se préoccupaient pas trop de leur apparence et qui étaient toujours prêtes à partir pour une balade à moto, une randonnée ou quelques heures de surf. Un trait de caractère dont Claudia Mathison, de toute évidence, était dépourvue. C'était une planificatrice, le genre de femme qui d'ordinaire l'irritait au plus haut point. Et, cependant, il se sentait attiré par elle. Peut-être ne s'agissait-il pas véritablement d'attirance, mais de curiosité.

Quoi qu'il en soit, il songea qu'il serait avisé de sa part de tempérer ce qu'il éprouvait par une bonne dose de méfiance. Elle voulait l'analyser, or il n'avait pas la moindre intention d'ouvrir son âme à une inconnue, aussi sexy et fascinante soit-elle.

Lui parler de ses doutes, de ses faiblesses ne pourrait rien leur apporter de bon. Elle le verrait alors comme une personne faillible et il serait constamment sur ses gardes, craignant qu'elle n'utilise ces informations contre lui. Il ne s'était jamais ouvert de ses peurs les plus secrètes à ses frères, et ils étaient pourtant les deux personnes au monde en qui il avait le plus confiance.

C'était peut-être pour cette raison qu'il n'était jamais tombé amoureux. Il n'avait jamais eu suffisamment confiance en une femme pour la laisser devenir réellement intime avec lui. Ce genre de confiance était une épée à double tranchant. Elle pouvait vous rendre capable d'aimer, mais aussi vous détruire comme rien. Il n'y avait qu'à voir ce qui était arrivé à sa mère. Non, il garderait son cœur pour lui.

Le défi que Claudia lui avait lancé l'intriguait pourtant. Il entendait le relever et se faisait fort de l'amener à changer, à lâcher prise, sans pour autant lui révéler la moindre chose de lui.

Les portes de l'ascenseur s'ouvrirent. Claudia entra en trébuchant. Il la suivit et ils demeurèrent côte à côte tandis que les portes se refermaient. Elle se trouvait plus près que lui des boutons et il attendit tout naturellement qu'elle appuie sur celui du onzième étage.

Elle avait de nouveau le regard rivé sur les lumières, au-dessus de la porte, et fronçait les sourcils. Il sourit intérieurement.

— Cet ascenseur est bloqué, dit-elle finalement. Il ne bouge pas. Il bouge ?

Elle s'adossa contre la paroi.

— J'ai l'impression que c'est moi qui bouge.

Rogan tendit la main et pressa le bouton.

— Voilà, c'est réparé…

Tandis qu'ils montaient, il ferma un instant les yeux, respirant profondément les effluves de son parfum. D'ordinaire, il n'y prêtait aucune attention mais, aujourd'hui, ses sens semblaient particulièrement en éveil. Tout en cette femme était pour lui incroyablement attirant.

Lorsqu'ils atteignirent la porte de sa chambre, il en était déjà à se demander quel effet cela ferait de l'embrasser.

Elle avait une bouche superbe, expressive, des lèvres pleines et sensuelles, couleur de baies mûres. Il connaissait la règle implicite qui veut qu'un guide ne séduise jamais une de ses clientes. Mais Claudia Mathison n'était pas réellement une cliente. Lui-même n'était pas son guide, mais celui de ses patients. Ils étaient plus partenaires qu'autre chose. Tout du moins, c'était ce qu'il voulait croire.

Il sortit de la poche de sa veste la carte d'accès à sa chambre et la lui tendit. Elle ne parvint pas à ouvrir la porte mais, lorsqu'il voulut la reprendre pour le faire à sa place, elle écarta sa main d'un geste vif.

— Je suis tout à fait capable d'ouvrir seule cette porte !

Elle était assez amusante à voir, s'entêtant, les cheveux en désordre, les joues en feu. Chaque tentative était suivie d'un juron étouffé.

— Doucement, lui conseilla-t-il. Attendez que la lumière soit verte avant de retirer la carte.

Elle se livra à quelques essais supplémentaires avant de lui tendre la carte, l'air pincé.

— Allez-y. Ouvrez.

Rogan s'exécuta, ouvrit grand et s'effaça pour la laisser entrer.

— Après vous, je vous en prie.

Claudia se retourna sur le seuil, bloquant l'entrée.

— Merci pour tout ce que vous avez fait. J'apprécie votre… efficacité.

Il lui tendit son verre de Martini.

— Eh bien, bonne nuit, alors…

Claudia voulut s'en saisir, mais elle évalua mal la distance et précipita le verre contre sa poitrine. Le liquide gicla sur sa chemise. Elle tendit aussitôt la main pour l'essuyer, main que Rogan emprisonna dans la sienne et pressa contre son torse. Son pouls s'était accéléré.

— Puis-je vous poser une question ? murmura-t-elle.

Elle leva le visage vers lui et il dut lutter contre le désir qui lui enflamma soudain le corps.

— Bien sûr.

— Si vous avez en tête de m'embrasser, qu'est-ce qui vous retient ?

Etait-ce une invite ou une question purement rhétorique ? Il n'aurait su le dire. Mais le parfum de ses cheveux, ses jolies lèvres pulpeuses étaient une tentation inouïe. En même temps, il la savait un peu grise et ne voulait pas qu'elle puisse faire quoi que ce soit qu'elle regretterait le lendemain.

Il se pencha, posa un baiser sur sa joue. Lorsqu'il s'écarta, elle le fixa, ses grands yeux verts écarquillés, ses lèvres entrouvertes comme si elle s'apprêtait à dire quelque chose. A la place, elle noua ses bras autour de son cou et prit les devants.

Ses lèvres étaient douces et chaudes et leur baiser s'emballa très vite. Rogan referma les mains sur sa taille et l'attira contre lui. Il la sentit s'abandonner et un désir fulgurant lui embrasa le corps. Pourtant, il ne pouvait aller plus loin, étant donné l'état dans lequel elle se trouvait. La sagesse voulait qu'il parte au plus vite.

Il s'écarta d'elle et, avant qu'elle ne cherche à l'embrasser de nouveau et l'invite à entrer, il la poussa doucement à l'intérieur de la chambre.

— Bonne nuit, Claudia. On se voit demain matin, dit-il en refermant la porte.

Tandis qu'il gagnait l'ascenseur, il songea à ce qui venait de se passer. Ils étaient attirés l'un par l'autre, c'était indéniable. Mais jusqu'où Claudia était-elle prête à aller ? Autrement dit, une fois sobre, lui opposerait-elle une fin de non-recevoir, prétextant leur relation professionnelle, ou s'abandonnerait-elle, laissant libre cours au désir qu'elle éprouvait, elle aussi, il en était certain ?

Il était un guide expérimenté, capable de gérer un groupe en toutes circonstances. Mais il sentait qu'avec elle ce serait une tout autre histoire. Elle le déstabilisait, semait la confusion dans ses pensées, provoquait son désir. Compte tenu de l'enjeu que représentait ce voyage pour *Max Adrenaline*, pouvait-il courir le risque d'ajouter la séduction à l'aventure ?

Cela dit, quel risque y avait-il, en réalité ? N'était-il pas passé maître dans l'art de séparer sexe et sentiments ? Il n'y avait aucune raison pour qu'il en aille autrement avec Claudia Mathison.

Chapitre 2

Un petit coup sec frappé à la porte de la chambre arracha Claudia au sommeil. Elle se redressa dans son lit et fit la grimace en constatant qu'elle s'était endormie tout habillée. Le regard encore ensommeillé, elle se tourna vers le réveil et poussa un cri. Midi passé ! Il y avait des années que cela ne lui était pas arrivé. Tout au plus s'accordait-elle une grasse matinée le dimanche. Et encore, celle-ci n'excédait jamais 8 heures du matin.

Elle se leva, bataillant avec le drap, et gagna la porte. Une migraine terrible lui enserrait les tempes. Lorsqu'elle ouvrit la porte, elle trouva Rogan sur le seuil.

— Pourquoi ne m'avez-vous pas réveillée ? Où sont mes patients ?

— Ils vous attendent en bas. Vous venez juste de vous réveiller ?

— A votre avis ? Si je m'étais réveillée plus tôt, je serais déjà en bas !

— Vous portez les mêmes vêtements qu'hier.

Il allait continuer longtemps à lui asséner des évidences ?

— C'est de votre faute, aussi… C'est vous qui m'avez monté ce dernier Martini.

Elle fit demi-tour, commença à rassembler ses affaires, puis s'immobilisa subitement : les événements de la nuit précédente venaient de lui revenir à l'esprit. Leur conversation, le contact des mains de Rogan. Leur baiser.

Ses joues s'empourprèrent.

— Je vous prie de m'excuser. Ce que je viens de dire est injuste. J'ai trop bu hier soir et j'en suis l'unique responsable.

— Merci de le reconnaître, répondit Rogan, jetant un coup d'œil à la chambre.

Il se pencha et ramassa un paquet de chips vide.

— Qu'avez-vous fait ? Vidé le minibar ?

— J'avais faim.

Elle se tourna vers lui.

— Avant tout, j'aimerais qu'on mette les choses au point… Je crois me souvenir de vous avoir embrassé, hier soir. Je vous prie de m'excuser si j'ai porté atteinte à votre intégrité professionnelle en agissant ainsi. Je ne voulais pas vous manquer de respect.

— Nous étions deux, il me semble… Pour ma part, j'ai trouvé ce baiser très agréable. Pas vous ?

Claudia pressa un instant la main sur son front pour dissiper le brouillard qui s'attardait dans son esprit.

— Oui, je… Bien sûr, oui, c'était très agréable…

Elle se laissa tomber sur le bord du lit, prise d'une soudaine nausée. Qui avait embrassé l'autre, en fait ? Bah… Quelle importance ? Il ne s'était agi que d'un bref instant de plaisir, mais cet instant l'avait bouleversée. Au point qu'elle avait passé une bonne heure, ensuite, à avaler tout ce qu'elle avait pu trouver dans le minibar, tout en tâchant, l'esprit embrumé par l'alcool, d'analyser ce qui se passait entre eux.

— Ça va ? demanda Rogan.

Elle ferma les yeux. Elle se sentait de plus en plus mal. Elle allait être malade… Elle était malade ! Elle se leva brusquement, courut aux toilettes et vomit.

Lorsqu'elle en sortit pour gagner la salle de bains, Rogan était toujours là.

— Allez-vous-en ! lança-t-elle.

Mais il était déjà à ses côtés et mouillait une serviette d'eau fraîche avec laquelle il lui tamponna le visage, les tempes.

— Je suis désolée… Excusez-moi. Vraiment… Vous devez penser que je suis une imbécile.

— Non. Pas du tout.

— Vous pouvez me dire la vérité, vous savez. La vérité, j'en ai fait ma profession.

— J'avais remarqué. Vous dites toujours très exactement ce que vous pensez et c'est une chose que j'apprécie beaucoup chez vous.

Il lui passa la serviette mouillée sur les joues, les lèvres.

— Alors, dites-moi la vérité..., ajouta-t-il.

— A quel sujet ?

— Aimeriez-vous m'embrasser de nouveau ?

Elle devait mentir, lui dire que ce serait une conduite totalement inappropriée. De toute façon, l'embrasser encore ne pourrait que mener au désastre. Sa carrière tout entière reposait sur sa réputation et cela impliquait qu'elle devait être irréprochable sur le plan professionnel.

D'autant plus en ce moment. S'il existait le moindre soupçon concernant son comportement, cela pourrait compromettre à jamais sa possible carrière d'enseignante. Son nom pourrait se retrouver rayé de la liste par le comité de sélection.

Et pourtant, ne méritait-elle pas d'avoir une vie privée ? Une vie dans laquelle le désir, la passion auraient leur place ? Comment convaincre ses patients de profiter de l'instant si elle-même était incapable de le faire ?

Elle n'était pas non plus la seule concernée dans l'affaire. Sa vie était liée à celle de son père. Il vieillissait et, le temps passant, il aurait de plus en plus besoin d'aide.

Elle s'en voulut de tout analyser, une fois de plus. Il ne s'agissait que d'un baiser, après tout... Ce n'était pas comme si elle avait prévu de se jeter dans le lit de cet homme.

— Si vous mettez autant de temps à répondre, ce n'est pas bon signe, murmura Rogan. C'est que vous avez des réserves. Je retire donc ma question.

Claudia avait adoré ce baiser et elle n'avait qu'une envie : recommencer. Ne serait-ce qu'une fois.

— C'est oui, répondit-elle alors. Mais plus tard.

— D'accord. Je ne suis pas pressé.

— J'ai besoin de temps, poursuivit-elle, le regardant droit dans les yeux. Il faut d'abord que je détermine comment m'y prendre avec vous.

— C'est inutile. Je ne suis pas un de vos patients.

Il tendit la main, lui souleva le menton et fixa ses lèvres.

— Il se trouve que je suis totalement obsédé par votre bouche. Existe-t-il un remède à ça, docteur Mathison ?

Claudia poussa un soupir, à moitié vaincue déjà. Possédait-elle la force de lui résister ? Avait-elle seulement envie d'essayer de maintenir une distance entre eux ? Ce voyage était un désastre, de toute façon, et sa carrière probablement fichue. Cela ne pouvait pas être pire.

Lorsque le regard de Rogan croisa le sien, elle sut que la bataille était perdue. Elle était en état de faiblesse, sa confiance en elle totalement dévastée et, lorsqu'il lui faisait son numéro de charme, c'était tout simplement magique : elle se sentait soudain tellement mieux !

Si l'une de ses patientes lui avait tenu un tel discours, elle l'aurait immédiatement mise en garde : compter sur un homme pour se prouver sa valeur pouvait vous rendre totalement dépendante de lui. Mais, en cet instant, elle s'en moquait éperdument. Rogan pouvait bien l'aider à prouver tout ce qu'il voulait.

— Je ferais mieux d'aller jeter un coup d'œil à vos patients, dit-il. Je les ai sentis un peu nerveux lorsque je leur ai annoncé le programme de la journée, tout à l'heure…

— Qu'est-ce qui est prévu ?

— Nous allons descendre la rivière Puhoi en kayak. Les eaux sont tranquilles et le parcours ne fait que huit kilomètres. Le courant va nous porter, ce ne sera donc pas fatigant. Et le paysage est splendide. Je pense que tout le monde appréciera.

A la perspective de passer la journée dans un bateau, Claudia sentit la nausée l'assaillir de nouveau.

— Ça a l'air… très bien.

— Si vous préférez, vous pouvez passer l'après-midi ici pour vous reposer. Vous nous rejoindrez plus tard.

— Non, non… Je veux venir. Il faut que je sois présente pour observer et évaluer, de toute façon.

— Très bien. Prenez quelques minutes pour vous préparer. Nous vous attendrons en bas, dans le hall.

Il lui jeta un dernier coup d'œil circonspect.

— Vous êtes sûre que ça va aller ?

— Oui. Le temps d'avaler un petit quelque chose et il n'y paraîtra plus rien.

— J'ai réservé une table dans un restaurant pour le déjeuner. La cuisine y est excellente. Vous allez adorer.

— Vous pensez vraiment à tout.

— C'est mon métier, docteur Mathison.

Rogan quitta la salle de bains et elle entendit la porte de la chambre se refermer derrière lui.

Elle avait imaginé ce voyage un bon millier de fois, mais jamais elle n'aurait pensé qu'il prendrait cette tournure. Un vol chaotique, un guide très séduisant, un baiser surprenant et une méchante gueule de bois. La suite, c'était quoi ?

— Certainement pas de coucher avec lui ! marmonna-t-elle en se redressant.

Elle aperçut alors son reflet dans le miroir.

— Oh ! Seigneur !

Son mascara avait coulé et lui dessinait des cernes noirs. Quant à ses cheveux, c'était une horreur. Et cette trace marron, là, sur sa joue, qu'est-ce que c'était ? Elle s'approcha du miroir. Du chocolat fondu… De mieux en mieux ! Elle avait dû en trouver une barre dans le minibar, avant de sombrer dans le sommeil.

— Eh bien, pour une première impression, on peut dire que c'est réussi !

Dieu merci, ses patients ne l'avaient pas vue dans cet état. Mais Rogan si. Ce qui n'était pas plus mal, dans le fond. Un baiser, passe encore. Mais lui laisser penser qu'elle était partante pour une relation était tout sauf judicieux. Elle avait une réputation à défendre et si elle soupirait après cet homme un peu trop séduisant, son groupe ne manquerait pas de s'en apercevoir.

Et où cela la mènerait-il ? Rencontre après rencontre, elle avait fini par se convaincre que les histoires d'amour n'étaient pas faites pour elle. Elle ne pouvait s'empêcher de tout analyser, la moindre conversation, le moindre geste, le moindre problème, jusqu'à ce que la relation finisse par s'effondrer sous ses yeux.

Elle avait essayé de changer, en vain. Déformation professionnelle. Elle ne savait que trop bien comment fonctionnait l'esprit humain.

Non, elle ne devait rien attendre de cette rencontre, rien de durable du moins, parce que Rogan Quinn était un homme avec lequel aucun avenir n'était envisageable. Il passait sa vie à courir le monde et elle exerçait sa profession dans un cabinet, à Sydney. Mais s'il s'agissait seulement de prendre du bon temps, alors le moment était propice. Qui sait ? Elle pourrait même y gagner en confiance en elle. Ce qui serait bénéfique pour son travail.

Séduire et se laisser séduire, c'était plutôt agréable, et un flirt ne conduisait pas forcément à se retrouver au lit avec un homme. Ils pouvaient s'embrasser, s'amuser un peu et, à la fin de la semaine, se séparer. Ce n'était pas plus difficile que cela.

Elle garderait le contrôle, comme elle l'avait toujours fait dans ses relations personnelles, n'allant jamais trop loin, ne s'abandonnant pas à des sentiments qui pouvaient ne pas être réciproques. Pourquoi en irait-il autrement avec Rogan Quinn ?

Elle se lava rapidement le visage et se brossa les dents. Elle aurait volontiers pris une douche, mais elle ne pouvait faire attendre le groupe plus longtemps. Une fois vêtue d'un jean et d'un T-shirt propres, elle constata que son allure s'était considérablement améliorée.

Elle attrapa son sac et gagna l'ascenseur à la hâte. Lorsqu'elle arriva dans le hall, elle trouva tout le monde confortablement installé dans les canapés et l'atmosphère semblait tout à fait détendue. A sa grande surprise.

Dès que Rogan l'aperçut, il se leva.

— La voilà ! dit-il.

— Désolée pour ce retard. M. Quinn vous a expliqué ?

— Je leur ai dit que vous aviez eu un appel d'urgence de Sydney.

Elle apprécia le mensonge.

— Tout va bien, à présent ? demanda-t-il.

— Oui, tout va bien, répondit-elle, lui adressant un sourire reconnaissant. Sommes-nous prêts à partir ? J'ai cru comprendre qu'une journée très intéressante nous attendait.

Tandis que ses patients sortaient du hall pour gagner le van, elle lui glissa :

— Merci ! D'ordinaire, je ne leur mens pas. Mais, dans ce cas, c'était justifié.

— Pas de problème.

— Qu'avez-vous prévu pour ce soir ?

— Nous camperons dans le parc régional. C'est un endroit assez domestiqué qui nous servira de test. Je leur enseignerai quelques techniques de survie, puis nous préparerons un repas en plein air. Ensuite, j'ai intention de vous embrasser. Mes plans s'arrêtent là. Pour le reste, ça dépendra de vous.

— En avez-vous parlé au groupe ?

— Du baiser ? Non. Mais je peux le faire, si vous le souhaitez.

— Je parlais de la soirée !

Le visage de Rogan se fendit d'un grand sourire.

— Oui, ils sont au courant. Ils auraient préféré rester à l'hôtel, mais ils sont prêts à relever le défi.

Tous les bagages étaient déjà dans le coffre. Rogan y ajouta le sac de Claudia, puis il posa discrètement une main sur sa taille, le temps que le groupe prenne place à l'intérieur. Claudia sentit la chaleur de ses doigts irradier sa peau et son corps fut parcouru de délicieux frissons. Il ne s'agissait pas d'un geste anodin. Rogan lui signifiait ainsi qu'il avait envie de la toucher, de l'embrasser et qu'il attendait avec impatience le moment où ils se retrouveraient seuls.

Elle sentit son pouls s'accélérer et, en un instant, comme par miracle, toute trace de nausée et de migraine disparut.

Elle se sentait pleine d'énergie et exaltée. Elle était prête à faire la preuve de ses compétences en tant que thérapeute et à observer le travail de Rogan sur le terrain.

Rogan jeta un coup d'œil autour de lui. Il y avait des années qu'il n'était pas revenu dans le pittoresque petit village de Puhoi. Ce n'était pas le genre de lieu qui s'imposait naturellement dans ses itinéraires. Un peu trop civilisé pour ses clients habituels. En revanche, il était parfait pour les patients de Claudia. Fondé par des immigrés venus de Bohème au milieu du dix-neuvième siècle, il avait conservé l'essentiel de son charme européen.

Le déjeuner dans le petit restaurant s'avéra délicieux. Les membres du groupe semblaient tout à fait à l'aise les uns avec les autres. Durant la discussion, Rogan apprit qu'ils passaient tous leurs mardis après-midi ensemble, en thérapie de groupe, à travailler sur leurs problèmes respectifs.

Claudia ne s'était pas attardée sur leurs phobies, mais il ne lui fut pas très difficile de deviner de quoi souffrait chacun.

Emma, une grande jeune femme d'une trentaine d'années, était toujours munie de lingettes antibactériennes. Millie, vingt-six ans, jolie mais très timide, fuyait les espaces confinés et refusait de prendre l'ascenseur. Leticia avait peur du vide. Quant à Marshall, âgé d'une quarantaine d'années, il redoutait les insectes. En revanche, Rogan ne parvint pas à déterminer de quoi souffrait Eddie. Ce grand jeune homme très maigre semblait perpétuellement mal à l'aise.

Ils se trouvaient à présent sur la berge, écoutant les conseils et les recommandations de sécurité que leur donnait le moniteur de la société de location de kayak. La Puhoi était une rivière soumise aux marées, peu profonde et calme, idéale pour des débutants.

Tout se passa sans problème jusqu'au moment où Eddie souleva la question des crocodiles. Tous avaient entendu parler de ce Néozélandais attaqué par un crocodile géant, et leur inquiétude était légitime.

— Je peux vous assurer qu'il n'y a ni serpents ni crocodiles, ici, leur affirma Rogan. Quelques araignées, mais c'est tout…

— Je déteste les araignées, dit Marshall, réprimant un frisson.

— Elles ont la réputation d'être de très mauvaises nageuses alors, tant que vous serez sur la rivière, vous ne risquerez pas d'en rencontrer.

Marshall parut rasséréné et Rogan prit quelques minutes pour évoquer la vie sauvage en Nouvelle-Zélande et souligner notamment l'absence de toute espèce de mammifères natifs du pays, hormis la chauve-souris. Après une longue discussion au sujet de la rage et la confirmation que les chauves-souris étaient des animaux nocturnes, le petit groupe fut prêt à partir.

Tandis que l'instructeur équipait chacun d'un gilet de sauvetage, Rogan rejoignit Claudia qui s'était éloignée du groupe.

— C'est merveilleux ! dit-elle, enthousiaste. Ils sont tous partants ! Et vous avez magistralement su calmer leurs inquiétudes.

— Ils semblent tous très doués pour faire monter la pression pour un oui pour un non.

— Vous n'imaginez pas à quel point ! Ils ont énormément de difficultés à laisser leurs angoisses de côté et c'est pourtant ce qu'ils viennent de faire. Regardez-les… Après ce qui s'est passé hier, en avion, je m'attendais à les voir tétanisés, refusant de quitter le van. Mais ils sont tous là, prêts à descendre cette rivière en kayak. Vous avez une très bonne influence sur eux. Ils réagissent très positivement à votre présence. Je ne m'explique pas encore très bien pourquoi, mais…

— Je les connais à peine et, de ce fait, je n'ai pas d'attentes. Ça me donne un sérieux avantage sur vous.

— Votre charme y est certainement aussi pour beaucoup. Les hommes ont envie de vous ressembler et les femmes de vous faire plaisir. Mais quelles que soient leurs motivations, cette journée représente une énorme avancée pour eux.

Elle s'interrompit et poussa un soupir.

— Encore que tout ça soit très fragile et susceptible de

changer à tout moment. J'espère que personne ne tombera à l'eau ! Vous êtes sûr qu'il n'y a pas de serpents dans cette rivière ?

— Certain. Allons-y, maintenant.

Il effleura la main de Claudia et, l'espace d'un instant, leurs doigts s'unirent. S'ils avaient été seuls, ou carrément plus à l'écart, Rogan aurait saisi cette occasion pour l'attirer dans ses bras et l'embrasser. Et il ne se serait pas contenté d'un baiser furtif, d'un simple effleurement des lèvres ! Non, son baiser aurait été intense, profond, passionné.

Et ce serait très bien, non ? Pourquoi ne suivrait-il pas ses désirs ? Son métier de guide requérait habituellement une attention de tous les instants, d'autant que des vies pouvaient être en jeu. Mais cette descente de la rivière Puhoi était un moment tout à fait tranquille, alors libre à lui d'en profiter. En outre, les patients de Claudia se trouvaient avec le moniteur de kayak.

— Venez, dit-il. J'ai besoin de vous un instant…

— Pas de problème.

Claudia le suivit jusqu'à la cabane où était entreposé le matériel.

Dès qu'ils furent à l'abri des regards, Rogan glissa les bras autour de sa taille et l'attira tout contre lui.

— J'ai une envie folle de vous embrasser. Si vous avez une objection, c'est le moment de la formuler.

Il marqua une pause.

— Alors ?

— Alors j'aimerais qu'on mette les choses au point pour commencer… S'il s'agit de s'embrasser juste pour s'embrasser, c'est d'accord. Mais il est rare que ça s'arrête là et je…

Rogan posa un doigt sur ses lèvres.

— Cessez de tout analyser. Il ne s'agit que d'un baiser.

Le contact de ses doigts arracha à Claudia un petit gémissement. Elle paraissait désemparée, les yeux écarquillés et le souffle court.

— En ce cas, je n'ai aucune objection, murmura-t-elle.

Il sourit et se pencha vers elle. Il savait qu'ils n'auraient guère d'autre possibilité de se retrouver en tête à tête avant une heure tardive, ce soir-là. Aussi voulait-il faire de ce baiser un moment inoubliable.

Lorsque leurs lèvres se touchèrent, Claudia entrouvrit les siennes, l'invitant à approfondir son baiser. Jamais il n'avait été à ce point obsédé par l'envie d'embrasser une femme. Il n'avait cessé d'y penser depuis la veille.

C'était étrange comme les premières impressions pouvaient parfois s'avérer trompeuses. Au téléphone, il avait trouvé Claudia autoritaire, directive, obsédée par l'envie que tout soit organisé dans les moindres détails. Et voilà qu'il découvrait une femme généreuse, soucieuse que tout se passe bien pour ses patients, dépensant une énergie phénoménale à les aider, à faire en sorte que le voyage leur soit aussi bénéfique que possible. En bref, il découvrait une femme dont le tempérament l'intriguait. Et il avait de plus en plus envie de la connaître.

Il emprisonna son visage entre ses mains et prit sa bouche avec fougue. Ce fut un baiser si profond, intense, bouleversant, qu'il sentit bientôt tout contrôle lui échapper. Ils devaient s'arrêter, mais la volonté lui manquait. Finalement, au prix d'un effort immense, il s'écarta de Claudia. Puis, son front posé contre le sien, il attendit qu'elle ouvre les yeux.

— Je crois qu'il nous faudra continuer plus tard, dit-il.

— Quand ?

— Lorsque tout le monde sera couché, j'imagine.

Elle approuva d'un léger hochement de tête.

— Et ma question ?

— Quelle question ?

— Il me semblait que nous avions conclu un marché : un baiser, une question.

— Et moi, il me semble que vous êtes en train d'en changer les termes… Il s'agissait de vous faire lâcher prise pas de vous embrasser… Mais j'accepte la nouvelle donne… Un baiser pour une question. Vous avez intérêt à poser la bonne.

Claudia réfléchit un instant et sourit.

— Y a-t-il quelque chose dont vous ayez peur ?

— Non.

— C'est tout ?

— La question appelait une réponse par oui ou non. J'ai répondu.

— Mais je…

— Si vous voulez une autre question, il faudra m'embrasser de nouveau.

Rogan sourit. Elle s'était fait prendre à son propre jeu, et en était consciente. Elle quitta l'abri de la cabane pour rejoindre le groupe. Rogan ne la suivit pas tout de suite. Il s'adossa au mur et inspira profondément, s'efforçant de calmer les battements frénétiques de son cœur … et le reste car, s'il fallait en croire l'érection qui tendait son short, il s'était laissé emporter bien plus loin qu'il ne le pensait.

Il étouffa un juron, s'efforçant de chasser de son esprit l'image du corps nu de Claudia se cambrant sous le sien. Mais il lui était impossible de calmer son érection en quelques secondes.

— Quinn ! appela le moniteur.

Rogan jeta un coup d'œil en direction du groupe. Tout le monde était prêt à mettre son kayak à l'eau.

— Allez-y… Je vous rejoins.

Il attendit que tous soient embarqués et en train de pagayer pour gagner la berge, heureux que le kayak soit à même de dissimuler la manifestation de son émotion. Lorsqu'il les rejoignit enfin, ils descendaient tranquillement le courant.

Il passa la première heure de leur périple à commenter les paysages qui les entouraient, les champs, les pâturages. Alors que les méandres de la rivière les rapprochaient du golfe Hauraki, les berges se couvrirent de la végétation dense de la mangrove, disparaissant sous l'entrelacs des branches noueuses et des troncs.

Les cris rauques d'un martin-chasseur retentirent dans l'air pur de l'après-midi. Ils passèrent en glissant sans bruit devant des hérons aussi immobiles que des statues et des pukekos à gorge bleue. Les martins-pêcheurs rasaient l'eau, capturant leurs proies de leur long bec, avant de regagner l'abri des arbres, au-dessus d'eux.

Rogan avait apporté un nombre suffisant de paires de jumelles et il incita chaque membre du groupe à laisser son embarcation suivre tranquillement le courant et à observer l'étonnante variété des oiseaux alentour. Il en profita pour prendre des photos avec un petit appareil numérique. Si *Max Adrenaline* entendait promouvoir ce type de circuit, Mal souhaiterait certainement disposer de photos pour alimenter le site. De plus, Rogan avait rarement le loisir de prendre des photos lors de ses expéditions et il se régalait.

La journée était idéale. Une brise légère faisait bruisser les feuilles des arbres, tandis que le soleil printanier réchauffait doucement l'atmosphère. Pendant l'essentiel du circuit, Rogan concentra son attention sur les patients de Claudia, s'assurant que tout allait bien pour eux et qu'ils se sentaient à l'aise. Mais le moniteur pilotait parfaitement le groupe. Aussi, lorsqu'il vit Claudia pagayer en direction d'une petite crique, la suivit-il sans hésiter.

Une belle lumière dorée l'enveloppait et il prit quelques clichés d'elle. Puis il fit glisser son kayak jusqu'au sien.

— Ça va ? demanda-t-il.

— On ne peut mieux !

— J'ai pris quelques photos, dit-il, lui tendant son appareil.

Claudia les fit défiler.

— Elles sont magnifiques ! Je n'ai même pas pensé à apporter mon appareil. Il faut dire aussi que je fais toujours très attention au respect de l'image et de la vie privée.

— Je n'aurais pas dû photographier vos patients, alors ?

— Si. Ils seront certainement ravis d'avoir des souvenirs de leur voyage. Certains ont apporté leur propre appareil. Sentez-vous tout à fait libre de continuer.

Elle lui rendit son appareil et poussa un long soupir d'aise.

— Je crois que j'avais besoin de ce voyage plus encore qu'eux. Il y avait longtemps que je ne m'étais pas détendue à ce point. Je respire à pleins poumons et c'est si bon !

— Moi aussi.

— Vraiment ? C'est votre métier, pourtant. Vous devez avoir l'habitude d'être au grand air.

Rogan eut un petit rire.

— D'habitude, je dois faire en sorte que mes clients ne tombent pas dans le vide ou ne meurent pas de froid. Pas vraiment de quoi être détendu ! Ce voyage, c'est un peu comme des vacances pour moi.

— Si vous m'aviez dit, avant de partir, que j'apprendrais à faire du kayak, je vous aurais traité de fou. Je suis très fière de moi. A aucun moment, je n'ai failli chavirer.

Rogan lui sourit et son regard glissa aussitôt vers ses lèvres. Depuis qu'il l'avait embrassée, il ne pensait plus qu'au moment où il pourrait recommencer. Mais il leur fallait pour cela être seuls. Il avait envie de l'attirer tout contre lui, et de prendre sa bouche en un baiser très doux, très lent. Un baiser hypnotique. Il l'imaginait déjà perdant le contrôle, poussant de petits gémissements de plaisir contre ses lèvres... Mais il devrait alors répondre à une nouvelle question.

Quelle importance, après tout ? Il ne voyait pas ce qu'elle pourrait apprendre de lui. Jusqu'à présent, il n'avait jamais laissé aucune femme l'approcher de trop près. Et ce n'était pas aujourd'hui qu'il allait commencer !

Leurs kayaks se frôlèrent ; il tourna autour d'elle, leurs embarcations devenues comme des prolongements de leurs corps. Chaque fois qu'ils se frottaient l'un à l'autre, rebondissaient l'un sur l'autre, le désir montait. Lorsqu'il devint impossible de l'ignorer, Rogan se pencha et attira le kayak de Claudia contre le sien.

Leurs regards se trouvèrent mais, lorsque Claudia voulut s'approcher, son kayak tangua dangereusement. Elle poussa un cri et se cramponna au gilet de sauvetage de Rogan, menaçant de les faire chavirer tous les deux.

Son premier mouvement aurait été de la repousser, mais Rogan savait que la seule façon de la stabiliser était au contraire de la saisir par son gilet de sauvetage et de l'attirer plus près de lui. Elle paniqua tout d'abord, battit l'eau de sa pagaie, cherchant à se remettre d'aplomb, mais lorsque leurs lèvres se joignirent, elle s'apaisa aussitôt. Un instant plus tard, elle avait retrouvé son équilibre.

— Voilà, dit-il, s'écartant. Ça va aller, à présent.

Elle leva les yeux vers lui. Elle était incroyablement belle… Les rayons du soleil qui filtraient au travers des branches faisaient ressortir la couleur de ses yeux, du vert le plus brillant, le plus intense qu'il ait jamais vu. Ses cheveux bruns, doucement balayés par la brise, encadraient son visage aux traits fins et réguliers. Une perfection, dans cette lumière.

Il se pencha et, lorsque leurs lèvres s'unirent, Claudia poussa un petit gémissement. Elle glissa la main sous sa nuque, enfouit les doigts dans ses cheveux, tandis que leur baiser se faisait plus profond.

Dans le petit espace secret que leur ménageait la mangrove, ils s'embrassèrent avec fougue et, chaque fois qu'ils bougeaient, langues et souffles mêlés, emportés par l'ardeur de leur désir, les kayaks remuaient en réponse.

— Docteur Mathison ? Houhou ? Ça va ?

Rogan jeta un coup d'œil par-dessus son épaule et aperçut le moniteur, de l'autre côté de la crique. Le groupe remontait à contre-courant, à leur recherche.

— Rien de grave ! lança-t-il. Juste un petit incident.

Puis, baissant la voix, il ajouta :

— Je vais vous pousser. Tenez-vous assise bien droite. Vous ne risquez rien.

Claudia suivit ses instructions.et les kayaks se séparèrent souplement. Rogan saisit sa pagaie et fit rapidement demi-tour pour rejoindre le groupe.

— Le kayak de Claudia s'était coincé dans des racines, expliqua-t-il.

Le groupe parut se satisfaire de cette explication, sauf Emma qui lui jeta un regard soupçonneux au moment où Claudia les rejoignait.

— Prenez garde, maintenant. Ne vous faites plus coincer.

— Merci du conseil, monsieur Quinn, répondit Claudia, assez fort pour que tout le monde entende.

Puis, passant devant lui, elle murmura :

— Vous me devez deux questions, à présent.

Il la regarda s'éloigner, superbe, et sourit. Elle pouvait tenir les comptes si cela lui faisait plaisir. Il n'avait pas l'intention de passer son temps à discuter avec elle. Il avait d'autres activités nettement plus intéressantes à lui proposer.

Ils avaient partagé un délicieux repas de bœuf, pommes de terre et sauce aux pommes. Ils avaient cherché des baies et comparé leurs trouvailles. Puis ils les avaient dégustées, et Rogan leur avait appris comment allumer un feu sans allumettes. Tous ces petits apprentissages, mis bout à bout, semblaient renforcer la confiance en soi chez chacun des participants, et Claudia en était ravie. Ils étaient à présent installés autour du feu, en train de partager leurs nouveaux savoirs. Assise près d'eux, elle observait Rogan dans la lumière dansante des flammes.

D'ordinaire, elle cernait assez facilement les gens mais, plus elle l'observait, plus il la déroutait. Il paraissait si tranquille, si sûr de lui et de ses compétences, si parfaitement à sa place ! Et pourtant, elle avait le sentiment qu'un individu nettement plus complexe se dissimulait derrière cette façade de sérénité.

Ils avaient lancé ce petit jeu — une question pour un baiser —, mais pour elle, il ne s'agissait pas d'un simple divertissement. Elle avait envie, besoin, de tout connaître de cet homme qui s'était glissé au sein de leur petit groupe et avait tout bouleversé.

Il avait déjà fait la preuve de sa compétence vis-à-vis de ses patients, et tous semblaient l'admirer, même lorsqu'il les obligeait à transcender leurs peurs. Ils donnaient l'impression de se surpasser pour lui faire plaisir. Quand c'était elle qui les y poussait, ils paraissaient le vivre comme un harcèlement.

Elle espérait que ce voyage lui donnerait l'occasion de mieux les connaître tous, mais elle se rendait compte qu'il allait surtout lui donner l'opportunité de découvrir Rogan Quinn. Elle brûlait d'envie de savoir qui il était, de découvrir ses secrets, professionnels et personnels.

Elle l'observait, tandis qu'il racontait au groupe un épisode qu'il avait vécu lors d'une ascension au Népal. Tous étaient captivés par son récit. Mais, au bout de quelques minutes, Emma se leva et vint s'asseoir à côté d'elle.

— C'est un bel homme, non ? murmura-t-elle. J'adore ses cheveux. Ils sont si épais. Ça ne vous donne pas envie de glisser les doigts dedans ?

— Euh… non, répondit Claudia, prise de court. Pas du tout. Vous, oui ?

— A supposer qu'il vienne de les laver avec un savon antibactérien, oui.

Claudia se tourna vers elle, surprise.

— Je plaisante ! s'écria Emma. En fait, il n'est pas vraiment mon type.

Cela ne ressemblait pas du tout à Emma de se moquer de sa phobie. D'ordinaire, elle lui gâchait la vie et lui ôtait tout humour. Ce changement avait-il un rapport avec Rogan ?

— Il n'est pas si beau que ça, reprit Claudia. Et ce n'est pas mon type non plus.

— Allons, docteur Mathison, nous ne tournons peut-être pas très rond, tous les cinq, mais nous ne sommes pas idiots ! Sauf Eddie, et encore… Avouez-le, Rogan Quinn vous plaît.

Claudia secoua la tête.

— Pas de commentaire négatif sur les membres du groupe, lui rappela-t-elle, préférant ne retenir que sa remarque à propos d'Eddie. Du dialogue constructif, rien d'autre.

— Vous voulez du constructif ? Très bien, alors en voilà ! Vous nous avez toujours demandé d'être honnêtes avec nous-mêmes alors je vous suggère de faire de même. Nous avons tous vu la façon dont vous vous regardez, tous les deux.

Etait-ce donc si évident ? Habituellement, ses patients étaient tellement préoccupés par leurs obsessions qu'ils faisaient peu attention à elle.

— Il est séduisant, c'est certain…, admit prudemment Claudia. Il faudrait être aveugle pour ne pas s'en rendre compte. Mais je n'ai pas l'intention de…

— Vraiment ? demanda Emma, haussant les sourcils. Et pourquoi pas ? Il est célibataire, disponible. Si je n'étais pas amoureuse de Marshall, je tenterais ma chance.

Claudia écarquilla de grands yeux stupéfaits.

— Vous et… et Marshall ?

— Ne me demandez pas pourquoi. Et surtout, pas un mot ! Je ne lui ai rien dit et je n'ai pas l'intention de le faire. Je préfère l'admirer de loin. Qui sait quel genre de germes il transporte avec lui…

— J'admire M. Quinn, c'est un fait. Regardez-le. Il est capable de faire un feu avec des brindilles. Mais ça s'arrête là.

Qu'est-ce qu'elle racontait ? Elle avait toujours mis ses patients en garde, les encourageant à prendre leurs décisions sereinement, et non en se laissant gouverner par leurs émotions. Et voilà qu'elle reniait ses principes à cause de l'attirance qu'elle éprouvait pour Rogan ! Si ce n'était pas le signe qu'elle allait au-devant des problèmes !

Sans compter qu'elle avait enfreint l'une de ses règles les plus strictes. Par deux fois, elle avait menti à ses patients. Elle leur disait toujours la vérité, d'ordinaire, ou leur indiquait qu'elle ne souhaitait pas leur répondre. Mais jamais elle ne leur mentait. Cela dit, les mensonges en question concernaient sa vie privée, pas la relation professionnelle qu'elle entretenait avec eux. Ce n'était donc pas si grave.

— Vous devriez vous lancer, l'encouragea Emma.

— Je pourrais vous retourner le conseil, rétorqua Claudia. Mais nous savons toutes les deux que les choses sont plus complexes qu'il n'y paraît.

Elle s'éclaircit la voix et poursuivit :

— Et puis, je ne suis pas certaine que cette conversation soit très appropriée entre une patiente et sa thérapeute.

— Très bien, dit Emma en se levant. Mais sachez que nous sommes tous d'accord pour que vous fonciez.

— Parce que vous en avez discuté avec le groupe ?

— Bien sûr ! De quoi étions-nous censés papoter en descendant la rivière ? De nos problèmes ? Vous parlez d'une distraction !

Emma leva les bras au-dessus de sa tête et s'étira.

— Je suis épuisée, dit-elle, s'adressant au groupe. Je vais aller me coucher. Pas vous ?

Comme s'ils s'étaient concertés avant, tous se levèrent d'un même élan, faisant état de leur grande fatigue. L'un après l'autre, ils souhaitèrent bonne nuit à Rogan et à Claudia et se retirèrent vers les tentes qu'ils avaient montées un peu plus tôt dans la soirée.

Rogan les regarda s'éloigner, intrigué.

— Que se passe-t-il ? demanda-t-il.

— Ce n'est pas à moi qu'il faut le demander. Ils se sont manifestement mis d'accord sur une chose et c'est bien la première fois !

— Vous comptez rester de l'autre côté du feu ou venir me rejoindre ?

— Je ferais mieux de rester où je suis, je crois.

Rogan se leva.

— Ça vous dérange, alors, si c'est moi qui viens ?

Comment refuser ? Tout l'après-midi, elle avait songé au moment où ils se retrouveraient en tête à tête. Elle qui se targuait d'être maîtresse de ses émotions, depuis qu'elle avait rencontré Rogan, elle ne cessait de songer à ce qui pourrait se passer entre eux. Elle avait beau se répéter que son attitude était inconcevable pour une thérapeute en présence de ses patients, elle ne pouvait lutter contre son attirance pour lui. Il était si séduisant, si charmant, et tellement professionnel !

C'était ce dernier point qu'elle appréciait tout particulièrement chez lui. Elle était sortie avec des hommes très compétents dans leurs domaines respectifs, mais aucun ne possédait l'assurance tranquille dont Rogan faisait preuve. Pour la première fois de sa carrière, elle n'avait pas à prendre la situation en charge ; Rogan le faisait et avec une efficacité absolue.

Et ce n'était pas tout… Il y avait en lui cette petite pointe de danger si excitante. Naturellement charmeur et rompu de surcroît à l'art de la séduction, il avait su, contre toute raison, la captiver par son esprit et ses sourires. C'était insensé et elle aurait dû garder ses distances, l'éviter à tout prix, mais elle était irrésistiblement attirée.

— Qu'avez-vous prévu pour demain ? demanda-t-elle, lorsqu'il s'assit à ses côtés.

— Si nous parlions plutôt de ce que j'ai prévu pour ce soir ?

Il emprisonna sa main, mêla lentement ses doigts aux siens, les fixant, comme fasciné.

Claudia s'efforça de sourire.

— Comment vous y prenez-vous ? Ils vous écoutent et donnent l'impression d'avoir envie de vous faire plaisir.

Rogan eut un petit haussement d'épaules.

— Ce n'est pas normal ?

— Non. En fait, ils se comportent de façon très anormale. Je ne peux pas vous garantir qu'ils ne se montreront pas difficiles à un moment ou un autre, mais j'essaie de comprendre pourquoi vous semblez avoir plus de succès que moi auprès d'eux.

Rogan porta sa main à ses lèvres et embrassa doucement ses doigts.

— Est-ce vraiment important de le savoir ?

— Rogan, je ne suis pas certaine que nous puissions…

Elle s'interrompit devant le désir qu'elle voyait brûler dans ses yeux. Ou bien était-ce seulement le reflet des flammes ?

— Je suis conscient que vous avez une réputation à protéger, que vos patients ont remarqué que nous sommes attirés l'un par l'autre…

— Ils vous en ont parlé ? l'interrompit-elle.

— Oui. De manière détournée. Et j'ai bien compris aussi que ce ne serait pas très judicieux par rapport à eux de…

— Oui, je… je veux dire, non, l'interrompit-elle de nouveau. Ce ne serait pas judicieux, en effet. Je suis censée m'occuper d'eux, pas passer mon temps à… à flirter avec vous.

— Pourtant, nous pourrions avoir de bons moments, objecta-t-il avec un grand sourire. Je vous le garantis.

— Oh ! Je n'en doute pas. Mais mes patients doivent rester au centre de ce voyage, de nos préoccupations…

— Je vous l'accorde.

— Si nous suivions nos pulsions, elles nous conduiraient à une relation purement sexuelle, or je ne cesse de mettre mes patients en garde contre ce type de relation.

— Vous êtes contre le plaisir, Claudia ?

— Non ! Mais, quand il n'y a pas d'amour au bout, une relation purement sexuelle ne peut qu'engendrer la déception.

— Pourquoi le sexe devrait-il obligatoirement être lié à l'amour ? Il peut être un plaisir en soi, non ?

— Certes… Ce que je veux dire, c'est qu'il serait bon que j'agisse selon les principes que je professe. Je suis certaine que nous pourrions coucher ensemble et cantonner l'événement à de justes proportions. Mais ça ne veut pas dire que nous devons le faire.

— Vous revoilà partie à tout analyser ! Que voulez-vous, docteur Mathison ? En cet instant, là, tout de suite, de quoi avez-vous envie ?

Claudia n'eut pas besoin de réfléchir longtemps. Elle avait envie de l'embrasser, voilà tout. Mais s'il était capable de la bouleverser avec un simple baiser, qu'est-ce que ce serait s'ils allaient plus loin ? Il y avait tout à parier qu'elle n'aurait pas envie de s'arrêter. Or, elle ne pouvait se permettre d'aller plus loin. Du moins, pas maintenant. Alors, mieux valait laisser les choses en l'état et ne songer qu'à s'octroyer une bonne nuit de repos.

Elle se leva, et enfouit les mains dans les poches de sa veste.

— J'ai avant tout besoin de repos, déclara-t-elle.

— Et si vous me posiez les questions auxquelles vous avez droit ? D'après mes calculs, ça en fait deux, si ce n'est trois.

— Quelque chose me dit que vous n'avez pas réellement l'intention d'y répondre.

— Oh… Si je comprends bien, vous avez déjà tout deviné de moi…

— Ce n'est peut-être pas plus mal, après tout. Si vous ne jouez pas le jeu, je n'ai plus aucune raison de vous embrasser.

— Et vous n'en avez aucune envie, d'ailleurs, ironisa-t-il. Vous voyez, moi aussi, j'ai deviné un certain nombre de choses vous concernant.

Claudia pinça les lèvres.

— Bonne nuit, Rogan.

Il se leva, glissa un bras autour de sa taille.

— Embrassez-moi au moins pour me souhaiter bonne nuit… Cessez donc d'analyser, de réfléchir aux conséquences, à ce que pourraient penser vos patients ! Faites-le, c'est tout.

Claudia poussa un petit gémissement et posa son front contre son torse. Il enfouit les doigts dans ses cheveux, caressa sa nuque. Si elle se laissait aller, elle s'approcherait dangereusement du précipice.

— D'accord, Doc, allez vous coucher, murmura Rogan au bout d'un long silence. Mais je ne vous souhaite pas bonne nuit. Je doute que vous trouviez le repos.

— Et pourquoi ça ? demanda Claudia, levant les yeux vers lui.

— Parce que vous allez passer la nuit entière à vous demander si vous n'auriez pas dû vous montrer un peu plus téméraire et saisir l'opportunité de vous amuser un peu.

— A vous entendre, ça paraît si simple. Si vous saviez le nombre de femmes que je reçois qui, confrontées à ce dilemme, ont pris la mauvaise décision.

— Cessez de raisonner en psy.

— Et je dois raisonner comment, d'après vous ?

— Comme la femme belle, désirable et passionnée que vous êtes.

— Vous avez toujours réponse à tout, pas vrai ? Vous seriez le diable en personne que les femmes continueraient à succomber à votre charme.

Rogan s'écarta.

— Cessez de vous trouver de bonnes raisons, Claudia, et allez vous coucher. A demain…

Elle avait à peine fait quelques pas en direction de sa tente, qu'elle sentit la frustration l'envahir. Rogan avait raison. Elle réfléchissait trop, pesant toujours le pour et le contre avant de prendre la moindre décision, et finissait par avoir l'esprit tellement embrouillé qu'elle était incapable de décider de quoi que ce soit. Mais, en l'occurrence, il ne s'agissait pas seulement d'une décision privée, puisqu'ils étaient tous les deux dans un contexte professionnel. En d'autres circonstances, elle aurait très certainement accepté son invitation.

Elle pouvait maîriser une aventure sexuelle. En psychologue avertie, elle en connaissait suffisamment les pièges pour ne pas tomber dedans. Rogan avait raison : le plaisir physique pouvait être très agréable en soi et n'avait pas besoin d'être automatiquement accompagné de sentiments.

Alors, quel était le problème ?

Eh bien, le problème, c'était son incapacité à garder le contrôle dès que cet homme l'approchait. Toutes ses inhibitions s'envolaient, comme par enchantement, lorsqu'il la prenait dans ses bras et lorsqu'il l'embrassait.

Un problème de taille…

Lorsqu'elle eut atteint sa tente, et se fut glissée dedans, elle alluma sa lampe torche et inspecta l'intérieur. C'était la première fois qu'elle faisait du camping sauvage, du camping tout court, même…

Enfant, elle n'était pas souvent partie en vacances. Sa mère les avait quittés alors qu'elle n'avait que six ans, laissant son père s'occuper d'elle, seul. La vie s'était alors installée dans une routine très organisée, tournant autour du métier de son père, conservateur de livres rares, et de son éducation. Il n'y avait guère eu de place pour les distractions dans leur vie.

Ce ne fut que vers treize ou quatorze ans, qu'elle prit conscience de l'étrangeté de son comportement. Son père quittait rarement la maison. C'était elle qui faisait les courses, allait chercher le courrier. Il restait dans son atelier, à travailler sur ses vieux livres poussiéreux.

Lorsqu'elle lui demandait d'assister à une manifestation organisée par son école, il trouvait toujours une excuse pour ne pas s'y rendre.

A l'université, elle avait choisi psycho et, là, tout s'était éclairé : son père était agoraphobe. Il avait peur de la foule, peur de quitter la maison, de se retrouver dans un environnement inconnu. Quelle que soit l'importance de l'événement, il ne pouvait se résoudre à quitter la sécurité que lui procurait son petit monde. Elle avait également compris pourquoi la vie avec son père était devenue insupportable pour sa mère et pourquoi elle était partie.

Toutes ces révélations avaient alors éveillé son intérêt pour la psychiatrie. Lorsqu'elle était devenue thérapeute, elle avait tenté d'aider son père, mais il ne voyait pas pourquoi il changerait de vie. Il était heureux avec ses livres et, grâce à internet, il pouvait se procurer tout ce dont il avait besoin, y compris se faire livrer ses courses à domicile. Il n'avait pas besoin d'affronter le monde.

A cause de cela et de l'intérêt qu'elle portait à la nature humaine, Claudia avait trouvé dans la psychologie clinique un choix de carrière qui lui convenait parfaitement.

Mais, aujourd'hui, elle doutait de la pertinence de ce choix et de ses capacités. Peut-être attendait-elle trop de sa pratique. Un thérapeute espère toujours trouver un remède au mal dont souffrent ses patients. Mais certaines affections sont trop profondes pour être guéries. Et lorsqu'un patient accepte une phobie comme normale, comme faisant partie de sa vie, il est difficile de le guérir.

C'était la raison pour laquelle elle attendait autant de cette expérience. Elle y voyait l'opportunité de faire avancer certains de ses patients dans une direction nouvelle, les séances en cabinet n'ayant pas donné les résultats escomptés. Mais s'il s'avérait qu'elle s'était trompée, si les propulser hors de leur monde ne leur apportait pas un mieux, alors il lui faudrait remettre sérieusement en question son choix de carrière et ses objectifs.

Elle avait envisagé l'enseignement comme solution. Mais quelle université voudrait d'une psychologue qui obtenait si peu de résultats ?

Elle fouilla dans son sac de voyage à la recherche de son pyjama. Puis elle se déshabilla et enfila le vêtement de coton tout doux sur sa peau nue.

Au lieu de passer son temps à rêvasser à Rogan Quinn, elle ferait bien de se concentrer sur ses patients !

Elle attrapa son bloc-notes et, à la lumière de sa torche, se mit à consigner ses observations. Mais alors qu'elle était censée avoir l'esprit occupé par son travail, elle se surprit à vagabonder, à songer à l'homme qui dormait dans la tente à côté de la sienne.

Bientôt, les fantasmes l'assaillirent, flot d'images si troublantes, si tentantes, qu'elle n'eut aucune envie de les repousser. Elle imaginait Rogan nu, allongé à ses côtés, son désir pour elle manifeste. Elle se voyait déjà le chevauchant, le prenant en elle et remuant, se cambrant, tendue, impatiente, fébrile, jusqu'à ce que le plaisir la submerge.

Elle repoussa le bloc-notes d'un geste rageur. C'en était assez de penser à lui, de se torturer !

Et pourquoi pas, après tout ? Pour la première fois de sa vie, elle envisagea la possibilité de lâcher prise, d'offrir son corps à un homme pour qu'il en fasse ce qui lui plairait. Rogan avait certainement une longue expérience des caresses et de l'orgasme féminin.

Elle imaginait déjà tout ce qu'il inventerait pour lui donner du plaisir, la découverte réciproque de leurs corps, l'intimité de leurs caresses, les étreintes passionnées qui les conduiraient à l'extase. Un gémissement lui échappa soudain et elle se laissa retomber en arrière sur son sac de couchage.

Comment allait-elle pouvoir passer cette semaine sans succomber à ces fantasmes ? En même temps, pourquoi repousser l'inéluctable ? Pourquoi ne pas vivre tout de suite ces moments de plaisir intense ? Rogan Quinn voyait en elle une femme désirable et passionnée... Libre à elle de lui donner raison, de lui prouver qu'il ne se trompait pas !

Chapitre 3

— Rogan ? Vous dormez ?

La voix de Claudia arracha Rogan à un sommeil agité. Le faisceau de lumière de sa torche l'agressa. Se protégeant les yeux d'une main, il remonta de l'autre le sac de couchage sur son corps nu.

— Plus maintenant, dit-il, surpris de la voir à l'entrée de sa tente. Venez…

Il avait tout fait pour la convaincre de passer la nuit avec lui, mais chez Claudia Mathison la raison prenait manifestement le pas sur les désirs, ce qui n'était pas une bonne chose.

Lui, il avait toujours cédé à ses pulsions. Lorsqu'il avait envie de quelque chose, il faisait tout pour l'obtenir. S'il avait passé son existence à peser le pour et le contre avant de s'engager dans chacune des relations qu'il avait eues — comme elle-même semblait le faire —, il serait un homme sacrément frustré !

Claudia se bagarra avec la fermeture de la tente, puis finit par l'ouvrir. Rogan se poussa pour lui faire de la place.

— Quelque chose ne va pas ?

Elle referma le rabat et s'assit à côté de lui.

— Je n'arrive pas à dormir, répondit-elle, braquant sa torche sur lui pour mieux le voir.

Il plissa les yeux et la lui prit des mains.

— Qu'est-ce qui vous préoccupe ? Tout s'est pourtant bien passé, aujourd'hui.

— Ce n'est pas ça. Je… j'ai senti qu'il fallait que nous parlions. A propos de ce qui se passe entre nous.

— Non, fit-il, secouant la tête.

— Non ?

— A quoi bon parler ? La situation est simple. Vous avez envie de moi ou non. En discuter ne fera pas pencher la balance dans un sens ou dans l'autre.

— J'ai toujours pensé qu'il était préférable de faire le point plutôt que de décider d'une chose sur un coup de tête. Lorsque j'ai du mal à prendre une décision, je note mes pensées. Ça m'aide à visualiser ce qui peut en résulter et à…

— Vous aimez surtout vous écouter parler, la coupa Rogan. Nous ne discutons pas en ce moment. Je vous écoute penser tout haut, c'est tout. Et ça ne m'intéresse pas.

— Ce que j'ai à dire ne vous intéresse pas ?

— Pas maintenant. Pas lorsque je n'ai qu'une envie, vous déshabiller et vous faire l'amour.

— Parce que je suis une femme belle, désirable et passionnée, c'est ça ?

— Exactement.

Il la vit hésiter, fixer sa bouche, lever les yeux, puis croiser son regard. Elle entrouvrit les lèvres, le souffle court, soudain. Ce fut suffisant pour qu'il tente sa chance et fasse le pari qu'elle désirait la même chose que lui. Il glissa une main sous sa nuque, l'attira à lui et l'embrassa.

Il la sentit s'abandonner tout de suite. Il la prit alors dans ses bras, la renversa sous lui.

Le désir, aussitôt, enflamma son corps, irrépressible, incontrôlable. Il avait besoin de toucher Claudia, de sentir sa peau nue sous ses doigts, de l'embrasser à en perdre la tête, à ne plus pouvoir s'arrêter.

Il glissa les doigts sous la veste de son pyjama. Sa peau était chaude et douce. Mais la toucher ne lui suffisait pas. Il déboutonna sa veste. L'air de la nuit était frais et Claudia frissonna. Il se pencha vers sa poitrine, enserra la pointe d'un sein de ses lèvres et la suça doucement, enroulant sa langue autour, jusqu'à ce qu'elle se dresse, toute dure. Claudia ne réfléchissait déjà plus. Elle se sentait glisser, irrémédiablement, dans l'abandon de la volupté. Elle ouvrit le sac de couchage et se glissa contre lui. Du bout des doigts, elle lui effleura le torse, suivit le dessin de ses muscles chauds et souples. Elle descendit vers son ventre, puis plus bas encore, et toucha son sexe. Elle sentit Rogan retenir son souffle dans l'attente de sa caresse.

Elle commença par un effleurement léger sur son extrémité si douce, puis sur toute sa longueur. Rogan se mit alors à respirer plus fort, à haleter presque. Au moment où il s'y attendait le moins, tandis qu'elle jouait à l'agacer de la pointe de l'index, elle referma les doigts sur lui et le fit aller et venir dans sa main refermée, le pressant doucement dans sa paume. Rogan se tendit, les reins assaillis par un désir fou et n'eut plus qu'une envie, la prendre immédiatement. Mais il savait qu'il devait se contrôler, sinon tout irait trop vite.

Brusquement, Claudia interrompit sa caresse. Il rouvrit les yeux ; elle le regardait, l'air grave.

— Je peux vous poser une question ?

— Maintenant ? demanda-t-il, incrédule.

— Je crains que ça ne puisse pas attendre.

Il étouffa un grognement, saisit sa main et l'ôta de son sexe. Puis il attendit un instant que son pouls se calme.

— Très bien. Je vous écoute.

— Quel est le sens de ce que nous sommes en train de faire ? Si nous ne le savons pas, ça peut sérieusement poser problème. J'aimerais donc m'assurer qu'il n'est question ici que de pure satisfaction physique. Pour l'un comme pour l'autre.

— Pas uniquement, répondit Rogan.

Elle se redressa, reboutonna sa veste de pyjama.

— Expliquez-moi, alors. Parce qu'il faut que nous soyons sur la même longueur d'onde avant d'aller plus loin. Si vous me parliez de votre dernière relation ?

— Est-il vraiment indispensable de toujours parler de tout, Claudia ? Profitons de l'instant présent, il sera toujours temps de parler plus tard.

— Juste une question, alors... Avez-vous déjà été amoureux ?

— Non.

— Vous n'avez pas beaucoup réfléchi avant de répondre. Jamais ?

— Jamais.

— Pourquoi ?

— Je l'ignore. C'est un sentiment que je n'ai jamais ressenti, c'est tout. Mon frère est amoureux. Elle s'appelle Amy. Je ne crois pas qu'il l'ait jamais été avant. Il s'agit peut-être d'un réflexe de défense.

— Un réflexe de défense ? Et quelle en serait la cause ?

— Peut-être la disparition de mon père lorsque j'étais enfant. Et la façon dont ma mère a réagi.

— Quel âge aviez-vous, à l'époque ?

— J'ai déjà répondu à deux questions. L'interrogatoire est terminé. A présent, vous avez le choix, cher docteur. M'embrasser ou quitter ma tente et me laisser dormir.

— Si je vous embrasse, ça peut être dangereux, non ?

— Nous ne sommes pas en train de planifier une campagne militaire ! Il s'agit de faire l'amour, Claudia. Enfin, plus exactement d'envisager la possibilité de le faire. Personne ne court le moindre danger.

— Je suis sérieuse.

— Vous voulez peut-être conclure un nouveau marché ? Et le mettre par écrit pour plus de sécurité ?

— Vous vous moquez de moi.

— Je me moque de cette situation, qui est parfaitement ridicule. Il s'agit de faire l'amour, rien de plus. Je vous assure que ça en restera là.

— Comment pouvez-vous l'affirmer ?

— Parce que, dans ma vie, je n'ai eu que des aventures brèves. Je suis incapable de vivre autre chose, de donner davantage.

— Pourquoi ?

— Je vous ai répondu, il me semble.

Elle le fixa un instant et poussa un soupir.

— Bon, admettons…

— Dans ce cas, que diriez-vous de vous déshabiller ?

suggéra-t-il, se renversant en arrière, calé sur ses coudes. Oubliez tout ce que vous avez en tête et ne pensez plus qu'au plaisir que nous allons nous donner. Ce sera très bien, je vous le promets.

— Je n'en doute pas. Bien que je ne sois pas très experte en la matière. Mais il est clair que vous l'êtes et j'espère…

— Claudia…, s'il vous plaît !

— Mais je… oui, vous avez raison. Je parle trop.

— Ce qui a tendance à nous détourner de notre but.

— D'accord, je ne dis plus rien.

Il ne put réprimer un sourire.

— Voilà qui serait nouveau et intéressant.

— Je peux me taire, je vous assure. C'est seulement que je n'ai jamais fait l'amour avec un homme sans avoir avec lui un lien d'une sorte ou d'une autre. C'est très nouveau pour moi et… très excitant. L'occasion d'analyser tous les sentiments qui m'habitent, mais ce n'est pas le moment… Je me tais.

Rogan secoua la tête, dubitatif. Claudia était une femme passionnée, il en était certain, mais elle n'était pas prête à dépasser ses inhibitions, à compromettre sa réputation. Au point qu'il se demandait s'il serait vraiment judicieux d'avoir une aventure avec elle.

Il la saisit par la taille, l'attira contre lui et prit sa bouche. Un baiser intense, profond, destiné à la provoquer. Lorsqu'il la sentit s'abandonner dans ses bras, il la repoussa doucement.

— Regagnez votre tente, Doc, et allez dormir. Vous prendrez le temps de réfléchir demain.

— Mais je pensais que vous vouliez…

— J'ai changé d'avis.

— J'ai tout gâché, c'est ça ?

Elle détourna le regard.

— Je… je m'en vais. Merci.

— Merci pour quoi ?

— Pour m'avoir fourni un éclairage très intéressant sur ma propre psychologie. C'était très… instructif.

Il la regarda sortir, puis se laissa retomber sur le dos, un bras replié sur les yeux. La vie était simple pour lui, d'habitude. Une femme qui lui plaisait, il la charmait et ils passaient un bon moment ensemble. Se revoyaient ensuite … ou pas.

Mais avec Claudia tout était beaucoup plus compliqué. Ce qui ne l'empêchait pas d'être curieux. Il ne cessait de penser à elle. En cet instant, d'ailleurs, il était encore en pleine érection. Il roula sur le ventre et le frottement du duvet sur son sexe fit courir un flot de sensations délicieuses le long de ses reins.

S'il avait un tant soit peu de bon sens, il déciderait de consacrer toute son attention à ce voyage, de faire vivre à ses clients l'expérience de leur vie. Mais, à la fin de la semaine, Claudia regagnerait Sydney et il avait vraiment envie de trouver le moyen de lui faire lâcher prise d'ici là.

C'était une femme intelligente et très intéressante. Et surtout le genre de femme imprévisible qui donnait du piment à l'existence. Et sa vie en manquait sérieusement. Depuis longtemps.

— Alors, qu'en dites-vous ?

Claudia s'approcha, tira sur une branche pour la redresser. Puis elle s'éloigna d'un pas, examina son abri d'un œil critique.

— Il est encore de travers, déclara-t-elle.

Elle allait de nouveau intervenir, mais Rogan arrêta son geste.

— Vous pouvez y passer la journée, vous savez. Il ne sera jamais droit. Il est très bien ainsi.

— J'aimerais qu'il soit un peu plus droit, tout de même. J'aimerais faire un travail propre.

— Il s'agit d'un abri de survie, Claudia. On ne vous demande pas de construire le Ritz ! Venez, ajouta-t-il en s'accroupissant, glissez-vous dedans pour voir ce que vous ressentez.

Claudia se faufila à l'intérieur. Rogan leur avait donné pour consigne de choisir un emplacement dans la forêt et d'y construire un abri, en fabriquant tout d'abord une armature de branches qu'ils recouvriraient de feuilles ou de tout autre matériau trouvé sur place. Emma avait alors lancé un concours, prenant Leticia et Millie dans son équipe, laissant Marshall et

Eddie travailler ensemble de leur côté. Claudia s'était retrouvée seule à construire le sien, un peu plus loin.

— L'odeur est bizarre, dit-elle. Et il doit y avoir toutes sortes de petites bêtes dans ces feuilles.

— On croirait entendre Marshall, plaisanta Rogan.

— Je commence à comprendre ce qu'il peut éprouver.

Elle sentit soudain quelque chose courir sur son poignet. Elle poussa un cri et quitta précipitamment l'abri.

Elle épousseta sa veste, le corps parcouru de frissons.

— Il fait chaud là-dedans. Je ne crois pas que je pourrais y passer la nuit.

— Vous le feriez si vous vous retrouviez seule dans les bois, sans aucun endroit où vous réfugier.

— Maintenant que vous nous avez fait construire ces abris, qu'allons-nous en faire ? Vous n'avez pas l'intention de nous demander de dormir dedans, si ?

Rogan eut un petit haussement d'épaules.

— De toute évidence, je n'ai pas le pouvoir de vous faire faire quoi que ce soit que vous ne voulez pas, Doc.

Elle se tourna vers lui.

— Vous êtes en colère à cause de la nuit dernière ?

— Pas en colère… Perplexe, plutôt.

— Parce que vous vous êtes trompé sur ma vraie nature ?

Rogan ramassa un bâton et se mit à dessiner des ronds dans la poussière, à ses pieds.

— Très bien. Supposons que je sois votre patient… Peut-être pouvez-vous m'expliquer, alors, pourquoi je suis à ce point obsédé par une femme que je connais à peine ?

— Obsédé est un mot très fort.

— Ce que je ressens est très fort.

— Peut-être devriez-vous me parler de vos relations précédentes ? Avez-vous déjà ressenti ça avant ?

Rogan eut un petit rire.

— Je ne sais pas si je dois vous mentir ou vous dire la vérité.

— Je ne vois pas comment je pourrais vous aider si vous ne me dites pas la vérité.

— Très bien. La réponse est non. Jamais. J'ai rencontré pas mal de femmes dans ma vie, mais jamais je n'ai eu à batailler autant pour… enfin, vous comprenez ce que je veux dire.

— Non. Pour… ?

— Pour les mettre dans mon lit.

— Oh ! C'est donc ça ! Vous aimez la conquête, mais je… enfin, cette femme vous donne du fil à retordre.

— Pas exactement.

— Ah bon ?

Rogan secoua la tête.

— Non, il s'agit d'autre chose. Elle n'est pas le genre de femme que je recherche habituellement. Elle est intelligente, très fine, et veut toujours parler de tout, tout disséquer. J'aime l'écouter parler, curieusement, même si l'essentiel de ce qu'elle dit se situe aux antipodes de ce que je ressens.

— Je croyais que vous étiez le genre d'homme qui n'aime pas parler de ce qu'il ressent.

— Peut-être que j'évolue. Ce sont des choses qui arrivent.

Il fixa le bâton qu'il tenait à la main et arracha un petit morceau d'écorce.

— Mon frère va bientôt se marier. Il a trouvé la femme de sa vie. Ne vous méprenez pas, Amy est une femme merveilleuse et ils vont très bien ensemble. Mais je ne peux pas m'empêcher de me demander s'il n'est pas en train de commettre une erreur, s'il est possible d'aimer quelqu'un toute sa vie. Que se passe-t-il si la personne cesse de vous aimer ou… disparaît ?

— Comme votre père ?

— Oui.

— Quel âge aviez-vous lorsqu'il est mort ?

— Sept ans.

— Malheureusement, l'amour n'a pas tous les pouvoirs. Mon père aimait ma mère, mais elle a cessé de l'aimer et elle est partie. Je ne crois pas qu'il s'en soit jamais remis.

— Il s'est passé la même chose pour ma mère, après le décès de mon père. Elle ne s'en est pas remise non plus. Elle ne s'est jamais remariée. Elle garde cette loyauté inébranlable à son égard. Et je ne suis même pas certain que ce soit mérité !

— Pourquoi ça ne le serait pas ?

— L'amour peut détruire votre vie.

— Je vois que vous n'êtes pas du genre très optimiste.

— Non, j'en ai bien peur.

— Avez-vous déjà envisagé que votre perception de la situation ait pu être faussée parce que vous étiez très jeune lorsque vous vous êtes fait cette opinion ?

Rogan poussa un soupir.

— Il m'arrive de me demander ce qu'aurait été ma vie si mon père ne s'était pas tué. Je serais peut-être allé à l'université et j'aurais suivi une autre voie, exercé un autre métier.

— Ce que vous faites ne vous plaît pas ?

— Comment être certain que c'est vraiment ce qui me convient ? Je n'ai pas de point de comparaison. Je crois que j'ai choisi ce métier parce que je sais que ça aurait fait plaisir à mon père. Il nous emmenait toujours en expédition lorsque nous étions enfants et je sentais bien qu'il était important pour lui que nous partagions sa passion. A cette époque, nous étions une famille très heureuse. Mais, aujourd'hui, c'est un poids pour nous tous, enfin pour moi du moins. Pour que l'entreprise familiale soit rentable, nous travaillons trop et ça ne m'amuse plus.

— Mais vous êtes un excellent guide.

En séance, elle faisait toujours suivre une question par une autre. Et elle ne donnait jamais son opinion personnelle. Mais Rogan n'était pas un patient.

Il secoua la tête de nouveau, et elle le sentit rentrer dans sa coquille.

— Il faut que j'aille jeter un coup d'œil à ce que font les autres.

— Nous pourrons reprendre cette conversation plus tard, alors…

— Non, je doute que vous ayez envie de démêler le fouillis qui est dans ma tête, croyez-moi !

— Il me semble vous avoir entendu dire que vous étiez un homme normal.

— Il faut croire que non.

— Il ne me déplairait pas d'essayer, en tout cas.

— Seriez-vous en train de me dire que j'ai besoin d'un psy ?

— Je suis thérapeute, Rogan, pas psychanalyste.

— Je n'ai pas davantage besoin d'une thérapeute. Et, si j'étais votre patient, nous ne pourrions pas coucher ensemble.

— C'est exact. Mais coucher ensemble ne nous empêche pas de discuter. Je peux vous écouter sans analyser ce que vous dites.

Coucher ensemble restait hypothétique à ce stade et Claudia commençait vraiment à se demander s'ils feraient plus qu'en parler.

— Si jamais nous couchons ensemble, la dernière chose que vous aurez envie de faire c'est de discuter, rétorqua Rogan, lui décochant un sourire à tomber à la renverse. Venez, Doc. Allons voir vos patients, à présent.

Il lui prit la main, mêla ses doigts aux siens. Puis il l'attira contre lui et l'embrassa. Un baiser bref, léger. Mais à peine leurs lèvres s'étaient-elles effleurées que Claudia sentit monter en elle le désir. Ils étaient seuls, en pleine forêt, alors pourquoi résister ?

Elle se serra contre lui et sentit aussitôt ses mains prendre possession d'elle. Il les glissa sous sa veste, son chemisier. Elle sentit leur caresse sur sa peau chaude. Une fois encore, elle fut surprise de constater avec quelle facilité ils tombaient dans les bras l'un de l'autre. Chaque fois que Rogan l'embrassait, elle acquérait la certitude grandissante que cela se reproduirait et que lui résister deviendrait impossible.

Qu'est-ce qui avait changé ? Se sentait-elle désormais capable de maintenir séparés vie professionnelle et sentiments ou s'en moquait-elle ? Peu à peu, elle sentait faiblir ses défenses face à Rogan.

— Qu'allons-nous faire ? murmura-t-elle.

— Nous allons nous retrouver ici même, ce soir, lorsque

tout le monde sera couché. Et nous ferons l'amour, ou alors nous cesserons une bonne fois pour toutes d'y penser. Il est temps de prendre une décision, Doc.

— Il est hors de question que je passe la nuit sous ce tas de branches et de feuilles !

— Evidemment. Je vous demande seulement de venir m'y rejoindre. Et faites attention de ne pas vous perdre dans le noir !

— Et si je me fais attaquer pas des bêtes ?

Rogan sourit, nicha sa tête au creux de son cou.

— Vous ne risquez rien, nous n'avons pas d'animaux dangereux en Nouvelle-Zélande.

— C'est donc vous le seul danger ?

— Vous n'avez rien à craindre de moi, Claudia.

— C'est plutôt de moi que j'ai tout à craindre.

Tandis qu'ils regagnaient le campement, elle s'efforça de faire le point entre les sentiments qu'elle éprouvait et les doutes qui ne cessaient de l'obséder. Le problème n'était pas d'avoir ou non envie de passer la nuit dans les bras de Rogan. Elle en avait envie, indéniablement. Mais elle voulait que cette nuit soit parfaite, que ce soit un souvenir inoubliable, une nuit qu'elle ne regretterait jamais.

Elle sentait que c'était possible. Mais saurait-elle cesser d'analyser chaque parcelle de ce qu'elle vivait et ressentait ? Parviendrait-elle à se laisser aller enfin et à être la femme passionnée que Rogan avait devinée en elle ?

— Où allons-nous ? murmura Claudia. Ralentissez, j'arrive à peine à vous suivre.

Rogan la tenait par la main. Le faisceau lumineux de sa torche éclairait le chemin devant eux.

— C'est une surprise, répondit-il.

La lune brillait, très haut dans le ciel, et les aidait à se repérer dans le bois obscur. Toute la journée, Rogan n'avait songé qu'à une chose, au moment où ils se retrouveraient enfin seuls tous les deux. Ce qui ne s'était pas fait sans mal… Une mutinerie avait éclaté dans le groupe, autour du feu de camp, lorsqu'il avait suggéré qu'ils pourraient dormir dans les abris construits l'après-midi. Tous avaient refusé catégoriquement. Et ce n'était qu'une heure plus tard, une fois tout le monde calmé et retiré dans sa tente, qu'il avait enfin pu s'éloigner du camp.

Claudia devrait prendre une décision ce soir, il le lui avait clairement signifié. Il en avait assez de ses tergiversations, assez de se demander s'il se passerait ou non quelque chose entre eux. Plus le temps avançait, plus ce qu'il éprouvait pour elle s'intensifiait. Ce qui ne devait être au départ qu'une simple aventure physique commençait à prendre un sens plus profond et cela lui faisait peur.

Ses relations avec les femmes s'étaient toujours limitées au sexe, rien de plus. Et cela lui convenait parfaitement. Mais la fascination qu'il éprouvait pour Claudia avait changé la donne. Dans la discussion qu'ils avaient eue, un peu plus tôt dans la journée, il s'était ouvert à elle beaucoup plus qu'il n'avait envisagé de le faire. Et il avait le sentiment qu'entre eux ce ne serait pas une aventure comme les autres.

En dépit des efforts qu'il avait faits pour la tenir à distance, elle était parvenue à s'insinuer dans ses pensées. Il aimait sa compagnie, parler avec elle, et peu lui importait, désormais, qu'elle cherche ou non à l'analyser.

— Nous ne devrions pas les laisser seuls, dit Claudia. Supposons qu'il y ait un problème ?

— Nous sommes presque arrivés. Ce n'est pas loin. S'ils appellent, nous les entendrons.

En effet, quelques instants plus tard, ils atteignaient une petite clairière. Un campement y était installé. Quatre branches solides formaient l'armature d'une sorte de baldaquin dont le toit était fait d'un entrelacs de branches et de feuilles. Quatre torches avaient été fixées aux angles. Elles projetaient leur lumière dans les arbres, créant une atmosphère magique. On se serait cru dans un décor de conte de fées.

Rogan avait étendu leurs sacs de couchage sur le sol et

creusé un trou dans lequel crépitait un feu de bois. Spartiate mais des plus romantiques.

— C'est magnifique, dit Claudia, impressionnée. Vous avez installé tout ça aujourd'hui ?

— Oui, pendant que vous construisiez vos abris. Je manie mieux les branches que le langage.

Il la conduisit sous le dais de feuilles et ils s'assirent sur les sacs de couchage.

— Je n'ai pas de vin, mais j'ai préparé du chocolat, dit-il, lui tendant une tasse.

Il sortit de son sac sa bouteille Thermos, un bol de fruits secs, puis la servit.

— J'aurais aimé un cadre plus élégant, mais c'est tout ce que j'ai pu faire, compte tenu du lieu.

— C'est superbe et très original, commenta Claudia, saisissant un abricot sec.

— J'imaginais plutôt une belle chambre d'hôtel avec salle de bains et peignoirs moelleux. Mais la nature sera notre décor pour ce soir.

Claudia fut soudain parcourue d'un frisson. Il la prit alors dans ses bras, la serra contre lui et lui frotta doucement le dos. L'air était frais. Il y était habitué. Pas elle. Mais il savait comment la réchauffer…

Au moment où leurs lèvres s'effleurèrent, la magie fut là, de nouveau. Il ne put réprimer un grognement de plaisir.

— J'ai attendu ce moment toute la journée, dit-il, glissant une main sous sa veste. C'est bien là que nous en étions restés hier, n'est-ce pas ?

— Exactement. Avant que je commence à parler, ajouta-t-elle avec un petit rire.

Lentement, il déboutonna sa chemise de flanelle. Il en écarta les pans, caressa son cou, sa gorge. Sa peau était chaude et douce sous ses doigts, toute dorée dans la lumière dansante du feu.

— Vous avez froid ? demanda-t-il.

— Plus maintenant.

Il se leva, ôta sa veste, sa chemise. Claudia se leva à son

tour et fit de même. Il fixa, surpris, son léger soutien-gorge de dentelle.

— Je ne m'attendais pas à ce qu'il soit noir.

— A quoi vous attendiez-vous ?

— A quelque chose de plus basique, moins sexy.

— L'analyse par le sous-vêtement. Intéressant… Voyons un peu ce que vous portez, lança-t-elle d'un ton taquin.

— Vous d'abord.

Sans le quitter des yeux, elle ôta alors ses chaussures, fit glisser son jean sur ses hanches, révélant un petit slip noir, assorti au soutien-gorge.

— Alors. Qu'en pensez-vous ?

— Vous le savez déjà. Je pense qu'il y a en vous une femme ardente et passionnée qui se cache durant la journée et ne se révèle que la nuit. Une femme qui porte en secret des sous-vêtements sexy et fantasme sur les guides de circuits d'aventure.

— Les guides ? demanda Claudia, jetant un regard autour d'elle. Vous avez invité un ami ?

Rogan se mit à rire et voulut l'attraper. Mais elle esquiva son geste.

— A vous, maintenant. Je parie sur un boxer à rayures. Non, bleu uni !

Il dégrafa son jean, le fit glisser lentement sur ses hanches. Claudia écarquilla les yeux et il eut de nouveau un petit rire.

— Surprise ?

Elle le contempla un instant sans rien dire, puis demanda :

— Vous ne portez pas de sous-vêtements ?

— Non. Je trouve ça inconfortable, surtout lorsque je dois porter plusieurs couches de vêtements pour avoir chaud. Et maintenant que nous sommes quasiment nus, qu'allons-nous faire ?

Il était déjà en érection. Nul besoin à Claudia de regarder pour savoir quel effet elle produisait sur lui.

— Je présume que, si nous voulons survivre dans ce froid, nous ferions mieux de nous réchauffer mutuellement, dit-elle.

D'un pas, il fut près d'elle. Déjà, il l'attirait dans ses bras, la serrait contre lui, son sexe tendu et dur pressé contre la douceur de son ventre. L'air frais rendait le contact de leurs corps chauds encore plus délicieux.

Rogan caressa sa nuque, son dos, ses reins, et referma les mains sur ses fesses, tandis qu'il se penchait pour l'embrasser.

Il attendait ce moment depuis qu'il l'avait rencontrée à l'aéroport. Il n'aurait su expliquer l'attirance qu'il éprouvait pour elle. Il savait seulement qu'elle était irrésistible.

Claudia pencha la tête sur le côté et il posa les lèvres au creux de son cou. Elle s'abandonnait, s'offrait tout entière à lui. Il poursuivit l'exploration de son corps, laissa une main glisser vers sa hanche, son ventre, s'insinuer au creux de ses cuisses. Ses doigts effleurèrent sa chair douce et humide. Il écarta doucement les lèvres de son sexe et se mit à la caresser, le frôlement hypnotique de ses doigts magiques faisant lentement monter le plaisir en elle.

Il se pencha encore, effleura sa gorge, la caressa de sa bouche, de sa langue. Puis il lécha tour à tour les pointes dressées de ses seins, tout en poursuivant sa caresse délicieuse. Lorsqu'il glissa un doigt en elle, Claudia ne put retenir un cri de plaisir.

La nuit autour d'eux, l'air frais, tout excitait leurs sens. Les feuilles des arbres bruissaient dans la brise et les oiseaux de nuit frôlaient les branches de leurs ailes.

Un tel déferlement de sensations assaillait Claudia, qui se sentait déjà chavirer. Elle enfouit les doigts dans les cheveux de Rogan, se cambra contre lui. Il prit aussitôt sa bouche en un baiser profond, intense, enfiévré. Il mordit ses lèvres, mêlant son souffle au sien, un doigt toujours plongé en elle, délicieuse torture dans l'étroit fourreau de sa chair. Et, chaque fois qu'il la sentait proche du plaisir, il se retirait doucement, ralentissait le rythme. Il voulait qu'au moment où elle chavirerait enfin son plaisir soit inoubliable.

Eblouie, Claudia se laissa aller aux sensations qui parcouraient son corps. La jouissance vint très vite et la surprit presque. Rogan la serra contre lui, toute frissonnante, tandis qu'elle s'y abandonnait, les yeux clos. Lorsque les deniers spasmes du plaisir se furent dissipés, Rogan la prit par la main, et l'entraîna vers le lit qu'il avait aménagé avec les sacs de couchage.

Ils s'allongèrent l'un contre l'autre et Rogan rabattit l'un des sacs sur leurs corps nus. Là, il poursuivit son exploration. Avant que la nuit ne se termine, il voulait tout connaître de Claudia, les secrets les plus intimes de son corps, tout savoir de la douceur infinie et troublante de sa chair, de sa peau.

Son trouble était intense. Il saisit la main de son amante, la posa sur son cœur. Il cognait sourdement dans sa poitrine.

— Tu vois l'effet que tu me fais ? dit-il.

Elle hocha la tête et il l'embrassa doucement. Quelques instants plus tard, il sentit sa main délicate se refermer sur son sexe et ne put retenir un grognement de plaisir. Ses lèvres aussitôt pressèrent follement les siennes. Il prit sa bouche avec plus de fougue encore, tandis qu'elle le caressait, ses doigts refermés allant et venant sur toute la longueur de son sexe tendu et dur.

Rogan avait fermé les yeux et il s'abandonnait à sa caresse, à la pression de ses doigts sur son sexe, aux sensations bouleversantes qui l'assaillaient. Il sentait le plaisir monter en lui, mais résistait. Il voulait davantage.

Il saisit son poignet et l'attira sur lui. Le sac de couchage glissa et Claudia fut soudain nue sur lui. Elle était magnifique et il laissa son regard glisser de ses jolis seins ronds à sa taille fine, à la courbe harmonieuse de ses hanches. La lumière dansante du feu jouait sur sa peau claire.

Elle bougea, pressa plus intimement son corps contre le sien et il sentit sa chair douce, humide et chaude, presser son sexe en érection. Il eut envie de la pénétrer aussitôt, de s'immerger en elle, de la sentir se refermer sur lui sans la barrière de latex d'un préservatif. Mais le désir ne devait pas lui faire perdre tout bon sens. Il tendit le bras, attrapa le préservatif qu'il avait glissé dans la poche de son jean et le lui tendit.

Elle ouvrit la petite pochette, déroula doucement le préservatif sur toute la longueur de son sexe, ultime caresse avant de descendre lentement sur lui et de le prendre tout entier en elle. Rogan se cambra, le souffle haletant, sa chaleur irradiant en lui.

Et tandis que Claudia se mettait à bouger, il s'abandonna au flot de sensations inouïes qui montait le long de ses reins, déferlait dans tout son corps. Le plaisir était si fort, si insensé, qu'il avait le plus grand mal à garder le contrôle.

Il ne sentit pas les premières gouttes. Mais, très vite, la pluie se fit plus dense et s'abattit sur eux. Peu leur importait. Les cheveux plaqués en mèches mouillées sur son visage, Claudia se cambrait, ondulait telle une liane sur lui, les yeux clos, grisée par la pression enivrante de son sexe profondément enfoui en elle. Des gouttes de pluie s'accrochaient à ses cils, puis coulaient en petits ruisseaux sur ses joues.

Rogan sentit alors le plaisir monter en lui. Il la saisit par les hanches et se mit à bouger à son tour, accompagnant avec vigueur ses mouvements. Puis, conscient qu'elle se trouvait, elle aussi, tout près de chavirer, il s'abandonna, son corps tout entier secoué par les spasmes violents du plaisir. Une seconde plus tard, un cri monta dans la gorge de Claudia et elle le rejoignit dans l'extase. Puis elle s'écroula, épuisée, comblée, contre son torse.

Il remonta sur eux le sac de couchage mouillé, mais le froid déjà les gagnait. Claudia se redressa, écarta les mèches collées à son visage.

— C'est maintenant que nous aurions besoin de mon abri !

Il rit, se leva et lui tendit la main pour qu'elle se lève. Puis il drapa le sac de couchage autour de ses épaules et l'aida à enfiler ses chaussures.

— Viens, nous récupérerons nos vêtements demain.

Ils coururent sous la pluie battante, riant et trébuchant dans les flaques qui éclaboussaient leurs jambes nues. Très vite, le campement fut en vue. Ils se précipitèrent sous la tente de Claudia et s'y écroulèrent, épuisés. Mais dès qu'ils se retrouvèrent dans les bras l'un de l'autre, le désir de nouveau les assaillit.

Rogan ne pouvait se rassasier d'elle. Et cette faim n'était

pas seulement physique. Il existait un lien plus profond, un lien qui continuait d'exister même lorsqu'ils n'étaient pas dans les bras l'un de l'autre. Il ne pouvait plus imaginer passer une journée sans penser à elle, sans avoir envie de lui parler ou de l'embrasser. Que lui arrivait-il ?

La situation était très déroutante. Peut-être avait-il réellement besoin d'une thérapie ? Il ne savait comment affronter ces sentiments étranges, si nouveaux pour lui. D'un instant à l'autre, tout changeait. Il ne savait plus si Claudia comptait réellement pour lui, si leur histoire allait se terminer à la fin de la semaine ou si elle avait un avenir.

Toute sa vie, il avait craint de tomber amoureux, certain d'en avoir, un jour ou l'autre, le cœur brisé. Pourtant, il avait envie de faire avec elle l'expérience d'une relation plus profonde que celles qu'il avait connues jusque-là, envie que cette passion ait un sens.

Tous ses doutes se dissipèrent tandis qu'il renversait Claudia sous lui et plongeait de nouveau en elle. Il y avait des moments où tout était simple, où le désir était si vif, le plaisir si intense que toutes ses peurs se volatilisaient. Mais la réalité finissait toujours par reprendre le dessus, avec son cortège d'interrogations. Qu'y avait-il réellement entre eux ? Pour l'instant, il n'aurait su le dire.

Il allait devoir faire le point. Et vite ! A la fin de la semaine, Claudia sortirait de sa vie et il n'avait pas l'intention de faire quoi que ce soit pour la retenir. Il en avait toujours été ainsi avec les femmes ; il en irait de même avec elle.

Chapitre 4

Claudia ouvrit les yeux et poussa un gémissement. Un violent mal de tête lui enserrait les tempes et elle avait la gorge douloureuse. La lumière du jour filtrait à travers la toile de tente et, lorsqu'elle se redressa sur les coudes, elle fut surprise de se trouver vêtue de son pyjama. Elle se souvint alors que Rogan l'avait aidée à le revêtir, avant de regagner sa propre tente, au petit jour.

Elle pressa la main contre son front. Elle ne se sentait pas bien du tout et reconnut les symptômes d'un rhume.

Elle fit glisser la fermeture Eclair de sa tente et passa la tête à l'extérieur. La lumière aveuglante du soleil accentua son mal de tête et lui fit plisser les yeux.

— Bonjour, la salua Rogan, en se retournant et en lui souriant.

— Quelle heure est-il ? demanda-t-elle.

— Environ 10 heures.

— Où sont les autres ?

— En promenade avec Dana, ma sœur. Elle est venue nous apporter des provisions et je lui ai demandé de s'occuper de tes patients. Je ne voulais pas te laisser seule.

— Ils ne vont pas se perdre, au moins ?

— Dana possède une carte détaillée de toutes les pistes. Je leur ai fourni également un guide des plantes comestibles qu'ils pourront cueillir et que nous utiliserons pour le déjeuner.

Il l'examina un instant en silence, fronçant les sourcils.

— Ça n'a pas l'air d'aller.

— Je crois que j'ai attrapé un rhume. J'ai mal à la tête et à la gorge. Il y a du café ?

Rogan lui en versa une tasse et la lui apporta. Puis il se pencha pour l'embrasser.

— Attention… Tu vas attraper mes microbes !

— C'est ma faute. Je t'ai fait te déshabiller dans le froid et sous la pluie. Je suis désolé. Que puis-je faire pour toi ?

— Ce n'est pas à cause de cette nuit. C'est un virus que j'ai dû attraper dans l'avion. C'est chaque fois la même chose. Et ça se déclare immanquablement trois jours plus tard.

— Attends-moi une seconde, je reviens.

Claudia se réinstalla confortablement sur son sac de couchage et but son café. Il la réchauffa aussitôt, lui fit du bien.

Rogan revint et lui tendit un sachet.

— Voilà, fais ton choix. Il y a tout ce qui figurait sur ta liste de premiers secours : paracétamol, sirop contre la toux, baume pour les lèvres, spray antibactérien…

— Deux comprimés de paracétamol, et le sirop contre la toux. Voilà ce qu'il me faut.

— Lorsque le groupe sera de retour et que nous aurons tous déjeuné, nous irons à l'hôtel où j'ai réservé pour ce soir. Je crois que tout le monde appréciera de se laver et de se détendre.

— Je me réjouis par avance à la perspective d'une bonne douche chaude !

— Il m'arrive de rester plusieurs semaines sans pouvoir me doucher.

— Je n'en doute pas. Moi, j'ai hâte de me prélasser sous l'eau.

— Je pourrai t'aider à te savonner, si ça t'intéresse. Je suis un homme extrêmement serviable.

Claudia poussa un petit gémissement de frustration.

— Ne me tente pas ! dit-elle, effleurant sa joue rugueuse de barbe. Je pourrais te prendre au mot. Mais pour l'instant, je dois m'habiller.

— Très bien. Nous discuterons de tes besoins et de tes envies plus tard, alors.

Ils avaient cédé à leur désir, mais Claudia ne pouvait

s'empêcher de douter, une fois de plus. N'avaient-ils pas commis une erreur ? Elle ne regrettait rien du plaisir qu'elle avait pris, mais se demandait comment tout cela allait se terminer, tout en s'agaçant profondément. Quand allait-elle enfin cesser de ratiociner ? Elle se surprenait en flagrant délit de faire exactement ce qu'elle ne voulait plus faire.

Fidèle à son habitude, elle avait élaboré plusieurs scénarios pour la suite de la semaine et au-delà ; aucun n'était simple. Parce que la perspective de quitter Rogan était tout sauf simple. Elle ne pouvait faire comme si rien ne s'était passé entre eux, comme s'il était un homme comme les autres. Un homme dont on pouvait se passer sans regret.

Quelque chose avait changé en elle. Elle n'aurait su dire quoi exactement, mais elle savait que c'était dû à sa rencontre avec Rogan. Au lieu de songer à toutes les raisons qui auraient pu faire qu'une rupture soit de loin la meilleure solution, elle ne pensait qu'au plaisir qu'il lui avait donné, à la caresse enivrante de ses mains sur sa peau nue, au goût de ses baisers, au poids de son corps sur le sien. Elle avait voulu qu'il lui prouve qu'elle était bien une femme passionnée, et il avait réussi. Mais elle n'était pas prête à en affronter les conséquences.

— « Nous discuterons de tes besoins et de tes envies », répéta-t-elle. Te voilà donc disposé à parler, à présent ?

— Tu ne te sens pas bien, il me faut donc oublier toute idée de te séduire.

Il se glissa hors de la tente. Claudia ferma les yeux et poussa un soupir. Il acceptait de parler, c'était nouveau. Il n'était plus possible de nier le désir irrépressible qui les poussait l'un vers l'autre et elle se demandait jusqu'où les choses seraient allées s'ils avaient vécu au même endroit et non sur deux îles différentes, à plusieurs heures de vol l'un de l'autre.

Elle ne devait cependant pas perdre de vue que le plaisir agissait comme une drogue. Ce que voulait Rogan, avant tout, c'était l'afflux d'endorphines qui bouleversait son corps lorsqu'il était excité. Des substances chimiques qui obscurcissaient sa pensée et lui laissaient croire qu'il existait quelque chose de plus profond entre eux. Dès que tout cela se serait dissipé, il se rendrait à l'évidence, comme elle : ils n'avaient pas d'avenir ensemble.

Ses études à l'université le lui avaient démontré, il n'y avait aucun mystère dans l'attirance sexuelle. Celle-ci n'était qu'une réponse physiologique, l'anticipation du plaisir à venir. Toutefois, cela ne suffisait pas à expliquer ce qu'elle ressentait. Lorsqu'elle se trouvait avec Rogan, elle avait d'elle-même une image plus positive. Elle se sentait plus forte, plus intelligente, plus séduisante. Les défauts qu'elle se trouvait habituellement n'avaient soudain plus d'importance ; ils n'existaient plus. Et c'était cela, surtout, qui agissait comme une drogue sur elle. Une drogue dont elle aurait bientôt de plus en plus de difficulté à se passer.

Comme toute addiction, une addiction à Rogan Quinn pouvait briser sa vie, la rendre incapable de raisonner dans le bon sens. Elle se trouvait déjà à la croisée des chemins, professionnellement. Alors, tomber amoureuse d'un homme comme lui ne pouvait que compliquer ses choix.

Le temps qu'elle procède à sa toilette et s'habille, le groupe était de retour. Lorsqu'elle sortit de sa tente, tout le monde était installé autour du feu. Quelle ne fut pas sa surprise de constater que tous portaient un masque antimicrobien.

Elle jeta un regard interrogateur à Rogan. Il lui sourit, visiblement gêné.

— Je leur ai dit que vous étiez contagieuse. Désolé…

Le vouvoiement était de retour. Très bien. Elle avait insisté pour qu'ils reprennent leurs distances devant ses patients.

— J'ai un rhume, pas la peste ! protesta-t-elle.

Emma lui tendit un masque.

— Mettez-le. De cette façon, nous n'aurons pas à le faire. Et prenez ceci, également, ajouta-t-elle, lui tendant un flacon de gel pour les mains. La plupart des rhumes se propagent parce que les gens se touchent la bouche ou le nez. C'est pourquoi la combinaison des deux est particulièrement efficace.

Claudia saisit le masque et s'en couvrit le bas du visage.

— Voilà. A présent, tout le monde enlève son masque. Allez !

Rogan esquissa un sourire qu'il réprima vite en entendant Claudia poursuivre.

— Suis-je parvenue à aider l'un d'entre vous ? Depuis deux ans que nous nous connaissons, il semblerait que vos problèmes n'aient fait qu'empirer. Je ne vous ai pas aidés à vaincre vos peurs. J'espérais que ce voyage ferait un peu bouger les choses. Mais je sors de ma tente et je vous trouve tous avec des masques. Peut-être avez-vous besoin d'une autre sorte de changement. Peut-être tout ce qu'il vous faut est-il de rentrer chez vous et de vous trouver un autre thérapeute.

Elle se redressa.

— Monsieur Quinn, je pense que nous allons en rester là. Si vous pouviez prendre toutes les dispositions pour nous ramener à Auckland, nous pourrions attraper le prochain vol pour Sydney.

— Claudia, je ne suis pas certain que…, commença Rogan.

Elle lui jeta un regard noir, lui signifiant sans ambiguïté qu'elle trouvait le moment particulièrement mal choisi pour qu'il donne son avis. C'était elle qui était en charge du groupe, pas lui. Ces patients étaient les siens ; la décision lui appartenait.

— Désolé, dit-il, levant la main en signe d'apaisement.

Elle arracha son masque et le jeta sur le sol.

— J'ai été très patiente avec vous mais, par moments, je me demande si vous avez réellement envie de changer. Vous semblez satisfaits comme vous êtes. Et si tel est le cas, que faisons-nous ici ? Je peux parfaitement occuper mon temps à autre chose et vous aussi, j'en suis convaincue.

Elle s'interrompit, s'efforçant de refouler les larmes qui lui étaient montées aux yeux.

— Je vais faire mes bagages. Je vous suggère de faire de même.

Sur ce, elle tourna les talons et gagna sa tente. Elle s'y glissa, referma le battant derrière elle et s'assit, s'efforçant de comprendre ce qui venait de se passer.

Jamais encore, elle n'avait perdu son calme avec ses patients.

L'objectivité et la sérénité étaient cruciales pour maintenir un dialogue approprié, dans le cadre d'une thérapie. Mais elle venait de laisser ses émotions prendre le pas sur sa rigueur professionnelle. Et cela n'avait rien à voir avec le masque ni avec le gel pour les mains. C'était à cause de ce qu'elle éprouvait pour Rogan.

— Docteur Mathison, je peux vous parler ?

Elle poussa un soupir en entendant la voix de Rogan.

— Va-t-en ! J'ai besoin d'être seule.

Il ne tint pas compte de ses paroles, entrouvrit la tente, s'accroupit et jeta un coup d'œil à l'intérieur.

— Tu ne crois pas que tu as été un peu dure ?

— Si. Ils ne méritaient pas ça.

— Je veux dire avec toi-même. Ils sont tous très déstabilisés. Je crois qu'ils se sentent en partie responsables de ce que tu éprouves, de ta sensation d'échec en tant que thérapeute. Ils souhaitent que tu reviennes. Sans le masque.

— Non, Rogan. Je ne suis pas à la hauteur, c'est tout. Voilà deux ans que je travaille avec eux sans obtenir de résultat. Il est vraiment préférable qu'ils trouvent un autre thérapeute.

— Mais ils se sentent bien avec toi !

— C'est justement ça le problème. Ils se sont installés dans le confort. Je n'ai pas été assez forte pour les aider, pas assez sévère. Je ne les ai pas suffisamment poussés à se dépasser.

Elle laissa échapper un grognement rageur et porta la main à son front.

— Je crois que j'ai de la fièvre. J'ai l'impression que ma tête va exploser.

— Le voyage n'est pas encore terminé, laisse-leur une chance. Ils te prouveront peut-être que tu te trompes. Et, pour être honnête, je pense qu'ils s'amusent beaucoup. Enfin, autant que peut s'amuser un groupe comme le leur. En plus, la journée de demain devrait être très agréable.

— Tu dis ça juste pour que je ne parte pas, marmonna Claudia.

Elle leva vers lui des yeux embués de larmes. Elle n'avait

pas envie de rentrer chez elle. Mais, apparemment, plus elle passait de temps avec lui, moins elle se sentait compétente en tant que thérapeute.

— Qu'allons-nous faire ?

— Tu le découvriras demain.

— Non, je veux dire, qu'allons-nous faire, toi et moi ?

Il haussa les épaules et lui sourit.

— Comme je l'ai dit, tu le découvriras demain. Ce sera amusant tout en représentant un véritable défi. A présent, fais tes bagages. Nous partons dans une demi-heure.

Il se pencha, posa un baiser sur ses lèvres.

— Ça va aller, maintenant ?

Elle hocha la tête. Peut-être avait-elle craqué à cause du manque de sommeil, du mal de tête ou encore des doutes qu'elle éprouvait au sujet de son métier. A présent, elle avait vraiment envie d'oublier l'incident et d'avancer. Elle devait des excuses à ses patients. Ils termineraient ensemble leur semaine en Nouvelle-Zélande, puis ils rentreraient tous chez eux. Si des décisions majeures devaient être prises concernant sa vie professionnelle ou personnelle, elle les prendrait à son retour à Sydney.

Même malade, elle trouvait encore le moyen d'être belle, songea Rogan, gagnant la chambre de Claudia muni d'une brique de potage et d'une tasse de thé.

Après avoir levé le camp, ils avaient fait la route jusqu'à Matamata. Rogan avait choisi un joli petit hôtel en centre-ville et téléphoné afin qu'on prépare les chambres. A leur arrivée, il avait fait passer Claudia en priorité et l'avait envoyée se reposer dans sa chambre, pendant qu'il s'occupait des autres. Puis il était passé en cuisine.

— C'est pour moi ? demanda-t-elle, lorsqu'elle ouvrit la porte, s'essuyant le nez avec un mouchoir en papier.

— Oui. C'est une soupe magique. Elle guérit tous les

maux. J'allais en prendre un aphrodisiaque, mais j'ai pensé que celle-ci te conviendrait mieux.

— Merci, dit-elle, saisissant la tasse de thé.

Elle se pencha, jeta un coup d'œil dans le couloir.

— Où sont les autres ?

— En excursion à Hobbington. Eddie parlait du *Seigneur des Anneaux*, hier soir, et il ne s'était pas rendu compte qu'un des lieux de tournage du film se trouvait ici, à Matamata. Je me suis arrangé pour qu'un chauffeur les y conduise.

— Je ne vois pas le rapport avec l'apprentissage des techniques de survie.

— Ils sont partis seuls. Il faut bien qu'ils s'aventurent dans le monde de temps en temps. Je me suis dit que ce serait une bonne expérience, et Eddie était ravi de prendre les choses en main.

Il marqua une pause, puis reprit :

— Ils étaient assez mal à l'aise après l'incident des masques, tu sais, et j'ai le sentiment qu'ils voulaient me donner le temps d'arranger un peu les choses avec toi.

— Certainement. Et ce petit voyage leur fera nettement plus plaisir que de passer du temps avec moi.

— Oh là ! Voilà une jeune femme qui a besoin d'une bonne dose de soupe et de réconfort ! Je te mets au lit et je t'apporte la soupe, ça te va ?

Claudia s'écarta et le laissa entrer. Puis elle se glissa dans le lit et remonta la couette sur elle.

— Quand vont-ils revenir ? demanda-t-elle, se réchauffant les mains autour de la tasse.

— Je ne sais pas exactement. Ils ont projeté de dîner ensemble et, ensuite, de regarder *Le Seigneur des Anneaux* dans la chambre de Marshall. Je pense qu'ils vont être occupés toute la soirée.

— Tant mieux.

— Tu sais, je crois qu'ils ont peur que tu cesses d'être leur thérapeute, c'est pourquoi ils s'efforcent de se conduire aussi normalement que possible.

— J'étais très mal tout à l'heure, dit Claudia. Je devrais sans doute leur parler, leur donner une explication.

— Il me semble que, s'ils avaient eu envie d'en parler, ils l'auraient fait en chemin, non ? Or, ils ont parlé de tout sauf des masques et, toi-même, tu n'as pas abordé le sujet.

— Je me suis endormie. De plus, je ne savais que dire.

Rogan lui apporta la brique de soupe et lui tendit une cuillère. Puis il s'assit sur le bord du lit.

— Est-ce qu'il t'est déjà venu à l'esprit qu'ils pourraient avoir une bonne raison de ne pas vouloir aller mieux ?

— Que veux-tu dire ? Pourquoi me paieraient-ils s'ils n'attendaient pas de moi que je résolve leurs problèmes ?

— Ils ont l'air heureux d'être ensemble. Ils forment une petite famille. S'ils vont mieux, la famille se disloquera.

— C'est possible. Mais rien ne les empêche d'être amis en dehors de mon cabinet. Ils ne se voient pas en dehors. Ils pourraient.

— Tu les as convaincus d'entreprendre ce voyage. C'est la première occasion qu'ils ont de voir ce que peut donner leur relation en dehors des séances de groupe.

— C'est ma faute, murmura Claudia. Je crois que je me sens plus à l'aise avec eux dans mon cabinet.

— Peut-être que ça te plaît, à toi aussi, de les retrouver chaque semaine. Peut-être qu'ils te manqueraient s'ils cessaient de venir.

Claudia le regarda, sur le point de répondre, puis elle se ravisa et lui prit la cuillère des mains.

— En tant que thérapeute, reprit-elle après quelques instants, je me dois de rester objective. Je ne peux pas être amie avec eux.

— Dans ce cas, pourquoi cette histoire de masque t'a-t-elle mise en colère ?

— C'est moi qui suis censée poser les questions, pas toi.

— Je peux te faire une suggestion ?

— Je peux t'en empêcher ?

— Tu sens les choses, fais-leur confiance. Les réunir pour

qu'ils parlent de leurs problèmes n'a rien donné. Tu as tenté quelque chose de nouveau et tu les as invités à envisager leur vie comme une aventure. Ne renonce pas maintenant.

Les larmes affluèrent dans les yeux de Claudia. Rogan tendit la main et lui caressa la joue.

— Eh ! Tu ne vas pas pleurer ?

Claudia lui adressa un pâle sourire.

— Non, dit-elle, poussant un profond soupir. Mais je pense que c'est toi qui devrais être leur thérapeute.

— Et, toi, il serait temps que tu admettes que ton instinct ne t'a pas trompée. L'idée de les emmener en voyage était et reste une très bonne idée.

Lorsqu'elle eut avalé la moitié de la soupe, elle tendit le récipient à Rogan et se rallongea, la couette sous le nez.

— Tu t'es déjà demandé si tu aimerais exercer un autre métier que le tien, Rogan ?

— Je n'ai pas arrêté ces derniers temps.

— Pourquoi n'essaies-tu pas de changer, alors ?

— C'est plus facile à dire qu'à faire. Je travaille dans l'entreprise familiale et on attend de moi que je remplisse ma part du contrat. Mon départ entraînerait beaucoup de travail supplémentaire pour ceux que j'aime, alors je reste.

Claudia ne dit rien. Elle l'observa un moment, absorbée dans ses réflexions.

— Que ferais-tu si tu avais le choix ? demanda-t-elle, finalement.

— Je ne sais pas. J'ai toujours eu envie de partir et de voyager, de découvrir des lieux nouveaux, des gens différents. La photographie m'a toujours passionné et quelques-uns de mes clichés ont été publiés dans des revues d'aventure. Si je pouvais quitter *Max Adrenaline*, je crois que je me perfectionnerais en photo et que je tenterais d'en vivre.

— Est-ce que je peux voir quelques-unes de celles que tu as faites ?

— Bien sûr ! Il y en a pas mal sur notre site.

Claudia attrapa son sac, sortit son Ipad et le lui tendit. Il ôta ses chaussures, son blouson et se connecta. Puis il ouvrit l'album photos et en sélectionna une, celle d'un fermier argentin qu'il avait rencontré lors d'un voyage à Aconcagua.

Pendant l'heure qui suivit, il parcourut l'album avec Claudia, lui décrivant chaque photo en détail. Elle était pelotonnée contre lui, la tête posée sur sa poitrine, et il respirait le parfum de ses cheveux. Il y avait longtemps qu'il ne s'était pas senti aussi bien.

Avec elle, il pouvait parler en toute liberté, lui ouvrir son cœur, lui confier ses rêves et ses doutes. Il n'éprouvait ni crainte ni honte à avouer qu'il ne savait pas vraiment dans quelle direction il allait.

Il avait vingt-huit ans ; il aurait dû le savoir, mais Claudia ne le jugeait pas. Il posa un baiser sur ses cheveux et elle se blottit plus encore contre lui. Voilà ce dont il avait envie et il était heureux ainsi. Il aimait les moments d'intimité qu'ils partageaient. Jusqu'à ce jour, il n'avait jamais rien vécu de tel. Il n'avait jamais désiré qu'une femme soit au courant de ce qu'il avait en tête, qu'elle connaisse ses pensées profondes.

— Je suis content que nous ayons l'après-midi devant nous, déclara-t-il.

— Ce voyage ne sera peut-être pas un si grand désastre, après tout.

— Ça n'a rien d'un désastre, Claudia.

Il se pencha, posa un baiser sur ses lèvres.

— Dis-moi ce que je peux faire pour que tu te sentes mieux.

— Un massage, répondit-elle, lui tendant les mains. C'est ce que faisait ma mère lorsque j'étais malade. C'est un des rares souvenirs que je conserve d'elle. Ça allait toujours beaucoup mieux après.

Rogan sourit, prit sa main droite et commença à en masser doucement la paume.

— Parle-moi de tes parents.

Claudia ferma les yeux et poussa un soupir d'aise.

— Encore une fois, c'est moi qui suis censée poser les questions…

— Réponds juste à celle-ci.

— Mon père est expert en livres d'art. Ma mère est partie lorsque j'avais six ans. Elle s'était mariée trop jeune et mon père est plutôt difficile à vivre. Il est agoraphobe. Il ne sort quasiment jamais.

— Il ne travaille pas ?

— Si, à la maison. Avant, il voyageait pour authentifier des manuscrits rares, pour des musées ou des collectionneurs. Mais tout ça s'est arrêté lorsque ma mère est partie. Il voulait que je prenne la suite. J'aurais peut-être dû. Il m'a appris tout ce qu'il sait et j'aurais certainement eu plus de succès avec les livres qu'avec les patients atteints de phobie.

— Qu'est devenue ta mère ?

— Je ne l'ai jamais revue. Elle vit à Londres et s'est remariée deux ou trois fois, je ne sais plus. Sa vie est assez compliquée. Ce serait difficile pour mon père si je la revoyais. Je pense qu'il l'aime toujours.

— Tu t'inquiètes tellement pour les autres, pour ce qu'ils ressentent, que tu n'as pas le temps de t'occuper de toi. Comment te sens-tu ? Que désires-tu, Claudia ?

— Là ? Tout de suite ?

— Oui.

— Que tu me masses les pieds.

Il rit, souleva la couette.

— Il faut d'abord que je les trouve !

Il lui saisit un pied, l'embrassa. Claudia gloussa. Elle referma les bras sur lui, l'attira jusqu'à ce qu'il se retrouve allongé sur elle. Elle était si belle, si attirante. Il ne se lassait pas de la regarder, d'observer les émotions qui se succédaient sur son visage, le rire qui faisait briller son regard.

— Tu sais ce qui me fait peur ? murmura-t-il.

— Tu n'as peur de rien.

— Si. Que le temps qui nous est imparti soit trop court.

En réalité, sa crainte allait bien au-delà. Il avait peur de ne jamais rencontrer une compagne avec laquelle il se sentirait aussi bien qu'avec Claudia. Pour la première fois de sa vie, il découvrait ce qu'était une véritable complicité avec une femme qui le comprenait et qu'il comprenait, comme s'ils se connaissaient depuis toujours.

Il avait envie de lui confier ses secrets les plus intimes, envie d'être profondément honnête avec elle. Mais, plus que tout, il voulait croire qu'il existait un avenir pour eux au-delà de ce voyage.

Que ressentait-on lorsqu'on tombait amoureux ? Il était curieux de le savoir et, en même temps, il avait peur de le découvrir. Il n'avait jamais voulu tomber amoureux, mais peut-être la vie ne laissait-elle pas le choix ?

Claudia s'endormit, blottie dans les bras de Rogan. Lorsqu'elle se réveilla, la lumière du soleil couchant baignait la pièce. Elle observa son visage, dans le halo doré. Il était vraiment très beau, très séduisant. Ce n'était pas le type d'homme qui s'intéressait à elle d'habitude et la trouvait attirante. Elle ne fréquentait en général que des gens de son milieu professionnel, des intellectuels. Jamais elle n'aurait imaginé sortir avec quelqu'un comme lui. Mais elle aimait son physique, sa force, son assurance. Avec lui, elle se sentait la femme la plus belle, la plus passionnée et la plus captivante du monde. Une première pour elle…

Elle glissa les doigts dans ses cheveux, les écarta de son front. Elle l'avait réveillé. Il ouvrit les yeux et lui sourit.

— Désolé, murmura-t-il. Je me suis endormi.

— Moi aussi.

— Tu te sens mieux ?

— Bien mieux. Ce doit être grâce à la soupe magique.

Il rit.

— Je présume.

— Que crois-tu qu'ils fassent, en ce moment ?

— Qui ?

— Le groupe.

Il poussa un grognement et l'attira sur lui.

— Ils sont très occupés, inutile de t'inquiéter. Nous avons toute la soirée à nous. Profitons-en.

— J'en ai bien l'intention, murmura Claudia.

Un petit sourire mutin fleurit sur ses lèvres, tandis qu'elle saisissait son T-shirt et l'ôtait.

— Je vois que ça va beaucoup mieux, en effet, plaisanta Rogan.

Elle glissa les doigts dans le col de sa chemise, puis elle la déboutonna, la fit glisser le long de ses épaules. Un instant plus tard, elle dégrafait son jean. Bientôt, il fut nu, son sexe bandé témoignant de son envie d'elle.

Elle s'installa à califourchon sur lui.

— Que tu es belle ! murmura-t-il, laissant son regard glisser lentement le long de son corps. Je ne me lasse pas de te regarder ! J'essaie de m'en défendre, mais c'est plus fort que moi. Dès que tu apparais, je me sens attiré comme par un aimant.

Claudia effleura ses lèvres de son index.

— C'est une réaction purement physiologique. Rien de plus. Je…

— Et ça ? la coupa-t-il, refermant les mains sur ses seins. C'est aussi une réaction purement physiologique ?

Il en caressa doucement les pointes du plat du pouce et elles se dressèrent aussitôt.

— Oui, murmura-t-elle.

Il descendit plus bas, effleura son ventre, glissa sa main sous la dentelle de son petit slip.

— Et ça ? demanda-t-il, plongeant un doigt en elle.

La sensation fut si merveilleuse que Claudia ne put retenir un petit gémissement.

— Aussi, fit-elle, le souffle court.

D'un mouvement, il la renversa sous lui, saisit le bout de sous-vêtement et le fit glisser le long de ses hanches. Puis il se pencha, lui embrassa les seins, le ventre. Ses lèvres chaudes couraient sur sa peau. Elle voulut se redresser, mais il la repoussa doucement et lui écarta les jambes.

Elle savait ce qui allait se passer, mais lorsque ses lèvres pressèrent sa chair, lorsqu'elle sentit la pointe de sa langue s'insinuer en elle, un flot de sensations si intense la submergea qu'elle en eut le souffle coupé.

Elle aurait dû se sentir intimidée, mal à l'aise, exposée ainsi. Mais elle se surprit à n'éprouver aucune gêne. Lorsque Rogan la touchait, la caressait, elle se sentait belle, désirée et s'étonnait de la facilité avec laquelle elle s'abandonnait à lui, à ses caresses.

C'était comme s'il la voulait entièrement offerte. Comme s'il voulait lui donner un plaisir inouï, et il était en effet sans merci, plongeant en elle, encore et encore, la léchant, la mordillant, lui arrachant des soupirs, des gémissements, tandis qu'elle se cambrait sous sa bouche. A chaque seconde, il l'amenait plus près de la jouissance. Mais, lorsqu'il la sentait sur le point de chavirer, il s'interrompait, la laissait reprendre pied. Elle haletait, le cœur battant à tout rompre, son pouls à l'unisson, et son corps tout entier se tendait, avide de ce plaisir qu'elle sentait monter en elle inexorablement.

La jouissance approchait, s'insinuant dans chaque fibre de son être, mais elle voulait retenir encore ce moment. Elle résista tant qu'elle put. Puis soudain, ce fut impossible. Les premiers spasmes du plaisir se répercutaient en elle. Dans un cri, elle se laissa emporter par le flot qui la soulevait, telle une vague inexorable. Et elle perdit tout contact avec le monde.

Un long moment s'écoula avant qu'elle ne reprenne ses esprits. Lorsqu'elle ouvrit les yeux, Rogan la regardait.

Elle tendit la main, glissa les doigts dans ses cheveux et l'attira à elle pour l'embrasser. Un long baiser très doux qui disait tout du plaisir qu'elle venait de connaître. Lorsque leurs lèvres se désunirent, il la serra dans ses bras.

— Il paraît que le plaisir est le meilleur remède pour guérir les rhumes, murmura-t-il.

— Dans ce cas, il faut que tu en prennes une dose de toute urgence. Je suis encore très contagieuse, j'en suis certaine !

Rogan se renversa sur le lit et croisa les bras sous la tête.

— Je suis prêt pour le traitement, docteur Mathison.

— Bien. Tout d'abord, commençons par ceci..., dit-elle, pressant ses lèvres contre son torse.

Puis elle remonta lentement vers son épaule, son cou, ses lèvres chaudes caressant sa peau, la pointe de sa langue la léchant délicatement. Il fut parcouru d'un délicieux frisson lorsqu'elle saisit le lobe de son oreille entre ses dents et le mordilla doucement.

— Je crois que je vais beaucoup aimer ce traitement, murmura-t-il.

— Il ne fait que commencer...

L'air se coinça dans sa gorge lorsque Claudia referma les doigts sur son sexe et se mit à le caresser lentement, voluptueusement. Il avait fermé les yeux et s'abandonnait aux sensations délicieuses qui lui montaient le long des reins. Mais, bientôt, l'excitation fut trop grande. Il n'y tint plus.

Ce fut alors comme un barrage qui se rompt, deux flots qui se mêlent. Leurs mains, fébriles, impatientes, se cherchèrent, se nouèrent, se caressèrent. Le temps s'était arrêté ; ils avaient soudain la vie devant eux pour tout connaître l'un de l'autre.

Mais Claudia n'était pas dupe. Elle savait que leur aventure était vouée à se terminer. Il leur restait encore quelques jours et elle était décidée à les vivre pleinement, sans songer à l'avenir. Cette soirée était idéale pour cela. Lorsque leurs caresses se firent plus pressantes, Rogan lui tendit un préservatif. Il la regarda le dérouler sur son sexe dressé, puis il la renversa sous lui. Elle retint son souffle, dans l'attente de cet instant où il la pénétrerait, où elle le sentirait plonger en elle, où ils ne feraient plus qu'un, union exquise de leurs corps, de leurs êtres.

Rogan glissa une main sous sa jambe, la souleva contre sa hanche, et plongea brusquement en elle. Lorsqu'il se mit à bouger, elle ferma les yeux, s'efforçant de mémoriser chaque sensation, de l'inscrire à tout jamais en elle. Le jour viendrait, bientôt, où tout ce qu'elle vivait là appartiendrait au passé et elle voulait garder de chaque instant un souvenir vivant, avoir la certitude que tous ces moments merveilleux n'avaient pas été le fruit de son imagination.

A chaque assaut de Rogan, chaque coup de reins, elle sentait le plaisir monter en elle, se concentrer en un point précis, à l'exacte jonction de leurs deux corps. Elle n'avait jamais connu pareille entente, pareille harmonie avec un homme et elle n'aspirait plus qu'au bonheur ultime de leur mutuelle jouissance.

Rogan dut le sentir car il roula sur le dos et l'entraîna avec lui, lui cédant le contrôle. Elle se mit alors à bouger lentement, cambrée, les yeux clos, le corps flottant dans un océan de félicité, chaque mouvement provoquant en elle une sensation plus intense encore. Lorsque Rogan pressa du doigt sa chair enflammée, le petit bouton si sensible de son clitoris, elle se sentit perdre pied sans retour possible.

Il se produisit alors ce qui se produisait toujours avec lui. Elle abandonna toute résistance, toute inhibition. Son corps se tendit une dernière fois pour se dissoudre, l'instant d'après, dans un orgasme plus profond, plus puissant encore que tout ce qu'elle avait pu connaître avec lui. Toute à son plaisir, c'est à peine si elle le sentit jouir. Mais lorsqu'il se cramponna plus fort à ses hanches, elle sut qu'il sombrait à son tour.

Le dernier spasme du plaisir dissipé, elle s'effondra contre sa poitrine. Rogan referma les bras sur elle, la serrant contre lui, son souffle chaud lui balayant doucement le front. Elle bougea. Il poussa un petit grognement de plaisir, posa un baiser sur ses cheveux.

— Je crois que nous avons bien employé cette demi-journée, dit-il.

— Oui. Je me sens totalement guérie.

— Moi, légèrement fiévreux, encore.

Claudia se redressa, posa la main sur son front.

— En effet. Je prescris encore un peu de temps au lit.

— Un peu, seulement ?

Elle sourit, espiègle.

— Tant que tu voudras. Je me demande ce que fait le groupe en ce moment…

— Ne t'inquiète pas. Tes patients peuvent me joindre si besoin. Il y a une petite auberge près du lieu de tournage. Je suis prêt à parier que c'est là qu'ils dîneront tous ensemble.

— Tu es vraiment un guide extraordinaire ! Et si souple, si prompt à t'adapter…

— Tu aimes les hommes prompts à s'adapter, si je comprends bien ?

Claudia le dévisagea un long moment sans répondre.

— Je suis heureuse que ce soit toi qui aies pris notre groupe en charge, murmura-t-elle enfin.

— Avec Mal, ça n'aurait pas été la même chose, c'est sûr. Il est fiancé. Quant à Ryan, il est plutôt timide avec les femmes. Il ne parle pas beaucoup.

— Tu ne parlais pas beaucoup non plus, au départ.

Rogan lui sourit et le cœur de Claudia se mit alors à battre plus fort. Comment était-il possible de se sentir aussi bien avec un homme qu'elle ne connaissait que depuis quelques jours ? En toute logique, le Dr Mathison aurait dû la mettre en garde, lui conseiller d'avancer avec prudence, de mettre son cœur à l'abri tant qu'elle n'était pas certaine que les sentiments qu'elle éprouvait soient réciproques. Mais c'en était fini, désormais, de tout analyser. Elle avait décidé de profiter de chaque instant de cette relation, quoi qu'il se passe à l'arrivée.

Pour l'instant, elle baignait dans la félicité. Elle se préoccuperait des conséquences plus tard.

Chapitre 5

La sonnerie du téléphone arracha Rogan à un sommeil profond. Claudia remua à côté de lui et se souleva sur un coude.

— Qui c'est ? Eddie ?

Il jeta un coup d'œil au numéro qui s'affichait et reposa l'appareil.

— Non. C'est mon frère, Mal.

— Ouf ! J'ai eu peur qu'il ne soit arrivé quelque chose. On devrait peut-être vérifier ce qu'ils font tous, non ?

— Ils doivent être en plein film et je suis certain qu'ils n'ont pas envie d'être dérangés.

— Je me sens un peu coupable de les délaisser pour passer la soirée avec toi.

— Vraiment ?

— Non, en fait. Mais c'est ce que je devrais éprouver. Tu ne rappelles pas ton frère ?

— Je sais de quoi il veut me parler et je ne suis pas d'humeur.

— Vous êtes en désaccord sur quelque chose ?

— Quelqu'un. Mon père, plus précisément.

Claudia se redressa et tira la couette sur elle.

— Je vais utiliser mon droit aux innombrables questions que j'ai gagnées à force de t'embrasser.

— J'ignorais que tu comptais encore.

— J'ai rempli ma part du contrat. Je suis totalement détendue ! Et ça, grâce à toi.

— Très bien. Alors vas-y… Pose ta question.

— Tu m'as dit que ton père était mort lorsque tu avais sept ans. Pourquoi ce désaccord avec ton frère, aujourd'hui ?

Rogan n'avait vraiment pas envie d'ouvrir la boîte de Pandore qu'était l'histoire de sa famille. Cela ne pouvait que susciter davantage de questions de la part de Claudia qui avait déjà acquis le droit de lui en poser beaucoup.

— Il est mort lors d'une expédition dans l'Everest. Il a été contraint de passer la nuit près du sommet. Il n'avait que peu de chances de s'en sortir.

— Quelle mort tragique !

— Il était très célèbre dans le milieu de l'alpinisme et des guides de haute montagne, et très apprécié pour ses grandes qualités. Il n'avait que trente-six ans.

— De quoi ton frère veut-il te parler ?

Rogan la fixa un moment sans répondre. Etait-il sage de lui raconter toute l'histoire ? Ceci dit, elle n'était un secret pour personne. Il suffisait d'aller sur internet. De plus, elle faisait partie de sa vie, de ce qui avait fait de lui l'homme et le guide qu'il était aujourd'hui.

— Les glaces ont fini par rendre son corps, en avril dernier. Ce sont des alpinistes qui l'ont découvert. Depuis, mes frères et moi sommes soumis à de fortes pressions. On voudrait que nous montions une expédition afin de retrouver ses effets personnels, puis que nous organisions une cérémonie à sa mémoire. Mais tout ça est en train de prendre trop d'importance, de devenir trop médiatique. Mal y est très favorable. Pas moi, du moins pour l'instant. Quant à Ryan, il est partagé.

— Et ta mère, qu'en pense-t-elle ?

— Elle y est plutôt favorable, mais parce qu'elle pense que c'est bien pour nous. Ce dont Mal l'a convaincue.

— Mais toi, tu penses que non ?

— Je n'ai pas envie d'en parler, Claudia.

Il en avait déjà trop dit. Il rejeta la couette, se leva et commença à rassembler ses vêtements.

— Je vais passer voir le groupe. Je dois aussi prendre quelques dispositions pour demain.

Il enfila son jean, attrapa son téléphone.

— Tu as l'air en colère, dit Claudia.

— Non !

La véhémence de son ton disait le contraire. Il inspira profondément et reprit de manière plus mesurée :

— C'est une histoire compliquée. Je n'ai pas envie d'y songer maintenant.

Mais, tout en lui répondant, il songea que Claudia pourrait peut-être l'aider à y voir clair s'il lui parlait de son dilemme, de cette possible infidélité de son père dont il avait eu vent. C'était délicat, car les Quinn avaient toujours lavé leur linge sale en famille et il répugnait à trahir un secret qui leur appartenait.

— Ce n'est rien d'important, reprit-il.

Claudia chercha son regard.

— Je ne te crois pas.

— Parfois, il est préférable de ne pas remuer le passé.

— Préférable pour qui ? Toi ?

— Pour ma famille.

Elle haussa les épaules.

— Je ne peux t'être d'aucun secours si tu ne me dis rien, Rogan.

— Je n'ai pas besoin de thérapeute.

— Je ne suis pas ta thérapeute. Nous sommes amis.

— Amis ? C'est tout ?

— Je ne vois pas très bien où tu veux en venir.

— Ce que nous venons de faire, Claudia, crois-tu que ce soit ce que font des amis ?

— Je pensais que nous…

— Je sais ce que tu pensais. Que notre histoire serait très simple et très courte. Mais, à présent, tu veux parler de ma famille, de la disparition de mon père. Tu veux tout compliquer.

— Tu es en colère et je ne comprends pas pourquoi.

— Moi non plus, marmonna-t-il.

Il jeta un coup d'œil par-dessus son épaule. Elle le regardait, ses cheveux bruns ébouriffés, le drap remonté sous son menton, une forme de vulnérabilité dans les yeux. Il sentit le remords l'assaillir, mais il était temps qu'il prenne ses distances.

Il s'était laissé séduire et les choses allaient trop loin. Il se sentait perdre pied et devait réagir s'il ne voulait pas se noyer. Leur liaison n'avait aucun avenir. Il n'était pas homme à se fixer et Claudia lui avait clairement fait comprendre qu'il ne s'agissait pour elle que d'une brève rencontre.

— Je n'ai pas besoin d'être psychanalysé, répéta-t-il.

— Ce n'est pas ce que je suis en train de faire.

— Quoi qu'il en soit, au terme de cette semaine, nous ne nous reverrons plus. A quoi bon, alors, nous confier nos secrets les plus intimes ?

— Ne t'en va pas, lui demanda Claudia, lorsqu'il gagna la porte.

Il l'ouvrit.

— Je n'ai rien de plus à ajouter, déclara-t-il.

Puis il sortit.

Une fois dans le couloir, il ferma les yeux, prit une grande inspiration. Claudia parvenait peut-être à contrôler ce qu'elle éprouvait, pas lui. Il se dirigea vers les escaliers. Tant qu'il ne parviendrait pas à prendre de recul, il lui fallait garder ses distances.

Il s'immobilisa soudain, saisi par l'envie de rebrousser chemin, d'aller s'excuser. Les questions que lui posait Claudia lui servaient manifestement de prétexte pour s'éloigner d'elle, pour prendre ses distances. C'était idiot. Pourquoi ne pas tout lui raconter et lui demander son avis ?

Mais qui aurait-il alors comme interlocutrice, la femme ou la thérapeute ? Lui reprocherait-elle sa façon de réagir vis-à-vis de la mort de son père, ou bien trouverait-elle en lui quelque défaut caché, rédhibitoire ? Il voulait être parfait à ses yeux, or les blessures qu'il s'employait à dissimuler faisaient de lui un homme très imparfait.

Qu'éprouvait-elle au juste pour lui ? Tant qu'il ne le saurait pas avec certitude, il garderait ses secrets.

Claudia s'arrêta devant la porte de la chambre de Marshall. Le brouhaha des conversations qui filtrait dans le couloir témoignait de l'enthousiasme de ses patients pour leur soirée cinéma improvisée. Elle leva la main, prête à frapper, puis se ravisa.

Il y avait plus d'une heure que Rogan avait quitté sa chambre et, pendant un moment, elle avait espéré qu'il reviendrait. Mais à présent, elle craignait vraiment de l'avoir offensé.

Elle n'avait pas voulu se montrer indiscrète. C'était une habitude professionnelle de poser des questions, d'essayer de comprendre. Les patients venaient à elle pour qu'elle les aide à résoudre leurs problèmes. Mais Rogan n'était pas l'un d'eux et elle ne pouvait le contraindre à livrer des choses intimes ou douloureuses.

Elle sentait bien, pourtant, qu'un secret lié à son père l'encombrait, le blessait. Si elle parvenait à l'aider, à le comprendre, alors, lorsqu'ils se quitteraient, elle lui laisserait davantage que le souvenir de leurs nuits. Ils n'avaient peut-être pas d'avenir ensemble, mais elle voulait croire qu'un jour il trouverait l'amour.

Elle se décida enfin et frappa. Elle détestait laisser les situations en suspens, les problèmes non résolus. Avant la fin d'une séance de groupe, elle se faisait un devoir de résoudre les conflits qui avaient pu naître entre ses patients afin que personne ne parte en se sentant mal à l'aise ou blessé. Aujourd'hui, elle devait faire de même pour Rogan.

La porte s'ouvrit brusquement et Leticia apparut, une bouteille de vin à la main.

— Docteur Mathison ! C'est le docteur Mathison, lança-t-elle aux autres, par-dessus son épaule. Entrez, je vous en prie.

— Non merci. Je cherchais juste M. Quinn.

— Il est passé, il y a un petit moment, lui apprit Marshall, rejoignant Leticia à la porte. Il nous a dit que nous partirions demain à midi pour Waitomo et que nous camperions de nouveau le soir.

— Très bien. Dans ce cas, prévoyons une séance de groupe

demain matin, après le petit déjeuner. Disons à 10 heures dans le hall ?

— Nous sommes désolés pour les masques, dit Emma.

Claudia sourit.

— Ce n'est rien. Je n'étais pas de très bonne humeur. La fatigue, le temps… C'est moi qui devrais m'excuser. Eh bien, bonne nuit à tous et à demain matin.

Elle referma la porte, se dirigea vers le hall d'entrée. Rogan avait-il regagné sa chambre ? L'hôtel n'était pas bien grand, il ne serait pas difficile de le vérifier.

Elle s'arrêta à la réception.

— Bonsoir. Savez-vous si M. Quinn est actuellement dans l'hôtel ?

— Il n'y est pas. Il est sorti il y a une demi-heure environ. Il m'a demandé de lui indiquer un pub pour prendre un verre. Je lui ai recommandé celui qui se trouve juste au bas de la rue. C'est tout près…

Claudia remercia le réceptionniste et sortit dans l'air frais de la nuit. Elle trouva le pub sans difficulté. Lorsqu'elle entra, la salle résonnait du brouhaha des conversations mêlé au son très fort de la musique.

Elle jeta un regard autour d'elle. Rogan était assis au bar. Elle s'avança, se glissa sur le tabouret à côté de lui et commanda un tonic.

— Tu n'arrivais pas à dormir ? lui demanda-t-il, saisissant son verre de whisky.

— Je suis venue m'excuser.

— De quoi ?

— Je n'aurais pas dû te questionner. Tu n'es pas un de mes patients. Rien ne m'autorise à me mêler de ta vie privée. Je suis désolée.

Rogan lui prit doucement la main, la porta à ses lèvres.

— C'est moi qui suis désolé, Claudia. Je n'aurais pas dû partir comme je l'ai fait. Mais j'ai besoin de temps, tu comprends ? Je n'ai pas l'habitude de me confier, surtout à une femme qui se trouve dans mon lit.

— Je ne te le demande pas. Ne compliquons pas la situation. Faisons en sorte que les choses soient simples.

— C'est justement là le problème.

— Quoi ? Que les choses soient simples ?

— Je me dis que tu pourrais peut-être m'aider à y voir clair mais, pour ça, il faudrait que je te dise tout. Imaginons, alors, que je ne supporte pas ta réaction. Ça pourrait tout gâcher entre nous.

— Je ne vais pas te dire ce que tu dois faire. Ce n'est pas ainsi que ça fonctionne. Je pose des questions, tu y réponds ou pas. Je ne te jugerai pas. Et, surtout, tu n'auras plus à porter ce poids tout seul.

— Il faut que je m'allonge sur un canapé ?

Claudia se mit à rire.

— Non. Nous sommes très bien ici.

— Parfait. Demande-moi ce que tu veux.

— Si tu commençais par me raconter le reste de l'histoire.

— D'accord… Mon père était une légende. Tout le monde l'aimait. Escalader les montagnes était une seconde nature pour lui et il possédait un tel charisme que ses clients l'auraient suivi les yeux fermés. Il paraissait invincible. Et puis, il s'est passé quelque chose. Nous n'avons jamais su quoi, exactement. Peut-être a-t-il commis une erreur. Toujours est-il qu'il s'est retrouvé bloqué au sommet de cette montagne. Il était tard. Il n'a pas pu redescendre.

Il emmenait toujours un carnet de voyage avec lui et nous pensons qu'il a pu noter ce qui s'est passé, la raison pour laquelle il se trouvait encore au sommet, à ce moment-là. Son associé de l'époque a très envie, lui aussi, de retrouver ce carnet, probablement parce qu'il renferme quelque chose qui pourrait le concerner, voire l'incriminer d'une façon ou d'une autre.

— Et c'est pour cette raison que ton frère veut aller sur place et le récupérer ?

— Oui. Mais, pour moi, c'est juste une affaire médiatique. Je veux dire par là que ça va faire une bonne histoire pour les journaux. Vingt ans plus tard, les trois fils du célèbre alpiniste effectuent la même ascension pour rendre hommage au grand Max Quinn. Sauf que le grand Max Quinn pourrait ne pas être aussi grand qu'on le croit.

Il fit signe au barman de lui servir un autre whisky. Il l'avala d'un trait, fit la grimace et reposa son verre. Un long silence suivit que Claudia ne brisa pas, lui laissant le temps de rassembler ses idées.

— Il y a quelque chose d'autre, reprit Rogan. Quelque chose qui pourrait détruire l'image que nous avons de notre père. Je n'en ai jamais parlé à personne. Pas même à Mal ou Ryan.

Il secoua la tête.

— Je crois que mon père a eu une liaison et peut-être un enfant avec une autre femme. Aujourd'hui, je crains qu'en retrouvant son carnet nous ne découvrions dedans une demande de sa part, celle de nous occuper de cette autre famille, par exemple.

Claudia l'écouta se remémorer les détails de toute cette histoire. Il paraissait heureux de se libérer de ce poids. Les mots qu'il avait retenus trop longtemps jaillissaient en un flot ininterrompu. Il était clair que sa crainte de s'engager avec une femme venait en grande partie de sa vision du mariage de ses parents et de l'aventure extraconjugale de son père.

— Comment est-ce que tu as découvert l'existence de cette autre femme ?

— Je l'ai su très tôt ; j'étais encore enfant. Un jour où nous nous trouvions, Ryan et moi, au bureau de notre père, une femme est venue le voir. Un petit garçon l'accompagnait, un peu plus jeune que nous. Ils se sont disputés et elle a dit quelque chose à son sujet, qu'il était notre frère.

J'avais oublié cet épisode, mais il m'est revenu à la mémoire, il y a quelques années, lorsque j'ai entendu deux alpinistes parler de mon père et de cette femme, Annalise Montgomery. Les pièces du puzzle se sont en quelque sorte mises en place.

Il poussa un profond soupir.

— Voilà. Tu comprends maintenant mes réticences au sujet de cette expédition. Je ne sais que faire.

— Je n'ai pas la réponse. Mais je suis convaincue que, lorsque tu y auras réfléchi, tu sauras quelle décision prendre. Je comprends que tu aies envie de protéger ta famille, mais ne vaudrait-il pas mieux qu'elle soit préparée si tout cela se révélait exact ?

— Tu me conseilles de mettre tout le monde au courant ?

— Je ne peux pas prendre cette décision à ta place.

— Tu ne m'aides pas beaucoup !

Claudia eut un petit haussement d'épaules.

— Ecoute, c'est normal que vous ayez une image idéalisée de votre père. Vous avez eu vingt ans pour la débarrasser de tout ce qui pouvait la ternir. Mais c'était un homme de chair et de sang, avec ses défauts. S'il te ressemblait, il a dû vivre sa vie avec beaucoup de passion. Et il a forcément commis des erreurs. Il n'était pas parfait. Personne ne l'est. Alors, reste à savoir si tu préfères garder de lui un souvenir faussé par le temps ou découvrir qui il était véritablement.

— Je ne sais pas.

— Tu vas devoir prendre une décision. Avant que quelqu'un n'escalade cette montagne.

— Je le sais.

Rogan l'attira dans ses bras et la serra contre lui. Ses lèvres trouvèrent les siennes et il l'embrassa doucement. Lorsque leurs bouches se désunirent, il posa son front contre le sien et sourit.

— Te parler m'a fait beaucoup de bien. Je pense que je vais y voir plus clair, maintenant.

— C'est à ça que sert de parler avec un psy, dit-elle.

Elle glissa sa main dans la sienne.

— Viens, rentrons à l'hôtel. J'ai envie que tu me parles encore de toi, de tes ex-petites amies, des raisons pour lesquelles tu as rompu avec elles.

— C'est important, tu crois ?

Elle glissa un bras autour de sa taille.

— Non. Mais je suis curieuse, voilà tout.

— Et toi, tu me parleras de tes ex ?

— Ça ne prendra pas longtemps et tu risques de t'endormir.

Une fois dehors, Rogan reprit sa main et mêla ses doigts aux siens.

— Dis-moi, je ne te déçois pas ?

— Bien sûr que non ! Je t'admire, au contraire, d'avoir eu la force de garder ce secret aussi longtemps, d'avoir voulu protéger la mémoire de ton père.

Il la fixa un instant en silence, songeant à leur conversation.

— Tu as raison. Il n'est peut-être plus nécessaire de la protéger aujourd'hui.

— Tout le monde est là… Parfait, dit Claudia. Si nous prenions un moment pour parler des défis auxquels nous avons été confrontés et des victoires que nous avons remportées lors de ce voyage. Le vol fut chaotique mais, depuis, vous avez tous fait des progrès significatifs. Parlez-moi de votre sortie, hier après-midi. Comment s'est-elle passée ?

Installé sur un canapé, le journal du matin déployé devant lui, Rogan observait Claudia. On lui avait proposé de participer à la séance, mais il avait décliné l'offre, préférant écouter de loin. En réalité, depuis qu'il s'était confié à elle, il se sentait moins à l'aise, plus vulnérable. Elle avait affirmé ne pas le juger, mais comment pouvait-il en être certain ? Comment pouvait-il savoir si son image n'en avait pas souffert ?

Il s'était toujours enorgueilli de pouvoir vaincre tous les obstacles mis sur sa route : montagnes ou glaciers, jungles ou déserts. Mais c'était une tout autre affaire de surmonter les blessures de l'enfance. Cela, il n'avait pas réussi à le faire. Il savait, au plus profond de son cœur, qu'elles n'étaient pas refermées. Mais admettre une telle faiblesse, c'était donner au passé plus de pouvoir qu'il ne le méritait. Il était un homme, à présent, plus un gamin. Et il avait suffisamment de force pour laisser le passé derrière lui.

— Pourquoi ne pouvons-nous pas rester ici ? demanda Leticia. J'ai très envie de retourner à Hobbington.

— L'hôtel est très bien, renchérit Emma. Et c'est très agréable de pouvoir prendre une douche. J'ai utilisé quasiment toutes mes lingettes désinfectantes. Il faut que j'en rachète avant de pouvoir aller camper de nouveau.

— Je préférais le premier hôtel, dit Marshall. J'ai trouvé une araignée morte sur le rebord de ma fenêtre, hier. Quand il y en a une, il y a forcément d'autres.

Claudia réprima un soupir.

— Si nous parlions plutôt des choses positives que nous avons vécues ? Eddie, vous voulez commencer ?

— Je déteste cet endroit. Il y a trop de monde. Je préférais quand nous campions.

Rogan s'étonnait de ce qu'il entendait. Ils étaient tous si concentrés la veille, et maintenant on les sentait sur le point de dérailler de nouveau. A quoi était-ce dû ? Tentaient-ils de prouver à Claudia qu'ils avaient encore besoin d'elle ? Ou étaient-ils mal à l'aise à cause d'autre chose ?

Claudia lui jeta un regard interrogatif et il haussa les épaules.

— Il y avait aussi des bestioles au camping, reprit Marshall.

— Forcément, quand on campe, on est dehors ! rétorqua Millie. Qu'est-ce que tu espérais ? Que toutes les bestioles allaient disparaître parce que tu étais là ?

— Marshall, Millie a raison, dit Claudia.

— Moi, ma tente est trop petite, poursuivit Millie. Si nous devons encore camper, j'en veux une plus grande.

— O.K., restons-en là, pour l'instant, proposa Claudia. Si vous ne voulez pas parler des expériences positives que vous avez vécues, moi j'ai quelque chose que je voudrais partager.

Tout le monde se tut et se tourna vers elle. Rogan posa son journal, curieux. Comment Claudia allait-elle s'y prendre pour remettre tout le monde en piste ?

— Je vous ai répété que, pour pouvoir progresser, vous vous deviez d'être honnêtes avec vous-mêmes. Mais ça ne suffit pas toujours. Je…

— Je le savais ! s'écria Emma. Je te l'avais dit, hein, Lettie ?

— Dit quoi ? demanda Millie.

— L'histoire d'amour, intervint Eddie.

Tout le monde le regarda, interloqué. D'ordinaire, il prenait rarement la parole en groupe et formulait encore moins une opinion.

— Ce n'est pas du tout ce dont je voulais parler ! protesta Claudia.

— Alors c'est vrai ? Vous le reconnaissez ? demanda Emma.

— Nous sommes peut-être un peu centrés sur nos problèmes, docteur Mathison, intervint Leticia, mais nous ne sommes pas aveugles. Vous devriez peut-être agir selon vos principes.

Le premier réflexe de Rogan fut de venir en aide à Claudia. Après tout, il était l'autre moitié du problème dont tout le monde discutait. Mais il s'abstint, espérant qu'elle savait ce qu'elle faisait.

— Est-il vraiment nécessaire de parler de ça ? demanda Millie, balayant du regard les autres membres du groupe. Vous avez oublié ce qui s'est passé avec les masques ?

— Nous disons simplement, docteur Mathison, qu'il est temps de vous aventurer, vous aussi, en terrain inconnu. Vous ne pourrez rien changer à votre vie si vous ne prenez aucun risque. N'est-ce pas ce que vous nous avez dit pour nous convaincre d'entreprendre ce voyage ? Affrontez vos peurs !

— Ce voyage n'a pas été organisé autour de mes problèmes, insista Claudia. Maintenant, pouvons-nous revenir à…

— Mais il pourrait le devenir, la coupa Leticia. Il serait peut-être temps que vous nous parliez de vos peurs.

Rogan sourit. Voilà qui ressemblait bel et bien à une mutinerie ! Ils avaient totalement renversé la vapeur. Claudia et lui étaient à présent sur la sellette, et Claudia allait devoir s'expliquer sur ce qui se passait entre eux.

Tous la fixaient, dans l'expectative. Elle lui jeta alors un regard implorant. Un appel à l'aide. Il plia son journal et se leva.

— Rogan, dit-elle d'une voix tremblante, si vous nous expliquiez ce que vous avez prévu pour nous aujourd'hui.

— Vous changez de sujet, fit remarquer Emma.

— Oui, c'est vrai, reconnut Rogan. Vous changez de sujet.

— Si je comprends bien, vous avez décidé d'assister à la séance…

— En effet, oui. Il y a quelque chose dont j'aimerais discuter.

— Très bien, dit Emma. Joignez-vous à nous.

— D'accord.

Il prit place en face de Claudia.

— J'ai prévu une activité très intéressante. C'est à une heure et demie d'ici, environ. Ce serait donc bien de partir tout de suite après la séance. Nous déjeunerons en route et nous allons effectivement camper ce soir.

Il leva la main avant que quiconque n'intervienne.

— Pas de récriminations !

— Surement pas. Moi, j'aime camper, murmura Eddie.

— Y a-t-il quelque chose dont vous voulez discuter ? lui demanda Emma. Quelque chose de plus intéressant que le programme de la journée ?

— Emma, Rogan ne fait pas partie du groupe, souligna Claudia d'un ton sec.

— Nous devrions l'intégrer comme membre honoraire pour la durée du voyage. On vote ?

Tous levèrent la main en même temps.

— Et voilà, dit Emma. C'est fait !

— Vous pouvez aborder le sujet qui vous plaît, maintenant. A condition de vous engager à être parfaitement honnête.

Rogan jeta un coup d'œil à Claudia, puis reprit :

— Je suis très satisfait de la façon dont le voyage se passe. Je pense que nous avons fait des progrès, mais il reste encore des défis à venir.

— Qu'est-ce qui vous fait peur ? lui demanda Leticia.

— En fait, je ne…

— Rappelez-vous, vous vous devez d'être parfaitement honnête, répéta Emma.

Rogan marqua un temps d'arrêt, puis se lança.

— J'avoue redouter que l'un d'entre vous pique une crise. Je ne suis pas certain de pouvoir gérer ça, mais je…

— Non, non, non, dit Millie. Vous ne vous en sortirez pas comme ça !

— Vos peurs intimes, précisa Eddie, intervenant à son tour. Comme avoir peur de s'engager ou peur du succès ou des rongeurs.

Rogan eut envie de rire, mais ce n'était certainement pas la chose à faire face à des patients souffrant de phobies.

— Très bien. J'avoue ne pas être très à l'aise avec les serpents.

— Je croyais vous avoir entendu dire qu'il n'y en avait pas en Nouvelle-Zélande.

— Il n'y en a pas de venimeux. Mais j'en ai croisé dans mes expéditions et ils me glacent.

— Moi j'ai peur des hauteurs et donc du vide, dit Leticia. Ça s'appelle l'acrophobie. Comme dans « acrobate ». C'est comme ça que je m'en souviens.

— Vous êtes pourtant venue en avion.

— J'avais pris mes précautions et bu pas mal avant l'embarquement. Je ne me suis aperçue de rien. Vous avez déjà été amoureux ?

— Lettie ! s'exclama Claudia, lui jetant un regard sévère. Ce n'est pas une question appropriée.

— Je ne suis pas d'accord, objecta Emma. Qui pense comme moi ? Vote.

Tous levèrent la main d'un même élan. Rogan hésita, puis décida finalement de satisfaire leur curiosité.

— Je ne l'ai jamais été, répondit-il.

— Hum…, fit Marshall, hochant la tête. Comment ça se fait ?

— Sans doute parce que je n'ai jamais rencontré la femme qui me convenait.

Tous les regards convergèrent alors vers Claudia. Elle rougit, embarrassée.

— Peut-être pourriez-vous leur parler de votre père, suggéra-t-elle.

Rogan marqua un temps d'arrêt. Cette proposition le

mettait très mal à l'aise. Mais c'était cela, participer à la vie du groupe et le fait d'avoir parlé de son père à Claudia l'avait déjà beaucoup aidé.

Il reprit alors pour eux les grandes lignes de son histoire familiale, puis expliqua :

— On nous a demandé, à mes frères et moi, de conduire cette expédition, mais je ne suis pas certain d'être prêt à le faire. C'est une décision difficile et je ne cesse d'y penser.

— Ce n'est pas la montagne la plus haute du monde, le mont Everest ? demanda Leticia.

— Il n'y a pas de bestioles, là-haut, dit Marshall.

— Et vous n'avez pas peur de mourir, vous aussi ? s'exclama Millie.

— Non. Je suis un alpiniste expérimenté et je ne prends pas de risques inutiles. Je n'ai pas peur.

— Alors, pourquoi hésitez-vous ?

— Je redoute les répercussions que ça pourrait avoir sur notre famille. Il demeure beaucoup d'interrogations concernant ce qui est arrivé à mon père et je ne suis pas certain que nous ayons vraiment envie de connaître toutes les réponses.

— Pourquoi ? demanda Marshall. Moi, j'ai toujours envie de savoir.

— Peut-être pourriez-vous nous parler de la façon dont vous affrontez vos peurs, suggéra Claudia. Vous exercez un métier dangereux. Vous n'avez jamais peur en expédition ?

— Pas pour moi, répondit Rogan. Mais je m'inquiète pour mes clients. Il y a un risque, calculé.

— Pourquoi faites-vous ce métier ?

— Je me sens plus vivant lorsque je côtoie le danger. C'est grisant de tester ses limites, de se pousser à les dépasser. On finit par se sentir invincible. Chacun d'entre vous a dû en faire un peu l'expérience, à un moment ou un autre.

— Mais nous ne sommes pas invincibles, murmura Leticia. Personne ne l'est. Votre père ne l'était pas.

Rogan hocha la tête.

— C'est vrai.

— C'est pour ça que vous n'avez jamais été amoureux ? demanda Emma.

— Emma, intervint Claudia, je ne crois vraiment pas que…

Mais Rogan ne voyait pas d'inconvénient à répondre. Les questions qui fusaient faisaient partie du travail de groupe et il faisait confiance à ses membres. Ils ne le jugeraient pas.

— Peut-être, dit-il. Certainement, même. J'ai vu l'état dans lequel la disparition de mon père a plongé ma mère et…

— … vous l'avez intériorisé, termina Eddie à sa place.

— Vous vous êtes juré de ne jamais souffrir comme elle, ajouta Leticia.

— Il faut dépasser ce blocage, déclara Marshall, et rester ouvert à l'amour. Il peut survenir à tout moment. On ne peut rien prévoir.

Emma fixa Marshall.

— Oui, dit-elle. Tu as raison. On ne peut rien prévoir.

— Ne fuyez pas vos problèmes. Affrontez-les, ajouta Eddie d'une voix tremblante d'émotion.

Claudia se leva.

— Très bien, Eddie. Félicitations à tous pour vos analyses. Je propose que nous reprenions ce soir.

— Bravo ! s'exclama Leticia, tapotant l'épaule de Rogan. Vous vous sentez mieux ?

Il se leva à son tour.

— Beaucoup mieux. Merci à tous. Je vais aller chercher les bagages et les charger dans le van. Je vous laisse clore la séance avec Claudia.

— Je vous donne un coup de main, dit cette dernière. Terminez entre vous, ajouta-t-elle à l'intention de son groupe. C'était une excellente séance. Félicitations à tous.

Elle pressa le pas pour rejoindre Rogan.

— Désolée de t'avoir précipité dans l'arène.

— Pas de problème. J'ai vu que tu avais besoin d'aide et j'ai décidé de participer.

— Je tentais de détourner leur attention de moi. De nous, plus exactement.

— Pendant ce temps, au moins, ils se concentrent sur autre chose que leurs propres problèmes.

— Tu ne crois pas si bien dire ! Ils sont prêts à tout pour éviter d'y être confrontés.

— Je devrais peut-être développer une phobie pour les occuper, plaisanta Rogan. Il doit bien en rester une dont je pourrais me servir pendant le reste de la semaine.

— Sérieusement, Rogan, ce serait bénéfique de te joindre au groupe. De parler de la façon dont tu gères la peur.

Elle s'efforça de sourire.

— Ça pourrait aider.

Il la regarda. Il était prêt à tout pour la rendre heureuse. Aucune femme, jamais, n'avait à ce point compté pour lui.

Il s'était efforcé de contrôler ses émotions. Mais avec elle, c'était impossible. Plus le temps passait, plus il avait envie de se rapprocher d'elle, de la connaître, de devenir intime avec elle. Et la seule façon d'y parvenir était de lui ouvrir son âme. Même si cela impliquait de lui laisser voir qui était le véritable Rogan Quinn, l'homme qui ne pouvait pas s'engager, l'homme qui redoutait d'avoir un jour besoin d'une femme dans sa vie.

Pourquoi ne pouvait-il pas tomber amoureux et vivre heureux ? A cause de ses peurs irrationnelles, il le savait. Même si Claudia ne devait pas être la femme qui remplirait sa vie, il lui serait à jamais reconnaissant de lui avoir ouvert les yeux.

— Peut-être devrais-je développer une phobie de toi. La Claudiaphobie, murmura-t-il, l'attirant dans ses bras.

Il posa un baiser sur ses cheveux et elle se lova contre lui.

Chapitre 6

Ils arrivèrent à Waitomo en milieu d'après-midi. Le groupe était tout excité, impatient de découvrir ce que Rogan leur avait concocté. Lorsque tout le monde fut descendu du van, ce dernier entreprit alors de détailler les activités de la journée.

Waitomo était réputé pour ses grottes souterraines. Les visiteurs pouvaient s'y promener à pied ou en canot, ou encore descendre dans des gouffres en rappel ou se laisser glisser en toboggan dans les chutes d'eau.

Rogan suggéra une activité différente pour chacun d'eux, activité destinée bien sûr à mettre leurs peurs à l'épreuve.

Il demanda à Emma de jeter ses lingettes antibactériennes, de revêtir une des combinaisons de plongée fournies sur place et de tester les toboggans. Il donna à Marshall et à Millie des billets d'entrée pour les grottes aux vers luisants, les plaçant tous deux face à leur phobie : la peur des petites bêtes et la claustrophobie. Pour Leticia, il avait choisi la descente dans un gouffre en rappel et harnais. Quant à Eddie, il avait pour consigne de se promener à travers les différentes grottes en canot et de lier conversation avec le maximum de personnes.

Claudia l'écouta indiquer à chacun son programme et encourager tout le monde. A sa grande surprise, elle constata l'effet produit par ses paroles. Tous étaient impatients de commencer et ils se dispersèrent dès que Rogan leur en donna le signal.

Il la rejoignit alors et glissa un bras autour de ses épaules.

— Eh bien, Doc, que vas-tu choisir ? Il est temps d'affronter tes peurs.

En réalité, sa peur la plus grande était de ne pas parvenir à se séparer de lui. Ils en étaient à leur quatrième jour en Nouvelle-Zélande et il ne leur restait que trois nuits pour faire le point sur la nature exacte de l'attirance qu'ils éprouvaient l'un pour l'autre.

Claudia avait tenté de se convaincre qu'il ne s'agissait que d'une passade, un moment à savourer qui serait bien vite oublié. Mais, lorsqu'elle se trouvait avec Rogan, c'était comme si toutes les pièces du puzzle qui composaient sa vie trouvaient soudain leur place dans une totale harmonie. Comment allait-elle pouvoir se priver de cette sensation ? Vivre sans lui ?

Par son métier, elle était habituée à comprendre ses semblables, censée lire facilement en eux. Mais en ce qui concernait Rogan, elle était perdue. Au lit, il n'y avait aucun doute, il la désirait. Mais, à vingt-huit ans, il n'avait jamais été amoureux. Il avait su protéger son cœur et il y avait peu de chance pour qu'elle soit capable de mettre à bas ses défenses.

Que se passerait-il si elle se rendait compte qu'elle l'aimait, qu'elle avait envie de passer toute sa vie avec lui et que ce sentiment n'était pas réciproque ? Ce serait pire que tout. Pire que de n'avoir jamais connu l'amour.

Un frisson la parcourut au souvenir de ce qu'ils avaient partagé la veille, de ce désir incroyable qu'ils éprouvaient l'un pour l'autre. Il avait contrôlé chacune de ses réactions, la provoquant par ses caresses, la poussant toujours plus loin pour qu'elle lâche prise et s'abandonne. Elle n'avait jamais aimé perdre le contrôle, quelles que soient les situations. Mais avec Rogan elle en avait envie. Dans ses bras, elle était heureuse de ne plus rien contrôler.

Peut-être sa volonté de tout comprendre chez lui était-elle une façon détournée de reprendre le contrôle, avant de ne plus avoir la force de dire non à ce qui se passait entre eux. Si elle lui trouvait un défaut, des manques, elle réfléchirait peut-être et cesserait d'avoir envie de lui. Elle n'était pas censée le juger, mais quel autre moyen lui restait-il pour se protéger ?

Pourtant, plus le temps passait, plus elle devait se rendre à l'évidence. Ils n'étaient peut-être pas parfaits en tant qu'individus, mais ils étaient faits l'un pour l'autre. Parviendrait-elle à l'en convaincre ?

Elle tendit la main et prit la sienne.

— Pourquoi ne pas nous asseoir un moment, suggéra-t-elle. Nous n'avons pas besoin de parler.

— J'ai exactement ce qu'il nous faut.

Ce qu'il leur fallait ? Se posait-il des questions, lui aussi ? Elle le dévisagea et son cœur se serra. Il avait l'air détendu, tout à fait heureux de vivre l'instant. Il ne semblait pas du tout préoccupé par l'avenir. Se pouvait-il que cette histoire d'amour n'existe réellement que dans sa tête à elle ?

Ils marchèrent un moment côte à côte, mais Rogan refusa de lui dire où ils allaient. Bientôt, ils atteignirent l'entrée des grottes aux vers luisants.

— C'est un des lieux les plus surprenants à voir sur North Island. J'ai hâte de te le faire découvrir.

Des vers ? Il voulait lui montrer des vers ? Pouvait-on imaginer lieu moins romantique qu'une grotte remplie de gros vers en train de se tortiller ?

Rogan acheta les tickets et, quelques instants plus tard, ils montaient à bord d'un bateau. A la grande surprise de Claudia, ils quittèrent le petit embarcadère sans prendre d'autres passagers.

— Je l'ai loué, lui expliqua Rogan. Tu voulais que nous soyons seuls... Eh bien, c'est le cas. Il n'y a que nous, le pilote du bateau et des milliers de vers luisants.

Il avait parlé d'un lieu surprenant et il l'était, en effet. Jamais Claudia n'aurait pu imaginer pareil endroit. Le petit bateau suivait un canal étroit au milieu du gouffre sombre. Mais au-dessus d'eux s'étendait une voûte étrange, faite de milliers de minuscules points lumineux, comme autant de petites lumières de Noël scintillant dans la nuit d'encre de la grotte. Mais le plus extraordinaire était que chacune émanait d'un ver luisant.

— C'est étrangement… romantique, murmura-t-elle, fixant les minuscules étoiles, revenant sur sa première impression.

Rogan glissa un bras autour de ses épaules. Puis il l'attira contre lui et l'embrassa. Claudia sentit aussitôt une délicieuse sensation de chaleur l'envahir tout entière. Elle referma une main sur sa nuque et s'abandonna avec délice à leur baiser.

Lorsque Rogan libéra ses lèvres et s'écarta, elle protesta, poussant un petit gémissement.

Un bruit derrière elle la fit se retourner. Le pilote les regardait.

— Excusez-nous, dit-elle.

— Pas de problème. Ça arrive tout le temps. Vous n'imaginez pas le nombre de propositions de mariage dont j'ai été témoin ! Nous avons même eu un mariage, ici.

— Oh… Eh bien, ça n'arrivera pas avec nous. Nous sommes seulement…

Elles'interrompit et regarda Rogan.

— Nous sommes seulement de bons amis.

— Sans doute, répondit l'homme, visiblement peu convaincu.

— De bons amis ? demanda Rogan, le visage enfoui au creux de son cou. C'est tout ?

— J'ignore ce que tu ressens. Je ne veux pas parler à ta place.

— Je ne dirais pas « amis ».

— Que dirais-tu, alors ?

— Connaissances intimes.

Claudia sourit.

— C'est joli. Ça me plaît.

— Et que dirais-tu de nous si nous nous connaissions depuis plus longtemps ? Disons un mois ou un an ?

— Il faudrait voir…

Un long silence retomba. Claudia ne savait pas où cette conversation allait les mener. Ni si elle avait envie de la poursuivre. Tôt ou tard, il leur faudrait parler d'avenir, c'était inévitable. Mais le plus tard serait le mieux. Juste avant qu'elle reprenne l'avion pour Sydney, peut-être. Afin que la séparation ne soit pas trop difficile.

Mais Rogan voyait les choses autrement.

— Pourquoi ne pas en parler maintenant ?

— Il n'y a pas grand-chose à dire.

— Tu crois ? Imaginons que nous ayons envie de nous revoir, après ton retour à Sydney ?

Claudia avala sa salive, la gorge brusquement nouée.

— Tu y as pensé ? Tu voudrais venir me voir ?

— Tu pourrais venir me voir aussi.

Elle eut soudain envie de lui sauter au cou, de l'embrasser. Mais elle s'efforça de contenir son élan.

— Oui, parvint-elle à articuler d'une voix tremblante. C'est une option.

Rogan sourit, satisfait.

— Parfait. Ça me va.

Soudain, elle eut envie de tout organiser. Elle avait besoin de savoir comment cela se passerait exactement. Ils avaient chacun sa carrière. Il voyageait, elle exerçait un métier qui l'obligeait à demeurer à Sydney. Combien de temps passerait-il avec elle ? Quelques jours ? Une semaine ou deux ? Ou bien prendraient-ils seulement un verre à l'aéroport avant qu'il ne s'envole pour quelque destination exotique ?

— J'ai une conférence la semaine prochaine dit-elle. Mais le week-end d'après, je suis libre.

— Je pars pour le Népal à ce moment-là. Je serai absent un mois. Mais je pourrai passer par Sydney au retour.

— Autour du nouvel an, je serai en vacances donc libre…

— Mais moi, je serai au Belize. Peut-être juste après ?

Inutile d'aller plus loin, Claudia voyait bien que ça n'allait pas être possible. Pourtant, ne valait-il pas mieux le voir rarement plutôt que de ne plus le voir du tout ? Il y avait encore quelques jours, elle ne le connaissait pas, et voilà qu'elle s'imaginait déjà organisant sa vie autour de ses visites, consciente qu'il lui faudrait se contenter de ce qu'elle obtiendrait.

Il se pencha et posa un baiser sur ses lèvres.

— Nous nous organiserons, je te le promets.

Sans doute… Mais dans le meilleur des cas, ils ne se verraient que deux ou trois fois par an. S'ils souhaitaient entretenir une véritable relation, ce serait au prix de profonds changements dans leurs vies respectives. Or, Rogan avait sa famille à prendre en compte et elle ses patients.

— Si nous ne trouvons pas de solution, je comprendrai, dit-elle.

— Tu pourrais venir avec moi au Belize, suggéra-t-il. En fait, tu pourrais m'aider à mettre sur pied d'autres expéditions. Je serais le guide pour la partie aventure et toi le guide psy.

Claudia s'imagina alors en un instant laisser tomber son cabinet et entamer une nouvelle vie, pourquoi pas en Nouvelle-Zélande. Mais la réalité était une tout autre affaire. Elle avait beaucoup travaillé pour ouvrir son cabinet, établir sa réputation. Elle menait une vie confortable, bien qu'un peu solitaire. De plus, elle s'apprêtait à opérer des changements dans sa carrière. Tout abandonner pour un homme serait prendre un risque énorme. Elle s'étonnait même d'être en train de l'envisager.

Et puis, il y avait son père. Elle ne pouvait pas le laisser se débrouiller seul à son âge. Pour l'instant, tout allait bien, mais un jour viendrait où il aurait besoin d'elle. Et il était hors de question de le déraciner. En raison de sa phobie, il avait besoin de vivre dans un environnement qui lui était familier.

En un mot, elle n'était pas libre de s'en aller. Inutile de rêver à un avenir où elle courrait le monde en compagnie de Rogan. Sa vie était sur des rails et elle ne pouvait en sortir. Elle n'avait rien à lui proposer.

— Tu te débrouilles de mieux en mieux !

Claudia s'écarta du feu et posa la théière. Puis elle s'assit, s'essuya les mains sur son jean.

— C'est vrai. Tu vois, jamais je n'aurais imaginé trouver du plaisir à camper. La nourriture est meilleure cuite au feu de bois et dégustée à l'extérieur. Et puis, les nuits sont si calmes ! Je dors comme un loir.

— J'aimerais croire que si tu dors si bien c'est un peu grâce à moi.

Claudia avait passé la nuit dans la tente de Rogan, s'y glissant en catimini une fois le groupe endormi. Puis elle avait regagné la sienne au petit matin.

— Je dois reconnaître que tu m'as épuisée. Mais la vie au grand air y est également pour beaucoup.

Le matin même, ils avaient quitté Waitomo pour les rives du lac Arapuni. Le paysage était somptueux et offrait de nombreuses possibilités de balades.

— J'ai pensé que nous pourrions marcher jusqu'au barrage, cet après-midi, dit Rogan. Et ce serait un défi intéressant pour le groupe si je forçais un peu l'allure.

Claudia retint un soupir, le regard perdu sur la surface miroitante du lac, tandis qu'il admirait son profil se découpant dans la lumière. Ils touchaient au terme du voyage. Le lac Arapuni se trouvait sur la rivière Waikato, tout près de Wharepapa South, La Mecque de l'escalade en Nouvelle-Zélande, et le lieu choisi par Rogan pour les activités du dernier jour.

Elle se tourna lentement vers lui.

— C'est vraiment un lieu superbe, Rogan…

Il aimait l'entendre prononcer son nom, en modifier la sonorité avec ce léger accent australien qui la caractérisait. Des images de la nuit précédente surgirent dans son esprit. Elle avait murmuré son nom au moment où elle jouissait, son corps tendu contre le sien, son visage en feu.

Combien de temps conserverait-il ce souvenir ? S'estomperait-il, les jours passant, ou demeurerait-il aussi vif qu'il l'était aujourd'hui ? Etait-ce l'envie que rien, jamais, ne s'efface qui poussait les gens à s'engager ? Encore fallait-il, pour cela, trouver la personne qui soit au diapason et qui ne veuille rien oublier, elle non plus.

Claudia était-elle cette personne ? Comment le savoir ? Ils avaient passé quatre jours ensemble, mais peu de temps en tête à tête. Pourtant, il était absolument certain qu'elle était différente de toutes les autres femmes qu'il avait rencontrées. Etait-ce ainsi que les choses se passaient lorsqu'on était amoureux ? Un jour, parfaitement heureux en célibataire et, le lendemain, songeant à organiser sa vie avec une femme ?

Il ne s'était jamais imaginé menant une vie conventionnelle. Il n'avait jamais réellement pensé au mariage avant que Kaylee ne soulève le problème. De nombreux guides étaient célibataires, conscients que leur mode de vie était incompatible avec le mariage, compte tenu du temps qu'ils passaient à voyager.

Sans parler de la responsabilité de fonder une famille. Son père avait été guide. Rogan savait tout de la peur que l'on éprouve à voir un être aimé partir pour une nouvelle expédition, tout des adieux qui, chaque fois, peuvent s'avérer les derniers. Il avait vu tout cela dans les yeux de sa mère. Une angoisse qu'elle dissimulait derrière un sourire et des mots enjoués.

Il ne voulait en aucun cas que Claudia vive les mêmes affres à cause de lui. Certes, il avait envisagé de changer de métier, mais s'il entamait une relation avec elle, le changement ne pourrait pas être celui imaginé. Elle exerçait un métier qui la retenait à Sydney. Elle ne pourrait pas l'accompagner à travers le monde, dans sa quête pour devenir un grand photographe d'aventure.

S'il voulait vivre avec elle, cela impliquait le sacrifice de sa liberté pour vivre dans son monde. Jamais il n'avait envisagé d'aller jusque-là pour une femme. Alors, pourquoi maintenant ? Pourquoi elle ? Quelle garantie avait-il d'éprouver la même envie dans deux ou trois mois ? Ou qu'elle-même ait envie d'une relation avec lui, une fois que le masque du bel aventurier serait tombé. L'amour représentait un danger beaucoup plus grand que toutes les montagnes qu'il avait pu escalader.

Il se pencha vers le feu.

— J'aurais aimé que tu puisses rester encore deux ou trois semaines. Il y a tant de lieux que j'aurais voulu te montrer, tant de choses que j'aurais aimé faire avec toi.

Claudia lui adressa un sourire un peu triste. Toutes leurs conversations, aujourd'hui, semblaient vouées à buter sur le même constat : son temps en Nouvelle-Zélande était compté. Or, il ne voulait pas se dire que, dans un peu moins de quarante-huit heures, Claudia sortirait de son existence sans qu'ils aient trouvé de solution pour rendre une relation entre eux possible. A moins que… Existait-il un moyen de rendre leurs deux modes de vie compatibles ?

Il s'efforça de trouver une solution, un moyen de la garder auprès de lui, ne serait-ce que quelques jours encore. Mais, pour cela, il allait devoir lui demander de rester et ce serait le début des complications. Il lui faudrait expliquer pourquoi il avait envie qu'elle reste. Et c'était s'impliquer bien davantage qu'il ne l'avait fait jusque-là.

— Je vais remplir les gourdes d'eau, murmura-t-il. Nous en aurons besoin cet après-midi.

— Je vais t'aider.

Il jeta un coup d'œil aux membres du groupe qui s'activaient autour des tentes.

— Marshall ! appela-t-il, nous partons chercher de l'eau. Prévenez les autres que, lorsque tout le monde sera prêt, nous partirons en randonnée. Prévoyez de bonnes chaussures.

— Entendu ! répondit Marshall.

Rogan rejoignit alors Claudia. Il la prit par la main, l'entraîna dans un chemin étroit, au milieu des bois. Dès qu'ils furent à bonne distance, il se débarrassa aussitôt des gourdes, la saisit par la taille et l'attira contre lui. Emprisonnant alors son visage entre ses mains, il l'embrassa, ses lèvres pressant follement les siennes, sa langue plongeant en elle, avide de retrouver la douceur, le goût de sa bouche. Claudia s'abandonnait déjà, agrippée aux revers de sa veste, le souffle court.

Lorsqu'il s'écarta d'elle, elle avait le visage en feu, les lèvres toutes roses. Il pressa son front contre le sien.

— Nous aurions dû rester en ville, dit-il. Je rêve d'être nu avec toi dans un grand lit confortable.

— Non, c'est mieux ainsi. Il ne nous reste que peu de temps et je voudrais que le groupe fasse encore ses preuves. Nous passerons notre dernière nuit en ville, de toute façon.

— Notre dernière nuit… Je n'aime pas cette idée !

— Tu as été un guide merveilleux, Rogan, et ce voyage

est une totale réussite. Je me suis rendu compte, grâce à toi, que je ne prenais pas le temps d'apprécier la vie. Je suis tellement préoccupée par les problèmes de mes patients que j'en oublie de vivre.

— Je te comprends. Il se passe la même chose pour moi.

— Tu n'as pas l'impression de vivre, toi non plus ?

— Non. En tout cas, pas de mener la vie que je souhaiterais. Je me rends dans tous ces lieux extraordinaires, mais je passe mon temps à me soucier de mes clients, des plannings et des budgets. Il y a peu, je suis monté au sommet du mont McKinley. Et, alors que je me trouvais face à une vue belle à couper le souffle, j'étais incapable de l'apprécier parce que je songeais déjà qu'il fallait que je redescende, car le temps filait.

— Qu'aimerais-tu faire ?

Rogan eut un haussement d'épaules.

— Tout quitter. Et prendre le temps de réfléchir à la suite. Mais je ne peux pas laisser Mal et Ryan. L'entreprise fait également vivre ma mère et ma sœur. Et en plus, maintenant, Mal songe à fonder une famille. L'occasion se présentera peut-être un jour.

— Si j'étais ta thérapeute, je t'encouragerais à vivre ta vie, pour toi.

— Et je te répondrais que je ne peux pas. J'ai des responsabilités. On ne fait pas toujours ce qu'on veut.

— En tout cas, tu réussis parfaitement dans le métier de guide.

— Tu reviendras, alors ?

— J'aimerais bien. Mais je vais d'abord évaluer si ce voyage a des effets à long terme sur mes patients. S'ils reprennent leurs vieilles habitudes, de retour à Sydney, alors je ne sais pas ce que je ferai. Si cette nouvelle thérapie que je considère comme très innovante ne donne pas les résultats escomptés, je ne pourrai pas mener à bien mon projet de livre.

— Je trouve qu'elle donne de très bons résultats pour le moment, dit Rogan, récupérant les gourdes.

Ils poursuivirent leur chemin et tandis qu'ils marchaient,

Rogan songeait à l'idée qui lui trottait dans la tête depuis quelque temps, déjà. Son plan n'avait pas pour ambition de faire rester Claudia, mais de l'amener au moins à revenir en Nouvelle-Zélande. Il n'en avait pas réglé les détails, loin de là, et craignait que ce qu'il avait à lui proposer ne l'intéresse pas.

Il n'avait jamais été un expert lorsqu'il s'agissait de comprendre les femmes. Que se passait-il dans la tête de Claudia ? Cherchait-elle, elle aussi, un prétexte pour rester, ou était-elle impatiente de mettre cette courte aventure au rang du passé ?

Pose-lui la question, lui souffla sa petite voix intérieure. C'était ce qu'il fallait faire. Mais il craignait que les sentiments qu'il éprouvait ne soient pas réciproques. Claudia pouvait se montrer d'une franchise désarmante, ou au contraire dissimuler ses émotions derrière une attitude très professionnelle.

— Je suppose que tu as hâte de rentrer chez toi et de retrouver une vie normale, dit-il.

— Je vais surtout retrouver mes patients, répondit-elle. Certains étaient très perturbés à la perspective que je m'absente.

— Que se passerait-il si tu décidais d'arrêter ?

Elle lui jeta un regard de biais.

— Ils ne seraient pas heureux. Et, de toute façon, ce serait quelque chose que je devrais faire progressivement, en douceur. Je n'ai jamais vraiment songé à cela, en fait.

— Pourtant, tu m'as dit…

— Oui, j'ai pensé arrêter pour enseigner à temps plein. Mais je n'ai pas encore réfléchi à la façon de mettre les choses en place. Quoi qu'il en soit, même si j'enseignais, je garderais des heures de thérapie. Pour un temps, du moins.

Et voilà, il s'en doutait ! Elle parlait, parlait, mais ne souhaitait pas changer de vie. Depuis le début, il savait que cette histoire n'était qu'une aventure sans lendemain, et il s'était quand même laissé prendre au piège. Il ne lui restait plus, à présent, qu'à s'en libérer.

— Je crois que nous sommes logés à la même enseigne, dit-il. Trop de responsabilités envers les autres et pas assez de temps pour vivre nos vies. Peut-être avons-nous tous les deux besoin d'une thérapie.

La dispute commença durant la montée au barrage. Le groupe avait démarré dans d'enthousiasme, mais la piste devenant plus difficile et la fatigue se faisant sentir, les tempéraments commencèrent à s'échauffer. Ce fut lorsque Rogan corsa le défi en empruntant un chemin plus escarpé que les femmes se braquèrent et que la fracture se fit.

Claudia avait senti arriver l'explosion et failli demander à Rogan de rebrousser chemin, mais il menait le groupe d'un pas rapide, indiquant au passage les sites intéressants, sans prêter attention aux railleries et messes basses.

— Les femmes prennent moins de risques que les hommes, décréta soudain Marshall.

— Tu ne peux pas dire ça ! s'insurgea Emma. C'est une remarque totalement sexiste ! Docteur, dites-lui que c'est sexiste.

— Peut-être pourriez-vous nous expliquer ce que vous entendez par « risque », Marshall.

— Les hommes aiment les défis. Ils gravissent les montagnes, conduisent des voitures de course, plongent des falaises et sautent des avions.

— Et ils crient lorsqu'ils aperçoivent un insecte ! lança Leticia.

— Je trouve cette remarque déloyale, fit remarquer Claudia.

— Je suis allé dans la grotte aux vers luisants ! protesta Marshall.

— Les vers ne sont pas des insectes, commenta Millie.

Marshall ignora sa remarque.

— De plus, ce n'est pas moi qui ai dit ça, mais Rogan.

— C'est vrai, Rogan ? demanda Claudia.

Rogan s'arrêta et se retourna.

— Oui, j'expliquais qu'en général il y a très peu de femmes dans mes expéditions. Les hommes prennent en moyenne plus de risques qu'elles.

— C'est ridicule ! lança Emma.

Tout le monde s'était arrêté et elle en profita pour s'asseoir sur un rocher, récupérer un peu.

— Ce n'est pas une critique, reprit Rogan, c'est une constatation. J'ajouterai qu'en expédition elles se montrent beaucoup plus prudentes que les hommes. Ce qui est plutôt une qualité.

— Sans doute, dit Claudia. Mais, sur le fond, je ne suis pas d'accord. S'il n'y a pas plus de femmes, c'est parce qu'on ne leur en donne pas l'opportunité. Elles restent en général à la maison pour s'occuper de leur famille, pendant que les hommes s'amusent à risquer leur vie.

— Je suis tout à fait d'accord ! approuva Emma.

— Moi aussi, renchérit Leticia.

Une bataille rangée s'ensuivit alors sur les inégalités homme-femme. A la grande surprise de Claudia, Marshall et Eddie ne se laissèrent pas impressionner. D'habitude, ils s'en remettaient toujours aux femmes, dans le groupe, mais quelque chose avait changé.

Claudia jeta un coup d'œil en direction de Rogan. Voilà où se situait la différence… La provocation dont il faisait montre avait déteint sur les deux autres.

— Il est clair que nous n'allons pas résoudre le problème cet après-midi, dit-elle alors, pour tenter de calmer le jeu.

— Oh que si ! s'exclama Emma.

— Peut-être devrions-nous demander au docteur Mathison, proposa Marshall. Combien de vos patients phobiques sont des hommes et combien sont des femmes ?

— Les phobies sont des peurs irrationnelles qui touchent autant les hommes que les femmes, répondit Claudia. Comme lorsqu'il s'agit de gravir des sommets. Il ne faut pas avoir peur, que l'on soit homme ou femme.

— Pas forcément, intervint Rogan. Si un alpiniste oublie la peur, il est condamné. Il va finir par commettre une erreur qui lui sera fatale.

En allait-il de même pour l'amour ? songea Claudia. Elle avait toujours pensé que, pour aimer, il ne fallait pas avoir peur. Mais peut-être fallait-il, au contraire, avoir quelque chose à craindre… La perte, la souffrance, la trahison ?

— C'est pour ça que j'ai peur des araignées, reprit Marshall.

La réflexion arracha Claudia à ses pensées.

— Quoi ?

— Elles peuvent tuer. Il n'y en a qu'une de venimeuse, originaire de Nouvelle-Zélande. Et deux autres, originaires d'ailleurs.

— Les araignées ne sont pas des insectes, fit remarquer Millie. Pas plus que les vers.

— Qu'est-ce que tu en sais ?

— Je le sais. Elles ont huit pattes et les insectes six. Et elles ne possèdent pas d'antennes. Il y a un moment que j'ai envie de te le dire mais… j'avais peur jusqu'à présent.

La remarque de Millie redonna de la force à l'altercation. Une altercation si vive que des randonneurs qui passaient près d'eux leur jetèrent des regards courroucés. Rogan se mit de côté, laissant Claudia gérer son groupe. Dès qu'un semblant de calme revenait, quelqu'un faisait une remarque et c'était reparti pour un tour.

— O.K., lança-t-il finalement d'une voix forte. Ça suffit !

Emma parut vouloir continuer sur sa lancée, mais le regard qu'il lui décocha la fit se taire aussitôt.

— Je suis votre guide et, en tant que guide, c'est à moi que revient l'autorité ultime. Nous allons poursuivre notre marche et laisser cette discussion de côté. Vous la reprendrez en séance de groupe. Je veux que vous vous réhydratiez, à présent, et que vous vous concentriez de nouveau sur l'ascension. Marshall, vous prendrez la tête ; moi, je fermerai la marche.

Il rejoignit Claudia.

— Allez, on se remet en route à présent.

Tous se levèrent, formèrent une file indienne et suivirent Marshall.

Lorsqu'ils arrivèrent au campement, au terme de l'excursion, tous étaient épuisés et chacun gagna sa tente en silence.

Rogan rejoignit Claudia, alors qu'elle ouvrait la sienne.

— Tu as quelque chose à ajouter au sujet des hommes qui prennent plus de risques que les femmes ? lui demanda-t-il.

— Oui. Que c'est faux. Mais nous en discuterons plus tard, lorsque nous serons seuls.

— J'ai hâte !

— Tu sembles avoir beaucoup d'influence sur Marshall et Eddie, poursuivit-elle. En moins d'une semaine, ils ont fait plus de progrès qu'en deux ans avec moi.

— Tu trouves que cette dispute est un progrès ?

— Ils expriment ce qu'ils ressentent. C'est une chose qu'ils font très rarement en groupe. Qu'ils aient tort ou raison, ils ont au moins trouvé le courage de prendre la parole. Et Millie ! Je ne l'ai jamais vue prendre part au moindre conflit. Tu l'as entendue dire que les araignées ne sont pas des insectes ? Ce voyage agit sur eux en profondeur. Je devrais peut-être te les laisser et m'en aller.

— Ou revenir avec eux pour une semaine supplémentaire, suggéra Rogan.

Elle gloussa.

— Vu la difficulté que j'ai eue à leur faire prendre l'avion, nous ne sommes pas encore repartis !

— Tu t'es demandé ce que ce voyage aurait pu donner si tu étais venue avec des gens non phobiques ?

— Qu'est-ce que tu veux dire ? Si j'étais venue avec des gens ayant d'autres problèmes psychologiques ?

— Ou pas de problèmes du tout.

— Je n'ai aucun patient dans ce cas. Mais mon travail serait nettement plus facile, c'est certain.

— Oui, j'imagine. Que ferais-tu, si tu ne pouvais plus être thérapeute ?

— C'est une question étrange.

— Non. Imagine que tu doives arrêter… Que choisirais-tu de faire, alors ?

— Je sais ce que toi tu ferais. Tu deviendrais un vagabond photographe.

Rogan sourit.

— Oui, c'est vrai. Je fais de bonnes photos. C'est un des rares talents que je possède.

— Non, ce n'est pas vrai. Tu en possèdes beaucoup, dit Claudia.

— Ce ne sont pas des talents, disons plutôt des compétences.

— Je faisais allusion à ton pouvoir magique. Ta capacité à les motiver est un talent rare, que je ne possède pas. Tu devrais faire des études de psycho.

— Je ne me vois pas rester enfermé à étudier.

Il attrapa son appareil photo et prit un cliché d'elle. Elle brandit la main devant son visage.

— Non, arrête ! Je suis affreuse.

— Tu es très belle comme tu es.

Il tourna autour d'elle, changeant de position et d'angle de prise de vue. Tout d'abord, elle refusa de coopérer, mais il ne cessait de la taquiner, si bien qu'elle finit par ôter ses mains et vaquer à ses occupations. Au bout d'un moment, elle l'avait complètement oublié.

— Voilà, dit-il finalement, fixant l'écran de son appareil. C'est parfait. C'est exactement l'image que je veux garder de toi.

Elle tendit la main et saisit l'appareil. Lorsqu'elle vit la photo, sa surprise fut totale, Il avait su trouver exactement l'angle et la lumière adéquats. Il avait saisi son profil, le mouvement souple de ses cheveux autour de son visage, la faisant paraître beaucoup plus séduisante, du moins de l'avis de Claudia, qu'elle ne l'était en réalité.

Elle sourit.

— Que j'ai l'air jolie, sur cette photo !

— Mais tu es jolie !

— Maintenant, c'est à mon tour d'avoir une photo de toi.

Rogan tendit l'appareil face à lui et prit un cliché.

— Qu'en dis-tu ?

— J'espérais mieux qu'un selfie.

— Pas question de te donner une belle photo. Tu ne reviendrais plus voir l'original !

Claudia se mit à rire. Comme si elle avait besoin d'un prétexte ! Elle savait déjà que, à peine les pieds dans l'avion, elle songerait déjà au moment où ils se reverraient. Sa gorge se noua brusquement. A moins qu'ils ne décident de mettre un terme à leur histoire le jour du départ.

— J'en veux une plus belle, dit-elle.

Il fit défiler les photos et Claudia regarda par-dessus son épaule jusqu'à ce qu'elle ait trouvé celle qui lui plaisait.

— Voilà, celle-là ! s'exclama-t-elle. Envoie-la sur ma boîte mail.

— Ce n'est pas moi.

— Comment, ce n'est pas toi ?

— C'est Ryan, mon frère jumeau.

Claudia le regarda, interloquée.

— Tu as un frère jumeau ? Tu ne me l'avais pas dit.

— J'ai dû mentionner son nom. J'en suis certain.

— Oui, mais tu ne m'as pas dit qu'il était ton jumeau.

Rogan la fixa un instant.

— Nous ne savons pas tout l'un de l'autre.

— Je suppose que non, répondit-elle.

Elle se détourna, se dirigea vers sa tente.

— Où vas-tu ?

— Me changer. J'ai un peu froid. Et j'ai les pieds humides.

Elle se glissa dans sa tente et referma le battant. Elle drapa son duvet autour de ses épaules, le corps parcouru de frissons. Pourquoi, alors que tout allait bien, fallait-il qu'un détail dans la conversation vienne lui rappeler qu'elle ne savait quasiment rien de Rogan ?

Elle s'efforça de se calmer. Ils étaient ensemble depuis moins d'une semaine, pouvait-elle sérieusement s'attendre à tout connaître de sa vie ? Et il était impossible qu'elle aime quelqu'un qu'elle ne connaissait pas. Ce n'était peut-être pas de l'amour qu'elle éprouvait pour lui, après tout. Il ne s'agissait peut-être que d'une illusion, une simple réponse physiologique, un emballement des sens qui se dissiperait dès qu'ils seraient séparés.

On ne tombait pas amoureuse en quelques jours. Elle n'avait jamais cru au coup de foudre, et ce n'était pas aujourd'hui qu'elle allait commencer !

Alors, comment qualifier ce qu'elle éprouvait ?

Chapitre 7

— Allez-y, Eddie ! cria Rogan. Ne regardez pas en bas, continuez à avancer !

Il parcourut des yeux le dénivelé, songeant que, pour un débutant, trente mètres étaient une hauteur très impressionnante. Lui avait escaladé, sans être encordé, des façades rocheuses trois fois plus hautes. Mais il grimpait aux arbres, sur les toits et sur bien d'autres endroits encore depuis qu'il était enfant. Eddie, lui, sortait à peine de son appartement.

— Vous vous débrouillez très bien, Eddie, l'encouragea Claudia, tout en croisant les mains, nerveuse.

Elle ajoutant plus bas, à la seule intention de Rogan :

— Mon Dieu, pourvu qu'il ne panique pas !

— Tout va bien, la rassura-t-il. Regarde-le.

— Tu es certain que cette corde va tenir ?

— Les moniteurs d'escalade sont des experts. De plus, Joe a été guide chez nous. J'ai une totale confiance en lui.

— Tant mieux ! J'ai tellement peur qu'il arrive un accident que j'en ai la nausée.

— Ça, c'est parce que nous n'avons pas suffisamment dormi cette nuit, commenta Rogan, regardant Eddie tâtonner sur la paroi rocheuse à la recherche d'une prise.

Son pied glissa et Claudia poussa un cri. Elle plaqua aussitôt sa main sur sa bouche.

Rogan la prit par la taille, l'attira contre lui.

— Tu ne l'aides pas. Si tu ne le crois pas capable de réussir, il ne s'en croira pas capable non plus.

Le silence retomba, tandis qu'ils regardaient Eddie franchir les dix derniers mètres. Lorsque ce dernier parvint au sommet, il brandit le poing et poussa un long cri de victoire. Quelques instants plus tard, il redescendait en rappel et toucha bientôt le sol.

Joe l'aida à se débarrasser de son équipement et, lorsqu'il se retourna, il arborait un tel sourire qu'il en était méconnaissable. Rogan lui donna l'accolade.

— Vous avez réussi. Bravo !

— Merci, répondit Eddie. C'était extraordinaire ! J'étais terrifié et, pourtant, je n'avais pas envie d'arrêter.

Il regarda Claudia.

— C'est la meilleure chose qui me soit arrivée.

Il rejoignit le groupe et fut accueilli par des hurrahs et des félicitations.

— Rien que pour un tel moment, ce voyage valait la peine, reconnut Claudia.

— Tu devrais essayer, toi aussi. Vas-y, c'est le moment.

— Non. Je ne veux pas voler leur place aux autres.

— Allons, lance-toi ! C'est l'occasion de leur montrer qui tu es. Je ferai l'ascension avec toi, si tu veux. Tu as besoin de relever ce défi, Claudia.

— Tu as raison. Je devrais être capable de montrer l'exemple. Mais imaginons que je panique, que je m'arrête au beau milieu de la paroi et que je sois incapable de continuer. Je ne veux pas me ridiculiser.

— Tout ira bien. Je serai avec toi.

Lorsqu'elle s'approcha du rocher, tous comprirent aussitôt ce qui se passait et ils se mirent à l'encourager bruyamment. Eddie lui prodigua même quelques conseils, tandis que Joe installait son harnais.

— Je serai juste au-dessous de toi, lui indiqua Rogan, lui tendant une paire de gants d'escalade.

Elle les enfila.

— Comme ça, si je tombe, je t'entraînerai avec moi.

— Tu es encordée. Il n'y a aucun risque que tu tombes.

Rogan vérifia que son casque était bien fixé.

— Te voilà parée, dit-il, donnant une petite tape dessus. A toi de jouer. Va doucement et ne regarde pas en bas.

Claudia ferma un instant les yeux.

— Je peux le faire, dit-elle tout bas. Je peux le faire !

Elle trouva son premier appui et se hissa. Rogan la regarda plaquer son corps contre le rocher, puis chercher un nouvel appui pour son pied.

— C'est ça, dit-il. Parfait. Continue.

— Où es-tu ? appela-t-elle d'une voix tendue.

Il la rejoignit, grimpant rapidement à sa rencontre.

— Je suis là, juste au-dessous, répondit-il d'une voix calme, rassurante. Tu te débrouilles comme un chef.

Pendant quelques secondes, Claudia poursuivit son ascension. Puis elle s'arrêta, cherchant une prise.

— A quelques centimètres sur ta droite, lui indiqua-t-il.

Ils se trouvaient à peu près à mi-parcours lorsqu'elle s'arrêta, leva les yeux pour évaluer la distance qu'il lui restait à parcourir. Puis, oubliant ses conseils, elle jeta ensuite un coup d'œil vers le bas. Rogan la vit aussitôt se raidir ; ses doigts se crispèrent sur la roche et ses jambes se mirent à trembler. Il étouffa un juron.

— Ça va ? demanda-t-il.

— Je… j'ai regardé en bas.

— Oui, j'ai vu. Pas de panique. Tu as le choix. Tu peux continuer ou redescendre. C'est toi qui décides.

— Je ne sais pas.

— Si tu t'écartes de la paroi, Joe comprendra. Il te fera descendre en rappel.

Claudia ne bougea pas. En deux prises, Rogan fut à sa hauteur.

— Je me sens totalement ridicule !

— Il n'y a vraiment pas de quoi.

Il tendit la main, repoussa doucement une mèche échappée de son casque.

— Alors ? Qu'est-ce que tu décides ?

Claudia risqua un coup d'œil vers lui et lorsque leurs regards se croisèrent, il vit la panique dans le sien.

— Tu n'as pas de harnais, pas de corde ?

— Je n'en ai pas besoin. C'est une ascension très facile pour moi.

— Non, dit-elle. Je ne veux pas. Redescends !

Les larmes avaient jailli dans ses yeux et elle avait du mal à respirer.

— Je n'irai pas plus loin si tu ne redescends pas.

— Mais enfin, je…

— Non !

— Très bien.

Rogan s'exécuta. Quelques secondes plus tard, il sautait au sol et leva aussitôt les yeux vers elle. Elle n'avait pas bougé.

— C'est bon, lança-t-il. Je suis en bas.

D'une main tremblante, elle chercha alors une nouvelle prise. Puis lentement, avec prudence, poursuivit son ascension. Rogan sourit, la voyant prendre de plus en plus d'assurance. Elle hésita une fois ou deux encore et, bientôt, parvint au sommet.

Le temps d'échanger quelques mots avec le moniteur, elle redescendait en rappel.

Quand elle fut en bas, Rogan l'aida à se débarrasser du harnais. Mais au lieu d'exploser de joie, comme il s'y attendait, elle lui opposa un visage fermé, refusant de lui parler. Dès qu'elle fut débarrassée de l'équipement complet, elle tourna les talons et partit en direction du van.

— Claudia ! appela-t-il, courant après elle.

Elle ne marchait pas d'un pas très assuré et buta soudain contre une pierre. Il la retint, la rattrapant par le bras, mais elle se dégagea aussitôt d'un geste brusque.

— Laisse-moi tranquille !

— Tout s'est bien passé. Tu as parfaitement réussi. Où est le problème ?

— C'est toi le problème ! Tu parles sans arrêt de sécurité, du souci que tu te fais pour tes clients et tu grimpes sans harnais ni corde !

Rogan sourit, amusé.

— J'avais mon casque.

— Tu te crois drôle, sans doute ? Tu aurais pu tomber et te tuer. Il en faut moins que ça, parfois. Des gens se sont rompu le cou en tombant d'une échelle ou dans un escalier.

Sa voix se brisa soudain, sous le coup de l'émotion, et Rogan crut qu'elle allait se mettre à pleurer.

— Et ça aurait été de ma faute…

Il tendit les bras, voulut l'attirer contre lui, mais elle s'écarta.

— Si j'avais pensé qu'il existait le moindre danger, je me serais encordé, dit-il.

— Laisse-moi tranquille, s'il te plaît. J'ai besoin d'un petit moment pour récupérer.

Il acquiesça, hochant la tête, totalement déboussolé par sa réaction. La paroi ne présentait absolument aucun danger et Claudia savait qu'il était expérimenté. Alors pourquoi cette véhémence ?

Tandis qu'il rejoignait le groupe, il ôta son casque, glissa les doigts dans ses cheveux, absorbé dans ses pensées. Il avait lu la peur dans le regard de Claudia et, cette peur, il ne l'avait vue qu'une autre fois dans un regard, celui de sa mère.

Et soudain, ce fut un choc. Claudia l'aimait ! Pourquoi, sinon, se serait-elle mise à ce point en colère ? Confrontée à ce qu'elle pensait être un danger pour lui, elle s'était trahie, lui révélant ses sentiments.

Il en fut abasourdi. Qu'était-il censé faire de cela ? Il n'avait pas imaginé qu'il aurait à se poser un jour la question. Claudia était tendre et passionnée, certes, mais elle ne lui avait rien laissé deviner d'un tel attachement.

— Elle va bien ? demanda Emma, se précipitant à sa rencontre.

— Quoi ? demanda Rogan, brusquement tiré de ses pensées. Oh ! Oui… oui, tout va bien. Elle a besoin de récupérer un peu, c'est tout. C'est à qui le tour ?

Il s'en voulut soudain de ne pas être resté avec Claudia.

— Emma, prenez la suite, d'accord ? Je reviens.

Il la rejoignit, la saisit par le bras.

— Viens… Il faut que nous parlions.

Toute cette émotion diffuse commençait à l'affecter, lui aussi. S'il voulait savoir précisément ce qu'elle avait en tête, il devait le lui demander. Mais, pour l'instant, elle refusait de parler.

— Je sais que tu es en colère contre moi, mais j'ignore pourquoi. Tu ne cesses de prôner l'honnêteté envers tes patients, alors sois honnête avec moi, maintenant. Je veux que tu me dises ce qui se passe.

Les larmes affluèrent dans les yeux de Claudia.

— Oh non, pas ça, s'il te plaît…, continua-t-il. Je m'en veux déjà suffisamment de t'avoir poussée à escalader ce mur.

— Tu n'y es pour rien.

Elle s'interrompit, la gorge nouée.

— Enfin, si. C'est quelque chose que tu as fait, mais c'est… surtout moi. Je … je viens d'avoir une… révélation.

— Bienvenue au club ! murmura Rogan.

— Quoi ?

— Rien. Quel genre de révélation ?

— Je n'ai pas envie d'en parler pour le moment. Retourne t'occuper du groupe. Tout va bien, je t'assure.

Elle s'efforça de sourire.

— Je ne suis pas en colère. Enfin… un tout petit peu quand même. Mais, si tu me promets de ne plus prendre de risques stupides, ça ira.

— Je ne ferai rien qui puisse te rendre malheureuse, je veux que tu le saches.

— Je le sais.

Il se pencha, posa un baiser furtif sur ses lèvres, puis la prit dans ses bras et la serra très fort contre lui.

— Nous reparlerons de tout ça ce soir, je te le promets.

Il rejoignit le groupe. Le temps filait. Il ne leur en restait plus beaucoup à passer ensemble et il ne voulait pas le gâcher en disputes. Ils s'expliqueraient dès leur retour au campement.

Le groupe était en effervescence au dîner, ce soir-là, chacun discutant de ce qu'il avait éprouvé au cours de l'escalade. Marshall, Emma et Eddie étaient montés jusqu'au sommet. Leticia et Millie s'étaient arrêtées à mi-parcours, décidant que cela leur suffisait.

Claudia avait conduit une rapide séance de groupe et leur avait fait part de son admiration. Le lendemain, ils se rendraient dans la petite ville où habitait Rogan. Ils y passeraient la journée et la nuit, et prendraient le chemin de l'aéroport le surlendemain. Chacun retrouverait alors sa vie et ferait le bilan de ce qu'il avait appris des différentes expériences vécues lors de ce voyage.

Rogan était resté silencieux durant tout le repas, attentif aux réactions des uns et des autres. Personne ne s'était exprimé sur le sujet, mais il avait senti que le groupe était assez mal à l'aise à propos de l'ascension de Claudia.

Peu après la fin du repas, tous décidèrent d'aller se promener au bord du lac, laissant Claudia et Rogan seuls près du feu. Dès qu'ils eurent disparu, Rogan se leva et tendit la main à Claudia.

— Viens.

— Faire quoi ?

— Te mettre au lit. La journée a été longue pour toi.

— Et toi ?

— Ça dépendra de toi.

Ils gagnèrent la tente de Claudia et se glissèrent à l'intérieur. Claudia ôta ses chaussures, ses chaussettes, puis s'enroula dans son duvet et se recroquevilla sur le côté.

Rogan s'allongea derrière elle, son corps lové contre le sien, le menton posé sur son épaule. Ils demeurèrent ainsi un long moment, silencieux. Les yeux clos, bercée par le rythme régulier de sa respiration, Claudia se fondait dans la chaleur de son corps.

Elle avait passé l'essentiel de l'après-midi à tenter d'analyser sa réaction lorsqu'elle avait vu Rogan sans équipement de sécurité. Elle avait fini par admettre que ce qu'elle avait ressenti était de la peur, une peur insensée. Pas pour elle, mais pour lui. Peur qu'il tombe et se tue avant qu'elle ait eu le temps de lui avouer ses sentiments.

Lorsqu'elle l'avait vu accroché à la paroi sans corde ni harnais, tous les doutes qu'elle avait encore au sujet de ses sentiments s'étaient évaporés. Elle était amoureuse de lui. Pas seulement attirée, fascinée par son charisme. Non. Amoureuse, indéniablement. Et l'idée qu'il puisse lui arriver malheur l'avait terrifiée.

Mais pouvait-elle le lui avouer ? Elle le connaissait depuis peu et pourtant, elle n'avait jamais rien ressenti de semblable. Pour personne. Elle qui se targuait de percer à jour la psychologie de ses semblables, elle ne comprenait rien à ce qui lui arrivait.

— Tu veux que nous discutions de ce qui s'est passé ? lui demanda-t-il.

Elle roula sur le côté, pour se positionner face à lui.

— J'ai réagi de manière outrancière. J'ai eu tellement peur pour toi… Pour moi aussi. Je ne m'étais pas rendu compte que tu pouvais parfaitement grimper sans protection. Moi, à chaque instant, j'avais l'impression que j'allais tomber. C'est un transfert tout à fait basique qui s'est opéré. Dans mon esprit, c'était comme si tu vivais la même chose que moi, la même appréhension, je veux dire…

C'était un énorme mensonge, mais elle ne pouvait pas lui dire plus clairement les choses. Pas encore. Elle avait besoin de temps pour faire le point. Si elle l'aimait véritablement, il fallait d'abord qu'elle sache si lui l'aimait aussi. Auquel cas, sa vie changerait du tout au tout, et en un instant.

— Tu es certaine que ça va, Claudia ?

— Oui.

— Je peux t'embrasser ?

Elle rit.

— Je crois que c'est très exactement ce dont j'ai besoin !

Lorsque leurs lèvres se rencontrèrent, il ne subsista plus aucun doute dans l'esprit de Claudia. Elle sentit le désir s'emparer d'elle et une sensation de plénitude, de bonheur intense envahir tout son être. Elle était amoureuse, oui, follement… Dommage que ce soit arrivé si vite, alors qu'elle ne connaissait Rogan que depuis quelques jours.

Elle avait toujours exercé un tel contrôle sur sa vie ! Chaque décision, chaque action avait toujours été mûrement réfléchie, y compris vis-à-vis des hommes avec lesquels elle était sortie. Jamais, elle ne s'était laissé emporter par ses émotions. Elle considérait que c'était une faiblesse à combattre absolument.

Mais aujourd'hui, son cœur et sa raison étaient en complet désaccord et elle se sentait déchirée.

— Qu'allons-nous faire ? demanda-t-elle.

— Je vais commencer par te déshabiller, répondit Rogan. Lentement, en prenant tout mon temps. Et j'embrasserai chaque parcelle de toi, jusqu'à ce qu'il ne reste plus un centimètre carré de ton corps que je n'aie goûté. Tu vas être toute à moi et j'ai l'intention d'en profiter longtemps.

Il avait mal interprété sa question, mais Claudia ne le détrompa pas. Elle le regarda au contraire faire descendre lentement la fermeture Eclair de son sweat-shirt, glisser ses mains dessous et, lorsqu'il les referma sur ses seins, elle ne put réprimer un petit gémissement.

— Et lorsque j'aurai fini de goûter ton corps avec la bouche, je l'explorerai avec mes mains. Je te caresserai. Et tu me caresseras aussi. Puis nous ferons l'amour jusqu'à tomber d'épuisement.

— Oui, murmura Claudia.

— Mais d'abord, enlevons ces vêtements.

Il prit sa bouche avec fougue. Claudia se sentit aussitôt chavirer. L'embrasser était devenu comme une drogue. Elle ne pouvait plus s'en passer. C'était comme une conversation sans mots. Les baisers de Rogan parlaient directement à son cœur.

Il fit descendre lentement ses mains jusqu'à ses hanches, puis glisser son pantalon, dénudant ses jambes. Ce fut ensuite le tour de son petit slip de dentelle. Il ne la touchait presque pas, ne la caressait pas, et elle n'en avait que plus envie de sentir sa bouche, ses mains prendre possession de son corps. Lorsqu'il l'eut débarrassée de son chemisier et de son soutien-gorge, il se déshabilla à la hâte.

Ils étaient nus, à présent, et se tinrent un long moment allongés l'un contre l'autre, peau contre peau, unis, complémentaires, deux moitiés d'un même être.

Lorsque Rogan l'embrassa de nouveau, Claudia oublia tout de ses préoccupations pour ne se concentrer que sur le goût qu'il avait et le flot de sensations qui déferlaient en elle. Il était l'homme qu'elle attendait depuis toujours, celui grâce auquel elle se sentait enfin pleinement femme.

Elle avait toujours pensé qu'il manquait une dimension dans ses relations avec les hommes et elle en était arrivée à la conclusion qu'elle n'était ni sexy ni capable de passion. Jamais un homme ne lui ferait perdre la tête, songeait-elle, penser ou agir de manière totalement irrationnelle tout simplement parce qu'elle était amoureuse.

Mais elle s'était trompée. Tous ses rêves, tous ses fantasmes étaient brusquement devenus réalité. Elle pressa ses lèvres contre la poitrine de Rogan, puis les laissa glisser jusqu'à ses mamelons dont elle lécha les pointes, lentement, voluptueusement, jusqu'à ce qu'elles deviennent dures sous sa langue. Il ne put retenir un gémissement. Elle leva les yeux vers lui et constata qu'il la regardait avec intensité.

Sa main glissa le long de son corps, agaçant doucement sa peau, et Claudia sentit les muscles fermes et chauds de son torse frissonner sous ses doigts. Elle continua de descendre, effleura son ventre, trouva son sexe, bandé et dur.

Elle referma les doigts autour, se mit à le caresser, le faisant glisser sur toute sa longueur dans le fourreau étroit de sa main serrée. Un grognement sourd monta dans la gorge de Rogan et Claudia prit soudain conscience du pouvoir qu'elle exerçait sur lui. Elle pouvait le rendre fou de désir, ivre de l'envie de la posséder, de s'immerger en elle. Ou le séduire lentement, avec délectation, jusqu'à ce qu'ils se jettent dans les bras l'un de l'autre, s'unissent et basculent, hors d'haleine, emportés dans un même et puissant orgasme.

Un long frisson de plaisir la parcourut lorsqu'il glissa une main au creux de ses cuisses. Elle n'en revenait toujours pas de la capacité qu'avait Rogan de l'amener au bord de la jouissance. D'habitude, il prenait le temps de la séduire, de faire monter la tension en elle, de la conduire jusqu'au plaisir, ne songeant qu'ensuite à sa propre jouissance. Mais, ce soir, elle avait décidé de prendre le contrôle.

Elle n'avait pas envie d'attendre, pas envie de préliminaires. Elle saisit la boîte de préservatifs qu'il avait laissée dans son sac et en sortit un. D'une main douce, experte, elle le déroula sur son sexe.

Lorsqu'elle descendit sur lui et le prit tout entier en elle, le plaisir fut si intense que Rogan en ferma les yeux, laissant échapper un gémissement rauque. Il la saisit par les hanches, lui demandant silencieusement d'attendre.

Claudia se pencha sur lui et l'embrassa, ses cheveux balayant son visage, rideau soyeux les enveloppant de douceur. Elle ne bougeait toujours pas, attendant qu'il l'y autorise. Et, même lorsqu'il la caressa de nouveau, ses doigts fermes et chauds contre son clitoris, elle resta immobile, tout entière concentrée sur ce point ultime où leurs corps se soudaient, et sur les sensations délicieuses qui déferlaient en elle.

Il sentit son orgasme arriver avant qu'elle ne le sente elle-même. Dès le premier spasme, il la souleva pour mieux replonger en elle, puissant, possessif. Puis, d'un mouvement souple, il la renversa sous lui, lui souleva les jambes pour les nouer autour de sa taille.

Elle se cambra, frémissante, éperdue. Son corps ne lui appartenait plus ; elle était emportée par la jouissance comme par une déferlante, pour finir par s'abîmer dans un océan de plaisir. Quelques secondes plus tard, il la rejoignit, s'effondra sur elle au moment de la jouissance.

Il murmura son nom, continua de bouger en elle, imperceptiblement, son souffle chaud contre son oreille, sa voix rauque faisant courir en elle des frissons infinis.

Elle tremblait, le suppliait d'arrêter, mais chacun de ses

mouvements faisait naître en elle une nouvelle vague de plaisir, presque douloureuse tant elle était intense. Il la fixait, son regard plongé dans le sien, chaviré. Elle sentait tout son être vibrer. Elle glissa les doigts dans ses cheveux, l'attira à elle pour l'embrasser.

Elle s'était imaginé que, si elle s'autorisait une aventure avec lui, le désir s'estomperait de lui-même au moment du départ et qu'elle pourrait alors le quitter sans regret, mais emportant avec elle d'excitants souvenirs. Or elle était tombée amoureuse et se rendait compte, à présent, que plus le temps passait, plus la passion grandissait entre eux. Au point de menacer de l'engloutir tout entière. Et, malgré le plaisir qu'elle éprouvait et qui la comblait, elle ne pouvait s'empêcher d'avoir peur. Elle ne voulait pas commettre d'erreur. Elle voulait être certaine que ce serait pour la vie avant de prendre le risque de s'engager.

— Comment comptes-tu expliquer cette dépense à Mal ? demanda Dana, assise à son bureau.

— Mets-la dans la catégorie « vivres », lui répondit Rogan. Oh ! Et j'ai besoin de liquide également. Je dois acheter des provisions pour le dîner de ce soir. C'est la dernière soirée du groupe en Nouvelle-Zélande et j'ai envie d'organiser quelque chose de sympa.

— Quelque chose de sympa ! s'exclama sa sœur. Et depuis quand es-tu sympa ? Et ces notes d'hôtel ! C'était censé être un stage de survie, non ? Je ne suis pas très sûre, non plus, que la location de films fasse partie du forfait.

— J'ai dû procéder à quelques petits aménagements du programme. Il ne s'agissait pas d'un groupe tout à fait comme les autres. Ce sont des clients qui ont besoin d'être un peu plus… dorlotés.

— Je vois, dit Dana, fronçant les sourcils devant la note de minibar. Mais ces dépenses devront être facturées en supplément. Nous ne prenons pas en charge ce genre de frais.

— Très bien. Je te promets d'éplucher toute cette paperasse avec toi dès qu'ils seront partis, dit Rogan, conciliant.

Il tendit la main.

— Le liquide…

— Qu'est-ce que tu vas acheter ?

— Des crevettes. Du steak. Une ou deux bouteilles de vin.

— Du vin ?

— Appelons ça une dépense d'investissement. Il y a de grandes chances pour que nous organisions d'autres expéditions avec le Dr Mathison dans le futur.

— Elle a beaucoup de patients cinglés ?

— Ils ne sont pas cinglés.

Avec une moue dubitative, Dana ouvrit un tiroir de son bureau et en sortit un petit flacon.

— C'est une araignée que Marshall m'a apportée. Il l'a trouvée dans sa chambre et semble penser que c'est une raison suffisante pour que l'hôtel consente un rabais sur le prix.

Elle sortit un deuxième flacon, puis un troisième.

— Tu veux d'autres preuves ?

— Ils ne sont pas cinglés, répéta Rogan.

Dana poussa un soupir.

— Je ne suis pas certaine que tu comprennes la gravité de la situation. L'entreprise est sur le fil du rasoir, Rogan ! Je ne vais pas payer les factures avec des flacons pleins d'araignées.

— Tu peux garder mes pourboires.

A contrecœur, Dana attrapa une pochette dans un tiroir et en sortit quelques billets.

— Qui fait la cuisine ?

— Moi. C'est juste un barbecue. Rien de sophistiqué.

— Tu n'as même pas d'assiettes ni de verres corrects ! Je t'en apporterai de chez moi.

— Je pensais les prendre en carton.

Dana secoua la tête.

— Tu veux que ce soit sympa, non ? Il te faudra aussi quelques verres à vin.

Elle lui reprit les billets.

— Je m'en occupe. Il y aura combien de personnes ? Le groupe et toi ?

— Tu peux venir, si tu veux. Ryan sera là également. Je ne pense pas que Mal et Amy passeront, mais on peut toujours les inviter.

Dana se leva et saisit son sac à main.

— Elle doit vraiment te plaire.

— Qui ?

— Oh ! S'il te plaît ! Pas avec moi, Rogan. Emma m'a donné tous les détails lorsque j'ai transporté leurs bagages à l'auberge. Elle m'a dit que le Dr Mathison et toi aviez une aventure torride. Ce sont ses propres termes.

Dana afficha un grand sourire et ajouta :

— Ne t'inquiète pas, je ne dirai rien à Mal.

— Qu'est-ce que tu ne diras pas à Mal ?

Rogan se retourna. Leur aîné se tenait dans l'encadrement de la porte.

— Rien. J'organise juste un barbecue à la maison, ce soir, pour le groupe du Dr Mathison. Ils partent demain matin, et j'ai pensé que je devais faire quelque chose de…

— … sympa, le coupa Dana.

Mal écarquilla de grands yeux stupéfaits.

— Voilà qui est nouveau. Nous n'avons jamais reçu de clients à la maison. Ceux-ci doivent être très spéciaux.

— Oui. Très spéciaux, souligna Dana.

Rogan les regarda tour à tour.

— Quelle bande de commères vous faites ! Bon… Je dois aller faire un peu de ménage. N'oublie pas le vin, Dana.

Il n'avait pas encore franchi la porte d'entrée que son frère le rejoignait.

— Attends… Puisque Ryan est là pour quelques jours, j'aimerais qu'on se voie tous les trois pour parler de l'expédition.

Rogan étouffa un juron. Fallait-il vraiment qu'ils discutent de cela maintenant ? Il avait d'autres choses plus importantes en tête.

— C'est non, dit-il.

— Non pour qu'on se voie tous les trois ?

— Non pour l'expédition.

Mal le fixa un instant, interloqué.

— Il faut que tu viennes, Rogan.

— Rien ne m'y oblige.

Il n'avait aucune envie de participer à cette expédition, aucune envie d'affronter les problèmes qui risquaient d'en découler. Après en avoir parlé avec Claudia, il était parvenu à la conclusion qu'il était temps pour lui de prendre position, quitte à entrer en conflit avec ses frères. Ils entreprendraient sans doute l'expédition sans lui mais, au moins, il ne serait pour rien dans la découverte de la vérité au sujet de son père et de cette Américaine.

— Et pourquoi ne viendrais-tu pas ?

— J'ai mes raisons. Le passé est le passé, Mal. Inutile de le remuer.

— Il s'agit de notre père !

— Raison de plus pour protéger sa mémoire.

Rogan passa devant lui et sortit sur le porche.

— Je dois y aller.

Il avait pris sa décision, mais Mal n'était pas du genre à laisser tomber. S'il parvenait à mettre Ryan de son côté, peut-être leur aîné finirait-il par renoncer, lui aussi, et par se concentrer sur la biographie qu'écrivait Amy.

— La discussion sur le sujet n'est pas terminée ! lança Mal tandis que Rogan s'installait au volant de son van.

— Je m'en doute.

Il démarra et quitta le parking.

Raglan était une petite ville située sur la côte ouest de la Nouvelle-Zélande, à deux heures environ au sud d'Auckland. Ses plages magnifiques et la qualité de ses vagues en faisaient un spot prisé par les surfeurs du monde entier. Le centre-ville, très pittoresque, était animé par de nombreuses petites boutiques.

Tandis qu'il gagnait l'auberge, Rogan songeait à la soirée à venir, à cette nuit qui serait la dernière qu'il passerait avec Claudia. Il voulait qu'elle soit exceptionnelle.

Il trouva Claudia et ses patients rassemblés dans le salon pour une séance de groupe.

— Ça va ? Vous êtes bien installés ?

Tous acquiescèrent, visiblement enchantés.

— J'espère que vous n'avez pas fait de projets pour le dîner. J'aimerais vous inviter à un barbecue chez moi, une petite fête pour votre départ, en quelque sorte. Je passerai vous chercher vers 18 heures, si ça vous va.

L'enthousiasme fut général.

— Parfait, dit-il, puis, se tournant vers Claudia : on peut se parler ? Ce ne sera pas long.

Claudia se leva et ils gagnèrent un petit salon, à l'écart. Dès qu'ils furent seuls, Rogan la prit par la taille, l'attira contre lui et l'embrassa langoureusement, plongeant sa langue en elle, savourant le goût enivrant de sa bouche.

— J'ai envie que tu passes la nuit avec moi, dit-il.

— Nous pourrons revenir ici, après le dîner.

— Non. J'ai envie que tu restes chez moi. Dans mon lit.

Bien que le groupe soit tout à fait conscient de ce qui se passait entre eux, il savait que Claudia s'efforcerait jusqu'au bout de garder une attitude professionnelle envers lui. Or, à ce stade, il s'en moquait. Il ne leur restait qu'une nuit et il voulait en profiter.

— D'accord, dit-elle.

— Parfait. Au fait, j'ai annoncé à mon frère Mal que je ne ferai pas l'ascension de l'Everest avec lui. C'est sorti spontanément. Il va falloir que tu analyses ça !

Claudia se mit à rire. Elle se hissa sur la pointe des pieds et posa un baiser sur ses lèvres.

— Qui aurait cru que tu me réclamerais un jour d'analyser quoi que ce soit chez toi ? Serais-tu devenu fan d'analyse ?

— Non, je suis fan de toi. Tout ce jargon psy n'a rien de très excitant. Toi, en revanche…

Il sourit.

— Je dois y aller à présent. J'ai un peu de rangement à faire et la soirée à préparer. On se voit tout à l'heure. Venez avec vos maillots de bain. Je vous donnerai peut-être une petite leçon de surf.

Ils gagnèrent ensemble la porte de l'auberge et Rogan vola un dernier baiser à Claudia. Il ne leur restait qu'une nuit. Il voulait qu'elle soit magique, qu'elle demeure à jamais gravée dans leur mémoire.

Chapitre 8

Des guirlandes de petites lumières blanches couraient tout le long de la tonnelle, insufflant une atmosphère festive à cette dernière soirée en Nouvelle-Zélande. Accoudée à la rambarde de la terrasse, Claudia regardait la mer.

Le soleil était déjà couché depuis longtemps. Rogan avait allumé un feu sur la plage et le groupe était rassemblé autour. Elle percevait des bribes de leur conversation : ils se remémoraient avec enthousiasme leurs moments préférés de cette semaine passée ensemble. Elle sourit. Finalement, ce voyage avait été une expérience merveilleuse, une initiative réussie dont elle pourrait s'enorgueillir.

Les occasions de se dépasser et d'apprendre avaient été nombreuses. Ce soir, encore, ils avaient tous enfilé leur maillot de bain et s'étaient essayés au surf. Sans beaucoup de succès, il fallait bien l'avouer, sauf pour Eddie qui les avait étonnés. De tous ses patients, c'était lui qui avait le plus progressé, même si tous avaient énormément gagné au cours du séjour. Restait à savoir s'ils ne régresseraient pas une fois rentrés chez eux.

Pour sa part, elle avait hâte de rentrer à Sydney. Elle avait énormément aimé cette semaine avec Rogan. Mais plus elle passait de temps auprès de lui, plus la situation devenait confuse. Elle se savait amoureuse, elle en reconnaissait tous les symptômes chez elle. Mais elle ne pourrait mesurer véritablement la profondeur de ses sentiments qu'en s'éloignant de lui, en mettant de la distance entre eux.

Rogan voulait faire de cette dernière nuit un moment exceptionnel et elle n'avait pas envie de tout gâcher. Elle craignait cependant que le désir irrésistible qu'ils éprouvaient l'un pour l'autre et l'imminence du départ ne les conduisent à se faire des promesses qu'ils ne pourraient peut-être pas tenir.

Ce serait si facile d'envisager une vie ensemble ! Mais elle était réaliste. Elle savait ce qu'il en était d'un désir nourri par la présence quasi permanente d'un homme aussi séduisant et désirable que l'était Rogan.

Lorsqu'ils avaient commencé cette relation, ils en avaient clairement défini la nature. Elle entendait s'en tenir à cela. Elle n'avait aucun regret. S'ils s'aimaient véritablement, tout s'arrangerait. Et, si ce n'était pas le cas, ils auraient tôt fait d'oublier cette aventure et de poursuivre chacun son chemin.

Tout paraissait simple, présenté ainsi. Elle savait pourtant qu'il allait lui être très difficile de quitter Rogan. Jamais elle ne s'était sentie aussi belle, désirable et désirée. Cet homme l'avait changée. Elle quitterait la Nouvelle-Zélande avec la certitude que jamais plus elle ne vivrait une relation autre qu'intense et passionnée.

Elle inspira profondément l'air léger de la nuit et ferma les yeux. Aussitôt, Rogan fut là, image puissante, précise, s'imposant à son esprit. Et, avec lui, le souvenir de la caresse de ses mains, fermes et douces, sur sa peau nue, le goût de ses lèvres, l'odeur de ses cheveux. Tout était clair dans son esprit, tout ce qu'elle aimait, désirait tant chez lui. Elle se demanda combien de temps ces souvenirs subsisteraient ou quels efforts elle devrait faire pour qu'ils subsistent, gardent la force qu'ils avaient aujourd'hui.

Elle poussa un soupir, se détourna et se mit à empiler les assiettes et les couverts éparpillés sur la table du dîner. Elle les porta dans la cuisine. Le lave-vaisselle était plein ; elle les posa dans l'évier, puis gagna les toilettes.

Elle referma la porte derrière elle, examina son reflet dans le miroir, s'efforçant de le juger en toute objectivité. Elle avait envie que Rogan la trouve jolie pour leur dernière nuit ensemble. Elle n'avait jamais prêté une extrême attention à son physique. Elle préférait qu'on la juge sur son intelligence et ses capacités. Mais elle ne pouvait s'empêcher de se demander ce que Rogan lui trouvait exactement. Elle était loin d'avoir des traits parfaits et ses yeux verts n'avaient rien d'extraordinaire, non plus. Elle avait un joli sourire, en revanche. Elle se sourit dans le miroir, puis se fit la grimace.

Bon, ça irait comme ça… Il faudrait bien, de toute façon. Il était trop tard pour changer quoi que ce soit. Et Rogan lui avait dit, à de nombreuses reprises, qu'elle lui plaisait comme elle était. Elle aussi commençait à trouver qu'elle n'était pas si mal.

Lorsqu'elle regagna la cuisine, elle trouva Rogan penché devant le réfrigérateur ouvert. Elle s'avança sur la pointe des pieds, glissa les bras autour de sa taille et inspira profondément.

— Hum, j'aime ton odeur !

Il se redressa lentement et se tourna vers elle. Claudia se figea alors, estomaquée. L'homme séduisant qui lui faisait face ressemblait trait pour trait à Rogan. Sauf qu'il portait les cheveux coupés très courts, qu'une barbe de plusieurs jours ombrait ses joues et, maintenant qu'elle y faisait attention, ils ne portaient pas le même T-shirt…

— Vous sentez très bon aussi, dit-il.

Claudia s'écarta promptement, gênée, les joues écarlates.

— Vous devez être Ryan, dit-elle, lui tendant la main. Je… je suis Claudia, le Dr Claudia Mathison. Je suis désolée, je vous ai pris pour Rogan.

— Ça nous arrive souvent d'être pris l'un pour l'autre, dit soudain une voix derrière elle.

Elle se retourna. Rogan se tenait sur le seuil.

— Bas les pattes, petit frère !

— Tout le monde sait que j'ai plus de charme et de succès que toi, rétorqua Ryan, saisissant une bière dans le réfrigérateur.

Il referma la porte, décapsula la bouteille et en but une longue gorgée. Puis son regard alla de l'un à l'autre.

— Nous faisons une petite fête, expliqua Claudia, soucieuse de rompre le silence embarrassé qui menaçait de s'installer.

C'est notre dernière soirée en Nouvelle-Zélande et Rogan a eu la gentillesse de nous inviter à un barbecue.

Ryan se tourna vers son frère.

— Ah oui ?

— Oui, dit Rogan.

Puis il traversa la cuisine et prit Claudia par la main.

— Mon frère ne brille pas particulièrement par sa conversation. Bonne nuit, Ryan.

— Bonne nuit, dit Claudia tandis que Rogan l'entraînait vers la terrasse. Ce fut un plaisir de faire votre connaissance.

— Plaisir partagé !

— J'ignorais qu'il rentrerait aussi tôt, dit Rogan, dès qu'ils furent seuls. D'ordinaire, on ne le voit jamais avant minuit. Tes patients sont prêts à rentrer à l'auberge. Votre vol est de très bonne heure, demain. Et puisque Ryan est là, je crois qu'il vaudrait mieux que nous passions la nuit dans ta chambre.

— Je voulais t'en parler, justement… Je crois préférable que nous ne passions pas la nuit ensemble.

Rogan chercha son regard et elle se demanda ce qui se passait dans sa tête à cet instant. Elle ne voulait pas le blesser, mais son instinct lui disait que c'était la meilleure solution.

— Je suis certain que tu as une bonne raison…

— Oui.

— J'aimerais la connaître.

Claudia glissa sa main dans la sienne et posa son front contre sa poitrine.

— Je n'ai pas envie de me dire que c'est la dernière fois. Nous allons vouloir discuter, faire des projets d'avenir ou peut-être nous faire des promesses et je ne veux pas. Je veux que les choses soient simples, sans tension. J'ai vécu des moments merveilleux avec toi et il ne faut pas que, l'un ou l'autre, nous soyons amenés à dire quoi que ce soit qui puisse tout gâcher.

— Tu as peur que je te demande de m'épouser ?

Il approcha un fauteuil, s'assit et l'attira sur ses genoux.

— Non. Je pense seulement que ce serait plus facile pour

nous si nous en restions là et que nous gardions le souvenir de notre relation telle qu'elle est.

— Je peux quand même t'embrasser une dernière fois ?

Claudia lui fit signe que oui.

— Il y a encore une chose, ajouta-t-elle aussitôt. Demain, je préférerais que ce soit Dana qui nous conduise à l'aéroport.

— Pourquoi ?

— Parce que je sais déjà que je n'aurai pas envie de te quitter. Je vais commencer à me dire que je devrais rester et…

— Mais ce serait formidable ! J'adorerais que tu restes, Claudia… Je ne pars pas tout de suite pour le Népal. J'ai quelques jours de liberté que nous pourrions mettre à profit pour faire un petit voyage ou…

— Non, Rogan. Je dois rentrer. Mes patients m'attendent. Et je ne veux pas rester. J'ai besoin de prendre de la distance.

— Je comprends. Parfait… C'est donc Dana qui vous conduira.

— Je ne sais pas si tu comprends. Tout s'est passé si vite. Cette semaine a été merveilleuse, très excitante, ce qui a exacerbé nos émotions et rendu nos sentiments plus intenses qu'ils ne l'auraient été en des circonstances plus … ordinaires. Si j'étais la thérapeute examinant notre relation, je recommanderais à chacun de nous de reprendre le cours de sa vie et de se donner le temps de réfléchir à ce qui s'est passé ici.

— Soit… Et lorsque ce sera fait, qu'est-ce qui se passera ?

Claudia noua les bras autour de son cou.

— Si nous sommes toujours… intéressés, nous pourrons en parler. Nous téléphoner ou correspondre par mail, je ne sais pas. Mais nous devons être certains d'être tous les deux prêts à vivre une relation avant d'aller plus loin.

Il tendit la main, la referma tendrement sur sa joue.

— Cette semaine a passé si vite. Je pensais avoir du temps.

— Moi, aussi, murmura Claudia. Ça ne peut pas se terminer ainsi. Je pourrais avoir un autre groupe de patients qui souhaiteraient…

— Non, la coupa Rogan. Toi, seulement. Toi et moi. Personne d'autre.

— Nous étions partis sur des bases précises. Comment en sommes-nous arrivés là ?

— Allons, Claudia… J'ai su dès le début qu'il ne s'agirait pas uniquement de sexe entre nous.

— Moi aussi. Pourquoi m'as-tu embrassée ? Nous aurions pu poursuivre sur des bases purement professionnelles.

— Je n'ai pas pu m'en empêcher. C'était plus fort que moi. Comme une évidence.

— Alors, embrasse-moi encore. Embrasse-moi comme si c'était la dernière fois.

— Ce ne sera pas la dernière, Claudia.

Il accéda néanmoins à sa demande et ce fut suffisant pour entretenir le minuscule espoir que ce qu'ils partageaient existait réellement. Ils avanceraient doucement, avec prudence… qui sait, peut-être se retrouveraient-ils pour toujours ?

Assis sur sa planche de surf, Rogan fixait la rive, les lumières qui s'allumaient peu à peu dans les maisons, au bord de l'eau. Le ciel de l'aube était gris et une brise assez forte soufflait de la mer.

Il y avait plus d'une demi-heure qu'il attendait une vague. Il ferma les yeux, se laissa bercer par le flux et le reflux.

Durant la nuit, il avait rêvé de Claudia. Comme si souvent depuis son départ. Et, lorsqu'il se réveillait, c'était presque comme si elle avait été là. Il lui semblait sentir la chaleur de son corps pressé contre le sien, l'odeur de ses cheveux.

Il songea à la dernière fois où il l'avait embrassée. C'était chez lui, sur la terrasse. Il ne se souvenait plus avec précision de ce qu'ils s'étaient dit, mais il savait que c'était la dernière fois où il avait été heureux. Vraiment heureux. Comme Claudia l'avait demandé, Dana les avait conduits à l'aéroport. Lui était resté seul.

Aujourd'hui, il se rendait compte que cela avait été une

erreur. Une très grosse erreur… Il aurait dû insister pour qu'ils passent une dernière nuit ensemble. Et il aurait dû, surtout, faire tout ce qui était en son pouvoir pour la convaincre de rester.

Il ouvrit les yeux et aperçut Ryan qui s'avançait vers lui, couché sur sa planche. Il poussa un grognement. Son frère ne cessait de tourner autour de lui depuis qu'il était rentré du Népal.

— Tu es sorti de bonne heure. Elles ont l'air pas mal, les vagues.

— Ça va, répondit-il.

Il n'était pas d'humeur à parler. Mais Ryan n'était pas un garçon très loquace non plus.

— Viens, lança ce dernier. On prend la prochaine.

— Non, j'ai envie de rester assis encore peu.

— Tu en as eu assez de te morfondre à l'intérieur, alors tu as décidé de trimballer ton spleen sur ta planche ? Tu gâches une matinée parfaite avec cette mine abominable. Seigneur, Rogan, ressaisis-toi ! Ce n'est qu'une fille. Il y en a des milliers d'autres.

— Peut-être, mais c'est elle que je veux.

— Qu'est-ce qu'elle a de si extraordinaire ?

Rogan réfléchit un moment à la question, puis sourit.

— Elle me convient parfaitement. C'est comme… comme si nous étions faits l'un pour l'autre !

— Tu devrais peut-être aller la chercher, alors ?

— Quoi ?

— Va la chercher. Fourre trois affaires dans un sac, achète un billet d'avion et file !

— Tu crois que je devrais ?

— J'en suis persuadé. Ça n'ira pas tant que tu ne l'auras pas revue. Depuis combien de temps vous ne vous êtes pas parlé ?

— Quelques semaines. Elle ne sait pas que je suis rentré. Je voulais voir combien de temps elle mettrait à m'appeler.

Il poussa un juron.

— Maintenant, je sais. Elle a sans doute déjà rencontré quelqu'un d'autre.

— Arrête de faire des suppositions, va à Sydney et ramène-la.

— Ce n'est pas aussi simple que ça.

— Si. Tu sautes dans un avion et, en moins de quatre heures, tu es chez elle.

— Je ne suis même pas certain qu'elle sera là.

— Dans ce cas, prends un rendez-vous à son cabinet. Sous un faux nom. Tu seras sûr de la trouver.

C'était une très bonne idée, ça ! Et comme cela, en quelques heures à peine, il saurait à quoi s'en tenir.

— C'est ce que je vais faire, dit-il. Je ne peux plus vivre dans l'incertitude. Soit une relation est possible, soit c'est fini.

— Eh bien, voilà !

— Tu peux me conduire à l'aéroport ?

Ryan haussa les épaules et commença à pagayer sur sa planche pour rejoindre la rive.

— Allez, viens ! Plus vite je me débarrasserai de toi, mieux ce sera.

Il ne fallut à Rogan qu'un quart d'heure pour se doucher et préparer son sac, puis tous deux sautèrent dans la voiture, mais le temps d'arriver à l'aéroport, il avait déjà changé quatre ou cinq fois d'avis. Brusquer ainsi le destin, était-ce vraiment la chose à faire ? Claudia n'était partie que depuis quelques semaines, peut-être n'avait-elle encore pris aucune décision…

Il s'agita sur le siège passager. Il avait pris l'avion des centaines de fois, mais jamais il ne s'était senti aussi nerveux. Il n'avait aucune idée de ce qu'il ferait lorsqu'ils se retrouveraient. Il espérait que ce serait un peu comme dans les films, un scénario très romantique où les paroles seraient inutiles, parce qu'ils tomberaient dans les bras l'un de l'autre au premier regard, pour un long baiser langoureux.

— Tu crois que c'est vraiment ce qu'il faut faire ? finit-il par demander.

— Je pense que c'est un risque, admit son frère. Mais, vu mes relations avec les femmes, je ne suis pas forcément le plus compétent pour te donner des conseils.

— Je prends le rendez-vous tout de suite ou j'attends d'être arrivé à Sydney ?

— Qu'est-ce que j'en sais, moi ? Je me demande surtout pourquoi tu ne t'es pas arrêté à Sydney en rentrant du Népal. Je ne serais pas obligé de te traîner à l'aéroport au lieu de profiter de ma matinée de surf !

— Ce n'est pas comme si nous ne nous étions pas parlé. Nous avons échangé quelques mails, mais ma connexion à internet n'était pas bonne là-bas. J'ai essayé de l'appeler aussi, et ça ne passait pas. J'espère qu'elle n'en a pas conclu que je l'avais oubliée.

— Peut-être que tu ne devrais pas appeler, finalement, mais jouer plutôt sur l'effet de surprise. Tu verrais tout de suite si elle se souvient de toi.

— En plus, je n'ai aucune idée de ce que je vais pouvoir lui dire.

— Tu as trois heures d'avion pour y réfléchir.

Rogan se cala contre son siège et poussa un soupir.

— C'est sûr. Mais je ne voudrais pas tout gâcher en m'y prenant mal. J'ai une seule chance de la convaincre que je suis l'homme qu'il lui faut. Si je la laisse réfléchir trop longtemps, elle risque de se rendre compte qu'elle serait mieux avec quelqu'un d'autre.

— C'est vraiment ce que tu crois ?

— Non. Et je crois également qu'elle est la femme qu'il me faut. Elle est si intelligente ! Pas seulement une intelligence académique. Elle sait parler aux gens, les amener à se confier. Nous… communiquons.

— On croirait entendre Mal ! Il y a une épidémie, ou quoi, pour que vous soyez devenus aussi crétins l'un que l'autre ?

— Tu pourrais te montrer un peu plus solidaire ! rétorqua Rogan.

— Non mais tu t'entends ? Le type même de l'amoureux transi. « Solidaire », blabla ! « On communique », blabla ! Tout ça, c'est de la sensiblerie. Je n'ai jamais rencontré une femme avec qui j'ai eu envie de passer plus d'une semaine ou deux.

— Moi non plus, avant Claudia. Mais depuis, tout semble évident. De mon côté, du moins. J'étais comme toi, avant,

Ry… Je n'y croyais pas. Je pensais que Mal était devenu fou à vouloir épouser Amy alors qu'ils ne se connaissaient que depuis quelques semaines. Mais peut-être qu'il avait tout compris. Et lorsqu'on a compris, on n'a plus envie de perdre une seule seconde.

Ils roulèrent un long moment en silence. Ryan fixait la route. Ce devait être difficile pour lui, songea Rogan. D'abord Mal et maintenant son jumeau. Des trois, il était celui qu'une relation durable intéressait le moins. Il ne manquait jamais de compagnie féminine. Il y avait toujours une femme pendue à son bras, mais jamais deux fois la même.

— Au fait, reprit soudain Ryan, Mal a les autorisations, pour l'expédition. Nous irions avec une équipe anglaise. Il m'a dit aussi que tu ne voulais pas venir.

Rogan haussa les épaules.

— Je sais que Mal y tient beaucoup, mais je pense qu'il vaudrait mieux laisser tomber. Que se passera-t-il, si nous n'aimons pas les réponses que nous trouverons ? Je veux dire… nous avons rejeté la responsabilité sur son coéquipier, à l'époque. Mais imagine que nous découvrions que ce qui est arrivé à papa était entièrement sa faute. Que c'est sa propre inconséquence qui l'a fait se trouver au sommet si tard, le soir.

— Tu t'inquiètes à cause d'Annalise Montgomery ?

— Tu as entendu parler d'elle ?

— Oui, tout comme toi. Depuis la découverte du corps de papa, il y a pas mal de bruits qui courent. Des alpinistes y ont fait allusion, lors de mon dernier voyage. Depuis quand es-tu au courant ?

— Très longtemps, dit Rogan. Tu te souviens du jour où nous l'avons rencontrée ?

Ryan secoua la tête.

— Je ne l'ai jamais rencontrée.

— Si. Nous étions encore enfants. Nous nous trouvions avec papa à son bureau et elle est passée. Elle avait un petit garçon avec elle qui nous ressemblait beaucoup.

— Tu penses qu'il est de papa ? Seigneur, Rogan, je n'en savais rien !

Le silence retomba.

— Il ne faut pas que maman l'apprenne, déclara Ryan au bout d'un moment.

— C'est mon avis aussi.

Ryan fixait la route devant lui, les voitures. Il poussa un soupir.

— Il faut y aller, Rogan, et découvrir la vérité, aussi douloureuse soit-elle. C'était un homme, pas un dieu, et il a fait des erreurs. Qu'y a-t-il de mal à ça ?

— C'est facile à dire. Mais tu te souviens du chagrin que sa disparition a causé à maman. Je ne veux pas la voir triste comme ça de nouveau.

— Il se peut que ce soit le contraire qui se produise… Peut-être qu'elle pourra enfin avancer.

— Avancer ?

— Tu ne t'es jamais demandé pourquoi elle ne s'était pas remariée ? Pourquoi elle n'était même jamais sortie avec personne ? Ça ne t'a jamais paru bizarre ?

— Non. Pour certaines personnes, il n'en existe qu'une au monde avec laquelle elles ont envie d'être. Je m'en suis rendu compte en rencontrant Claudia.

— Comment peux-tu être certain qu'elle est la femme de ta vie ?

— Elle escaladait une paroi rocheuse. Je suis venu la rejoindre sans harnais, sans être encordé, et elle a piqué une crise. Elle a eu peur que je tombe, que je me blesse ou pire, que je me tue. C'est là que j'ai compris qu'elle m'aimait.

Ils approchaient du terminal de l'aéroport. Rogan plongea la main dans la poche de sa veste et en sortit son passeport. Une fois à bord, il ne ferait pas demi-tour. Il était décidé.

— Bonne chance, lui dit Ryan.

Rogan lui sourit.

— Merci. Je ne sais pas dans quoi je m'embarque, mais je m'en moque. Quoi qu'il se passe, au moins, j'aurai essayé.

— Belle conclusion, approuva Ryan.

Rogan descendit de voiture, attrapa son sac sur le siège arrière, puis donna une petite tape sur le toit et regarda Ryan s'éloigner. Il plongea alors la main dans sa poche, sortit son portable et composa le numéro de Claudia.

— Cabinet du Dr Mathison, répondit la secrétaire.

— J'aimerais prendre rendez-vous.

— Vous êtes un nouveau patient ?

— Oui. Le Dr Mathison m'a été recommandé par Eddie. Eddie Finlay. Il m'a dit qu'elle aurait vraisemblablement de la place.

— En fait, le Dr Mathison ne prend pas de nouveaux patients en ce moment. Peut-être puis-je vous donner les coordonnées d'un de ses confrères ?

— J'ai vraiment besoin de la voir. Pourrait-elle me recevoir aujourd'hui ? En fin d'après-midi ? Je suis certain que mon problème pourra se régler en une séance, insista Rogan.

— Elle n'a aucun créneau libre, je suis désolée.

— Je dois absolument lui parler, c'est très important. Une question de vie ou de mort. Je suis certain que vous comprenez.

Un long silence s'ensuivit.

— Venez au cabinet… Je verrai si je peux vous caser entre deux patients, disons vers 15 heures Je ne peux pas vous promettre qu'elle pourra vous prendre, mais…

— C'est parfait, dit Rogan.

— Quel est votre nom ?

— John Jones.

— Et votre numéro de téléphone ?

Rogan lui donna son numéro de portable. La secrétaire lui répéta qu'il n'était pas certain que le Dr Mathison puisse le recevoir.

Lorsqu'il raccrocha, Rogan souriait. Au moins, il était certain que Claudia serait là. C'était déjà un début.

— Bonjour, docteur Mathison.

— Bonjour, Grace.

Claudia sourit à la secrétaire médicale du cabinet qu'elle partageait avec trois autres thérapeutes.

— Vous avez l'air en pleine forme, ce matin, docteur…

— Depuis quelque temps, je pars marcher sur la plage, le matin, et je fais une demi-heure de yoga ensuite. Ça me fait un bien fou !

Depuis son retour de Nouvelle-Zélande, Claudia avait décidé de mettre en pratique quelques-uns des principes qu'elle avait appris. L'exposition au soleil et la marche rapide contribuaient grandement à réduire le stress engendré par son travail. Quant au yoga, il faisait merveille sur la tension de son dos et de ses épaules. Elle se sentait une autre femme.

— J'ai des messages ? demanda-t-elle.

— Deux seulement. Vous êtes aussi invitée à faire une intervention dans un colloque de femmes, le mois prochain. Et le Professeur Crippen souhaiterait que vous le rappeliez dès que possible.

— Il a dit ce qu'il voulait ?

Grace secoua la tête.

— Vous pensez qu'il va vous proposer un poste d'enseignante à plein temps ?

— Je ne sais pas. Nous en avons discuté, mais le fait que je n'aie rien publié semble lui poser problème. Je lui ai parlé du livre que je veux écrire et il était très intéressé, d'autant que le voyage a été un réel succès. Mais je ne suis pas encore parvenue à écrire une ligne.

— Pourquoi ?

Claudia eut un petit haussement d'épaules.

— C'est encore trop frais.

Elle avait espéré prendre du recul en rentrant à Sydney, mais c'était pire. Elle était plus déboussolée que le soir où elle avait laissé Rogan sur la plage.

— A quoi ressemble la journée ?

— Elle va être chargée. Mais votre premier rendez-vous

n'est qu'à 10 heures Vous avez deux patients, puis votre séance de groupe à midi. Et je…

Grace s'interrompit.

— Ça va, docteur ? Depuis que vous êtes revenue de Nouvelle-Zélande, je vous trouve … changée.

— J'ai tellement de choses en tête ! répondit Claudia.

Une seule, en réalité, qui avait pour nom Rogan Quinn… Mais Grace avait vu juste. Elle était différente et sa vie sens dessus dessous. Lorsqu'elle parvenait à ne pas penser à Rogan, elle travaillait correctement. Mais c'était une bataille de tous les instants.

Durant la semaine qu'elle avait passée avec lui, tout avait semblé aller de soi. Elle n'avait pas eu besoin de se poser mille questions avant de prendre une décision. Mais, sans lui, elle se sentait à la dérive, cherchant désespérément ce qui pourrait la rendre heureuse, tout en connaissant la réponse : lui, uniquement lui.

Il l'avait appelée, la première semaine. Puis la communication s'était limitée à un ou deux mails en provenance de son camp, au Népal. Il était censé rentrer d'un jour à l'autre, mais aurait-il envie de l'appeler ? Rien n'était moins sûr.

— J'ai remarqué que vous n'avez pas rendez-vous avec votre groupe de phobiques aujourd'hui, fit remarquer Grace. Ils viennent demain ?

— Non. Nous avons terminé notre travail ensemble. Il est temps pour eux d'affronter seuls leurs problèmes ou de trouver un autre thérapeute. Je ne peux plus rien pour eux.

— Vraiment ? Je n'arrive pas à croire que vous ne les verrez plus. Il y a si longtemps que vous vous connaissez.

— Ils s'en sortiront très bien, je vous assure. Bon, je réponds à mes messages et, ensuite, nous jetons un coup d'œil aux comptes.

Claudia gagna rapidement son bureau et referma la porte derrière elle. Elle avait espéré que son travail prendrait le dessus et qu'elle oublierait tout de sa semaine en Nouvelle-Zélande mais, en jetant un coup d'œil à ses messages, elle se rendit compte qu'elle ne faisait en réalité qu'attendre des nouvelles de Rogan, un signe lui indiquant qu'elle comptait pour lui. Si quelque chose lui était arrivé, Dana l'en aurait informé. Il allait bien, c'était certain. Alors, pourquoi n'appelait-il pas ?

Elle avait toujours aimé la routine. Savoir ce qui se passerait chaque jour la rassurait. Mais cette routine était devenue un poids, quelque chose qui la tirait en arrière. Si elle avait été une patiente et non la thérapeute, elle aurait tout fait pour se libérer, pour laisser le passé derrière elle et se projeter avec confiance dans l'avenir.

Elle ouvrit brusquement la porte et gagna la réception.

— J'ai une question, dit-elle à Grace. Pensez-vous que je sois une bonne thérapeute ? Il y a deux ans que vous voyez entrer et sortir mes patients. Pensez-vous qu'ils vont mieux ? Je veux dire, avez-vous l'impression qu'ils ont progressé ou croyez-vous que je me voile la face, que je me fais des illusions ?

Grace resta bouche bée, visiblement prise au dépourvu par la question.

— Répondez honnêtement, insista Claudia. Je vous en prie, j'ai besoin d'un avis objectif.

— Depuis que je travaille dans ce cabinet, je ne vous ai vue perdre aucun patient. J'excepte Rose et Ernie. Rose parce que son mari a eu un poste en Malaisie et Ernie parce qu'il est entré dans une maison de retraite qui disposait d'un psy. Je pense sincèrement que vous êtes une très bonne thérapeute. Vos patients vous aiment. Lorsqu'ils partent, après leur séance, je les sens rassurés. Du moins jusqu'à la semaine suivante.

— Si je comprends bien, je suis l'équivalent pour eux d'une coupe de glace ou d'une tablette de chocolat ?

Grace sourit.

— Oui, mais d'excellente qualité !

— Je suis trop gentille, reprit Claudia. Voilà pourquoi ils ne font pas de progrès. Je n'exige rien d'eux. Je les laisse poursuivre leur chemin. S'ils ne m'ont pas quittée, c'est que je n'ai pas su les rendre autonomes.

Elle secoua la tête.

— J'ai également manqué d'exigence envers moi-même. Je me suis contentée de maintenir le statu quo.

Sur ces mots, elle tourna les talons, rentra dans son bureau et claqua la porte derrière elle.

Elle s'assit à sa table de travail, tendue, lissa de la paume de la main sa surface impeccable. Puis soudain, poussant un cri de rage et de frustration, elle empoigna une pile de dossiers et la jeta de toutes ses forces à travers la pièce. Les feuilles s'envolèrent dans toutes les directions avant de retomber en tourbillonnant sur le sol.

Elle pressa une main contre sa poitrine. Son cœur battait à tout rompre. Les émotions… Depuis son retour, elle s'efforçait de les contenir, de les contrôler. Mais en les laissant s'exprimer, aujourd'hui, elle se sentit vivante. L'amour, la colère, la frustration, le désir ? Pourquoi refuser d'admettre qu'elle éprouvait tout cela ?

Grace frappa, puis entrebâilla avec précaution la porte, sans attendre d'y être invitée.

— Ça va, docteur ?

— Non, répondit Claudia. Pas du tout. Je crois que je fais une dépression.

— Vous voulez que j'appelle un médecin ? Un généraliste, je veux dire.

— En fait, je crois qu'il s'agit plutôt d'un passage à vide. C'est juste que… j'essaie de trouver du plaisir à venir travailler, mais c'est comme… comme si je n'étais plus à ma place ici.

— Et où est votre place, alors ?

— Où elle a toujours été. Je ne m'en étais pas encore rendu compte, c'est tout.

— Hum, je crois que je vais vous laisser gérer ça. Je suis là, si vous avez besoin de moi.

Grace referma la porte. Claudia posa son front sur le bureau. Depuis que son avion avait décollé d'Auckland, elle s'efforçait de ne pas penser à Rogan. C'était à cause de lui qu'elle se trouvait dans cet état de confusion. Sans lui, elle n'aurait jamais su qu'elle avait envie d'un homme dans sa vie, d'un homme comme lui.

Sans leur rencontre, elle n'aurait jamais admis que son travail ne la satisfaisait pas, qu'elle méritait mieux que ce que la vie lui donnait. Elle avait besoin d'enthousiasme et de joie, de désir et de passion, tout ce qu'elle avait connu, en somme, avec Rogan.

Dans ces conditions, comment pouvait-elle envisager de continuer à vivre comme si de rien n'était, de rencontrer un autre homme et d'être heureuse ? Elle s'était juré de ne pas tomber amoureuse ; c'était pourtant très exactement ce qu'elle avait fait.

Son Interphone retentit. Elle décrocha.

— Accordez-moi encore quelques minutes, Grace.

— Docteur Mathison, des patients viennent d'arriver et demandent à vous voir.

— Vous m'aviez dit que je n'avais pas de rendez-vous avant 10 heures.

— Ces patients n'ont pas de rendez-vous. Hé, attendez ! Vous ne pouvez pas entrer tant que…

La porte s'ouvrit brusquement et son petit groupe de phobiques pénétra dans la pièce, chacun s'installant à sa place habituelle.

— Nous avons décidé que nous méritions une dernière séance, lui expliqua Emma. Et nous la voulons tout de suite.

— Je n'ai pas l'intention de changer d'avis, répondit Claudia.

— Nous ne voulons pas vous faire changer d'avis, dit Millie à son tour. Du moins, pas en ce qui nous concerne. Mais en ce qui le concerne, lui.

— Lui ?

— Rogan Quinn. Il vous aime et vous l'aimez. Alors, retournez en Nouvelle-Zélande et dites-lui ce que vous éprouvez.

— Et si je ne suis pas certaine de ce que j'éprouve ?

Emme se leva.

— C'est inouï ! Vous nous rabâchez tout le temps d'être honnêtes avec nous-mêmes. Soyez-le aussi. Il vous manque, avouez-le. Vous ne cessez de penser à lui et vous vous demandez si vous pourrez un jour ressentir la même chose pour un autre homme.

— C'est plus compliqué que ça, objecta Claudia.

— Mais non. Regardez !

Emma se retourna et fit face au groupe.

— Marshall, je t'aime. Jamais je n'aurais cru tomber amoureuse, mais c'est arrivé. Je ne sais pas ce que je vais faire si tu ne m'aimes pas, mais je prends le risque de te le dire. Pour ta gouverne, sache que je n'aime pas les insectes non plus et que, si nous sommes ensemble, je ferai tout ce qui sera en mon pouvoir pour que tu en rencontres le moins possible.

— Tu m'aimes, c'est vrai ?

— Je ne plaisanterais pas sur un tel sujet.

Les larmes lui étaient montées aux yeux. Voyant cela, Claudia posa sa main sur la sienne et la pressa doucement.

— Je… je t'aime, moi aussi, déclara alors Marshall. Je t'ai toujours aimée. Dès l'instant où tu m'as donné ce petit flacon de gel antibactérien, j'ai pensé que nous ferions un couple formidable.

Ils se rejoignirent au centre de la pièce et échangèrent gauchement un baiser. Le reste du groupe applaudit, leur souhaitant beaucoup de bonheur.

Claudia se sentit soudain submergée par ses propres émotions. Si c'était si simple pour eux, pourquoi était-ce si difficile pour elle ? Elle les avait aidés à prendre leur vie en main et c'était elle qui était perdue, maintenant !

— Je suis très heureuse pour vous, dit-elle, joignant ses félicitations à celles du groupe.

— Et vous ? demanda Emma. Vous ne pensez pas mériter d'être heureuse ?

— Si. Je crois que si.

— Alors, retournez en Nouvelle-Zélande et dites à Rogan que vous l'aimez ! s'écria Leticia.

— Je suis d'accord, intervint Eddie. Prenez le risque.

— Oui, prenez le risque, répéta Millie, fixant Eddie.

Ce dernier lui adressa un bref sourire, et Claudia vit ses joues s'empourprer brusquement.

— Très bien, dit-elle. Je vais le faire.

— C'est promis ?

— Oui. Je vais même demander tout de suite à Grace de me prendre un billet.

Tous l'entourèrent, radieux, et Claudia se mit à rire.

— Il faudra nous tenir au courant, lui demanda Emma. Nous voulons tout savoir !

— Les séances de groupe sont terminées, lui rappela Claudia.

— Qu'à cela ne tienne, nous avons décidé de continuer seuls et de nous réunir, tous les jeudis, pour prendre le petit déjeuner ensemble dans le restaurant en face du cabinet. Vous êtes la bienvenue.

— Je viendrai peut-être.

Ils la quittèrent, tous très excités, planifiant déjà un repas ensemble pour fêter la belle histoire d'Emma et de Marshall.

Lorsque la porte se referma derrière eux, Grace demanda :

— C'était quoi, tout ça ?

— Une histoire d'amour. Grace, j'ai besoin que vous me réserviez une place sur un vol pour Auckland. Et une voiture de location, également. Le plus tôt possible.

— Vous y retournez ? Pourquoi ?

— J'ai quelque chose à dire à quelqu'un, mais je ne peux pas le faire au téléphone. Il doit rentrer du Népal et je veux être là à son retour.

L'excitation la gagnait. Pour la première fois de sa vie, elle se jetait dans l'aventure sans avoir rien planifié, et elle n'avait pas la moindre idée de ce qui allait se passer !

Elle pouvait bien passer la matinée à réfléchir et même se convaincre que ça ne marcherait pas, aucune analyse ne pourrait lui fournir la réponse qu'elle cherchait. Seul Rogan le pouvait.

A 15 heures, tout était prêt pour son départ. Grace lui avait réservé son billet pour Auckland et avait reporté les rendez-vous de ses patients pour la semaine suivante. Quant à Claudia, elle avait fait un rapide saut chez elle pour prendre quelques affaires. Il ne lui restait qu'un dernier rendez-vous, quelqu'un qu'elle ne connaissait pas.

— Vous m'avez bien commandé un taxi ? demanda-t-elle à Grace par l'Interphone.

— Oui. Il sera là à 15 h 45. Ça vous laisse largement le temps… Votre vol est à 19 heures.

— Pourriez-vous rappeler la personne qui doit venir, pour reporter son rendez-vous ? Nous n'aurons que le temps de faire les présentations et il faudra déjà que je parte. Ce n'est pas le plus indiqué pour un premier…

— Il est là, chuchota Grace.

— Bon… Eh bien, faites-lui remplir la fiche et envoyez-le moi.

Claudia se redressa dans son fauteuil et attendit. Quelques secondes plus tard, Grace frappa, se glissa dans le bureau et referma la porte derrière elle.

— Waouh ! Vous n'imaginez pas à quel point votre nouveau patient est sexy !

— On se calme, Grace !

— Et charmant, en plus. Je le fais entrer ?

— C'est ainsi que nous procédons d'habitude, non ? Je le reçois, nous discutons et, ensuite, nous prendrons rendez-vous pour après mon retour.

— Mais vous ne savez même pas quand vous reviendrez.

— Si les choses se passent mal, ça pourrait bien être demain matin !

— Bon, je le fais entrer, alors ?

— Accordez-moi quelques secondes.

Dès que Grace fut sortie, Claudia enfouit son visage entre ses mains. Retourner à Auckland n'était peut-être pas la meilleure idée. Elle sortit son bloc-notes, et entreprit de dresser une liste des points positifs et négatifs. Puis elle arracha la page d'un geste rageur, la froissa et la jeta dans la corbeille à papier.

— Hé, Doc !

Claudia poussa un soupir. Toute la journée, elle avait été assaillie par des visions de Rogan et voilà maintenant qu'elle entendait sa voix. C'était le comble !

— Bonjour, dit-elle, levant les yeux.

Mais la dernière syllabe mourut sur ses lèvres : Rogan se tenait sur le seuil, un sourire malicieux aux lèvres.

— Ta secrétaire a du tempérament, c'est le moins qu'on puisse dire ! Elle devrait occuper le poste de gardien dans une équipe de foot.

— Qu'est-ce que tu fais là ?

— Je n'avais pas envie d'attendre un signe de toi, alors j'ai décidé de tenter ma chance. Je crois que j'ai sérieusement besoin d'un psy…

— Regarde ! dit Claudia, brandissant son billet d'avion. J'avais prévu de venir te voir par le vol de ce soir.

— Les grands esprits se rencontrent, on dirait…

— Et que sont censés faire les grands esprits, une fois qu'ils se sont rencontrés ?

En deux enjambées, Rogan traversa la pièce et prit Claudia dans ses bras. Elle referma les siens autour de son cou, se hissa sur la pointe des pieds et lui offrit ses lèvres.

Leurs bouches s'unirent en un baiser fougueux, profond, qui disait tout de l'attente qu'ils avaient vécue, de la frustration d'avoir été séparés. Ils se retrouvaient dans la fébrilité de leurs souffles mêlés, mais ce n'était pas suffisant.

Claudia balaya les dossiers de la surface de son bureau et attira Rogan sur elle. Elle ouvrit les jambes et il s'y glissa, souleva ses hanches contre lui.

— Tu m'as manqué, dit-il. Faire l'amour avec toi m'a manqué.

— A moi aussi. Dis-moi que tu vas rester un peu.

— Une semaine. J'ai un voyage ensuite, mais je peux partir de Sydney.

Claudia sourit contre ses lèvres. Et, de nouveau, leurs bouches s'unirent. Leurs mains impatientes, fébriles, dégrafèrent leurs vêtements, les écartèrent pour qu'enfin leurs corps se retrouvent, peau à peau. Et la jouissance vint, très vite, violente, insensée.

Lorsqu'ils eurent repris leur souffle, ils se redressèrent, remirent un peu d'ordre dans leurs tenues. Claudia tendit la main, écarta une mèche de son front.

— Tu crois que ça peut marcher entre nous ?

— Quoi ? Faire l'amour ? Nous sommes très doués en la matière, il me semble.

— Non. Je veux dire une relation. Tu crois que c'est possible ?

— J'en suis certain ! A partir de maintenant, je partirai de Sydney pour mes voyages. Ainsi, quand je serai libre, nous pourrons passer du temps ensemble. Et j'ai un projet à te soumettre…

— Un projet ?

— Oui. J'ai étudié la question et longuement réfléchi. C'est une entreprise qui peut être passionnante et très lucrative. Il s'agit de voyages permettant aux participants de gagner en bien-être sur les plans tant physique que psychologique et spirituel. Tu pourrais t'occuper de la partie psy et moi de l'aspect aventure. Nous travaillerions ensemble.

— C'est une idée géniale ! Tu en as parlé à tes frères ?

— Non. Mais tant que j'assure ma part des expéditions, ils sont prêts à me laisser faire ce que je veux. Et ce projet, j'y tiens et je ferai tout pour qu'il se réalise, parce que je t'aime, Claudia. Je ne pensais pas ça possible, mais tu m'as changé. Alors, qu'en penses-tu, Doc ?

— Du projet ?

— De passer le reste de notre vie ensemble.

Claudia sourit.

— Toi aussi, tu m'as changée et je n'ai pas besoin de réfléchir pour te répondre oui. Oui pour tout. Je t'aime, Rogan.

Elle referma les bras autour de son cou et le serra contre elle.

— Je n'arrive pas à croire que ce qui arrive est vrai !

Rogan la souleva dans ses bras et l'embrassa.

— Moi aussi, j'ai du mal à croire que tant de bonheur soit possible, murmura-t-il. Et ce n'est que le début de l'aventure !

Épilogue

Aileen Quinn s'assit sur le banc de fer forgé du jardin et ferma les yeux, inspirant l'air frais du matin. Autour d'elle, les oiseaux chantaient.

C'était un de ces merveilleux matins irlandais. Le ciel était d'un bleu pur, l'air léger et les fleurs encore toutes nimbées de rosée. Un de ces matins où elle ne sentait plus le poids de l'âge — quatre-vingt-dix ans passés —, et où elle se sentait jeune de nouveau, pleine d'espoir.

Les années avaient filé si vite et aujourd'hui, enfin, ce qu'elle avait tant attendu arrivait. L'orpheline avait retrouvé une famille. Les frères qu'elle avait perdus, enfant, lui revenaient à travers leurs descendants.

Etait-elle parvenue à la fin de sa quête ? Ian Stephens, à qui elle avait confié la tâche de retrouver les siens, avait retrouvé la trace de Conal. Son frère avait quitté l'Irlande après la seconde guerre mondiale pour une destination inconnue, et Ian savait aujourd'hui qu'il avait vécu en Australie.

— Aileen ?

Elle leva la tête. Ian s'avançait vers elle. Elle lui sourit et lui tendit la main.

— Je suis heureuse de vous voir. Il y avait si longtemps… Comment va Claire ? Pourquoi n'est-elle pas venue ?

— Elle va très bien, répondit Ian. Elle est en cours, aujourd'hui, elle remplace une collègue souffrante.

— Oh… Mais il faudra qu'elle vienne déjeuner bientôt. J'ai beaucoup de choses à lui dire.

— Comment vous portez-vous, Aileen ? Je vous trouve très bonne mine.

— Je vais bien. J'espère que vous m'amenez de bonnes nouvelles ?

— Des bonnes et des moins bonnes. En quittant l'Irlande, Conal est parti pour l'Australie. Il a travaillé à Sydney. Plus tard, il a rencontré une femme plus jeune que lui. Il l'a épousée et ils ont eu un fils, en 1958. Malheureusement, un an plus tard, Conal est mort d'une crise cardiaque, laissant sa jeune femme seule pour élever leur fils.

— Où est ce fils ? Avez-vous pu le contacter ?

— La mauvaise nouvelle, c'est qu'il est mort dans des circonstances tragiques, en 1994.

Il lui tendit un paquet de coupures de journaux, d'articles datant d'avril de cette année-là. Aileen les prit et les posa sur ses genoux.

— Racontez-moi ce qui s'est passé.

— Maxwell était un alpiniste renommé. Il guidait une expédition dans l'Everest et il s'est retrouvé coincé au sommet, la nuit, sans qu'on sache vraiment comment. Il est mort. Il laissait quatre enfants, trois garçons et une fille. A l'heure actuelle, tous vivent en Nouvelle-Zélande et travaillent dans l'entreprise familiale qui organise des circuits d'aventure.

— Quatre enfants ?

— Oui ? Malcolm, l'aîné a trente ans. Rogan et Ryan, des jumeaux, vingt-huit et Dana, leur sœur, vingt-quatre. Ils habitent une petite ville située à deux heures au sud d'Auckland.

— Ce sont les derniers de la lignée, dit Aileen. La recherche est terminée.

— Oui.

Elle poussa un long soupir.

— Quel bonheur et quel soulagement d'avoir pu vivre assez longtemps pour les retrouver tous !

— Et les voir, aussi…

— Les avez-vous contactés ? Leur avez-vous parlé de moi ?

— Pas encore. Attendons que vos liens familiaux soient définitivement établis avant d'aller les voir et de demander un test ADN.

— Je vieillis chaque minute un peu plus, Ian, plaisanta Aileen. Le temps m'est compté, et j'aimerais les rencontrer tous avant de quitter ce monde.

— Je ne saurais trop vous recommander la prudence. Il ne serait pas raisonnable d'annoncer à une famille qu'elle va hériter de millions de dollars pour devoir lui dire, quelques semaines plus tard, qu'il n'en est en fait rien.

— Bien sûr, vous avez raison. Ce ne serait pas bien. Avez-vous des photos à me montrer ?

— J'ai mieux encore. Ils ont un site. Et un blog. Les trois garçons mènent des vies d'aventuriers. Leur sœur, Dana, accompagne aussi parfois des expéditions. Des trekkings au Népal ou en Inde.

Ian se leva et lui tendit la main.

— Venez, rentrons. Je vais vous montrer tout ça.

Aileen secoua la tête.

— Allez-y, je vous rejoins. J'aimerais rester encore quelques instants ici. C'est une si belle journée.

— Très bien. En attendant, je vais demander à Sally de nous préparer du thé.

— Excellente idée !

Aileen écouta décroître le bruit de ses pas dans l'allée de gravier qui menait à la terrasse.

— Ce ne sera plus long, à présent, murmura-t-elle. J'ai rassemblé ma famille. Il ne me reste plus rien à accomplir sur cette terre. Je vous retrouverai tous très vite là-haut.

Elle profita encore quelques instants de la caresse bienfaisante du soleil, puis saisit sa canne. Mais lorsqu'elle voulut se lever, elle se sentit soudain très faible. La tête lui tournait et ses jambes ne semblaient plus vouloir la porter. Ce serait le lieu parfait pour mettre fin à l'histoire, songea-t-elle. Si paisible. L'un des endroits qu'elle aimait le plus au monde.

Elle attendit, prête. Quand l'heure sonnait, il fallait l'accepter. C'était dans l'ordre des choses.

Mais au bout de quelques minutes, elle rouvrit les yeux.

— Pas encore ? Je suppose qu'il doit y avoir une raison, mon Dieu, pour que vous ne me rappeliez pas encore à vous, murmura-t-elle.

Elle se leva, s'engagea avec précaution dans l'allée. Une tasse de thé ? Oui, cela lui ferait très plaisir.

Elle n'avait pas encore fait la connaissance des nouveaux membres de la famille Quinn. Mais une fois qu'ils seraient venus, qu'elle les aurait vus, tous, elle pourrait songer à laisser s'écrire le dernier chapitre de son histoire.

MEGAN HART

Et bien plus si affinités

Traduction française de
ALBA NERI

Sexy

HARLEQUIN

Titre original :
INDECENT EXPERIMENT

Ce roman a déjà été publié en 2015

Mille dollars ! C'était beaucoup d'argent, se dit Melissa Standish. Pour elle, c'était carrément une petite fortune. Elle relut encore une fois l'annonce. Depuis ce matin, elle s'était arrêtée plusieurs fois devant le panneau d'affichage, et chaque fois elle avait passé quelques minutes à imaginer ce qu'une telle somme pouvait signifier pour ses finances.

Elle n'avait besoin ni de nouvelles chaussures ni de vêtements de marque. Elle ne rêvait même pas de voyages, même si elle en aurait eu fort besoin après vingt ans non-stop sur les bancs de l'école. Non, cet argent, elle le voulait pour des choses bien plus terre à terre, et surtout bien plus urgentes.

Elle avait besoin de payer le loyer et les factures, de remplir son Frigidaire. Il ne lui restait plus que deux mois à tenir, jusqu'à la fin du trimestre. Ensuite, elle commencerait son stage rémunéré chez Triple Smith & Brown. Elle avait déjà payé la caution pour un appartement, acheté le billet d'avion et engagé les services d'une société de déménagement. C'était un soulagement de savoir que, dans deux mois, elle aurait un revenu hebdomadaire assuré, et mieux encore, un poste à long terme en puissance.

Mais jusque-là, ces mille dollars pouvaient lui sauver la vie.

Elle avait fait des trucs fous pour de l'argent, auparavant. Vendre son plasma, par exemple, ce qui l'avait rendue si malade qu'elle avait décidé que ça n'en valait pas la peine. Elle avait travaillé comme serveuse. Livré des ballons de baudruche en dansant des claquettes déguisée en gorille. Aucun de ces jobs ne lui avait apporté aussi rapidement une somme si coquette.

Le *hic* ? C'était une « EXPÉRIENCE POUR LE DÉPARTEMENT DE PSYCHO », comme le criaient les grandes lettres rouges sur l'annonce. Ce qui pouvait vouloir dire tout et n'importe quoi.

Elle avait participé une fois à une étude au cours de laquelle elle avait dû regarder des films pornos branchée à un détecteur de mensonges et expliquer si les images l'excitaient ou pas. Cela lui avait valu quelque deux cents dollars pour seulement quelques heures de son temps. Une autre fois elle avait fait partie d'un essai clinique pour un nouveau médicament qui lui avait provoqué une irritation cutanée, et, bien qu'elle ait passé deux jours à se gratter, le dédommagement valait bien le désagrément. D'un autre côté, elle avait reçu moins de cent dollars pour tester pendant une semaine l'efficacité d'un déodorant contre la transpiration excessive, dont l'odeur était nauséabonde.

L'un dans l'autre, depuis quatre ans, elle encaissait pas mal de chèques du département de psycho de l'université de Winchester sans avoir jusque-là vécu de mauvaises expériences. Toutefois, on ne l'avait jamais payée plus de trois cents dollars en une seule fois.

Là, ils en offraient un millier.

Le chiffre, un charmant et svelte un suivi de trois zéros bien ronds, l'attirait irrésistiblement. Mais, si elle continuait à tergiverser devant le panneau, elle allait arriver en retard, et M. Spane n'avait aucune pitié avec les étudiants retardataires. Alors, même si, en principe, il ne pouvait pas la recaler pour un retard, elle ne pouvait pas courir le risque.

Elle détacha l'un des bouts de papier prédécoupés sur le côté de l'annonce avec le numéro de téléphone et le rangea dans son portefeuille. Pour mille dollars, elle serait capable de faire presque n'importe quoi.

Carrément n'importe quoi.

Matt Ingram vérifia de nouveau la facturette que le guichet automatique venait de délivrer.

Aïe.

Comment pouvait-il ne pas avoir assez de crédit ? Ce n'était pas possible, il n'avait pas pu dépenser autant d'argent depuis la dernière fois qu'il avait consulté son compte, quinze jours plus tôt. La machine, évidemment, n'indiquait pas où se trouvait l'erreur, et tout ce qu'il savait, c'était qu'il ne pourrait pas retirer les quarante dollars dont il avait besoin pour une soirée avec ses potes. L'argent avait disparu, parti peut-être dans une dimension parallèle, un autre univers plus clément où il n'était pas fauché.

— Eh merde, grommela-t-il, l'estomac noué.

Pas de sortie avec les amis, pas de bière, pas de poulet frit. Autant rentrer réviser, se dit-il. Mais encore une soirée à bûcher, et il allait envisager sérieusement de se jeter d'un pont.

— Salut mec ! lui lança Damien avec une tape bien sentie sur l'épaule. Tu sors avec nous ce soir, non ? Passer un peu de temps avec tes frères ?

Damien faisait partie de la fraternité Sig Epsilon que Matt avait rejointe en arrivant sur le campus. A l'époque, il avait cru que c'était la meilleure chose qui lui soit arrivée, et même aujourd'hui, il trouvait un certain plaisir à y assister à des fêtes quand l'envie lui prenait. Mais, au fond de lui, il sentait que sa période d'étudiant potache était révolue, contrairement à Damien qui vivait et respirait pour l'esprit de la fraternité alors que huit années s'étaient écoulées depuis leur année de « bleus » où ils avaient subi le bizutage traditionnel consistant à nettoyer des toilettes immondes et à accomplir d'autres corvées du même acabit.

Matt froissa la facturette dans son poing. Damien, lui, avait un compte en banque bien fourni grâce au fonds d'études ouvert par papa et maman lorsqu'il était encore bébé, sans parler de l'argent qu'il gagnait pendant les vacances en travaillant dans l'entreprise de son père, et il était sans doute prêt à lui payer une pinte et une assiette de poulet. Ce ne serait pas la première fois. En même temps, Matt ne voulait pas se sentir encore plus redevable envers lui, même s'ils étaient « frères ».

— Je ne peux pas, mec. Gros exam en vue.

Il n'avait même pas à feindre, sa déception était authentique. Il avait attendu toute la semaine la sortie de ce soir, il avait vraiment besoin de se distraire, regarder le match… se détendre, quoi.

— Mais il faut prendre un peu de bon temps, mon pote ! Sérieux. C'est l'année du diplôme et il faut se défoncer, mais franchement.

— Oui, je sais…

Matt était le premier à regretter de ne pas pouvoir sortir ce soir-là, mais il préférait faire croire qu'il devait bosser plutôt que lui avouer qu'il était fauché de chez fauché.

— Bon, tant pis. Mais tu viens à Cancun pour les vacances de printemps, hein ? C'est ta dernière chance !

Matt n'était jamais parti, ni à Cancun ni ailleurs, pour le « spring break », cette semaine de débauche autour de Pâques devenue une tradition parmi les étudiants. Depuis huit ans, il passait ses vacances à travailler dans une usine. D'ailleurs, sa plus grande motivation pour mener à bien ses études, c'était d'échapper à une vie d'ouvrier dans cette usine, ou une autre semblable.

— J'aimerais bien, mais…

— Pas d'excuses, mec. On a un superdeal, huit cents dollars par tête de pipe pour le vol et le séjour dans un hôtel « tout inclus ». Tu vois ce que je veux dire, hein ? Bouffe et alcool à volonté. Plus les nanas, mec. Les nanas.

Damian arborait une expression extatique semblable à celle d'un saint homme qui approche de la grotte de Lourdes, sauf que lui, au lieu de joindre les mains pour prier, il avait accompagné ses mots d'une ondulation des mains qui suggérait une silhouette féminine toute en courbes. Une fille affublée d'un tel volume au niveau de la poitrine et des hanches aurait du mal à marcher, songea Matt sans pour autant rester insensible à l'argument.

— Je sais que j'avais juré que je venais, dit-il, mais c'était avant les vacances de Noël, je pensais qu'on me ferait bosser plus.

Les temps étaient durs et l'usine ne lui avait pas proposé autant de travail qu'escompté, et le reste du temps, il l'avait passé devant la télévision sur le canapé de ses parents.

— Mec, on t'a gardé ta place. Il me faut le fric avant la fin du mois, ou c'est pour quelqu'un d'autre. Mais franchement, tu ne veux pas rater ça, hein ?

Damien lui tapa encore sur l'épaule, cette fois-ci, avec une pression amicale des doigts. Il semblait tenir vraiment à sa présence.

— T'as raison.

Matt hocha la tête, soudain remplie d'images de sable, de soleil, et de cocktails et… de nanas. Il rêva d'une semaine d'éclate et de fête, la dernière de ce genre qu'il aurait l'occasion de vivre avant son passage au « monde réel », même si celui dans lequel il vivait depuis toujours n'avait rien d'un pays de merveilles.

— T'inquiète, mec, dit-il. Tu auras le fric, juré promis.

Il allait le trouver, l'argent. Coûte que coûte.

— Melissa ! Ravie de te voir !

Melissa ferma la porte de la petite salle où avaient lieu les entretiens et répondit avec un sourire à l'accueil chaleureux d'Ada.

— Installe-toi, dit celle-ci. Randy arrive tout de suite. Qu'est-ce que tu veux boire ?

— Ça fait partie de l'expérience ? demanda Melissa.

— Non, ne t'inquiète pas ! Ce n'est pas une étude sur les conséquences de l'addiction à la caféine dans la gestion du stress ni rien dans ce genre. Pas cette fois-ci, en tout cas.

— Dans ce cas, je veux bien un Coca aux frais du département, répondit-elle en s'installant sur la chaise, dure et inconfortable comme toutes les chaises de toutes les universités du monde entier.

— Coca, alors. Tiens, Randy, tu tombes à pic. Prends un Coca pour Melissa, s'il te plaît.

— Bien sûr, répondit son camarade.

Il revint un instant plus tard avec la boisson.

— Comment ça va, Melissa ? dit-il en lui tendant la canette. Tu vas bien ?

L'échange de politesses en resta là. Randy et Ada étaient des étudiants-chercheurs typiques et donc obsédés par leurs études, et, bien que leurs aptitudes sociales soient un peu meilleures que celles de leurs pairs, ils n'étaient pas du genre à perdre leur temps à bavarder. Deux minutes plus tard, Melissa avait dans les mains le dossier type qu'on devait toujours remplir avant de participer à ce genre d'expériences. Informations médicales, formulaire de décharge de responsabilité, coordonnées bancaires... Mais, aussi, un formulaire complètement inattendu.

— Ah. Hum. Quand même, dit-elle en survolant les questions.

C'était, de loin, le questionnaire le plus long qu'elle ait eu à remplir, dix pages, au lieu des trois habituelles. C'était aussi le plus... indiscret.

— Tu ne savais pas de quoi il retournait ? demanda Randy.

Elle haussa les épaules.

— Quand j'ai appelé pour prendre rendez-vous, on ne m'a rien dit et je n'ai rien demandé, parce que je vous connaissais bien... Et j'ai besoin de l'argent.

Ils se regardèrent, et Ada se redressa, puis, d'un ton sérieux :

— Melissa, si on t'a choisie, toi, parmi les candidats, et crois-moi, vous étiez bien plus nombreux que d'habitude, c'est parce que tu avais déjà travaillé avec nous.

Melissa hocha la tête tout en passant les questions en revue : nombre de partenaires sexuels, fréquence des rapports en ce moment, méthode de contraception, plus une demande de détails très précis sur des éventuelles MST dans le passé ou le présent...

— Oui, je me doutais bien, mais… Ceci est…

Randy toussota.

— Ce n'est pas tout à fait dans le même esprit que lorsqu'on t'a testée avec les films pornos, bien que l'expérience s'inscrive dans les recherches qui nourrissent notre future thèse. Cette fois-ci, Ada et moi nous voulons étudier les composants de l'attirance sexuelle et les réactions concomitantes. L'envie d'avoir des relations sexuelles avec quelqu'un a-t-elle une origine physique, psychique ou spirituelle ? Ou bien une combinaison de plusieurs facteurs ?

Melissa n'avait que faire du but final des tests, tout ce dont elle avait besoin, c'était de l'argent pour payer le loyer. Mais plus elle avançait dans la lecture du texte, plus son malaise augmentait.

— Vous voulez savoir quel est mon type d'homme ? Ses caractéristiques physiques, sa personnalité et ce genre de choses ? Mon attitude envers les aventures d'une nuit ?

Elle marqua une pause.

— Est-ce que l'expérience va au-delà de ce questionnaire ?

Les deux chercheurs hochèrent la tête, et elle décida de poser la question qui venait de lui traverser l'esprit, aussi loufoque soit-elle.

— Vous voulez que je couche avec quelqu'un pour votre test ?

Randy sourit.

— Ce que nous avons mis en place, c'est une série de rencontres intimes dans lesquelles nous voudrions que vous vous engagiez, toi et l'autre participant. On vous fournira le cadre pour ces rencontres, ainsi que des contraintes temporelles et des instructions pour que vous rapportiez de façon précise votre expérience.

Melissa n'en revenait pas.

— Vous voulez que je couche avec quelqu'un !

— Ce que nous essayons de déterminer, expliqua Ada, joues rouges, yeux brillants, c'est l'effet de certaines qualités prédéterminées et de l'anticipation sur l'attirance sexuelle. Et les réponses à cette attirance.

— En d'autres mots, continua Randy, tout excité, nous voulons t'associer à quelqu'un en fonction de tes informations et voir combien de temps s'écoule avant que vous passiez à l'acte.

Elle éclata de rire. Sauf que Randy et Ada la regardaient, et se regardaient, avec le sourire poli et un rien impatient de ceux qui attendent une réponse.

— Attendez, vous êtes sérieux ? demanda-t-elle.

Ils l'étaient ! Elle s'arrêta de rire, certaine qu'ils allaient lui dire qu'elle venait de passer la première partie de l'expérience, quelle qu'elle soit.

Mais, en voyant qu'ils se contentaient de la fixer au lieu de prendre des notes, elle voulut s'assurer qu'elle avait bien compris ce qui se passait.

— Vous allez me payer mille dollars pour que j'accepte de rencontrer quelqu'un et de coucher avec.

— Le choix final t'appartient, bien sûr, dit Ada. Evidemment, nous ne pouvons pas te payer pour que tu couches avec qui que ce soit, ce serait illégal. Nous te payons juste pour que tu t'engages dans, hum, une série d'échanges spécifiques voués, dans un temps donné, à inciter une réponse sexuelle.

— Et si une fois que j'ai rencontré le mec, je n'ai pas envie de coucher avec lui, qu'est-ce qui se passe ?

L'idée de coucher avec un inconnu sexy choisi pour coller à ses spécifications ne la repoussait pas tant que ça. Après tout, il lui était arrivé de sortir avec des garçons dans l'espoir que leur beauté intérieure compense le manque d'intérêt de leur façade. Et lors de périodes de disette, elle avait même envisagé de passer la nuit avec un ou deux d'entre eux.

— Ce que nous attendons de toi, expliqua Randy, c'est que tu consignes les sentiments et les émotions impliqués dans ta prise de décision, que ce soit de coucher avec lui ou pas. On attend la même chose de lui, car lui aussi doit décider s'il en a envie ou pas et expliquer le processus émotionnel qui l'a mené à prendre sa décision, qu'elle soit positive ou négative.

Melissa hocha la tête, de plus en plus perplexe. Randy avait rougi comme une pivoine, à l'évidence gêné de suggérer qu'un homme pourrait ne pas vouloir d'elle. D'après ses propres observations, elle était persuadée que la plupart des garçons de son âge étaient capables de coucher même avec un troll. Et elle était loin d'être un troll. Elle ne gagnerait peut-être pas un concours de beauté, mais cela ne lui donnait aucun complexe, car elle n'était pas non plus du genre à participer à ce genre de concours.

— Et combien de temps dure l'expérience ?

— Cinq soirées, expliqua Ada. Tu commencerais lundi en huit, ce qui te donne le temps de remplir le dossier et de mettre à jour ton histoire médicale. Ça se passe ici, au laboratoire, entre 18 et 22 heures. Pour être payée, il faudra que tu sois venue les cinq soirées et que tu aies dûment rempli les rapports, que tu devras nous rendre chaque jour avant midi. Bien sûr, ce qui se passera pendant l'expérience, dépend strictement de toi. Je veux dire, nous ne pouvons pas t'obliger, hum…

— Ce que nous cherchons à savoir, c'est le temps que vous mettrez à décider si vous voulez vous éclater comme des bêtes, expliqua Randy, plus terre à terre.

Melissa lut en vitesse la liste. Cinq séances avec des niveaux croissants d'« intimité ». Une fois, elle avait couché avec un homme qu'elle ne connaissait que depuis deux heures. Elle se demanda ce qu'elle aurait envie de faire après avoir passé vingt heures avec l'autre cobaye.

— Et si, à la fin, nous ne couchons pas ensemble ? demanda Melissa.

C'était une question qui avait son importance, il était hors de question qu'elle s'engage à faire tout cela s'il y avait le moindre risque qu'à la fin on ne la paye pas parce qu'elle avait refusé qu'un inconnu introduise son sexe dans le sien.

— Tant que tu auras été présente à toutes les séances et que tu auras rempli correctement les comptes rendus, tu seras payée.

— Et si c'est lui qui se dédit ? insista-t-elle pour essayer de couvrir toutes les éventualités.

— Tu serais payée aussi, tant que tu remplis ta mission, la rassura Randy.

Melissa fixa les documents, songea à l'état de ses finances et à ces mille dollars qui lui permettraient de souffler et de foncer sur la dernière ligne droite de ses études. En échange de quoi, finalement ? De prendre le risque qu'un type inconnu veuille coucher avec elle tout en sachant qu'elle pouvait toujours l'envoyer sur les roses si elle le décidait. Autant dire, le même qu'elle prenait chaque fois qu'elle sortait.

— Je vais le faire, annonça-elle en se mettant à écrire sur-le-champ.

« *Couleur de cheveux préférée* » ? Facile : blonds. « *Taille de soutien-gorge* » ? Matt s'arrêta. Allait-il avoir le courage d'admettre qu'il fantasmait sur les 95D ? Ou allait-il jouer le chic garçon qui ne s'arrêtait pas à ce genre de détail ? Que diable… Il nota 95C pour ne pas passer pour un obsédé des gros seins. Poids, hauteur, hobbies. Il avait l'impression d'être l'un des héros d'*Une créature de rêve*, ce film où deux étudiants empotés cherchent à créer la femme parfaite à partir des photos de magazines, mais, tant qu'à faire, pourquoi pas ? Puisqu'on lui demandait ce qu'il voulait, il allait demander la totale.

Quelle importance accordez-vous au sens de l'humour ?

Il réfléchit. Randy et Ada l'avaient laissé seul pour remplir la paperasse, mais il n'arrivait pas à se défaire de l'impression qu'on le contrôlait. Même s'il ne connaissait pas grand-chose aux expériences psy, il préférait agir comme si on le surveillait de près tant qu'on ne lui avait pas prouvé le contraire. « Très important », écrivit-il.

La question suivante le fit rire, cependant.

Si vous rencontrez une femme évidemment intelligente et avec un grand sens de l'humour mais que son aspect physique ne correspond pas à vos attentes, lui demanderiez-vous tout de même de sortir avec vous ?

« Non. »

On lui avait demandé d'être sincère, non ? Et il ne voulait pas fausser les résultats.

Si lors d'un rendez-vous avec une femme, par exemple au cours d'une rencontre arrangée, cette femme, bien que dotée des traits de personnalité que vous recherchez chez une compagne potentielle a un physique qui diffère de vos critères, coucheriez-vous avec elle si l'occasion se présente ?

« Oui. »

Il hésita tout de même en pensant aux blagues dans la veine « lendemains qui déchantent », mais le fait était qu'il avait déjà dormi avec des filles pas trop belles tout simplement parce que l'envie de coucher avait pris le dessus sur tout le reste. Il ne l'avait pas fait depuis un bon bout de temps, mais il l'avait fait, et il était certain qu'il le referait si les circonstances le permettaient.

Répondre au questionnaire lui avait demandé quarante-cinq minutes et une activité intellectuelle aussi intense qu'un examen final. On lui avait expliqué ce que l'expérience entraînait, en insistant lourdement sur le fait qu'il n'était pas obligé de coucher avec l'autre personne s'il n'en avait pas envie mais qu'il devrait passer cinq soirées avec une nana choisie en fonction de ses réponses pour percevoir les mille dollars. Il voulait être certain qu'il avait fourni tous les renseignements nécessaires pour qu'on lui propose quelqu'un de bien.

Cependant, vingt-quatre heures plus tard, alors qu'il prenait une douche avant de sortir avec les « frères », une idée effrayante lui traversa l'esprit. Il se figea, les mains dans les cheveux pleins de mousse. Et si la fille ne lui plaisait pas *du tout* ? Il avait pourtant signé pour aller jusqu'au bout de ce qui pouvait s'avérer le pire rendez-vous à l'aveuglette de tous les temps…

Il y pensait encore en arrivant au bar où se trouvait Damian avec une bande de « frères », la plupart plus jeunes que lui, tous ou presque à moitié ivres et aux hormones plus révoltées que le peuple de Paris en juillet 1789. Ils encerclaient un groupe de jolies filles d'une sororité, toutes en débardeurs minuscules et aux sourires étincelants.

— Frérot, le salua Damian. Content que tu aies pu te libérer. C'est sage : l'abus de travail est dangereux pour ta santé.

— Je sais, dit Matt en prenant une bouteille de bière dans le seau qui se trouvait au centre de la table. Le prochain seau, c'est moi qui l'offre.

Et c'était ainsi que la soirée avait commencé. Comment elle risquait de se finir, c'était une autre paire de manches. Damian avait jeté son dévolu sur une blonde au visage doux, une — très — forte poitrine et les cheveux plus brillants que l'intellect, si bien que Matt s'était trouvé à jouer les faire-valoir pour la copine de la blonde, une fille plutôt quelconque.

Au moins, songea-t-il, elle ne semblait pas s'intéresser à lui. C'était déjà ça. Ils burent une paire de bières en regardant l'émission de téléréalité qui passait à l'écran pour combler les vides dans la conversation pendant que Damian avançait à vitesse grand V dans sa mission de séduction de la blonde pompette, et si Matt ne le jugeait pas, il ne put s'empêcher de se demander où était l'intérêt de fourrer sa langue dans la gorge de quelqu'un au bout de vingt minutes.

Et en même temps, n'était-ce pas en gros à cela qu'il s'était engagé dans l'après-midi ?

Il s'ennuyait ferme. Il aurait pu essayer de lier une conversation avec l'amie de la blonde, mais elle risquait d'en déduire qu'il essayait de la draguer, ce qui n'était pas le cas, donc il se contenta de siroter bière sur bière et de manger quelques nachos. Devant eux, Damian jouait avec les cheveux peroxydés de sa conquête.

— Je parie dix dollars qu'ils vont rentrer ensemble, dit la jeune femme en montrant sa copine qui se trémoussait contre Damian. Quoique, c'est si évident que personne ne voudra parier contre moi.

Il lui lança un sourire, mais elle s'était déjà levée après avoir laissé de l'argent sur la table pour payer ses consommations. Elle lui accorda un hochement de tête poli et s'approcha pour dire quelque chose à sa copine, qui, en gros, l'ignora.

Quand il eut fini sa bière, il décida qu'il était temps de partir lui aussi. S'il se couchait trop tard, il risquait de s'endormir au cours de la première séance de l'expérience.

Et il ne voulait pas rater sa chance de gagner mille dollars.

Melissa avait relu la liste tellement de fois, elle avait plié et déplié la feuille tellement de fois, que l'encre avait blanchi le long des plis. Elle était si anxieuse que certains mots étaient même devenus flous à cause de ses mains moites. Pas terrible, les mains moites, songea-t-elle, quand on s'était engagée à se tenir par la main avec un inconnu pendant quatre heures.

Quelle était la pire chose qui pouvait arriver ? se demanda-t-elle en se regardant une dernière fois dans le miroir des toilettes avant de se diriger vers le laboratoire pour son premier rendez-vous avec son… Comment l'appeler ? Partenaire ? Futur amant ? Elle frémit à cette idée, qui, en même temps, ne lui déplaisait pas complètement.

Elle savait qu'Ada et Randy ne se trouveraient pas là pour faire les présentations, et que l'expérience débuterait de façon officielle dès qu'elle rencontrerait l'inconnu. En tête à tête. A partir de là, on ne leur donnerait plus aucune information supplémentaire, et tout ce qu'elle savait, c'était qu'ils ne devaient pas se retrouver hors du laboratoire et qu'ils étaient censés s'ignorer si par hasard ils se croisaient sur le campus. Elle ne pouvait pas imaginer quelque chose de plus bizarre que faire semblant de ne pas connaître quelqu'un dont elle avait — potentiellement — rencontré les amygdales au cours d'une de ces étranges séances. Elle se ravisa, cependant. Ce serait encore plus étrange que d'essayer de parler de la pluie et du beau temps comme si de rien n'était.

Elle arriva en premier. Tant mieux. Comme ça, elle aurait

le temps de reconnaître le terrain, de se mettre à l'aise et, du moins symboliquement, de prendre possession du territoire. Un angle de la pièce était occupé par un grand lit, arrangé avec un joli jeté et des coussins assortis. Elle ne sut qu'en penser. C'était… pratique ? Prévisible ? Grotesque ? Elle sentit ses joues en feu et se gronda, en se trouvant bête. Ce n'était qu'un lit, après tout.

Il y avait aussi un canapé à l'air confortable sur un tapis moelleux, flanqué de deux petites tables avec une lampe sur chacune d'elles. Au départ, elle se demanda à quoi rimaient ces lampes jumelles étant donné que le néon du plafonnier éclairait la pièce comme si c'était un bloc opératoire. Mais très vite, elle comprit.

C'était pour procurer une lumière d'ambiance.

Tout à coup, la situation lui parut dingue, mais au lieu de prendre ses jambes à son cou, comme le lui criait son bon sens, elle prit une grande inspiration, se recoiffa avec les doigts et lissa ses vêtements. Avait-elle eu raison de mettre une jupe ? Elle s'était habillée avec soin mais de façon simple en prenant soin de ne rien porter de trop court ni cintré ni serré.

Seigneur, tout ça c'était…

La porte s'ouvrit et un homme entra.

La première chose qu'elle remarqua ce furent les épaules, plutôt larges, et ensuite, les yeux, qui étaient peut-être verts ou noisette, mais pas bleu intense, sa couleur de préférence, celle qu'elle avait inscrite dans le formulaire. Il n'avait pas non plus les cheveux bruns et un peu longs, mais châtains et en brosse. Cela dit, la coupe allait bien avec son visage, qui, bien qu'agréable, n'était pas le genre qu'elle aurait utilisé comme fond d'écran pour son ordinateur. Ce n'était pas non plus un visage qu'on aurait pu trouver sur la couverture d'un magazine de mode.

En revanche, c'était un visage qu'elle avait déjà vu quelque part… Elle mit quelques secondes à se rappeler où exactement. Au bar, la veille ! C'était l'ami du type que Gina avait dragué. Ils n'avaient même pas réussi à lier une véritable conversation, leur échange s'était limité à quelques phrases banales de pure politesse. Et c'était ce type-là qu'on avait choisi pour elle ?

Galère.

Il semblait aussi surpris qu'elle de la retrouver, ce qui ne l'empêcha pas de la regarder de la tête aux pieds de façon effrontée. Elle rougit, mais, ne voulant pas perdre la face, elle carra le menton et croisa les bras. Elle non plus n'était pas du genre à faire la une des magazines. Et alors ? Il allait s'enfuir ?

— Salut, je suis Matt.

Elle serra sa main avec une fermeté qu'elle trouva elle-même excessive.

— Melissa.

Ils se regardèrent quelques secondes en chiens de faïence. Et dire qu'elle avait souhaité rencontrer quelqu'un « ayant une conversation intéressante ». S'il était plus grand qu'elle, il mesurait tout au plus un mètre soixante-dix-huit alors qu'elle approchait le mètre soixante-quinze… En tout cas, il ne la dépassait pas de dix ou quinze centimètres comme elle l'aurait souhaité.

Bref, pour l'instant, il ne présentait aucune des caractéristiques qu'elle avait consignées dans ses préférences. A croire qu'Ada et Randy avaient fait exprès…

— Nous nous sommes rencontrés, non ? dit-elle pour lancer la conversation. Hier.

Il claqua des doigts.

— Mais oui, bien sûr. Waouh. Ton amie est bien rentrée ?

— Je ne sais pas, répondit-elle en riant. Et ton copain ?

— Tu as raison, je ne sais pas non plus. Euh…

Il laissa la phrase mourir.

Elle comprit que si elle ne prenait pas le taureau par les cornes ils n'allaient pas avancer.

— Donc, tu as lu les instructions, non ?

Il hocha la tête. Le regard en coin qu'il lança vers le lit en disait long. Comme l'effort — vain — qu'il faisait pour regarder sa poitrine de façon discrète. Elle se força à se tenir droite et décroisa les bras. Tant qu'à faire, qu'il sache à quoi s'en tenir. Elle faisait un bonnet A qu'elle assumait sans aucun complexe. Elle pouvait se passer de soutien-gorge si elle voulait. Et certains hommes appréciaient.

— Oui, dit-il. Tu as vu que nous devons rester ici jusqu'à 10 heures. Et nous tenir les mains.

— Ce soir, oui, juste nous tenir les mains.

— C'est tout de même tordu…

A sa grande surprise, elle rit. La glace était brisée, ou, tout au moins, elle commençait à fondre.

— Carrément, confirma-t-elle. Mais, mille dollars c'est mille dollars.

Il sourit. Il avait un beau sourire, en fait, même si ses incisives se chevauchaient. Il était assez éloigné de son idéal, mais ça aurait pu être pire. Elle aurait pu tomber sur un troglodyte. Ils étaient si nombreux sur le campus qu'on aurait pu y tourner un remake de *La Guerre du feu*.

— Un taux horaire imbattable.

— Je suis d'accord avec toi, dit-elle. Tu veux t'asseoir ?

Il s'installa sur le canapé, elle hésita. Mais, à quoi bon atermoyer ? Ils s'assirent face à face. Leurs genoux étaient tournés vers l'autre mais ne se touchaient pas. Elle se pencha un peu vers lui, il lui tendit les mains et elle les prit sans avoir eu l'occasion d'essuyer ses paumes avant.

Ils éclatèrent de rire à l'unisson.

C'était un rire nerveux, embarrassé. Matt aussi avait les mains moites, et si les mains moites ne figuraient pas non plus dans sa liste d'atouts, c'était un soulagement que de savoir que lui aussi était anxieux. Elle se sentit un petit plus à l'aise.

— La vache, dit-il. Qui aurait imaginé que ce serait si difficile ?

— On se tient juste les mains. Les enfants font ça tout le temps, c'est pour les adultes que ça semble compliqué, alors qu'il n'y a pas de raison, répondit-elle, surtout pour s'en persuader elle-même.

— Parfois, à l'église, on se met en cercle en se tenant les

mains et on les serre tous en même temps, pour envoyer une sorte d'étreinte de paix au monde.

Ouh là là...

S'il était très religieux, cela risquait de la fatiguer, et elle n'était pas certaine de pouvoir écouter des grands discours sur la foi. Pourtant, elle hocha la tête.

Restons polis.

— Moi, ça me rappelle quand j'étais girl-scout. Il y avait ce jeu où tout le monde ferme les yeux...

— Et celui qui est au centre doit deviner qui serre ses mains ! Je m'en souviens !

Elle sourit parce qu'il souriait, mais sans trop d'enthousiasme. Il hocha la tête en relâchant un peu ses mains.

— Pour être franc, j'ai horreur de ça.

Cette fois-ci, elle arriva à rire avec naturel.

— Ah bon ? Et pourquoi ?

— Je ne sais pas... Tenir la main à un inconnu, beurk !

— Tu veux dire, comme moi ?

— Non, là, c'est différent. Et tu n'es pas une inconnue à proprement parler, nous nous sommes rencontrés hier.

— Je ne vois pas où est la différence, moi.

Ils fixèrent tous les deux leurs mains jointes.

— Combien de temps sommes-nous censés faire ça ? demanda-t-il. Pendant toute la séance, tu crois ?

— La séance dure quatre heures, observa-t-elle avec une grimace. Sans vouloir t'offenser, quatre heures d'affilée à tenir la main de quelqu'un me paraît intenable.

— J'imagine que ça dépend de qui est ce quelqu'un.

Il souligna sa phrase avec un clin d'œil qu'en temps normal elle aurait trouvé gnangnan. Et qui était gnangnan, en fait, mais, curieusement, cela ne l'exaspéra pas.

— C'est peut-être ce genre de choses qu'ils veulent vérifier, dans leur étude, hasarda-t-elle.

— Tu as sans doute raison, répondit-il en posant le coude sur le dossier.

Elle fut obligée de l'imiter, de sorte que tous les deux se

trouvèrent pelotonnés sur les énormes coussins du canapé. Se tenir les deux mains dans cette position ne serait pas tenable longtemps.

— C'est trop forcé, comme ça. Trop tendu. On essaye avec une seule main ? proposa-t-elle. On sera mieux.

— Bien sûr, fit-il en regardant autour d'eux. Tu crois qu'ils ont des caméras cachées ?

Elle y avait songé, mais le dossier n'incluait pas l'avertissement de rigueur dans l'esprit « Souriez vous êtes filmés. »

— Je ne pense pas, on ne nous a pas fait signer la permission de filmer, ce serait illégal. Parfois, ils le font, alors que la présence de caméras n'est même pas confirmée.

Matt serra les doigts, mais d'une façon si légère, qu'elle n'arriva pas à décider si c'était un geste intentionnel.

— On dirait que tu es une habituée de ce genre d'expériences.

Elle le dévisagea en tentant de deviner si elle pourrait éprouver quelque chose pour lui d'ici à la fin de l'expérience.

— J'en ai fait quelques-unes. C'est relativement intéressant, c'est très facile, et surtout, ils payent bien. J'en déduis que c'est ta première fois ?

— En effet. J'étais vierge jusqu'à aujourd'hui. Côté expériences psy, je veux dire.

Il s'était hâté d'ajouter la dernière phrase et il roula des yeux, comme s'il voulait s'en excuser. Elle contint un rire ironique. Etant donné la nature de l'étude, il aurait été étonnant qu'ils n'en viennent pas à parler de sexe. Mais c'était tout de même une chance d'avoir en face d'elle un type qui ne croyait pas que les blagues salaces soient une bonne entrée en matière.

— Et qu'est-ce qui t'a décidé à te laisser déflorer, si je puis dire ?

— J'ai vu l'annonce et je ne pouvais pas laisser passer cette chance. Avec l'argent qu'on va gagner, je pourrai pratiquement gagner la somme qu'il me faut pour partir à Cancun au printemps avec la fraternité. Ils ont trouvé un bon deal, l'appart est super, dans un complexe « tout inclus ».

L'aiguillon de l'envie la titilla sans qu'elle comprenne vraiment pourquoi. Après tout, elle n'avait pas le temps de prendre des vacances. Elle aurait le temps de voyager lorsqu'elle aurait ce poste à plein-temps et les avantages qui allaient avec. Ça valait la peine d'attendre.

— Tu t'es trouvé une expérience plutôt curieuse, pour débuter, dit-elle.

Il baissa la tête mais la releva pour la fixer avec ses yeux décidément pas-du-tout-bleus. Plutôt vert-marron. Noisette, en fait.

— Oui, je sais… Je veux dire, c'est dingue, non ? Enfin, que nous soyons censés finir…

Ils regardèrent tous les deux vers le lit, et ensuite, partout ailleurs sauf vers l'autre, leurs mains toujours collées et toujours moites.

Cependant, au contraire de ce qu'elle avait craint en abordant « la question », la conversation ne devint pas tendue. Matt avait une bonne réserve d'anecdotes assez drôles, une jolie voix, profonde et calme et un rire plutôt attachant.

Lorsque l'alarme bourdonna, annonçant la fin de la séance, elle avait même oublié qu'elle lui tenait la main. Enfin, pas vraiment oublié, puisque chaque fois que l'un ou l'autre bougeait ou se levait pour boire ou aller aux toilettes, ils devaient faire un effort conscient pour enlacer de nouveau leurs doigts. Mais elle avait oublié que c'était incongru, étrange et artificiel, songea-t-elle en s'étirant. Matt lui tendit son manteau avant d'enfiler le sien.

— Tu as entendu parler du « assag » ? demanda-t-elle alors qu'ils quittaient la pièce.

— Ça me dit quelque chose, fit-il en lui tenant la porte.

— C'était un rituel de l'amour courtois en Europe, au Moyen Age. Le chevalier avait le droit de coucher dans le même lit que sa dame, mais ils ne faisaient pas l'amour. A la Nouvelle-Angleterre, bien plus tard, il y avait le « bundling » : on permettait aux jeunes couples fiancés de dormir ensemble, surtout en hiver, pour qu'ils se tiennent chaud, mais on plaçait une planche de bois au milieu pour éviter les dérapages.

Le rire de Matt résonna dans le couloir du département, éclairé seulement par les lumières de sécurité. Leurs pas étaient le seul bruit qui résonnait, en dehors du « flop-flop » de la serpillière qu'un employé passait à quelques mètres d'eux. Melissa remarqua qu'ils marchaient au même rythme. De façon naturelle, Matt avait adapté ses foulées aux siennes.

— Hum, l'idée ne manque pas d'intérêt, dit-il. Et ce qu'on vient de faire t'y a fait penser ?

— Oui, il y a un lien, je trouve. Ces jeunes couples ne se connaissaient pas forcément avant de commencer, mais le but, à terme, c'était qu'ils finissent ensemble. Je veux dire, mariés à terme, non pas au lit. Enfin, tu vois ce que je veux dire…

Et là, décida-t-elle, il était temps qu'elle se taise.

En silence, ils arrivèrent dans le hall d'entrée. La main déjà sur la poignée de la porte, Matt se rappela qu'une fois sortis du bâtiment, ils n'auraient pas le droit de se parler.

Il regarda Melissa.

— Tu as une idée de ce qui va se passer par la suite ?

— Aucune. J'imagine qu'il faut attendre et… voir.

Bon, elle n'était pas blonde, elle n'avait pas les yeux bleus et elle était loin, mais très loin, du bonnet D. Mais il avait aimé sa façon de lui serrer la main, ferme mais cordiale. Elle avait des mains petites à la peau douce qu'elle avait abandonnées dans les siennes, de façon assez détendue, pendant leurs quatre heures de conversation.

En fait, songea-t-il le lendemain en se rasant avant de retourner au laboratoire, cela avait été un premier « rendez-vous » plutôt chouette. Il avait vécu pire, et même si Melissa ne lui avait pas tourné la tête lorsqu'il l'avait rencontrée au bar, la soirée avec elle s'était avérée fort agréable. Une autre raison qui le motivait pour y aller, c'était qu'il pouvait ainsi esquiver Damian et les autres « frères » qui allaient passer la soirée à taquiner des étudiantes de première année. Avec une sororité, ils avaient mis en place une « poker party », au cours de laquelle chaque participant recevait la moitié d'une carte et devait trouver la personne détenant l'autre moitié et passer le reste de la soirée avec. Matt n'avait pas la moindre envie de passer des heures à essayer de draguer une fille à peine sortie du lycée…

D'après la liste, il allait plutôt passer la soirée à tenir les mains de Melissa et aussi… à la prendre dans ses bras. Il n'avait aucune idée de la façon dont l'expérience allait se dérouler, mais il était motivé pour l'apprendre. En tout cas, il y avait fort à parier que la soirée serait mille fois plus intéressante que celles des dernières semaines, qu'il avait passées à travailler d'arrache-pied et à s'angoisser avec ce tas de factures qui allait bientôt toucher le plafond.

Melissa sentait très bon. Vraiment, un délice. Il sentit son parfum dès qu'il arriva, lorsqu'elle se leva pour l'accueillir. Il l'avait déjà remarqué la veille, mais ce n'était que maintenant qu'il y pensait consciemment. Après un petit instant d'hésitation, ils se prirent dans les bras. Il sentit ses petits seins fermes contre son torse. A l'évidence, son décolleté discret ne lui posait pas le moindre problème.

— Salut ! dit-elle avec un petit rire nerveux.

Elle s'écarta de lui aussitôt. Trop tôt, en fait, se surprit-il à penser.

— Salut, fit-il en l'enlaçant par la taille par pur instinct.

Après tout, c'était pour cela qu'ils étaient là. Avec un naturel désarmant, elle se laissa aller contre lui. Ils restèrent ainsi quelques secondes avant qu'elle ne se détache pour lui parler.

— Comment vas-tu ?

— Bien. Très bien. Et toi ?

Il se demanda ce qu'on attendait d'eux par la suite. Bien sûr, se prendre dans les bras, mais, quatre heures ? C'était infaisable. En même temps, jusqu'à la veille, il n'avait pas imaginé qu'on puisse se tenir les mains pendant quatre heures et ils y étaient parvenus avec un embarras, tout compte fait, minime.

— Super.

Avec un sourire qui exprimait à la fois la confusion et l'ironie, elle le prit par la main et le conduisit jusqu'au canapé. Elle s'y assit, une jambe pliée sous le corps, sans jamais lâcher sa main.

— J'ai eu un coup de fil de mon futur patron, expliqua-t-elle avec une pointe d'excitation. Ils veulent que je commence un mois plus tôt que prévu. J'allais prendre quelques semaines pour moi, mais à présent, je vais pouvoir commencer dès que j'aurai mon diplôme. Ça va être génial.

— Félicitations. Et qu'est-ce que tu vas faire ?

— Je commence un stage rémunéré chez Tripe Smith & Brown. C'est une boîte d'expertise comptable très importante.

Ça, il n'était pas sans l'ignorer. Tripe Smith & Brown était à la tête du secteur sur trois Etats à la ronde. Nombreux étaient les étudiants prêts à tout pour y trouver une place.

— Et après le stage, continua-t-elle, j'aurai presque à coup sûr un job à plein-temps. C'est top.

— Tu m'étonnes, tu as de la chance.

Il joua avec leurs doigts en remarquant encore une fois qu'elle avait une peau d'une douceur incroyable. Il l'envia. Lui n'avait rien de semblable en perspective. Quelques pistes, oui, pour des postes d'ingénieur, mais rien de ferme.

— Mais tu ne voudrais pas prendre un peu de vacances ?

Elle haussa les épaules.

— Dans l'absolu, c'était l'idée, mais j'avais prévu de m'occuper de mon nouvel appart, donner un coup de peinture, ce genre de choses. Ce n'est pas comme si j'avais une semaine à Cancun en vue.

— C'est vrai.

Il songea à la semaine de plage, soleil, filles et alcool que Damian lui faisait miroiter. C'était pour cela qu'il participait à l'expérience, justement.

— Alors. Des « étreintes », dit-elle avec ce sourire qu'il commençait à connaître. Je ne sais pas pourquoi, mais j'ai eu l'impression que c'était moins compliqué que de se prendre la main. Et toi ?

Il hocha la tête. Oui, cela avait été assez facile, mais qu'elle ait fait le premier pas avait aidé pas mal.

— On doit recommencer, tu crois ? demanda-t-il.

— C'est l'idée, on dirait. En revanche, je me demande combien de fois on est censé se prendre dans les bras pendant quatre heures.

Il lui tendit les bras en riant.

— A mon avis, beaucoup. Autant commencer tout de suite.

Leurs corps serrés, ils continuèrent à discuter. Ils essayèrent plein de choses. Debout. Assis. Debout mais en cuillères, ce qui consistait peut-être à prendre des libertés avec la notion de « se prendre dans les bras » mais qui était, Melissa argumenta, absolument approprié si on s'en tenait à la notion d'« étreinte ». Ce ne serait pas lui qui la contrarierait, parce que sentir tout l'arrière de son corps contre lui, tous les deux allongés sur le canapé était une sensation fort agréable. Et ils étaient tombés d'accord sur le fait que le but du jeu devait sans doute être que leurs corps aient le plus de surface de contact possible.

Donc, des étreintes. Par moments, ils parlaient. A d'autres, ils restaient silencieux. Puis la conversation reprenait, on aurait dit que leurs sujets de conversation flottaient dans le labo, et qu'ils n'avaient qu'à tendre la main pour en attraper un. Sans la pression de devoir « conclure », tout semblait plus simple, et la question ne se poserait pas avant la dernière séance. Si tant est qu'elle se posait. C'était dans deux jours seulement, et Matt savait que, le moment venu, il ne dirait pas non, mais il ne s'attendait pas à ce que Melissa partage cette attitude.

— Déjà 10 heures ! C'est passé hypervite, dit-elle alors qu'elle se trouvait blottie contre lui, les bras autour de sa taille.

Elle releva la tête pour le regarder.

— C'était… une chouette soirée, Matt. Merci.

Il la fixa en remarquant la constellation de taches de rousseur qui ornaient délicatement son nez. La couleur de ses iris changeait de façon surprenante, comme du miel traversé par un rayon de soleil.

— Merci à toi, j'ai aussi passé un excellent moment. Tu sais, sans pression, ni rien. Je crois que je vais en parler dans mon rapport.

— Moi aussi, dit-elle en souriant. Mais je ne suis pas sûre qu'on ait le droit d'échanger à propos de ce qu'on compte écrire.

— Tu as sans doute raison.

Il relâcha son étreinte, à contrecœur. C'était la réaction la plus normale, se dit-il. Son corps de mâle en âge de se reproduire était programmé pour chercher la douceur et la chaleur d'un corps féminin.

Pourtant, il avait l'impression que c'était plus que cela. Une sensation qui ne fit que croître lorsque chacun partit de son côté en sortant du bâtiment. Mais sans doute qu'il se faisait des idées. Ou non ? Il faudrait qu'il arrive à savoir ce qu'il ressentait au juste avant de plancher sur son rapport.

Il aurait donné cher pour lire ce qu'elle écrivait sur lui.

Des baisers.

Ce soir, ils étaient censés passer aux baisers. Melissa s'était brossé les dents en profondeur trois fois, usant et abusant du fil dentaire, avant de venir au labo, mais elle songeait à utiliser les toilettes pour le faire une quatrième fois lorsque Matt arriva. Elle croqua le bonbon à la menthe qu'elle avait dans la bouche. Et sourit.

— Salut, Matt.

Depuis le début de l'expérience, trois jours plus tôt, elle ne pensait qu'à une chose : allait-elle, ou non, coucher avec lui ? La question avait plané sur chacune des séances, du moment où ils s'étaient tenu la main pour la première fois aux câlins. Elle avait décrit par le menu ses sentiments et émotions ainsi qu'on le lui avait demandé, mais cela ne l'avait pas aidée à résoudre le dilemme. Au contraire, essayer de trouver l'enchaînement d'idées qui l'avait conduite à songer à la taille du sexe de Matt alors qu'il venait juste d'enlacer ses doigts n'avait fait que la plonger encore plus profondément dans la confusion.

— Salut, répondit-il avec un large sourire. Alors. Tu te sens prête pour le programme de ce soir ?

— Je ne sais pas. Je crois… En tout cas, j'ai évité l'ail aujourd'hui. Toi aussi, j'espère !

— Evidemment, fit-il en se penchant pour avouer sur un ton de confidence : J'ai dû me brosser les dents une dizaine de fois.

Elle rit en s'étonnant de la simplicité avec laquelle elle le laissait lui prendre la main pour aller se blottir avec lui sur le canapé, leurs membres emmêlés en toute confiance. Si les instructions dictées cherchaient à instaurer une intimité progressive entre eux, le but avait été atteint. La personnalité de Matt, aussi, y était pour quelque chose. Elle connaissait pas mal de types sur le campus avec lesquels, elle en était sûre, elle ne serait pas parvenue à se détendre.

— Je vais t'avouer un truc, dit-il en jouant avec ses doigts, si tu me promets de ne pas rire.

Elle éclata de rire.

Bravo.

— Oups, pardon.

Il hocha la tête, amusé.

— Je n'ai pas été aussi nerveux à l'idée d'embrasser quelqu'un depuis la quatrième quand on jouait au « septième ciel » enfermés dans le placard de la classe.

— Jamais joué. Pour moi, c'était « action ou vérité ».

— Mais, tu vois de quoi je veux parler ?

— Absolument. A moi de passer aux aveux : songer à embrasser quelqu'un ne m'a jamais mise dans un tel état. J'ai passé la journée sur les nerfs !

Il pressa sa main.

— Tu n'en as pas envie ?

Y avait-il une pointe de déception dans sa voix ou était-ce elle qui se faisait des idées ?

— Mais non, bien sûr que j'en ai envie. Je veux dire… Toi, tu veux ?

— Evidemment. Mille dollars, rappelle-toi.

Elle prit une longue inspiration.

— Tu as raison. Ce serait bête de s'arrêter en si bon chemin.

Ils hochèrent la tête à l'unisson.

Mais aucun ne fit le premier pas.

— On devrait peut-être se lancer en même temps, suggéra-t-il. Oh ! là là. C'est stupide. Tu me trouves bête ?

— Mais non, pas du tout, le rassura-t-elle en riant. Je suis aussi nerveuse que toi. Ce n'est franchement pas la façon la plus courante d'embrasser quelqu'un pour la première fois. Et en plus, j'essaie de me rappeler chaque détail pour pouvoir ensuite rédiger le rapport. Alors que pour un premier baiser, on est dans les sensations, pas dans l'analyse.

— On va compter jusqu'à trois, d'accord ? murmura-t-il, les yeux brillants. Et on y va.

— Allez.

Un. Deux. Trois…

Seigneur, que c'était mauvais. Avec acharnement. Leur baiser tenait plus de l'accrochage entre deux voitures qu'à quelque chose dans le domaine de la sensualité. Ils s'écartèrent, elle se tâta la bouche pour s'assurer qu'elle ne saignait pas. En tout cas, elle avait mal.

— Alors, là, c'était nul, dit Matt.

Elle rit encore.

— Je ne te le fais pas dire.

Il passa doucement la langue sur ses lèvres et s'approcha d'elle un rien, à peine quelques millimètres.

— On réessaye. Plus doucement, d'accord ? Et si… et si c'était toi qui commençais ?

— Moi ? Et pourquoi moi ?

Elle avait parlé d'une voix haut perchée. Mais quelle bécasse. Il rougit. C'était mignon, un garçon qui piquait un fard.

— C'est que… Je me disais que ce serait mieux, c'est tout.

— Pourquoi ?

Il fixa leurs mains jointes. Se tenir les mains était devenu comme une seconde nature, elle n'y pensait même plus.

— Parce que… Parce que tu es la femme et que je veux être sûr que tu… Tu vois. Que tu le veux vraiment, et tout ça.

— Mille dollars, rappelle-toi, le taquina-t-elle.

— Oui, bien sûr, mais à part les mille dollars. Je préfère être sûr que tu en as envie.

Sa prévenance la toucha, et elle se surprit à hocher la tête même si l'idée de faire le premier pas pour l'embrasser lui nouait l'estomac.

— C'est adorable, Matt.

— Bien sûr, je suis un type adorable.

— Et modeste, avec ça.

— Alors ? Tu commences ?

Elle ferma les yeux et inspira profondément.

— Bien sûr. Allez. Je m'y colle.

Jamais auparavant, pour autant qu'elle puisse s'en souvenir, elle n'avait fait le premier pas. De tous ses « premiers baisers », celui-ci commençait à lui apparaître comme le plus mémorable. Et pour cela même, elle décida qu'il fallait qu'il soit inoubliable, et pas seulement parce qu'il avait lieu au sein d'une expérience farfelue, mais juste parce… parce que.

Parce qu'elle pouvait le fairc.

Elle se détacha de Matt, s'agenouilla sur le canapé et entoura son visage de ses mains. Il s'était rasé de près, mais elle pouvait sentir sa barbe qui grattait un peu. Elle lui caressa le menton du bout du pouce.

Il ouvrit la bouche, à peine, sans rien dire, ses yeux chevillés aux siens. Ils avaient passé des heures et des heures, les mains enlacées, leurs corps enlacés, ils avaient discuté de toutes sortes de sujets, du plus sérieux au plus léger ; par intervalles de quatre heures, mais c'était la première fois qu'il plongeait son regard aussi profondément dans le sien.

C'était… renversant. Comme un coup de poing dans l'estomac, mais sans la douleur. Oui, la situation était on ne peut plus artificielle, songea-t-elle en étudiant ce visage, mais cela ne la rendait pas moins réelle pour autant.

Puis, il ferma les yeux. C'était vraiment un type adorable, même si elle s'était moquée quand il l'avait dit. Ce n'était plus le Matt de Sig Epsilon qui rêvait d'une semaine de fêtes alcoolisées à Cancun. Mais un autre Matt, beaucoup plus sensible. Vulnérable.

Et, elle ne pouvait s'en empêcher, les garçons vulnérables la faisaient craquer.

A la vérité, elle aussi se sentait assez vulnérable, sur ce canapé, avec ce quasi-inconnu et la responsabilité de prendre l'initiative, forcée de réfléchir intensément à quelque chose que l'on fait en général dans un élan du cœur. Ou au moins du corps. En même temps, songea-t-elle, elle pouvait aussi s'arrêter de penser et agir. Voilà. Arrêter de ruminer et se lancer.

Elle pencha la tête, et les yeux fermés entrouvrit la bouche et frôla les lèvres de Matt avec les siennes. Doucement. Elle s'écarta à peine et les frôla de nouveau.

Il frémit, elle put le sentir. Elle allait rouvrir les yeux pour savoir si tout allait bien, lorsqu'il posa les mains sur ses hanches pour la retenir. Le baiser devint plus profond. Ce n'était pas un baiser enflammé et turbulent comme dans les films, ce n'était qu'une pression légère d'une bouche contre l'autre, mais c'était assez pour qu'elle comprenne qu'ils avaient dépassé ce fameux et compliqué premier pas. Matt répondait à son geste. Il était en train de l'embrasser.

Cela ne dura que quelques secondes, et ils s'écartèrent en même temps. Le souffle tiède de Matt contre ses lèvres mouillées lui indiqua que sa respiration s'était accélérée. Elle avait encore son visage entre ses mains, toujours à genoux sur les coussins. Elle pouvait toujours plonger son regard dans le sien.

— Waouh, souffla-t-il.

— Oui, hein ?

— On devrait recommencer.

Elle acquiesça. Et agit. Un peu plus longtemps cette fois-ci.

Matt avait les yeux embrumés lorsqu'elle le regarda de nouveau. Elle posa les mains sur ses épaules pour dissimuler le tremblement de ses doigts, mais elle ne trouva aucun subterfuge pour masquer le fait qu'elle avait le souffle court. Encore heureux, se dit-elle, que Matt ne pouvait savoir que son cœur battait à tout rompre.

Et il ne risquait pas de se calmer, avec ces baisers délicieux. La langue de Matt se glissa entre ses lèvres, sensuelle, insinuante. Presque sans s'en rendre compte, elle se trouva à califourchon sur lui, une jambe de chaque côté de ses cuisses. Il serrait encore ses hanches.

— Ça… ça va ? demanda-t-il entre deux baisers.

— Oui, c'est bon.

— Bien.

Ils continuèrent à s'embrasser, elle pencha la tête, lui aussi, mais de l'autre côté, et même si leurs nez butaient l'un contre l'autre de temps en temps, dans l'ensemble ils bougeaient de concert. Et il était délicat, elle n'avait pas l'impression, comme parfois avec d'autres garçons, qu'il voulait lui dévorer le visage ou l'étouffer avec sa langue.

C'était une très agréable découverte : Matt savait embrasser. Vraiment bien.

— Je n'avais pas fait ça depuis longtemps, dit-elle lors d'une pause.

— Embrasser quelqu'un ?

Matt avait les yeux qui brillaient, les lèvres humides. Et de nouveau, il avait les joues en feu.

— Non, je veux dire, j'ai embrassé des garçons, mais pas comme ça, dit-elle. Pas juste des baisers.

Elle trouva plus sensé d'ignorer que quelque chose avait bougé, et durci, dans le pantalon de Matt.

Il rit doucement, la tête contre les coussins.

— Juste s'embrasser sans aller plus loin, tu veux dire.

— C'est ça.

Elle songea à bouger, mais elle avait peur de briser l'instant. Et puis, elle était bien, là.

— Tu sais que tu embrasses bien ? dit-elle.

— C'est vrai ?

— C'est vrai.

Il déposa un baiser bref sur ses lèvres.

— Toi aussi. En fait, tu embrasses *très* bien.

— Merci, monsieur.

Il remua, mais c'était évident qu'il cherchait juste à être plus confortable, ce n'était pas une manœuvre dans le genre « J'en profite pour me frotter contre toi. »

— Je ne sais pas comment le dire, Melissa, mais… Il faut regarder les choses en face : c'est un truc carrément tordu, ces instructions.

— Je suis d'accord, mais c'est propre aux expériences psychologiques, tu sais.

— Tu regrettes de t'être engagée dans celle-ci ? demanda-t-il avec un demi-sourire.

— Non. Et toi ?

— Non. Carrément pas.

Il l'attira contre lui et chercha sa bouche.

— Appelle-moi pervers, mais passer des heures comme ça à s'embrasser, c'est le pied.

Cette fois-ci, ce fut elle qui rougit, et tout à coup elle eut l'impression que la température de la pièce avait doublé. Mais elle savait que ce n'était qu'une impression, comme elle savait que l'enthousiasme de Matt s'appliquait aux baisers sans fin et pas forcément, de façon spécifique, à la part qui revenait à sa petite personne. N'empêche, c'était rassurant. Elle le laissa l'embrasser. A présent, c'était lui qui menait la danse. Elle s'abandonna aux sensations.

Ils s'embrassèrent. Encore et encore. Doucement et avec plus de fougue, de plus en plus de passion. Ils essayèrent toutes les variations possibles, de la même façon qu'ils l'avaient fait les jours précédents quand il fallait se prendre par la main ou se câliner.

— Je n'avais jamais embrassé personne aussi longtemps, murmura Matt contre sa bouche. Tu sais, sans essayer d'aller…

— Je sais, répondit-elle. De franchir d'autres…

Le bourdonnement qui annonçait la fin de la séance se fit soudain entendre, et ils sursautèrent tous les deux.

Elle se demanda si elle allait être capable de tenir debout. L'expression « jambes en coton », songea-t-elle, avait dû être inventée par quelqu'un qui avait passé quatre heures à embrasser et à se faire embrasser sur un canapé. Mais en fait, tout son corps semblait électrisé, hypersensible au moindre frôlement. Le bout de ses seins pointait sous son pull, une boule de chaleur humide embrasait son ventre. Si elle ne se frotta pas contre Matt comme une chatte en chaleur, ce ne fut pas par timidité, mais parce qu'elle se rappela juste à temps que tout cela, ils le faisaient au nom de la science, ou plutôt, de leur compte en banque.

— C'est l'heure, apparemment, dit-il d'une voix rauque.

— Je sais, j'ai juste besoin d'un petit instant, répondit-elle.

Chaque mot qu'elle prononçait portait encore le goût de Matt.

— Je vais avoir beaucoup à écrire, fit-il en la serrant contre lui brièvement avant de se redresser.

— Moi aussi.

Finalement, ils parvinrent à se relever. Une fois debout, ils durent remettre leurs vêtements et leurs cheveux en ordre. Elle fit quelques pas pour s'assurer que ses jambes lui obéissaient et réprima un sourire en voyant que Matt lui tournait le dos. Ah, les garçons et leur trouble, c'était toujours moins discret.

Sans rien dire, ils regagnèrent la porte d'entrée, et il ne dit rien non plus lorsqu'il lui tint la porte, comme il l'avait fait la veille et l'avant-veille. Elle sortit avec un pincement au cœur. Une fois dehors, ils n'auraient plus le droit de s'adresser la parole.

La voix de Matt l'arrêta alors qu'elle s'avançait seule sur le trottoir.

— Melissa !

Elle se tourna.

— Oui ?

— On se voit demain soir.

— Oui, répondit-elle, soulagée. Demain soir.

Matt ouvrit la porte du laboratoire avec un sourire impatient en s'attendant à y trouver Melissa comme les trois autres fois. Son sourire se changea en une moue déconfite lorsqu'il découvrit la pièce vide. Il s'avança et regarda autour de lui tout en sachant que s'il ne la voyait pas, c'était qu'elle n'était pas là, il n'y avait nulle part où se cacher.

Elle n'allait pas venir.

Il n'y avait aucune raison pour que son absence lui donne envie d'envoyer son poing contre le mur, et pourtant. Après tout, ce n'était qu'une expérience à la noix, non ? Ce n'était pas comme s'il n'y avait pas d'autres filles qui auraient envie qu'il leur prenne la main et les embrasse, ou qu'il couche avec elles, non pas pour de l'argent ou parce que les gens du département de psychologie étaient des tarés. Il n'y avait rien de plus facile que d'aller passer la soirée avec la fraternité et de choisir une nana de première année qui mourait d'envie de visiter la chambre d'un étudiant plus mûr…

La porte grinça et il se tourna, le cœur battant à tout rompre dans sa poitrine. C'était sans doute Randy ou Ada qui venait le prévenir qu'il pouvait rentrer chez lui.

C'était Melissa.

En moins de temps qu'il ne faut pour le dire, elle était dans ses bras, sa bouche contre la sienne, ses bras autour de lui. Il ne savait plus qui avait embrassé l'autre en premier, tout ce qu'il savait c'était que, au moment précis où il l'avait pressée contre lui, les mains sur ses fesses, elle s'était hissée d'un petit saut sur lui.

Ce genre de choses n'arrivait jamais dans la vie réelle. En tout cas, pas dans la sienne. Aucune femme ne lui avait jamais sauté au cou, comme ça, littéralement. Ni enlacé ses jambes autour de sa taille, ni pris sa langue dans sa bouche avec une douceur telle qu'il crut qu'il allait jouir sur-le-champ rien que pour ça. Mais tout cela était bel et bien en train de lui arriver, et c'était bel et bien lui qui avait dans ses bras une femme toute douce et qui sentait bon comme le printemps. C'était lui aussi, aucun doute là-dessus, qui avait une érection à faire pâlir d'envie une star du porno.

Non, pas « une femme ». Melissa. Ses bras, sa bouche et son corps étaient submergés par Melissa, et cela, se rendit-il compte, abasourdi, faisait toute la différence.

— J'ai cru que tu n'allais pas venir, dit-il contre sa bouche en marchant à reculons, ses bras bien serrés autour d'elle, vers ce lit où ils ne s'étaient même pas assis.

— J'étais en retard, désolée, fit-elle, les yeux étincelants.

En quelques secondes, ils étaient sur le lit, elle sur lui, le chevauchant. Il chercha ses hanches, elle se pencha sur son visage, ses cheveux longs formèrent un rideau autour de leurs visages. Elle l'embrassa avec cette douce violence qui le rendait fou.

Aujourd'hui, le programme voulait qu'ils passent aux « câlins poussés ». Lorsqu'il avait lu ces mots sur la feuille de route, il les avait trouvés ridicules, mais à présent, il ne voyait pas une autre façon de décrire ce qui les attendait. Des câlins, des caresses, des étreintes… que des choses qu'il voulait faire avec Melissa. Mais il y avait encore des limites. Ils ne pouvaient se toucher que SUR les vêtements, c'était spécifié, noir sur blanc et en lettres capitales. Il avait ricané en lisant ça aussi. Mais là, il ne riait plus.

Il tendit la main pour rassembler sa chevelure soyeuse dans son poing.

— Melissa.

— Mmm ?

Elle souriait.

Comment avait-il pu croire que la taille de ses seins avait de l'importance ? Comment avait-il même pu se dire que le fait qu'elle *ait* des seins pourrait lui donner envie de coucher avec elle ? En seulement quatre jours, toutes les idées qu'il avait sur le sexe avaient été complètement chamboulées.

— J'ai pensé à toi toute la journée, dit-il d'une voix sableuse qui ne ressemblait pas tellement à sa voix habituelle.

Elle hocha la tête, ses lèvres frottant les siennes.

— Moi aussi. C'est fou, hein ?

— Dingue.

— Embrasse-moi, souffla-t-elle.

Il ne se fit pas prier. Il roula et la fit rouler, de sorte qu'il était pratiquement sur elle, sa jambe entre les siennes. Il aurait pu jurer qu'il sentait la chaleur de son sexe à travers le jean. Il frémit en s'imaginant poser sa main dessus.

Que diable, sa bouche.

Elle murmura son prénom à son oreille, glissa le long de son menton, mordilla la peau si sensible de son cou. Savait-elle que cela le mettait dans tous ses états ? Randy et Ada ne lui avaient communiqué aucune des réponses que Melissa avait fournies, donc, a priori, elle ne connaissait pas non plus les siennes. Et pourtant, elle semblait savoir. Quand sa langue titilla sa chair, il ne put contenir un grognement.

Son sexe était dressé et durci à l'extrême contre son boxer. En homme averti, il avait enfilé le caleçon le plus serré qu'il possédait. Mais ça n'avait servi à rien. Au contraire, il avait l'impression que son sexe avait triplé de volume dans son boxer. Il avait pratiquement passé la journée à bander, après une nuit de rêves érotiques de laquelle il s'était réveillé frustré et endolori. Sous la douche, il avait commencé à prendre les choses en main, mais bien que les règles de l'expérience ne lui interdisent pas de se soulager, il s'était finalement ravisé, parce que… il avait décidé qu'il ne voulait pas gâcher un orgasme dans la solitude de sa douche. Pourquoi ? Il n'en savait rien. C'était comme ça.

— J'ai rêvé de toi, dit-il.

— C'est vrai ? fit-elle en parsemant son cou de baisers avant de redresser la tête et de le regarder.

— Oui.

Elle sourit. Oh ! Il voulait plonger dans ce sourire. Le lécher, l'embrasser, écrire un livre de poèmes tout autour de ce sourire. Il pourrait se mettre à genoux devant elle et l'adorer rien que pour ce sourire.

Des poèmes ? Bon sang, je perds la boule.

Elle fit courir ses doigts dans ses cheveux et tira dessus, à peine, juste ce qu'il fallait pour qu'il la regarde dans les yeux.

— Et il se passait quoi, dans ton rêve ?

— Ça. J'étais avec toi, je t'embrassais, je te caressais.

Elle émit un petit bruit de gorge, un son si sexy qu'il aurait bandé rien qu'en l'entendant s'il n'avait déjà été sur le point d'exploser dans son pantalon.

— Oh ! Matt…

Il l'embrassa sur les lèvres et continua le long du menton jusqu'au creux de son cou.

— Tu veux que je te caresse ?

— Oui, fit-elle dans un murmure où se mêlaient excitation et embarras.

Des sentiments qu'il partageait.

Il posa une main sur l'une de ses hanches et la remonta jusqu'à son buste, mais il hésita avant d'envelopper son sein, même s'il en crevait d'envie. Ils se regardèrent dans les yeux. Il savait qu'il n'avait rien à se reprocher, l'expérience avait été sciemment conçue pour les amener là, mais tout à coup il n'était pas sûr d'avoir le droit de continuer.

— Ça va, Matt ? demanda-t-elle, douce.

— Et toi, ça va ? Tu es sûre ?

Du bout du doigt, elle dessina le contour de son oreille.

— Oui, je suis sûre. Et toi ?

— Oh ! que oui, grommela-t-il. Tu vois, non ? Je bande comme…

Il ne finit pas la métaphore, c'était assez clair de toute façon.

— Quand j'étais en train de rédiger mon rapport hier soir, fit-elle, j'avais vraiment du mal à trouver les mots pour décrire tout ce que cette expérience suscite chez moi. Non pas parce que je n'avais pas les idées claires, ni parce que j'étais gênée, ce n'est pas ça. C'est de la science, après tout.

— Alors, pourquoi ?

Il remonta sa main de quelques millimètres, le dos de sa main frôlait à peine la courbe du sein de Melissa.

— Parce que, quand j'ai commencé l'expérience, je n'avais pas imaginé une seconde que ça puisse se passer comme ça, avoua-t-elle. Ne te vexe pas, mais si on m'avait dit, quand tu es entré dans la pièce, que j'allais avoir envie de me blottir contre toi et de faire tout ce que j'ai envie de faire en ce moment, j'aurais ri.

Sans savoir pourquoi, ces mots le soulagèrent.

— Ah, non ?

Elle éclata de rire, et… Dieu qu'il aimait qu'elle soit capable de rire dans un instant pareil.

— Pas vraiment, non. Pas toi ?

— J'ai toujours su que j'arriverais à le faire, dit-il, mais le vouloir vraiment, comme ça… C'est une autre paire de manches.

Elle l'embrassa doucement.

— Je ne sais pas quelle hypothèse ils cherchent à confirmer ou à infirmer avec nous. Je sais seulement que je ne peux pas arrêter de penser à toi, que je veux que tu me caresses partout, et que je veux aussi te caresser partout.

Il enfouit le visage contre son cou avec un grognement de plaisir.

— Moi, c'est pareil.

— Alors, ne te prive pas, l'invita-t-elle en se cambrant. Touche-moi, Matt. Où tu veux.

Sa voix avait changé, elle était un peu rauque, essoufflée. Terriblement sexy.

Il n'avait pas été aussi excité à l'idée de toucher une fille depuis… il ne pouvait plus se rappeler depuis quand. Lorsqu'il fit glisser sa main et enveloppa le sein dans sa main, elle frémit. Oh. Elle ne portait pas de soutien-gorge. Elle ne portait pas de soutien-gorge. Non. Elle n'en portait pas. De soutien-gorge. Il déglutit avec difficulté en même temps qu'il jouait avec un mamelon en maudissant la règle « SUR les vêtements ».

Elle l'embrassa à pleine bouche, il pouvait sentir le bout de son sein se dresser et devenir un petit bouton tout dur. Par pur instinct, il le pressa doucement et le roula entre ses doigts. Elle ronronna comme un chat et le serra contre son ventre en lui passant une jambe à la taille.

De façon tacite, ils jouaient sur la lenteur des baisers comme s'ils avaient banni le mot « effréné » de leur vocabulaire. Savoir qu'ils ne pourraient aller plus loin était très frustrant, mais surtout terriblement érotique. Matt comprit tout à coup la portée du concept « se concentrer sur l'instant » : n'étant pas distraits par le pas suivant, ils pouvaient savourer pleinement chaque caresse, le moindre geste, le mouvement le plus infime. Qui devenait affolant, non pas en tant que préliminaire, mais par lui-même.

En même temps, il risquait de jouir comme un gamin dans son pantalon s'il ne faisait pas gaffe.

Il plaqua sa cuisse contre l'entrejambe de Melissa, elle poussa un petit gémissement, sexy en diable. Il sourit, aux anges. Doucement, il enveloppa ses fesses d'une main et la serra contre lui. Elle ouvrit les yeux.

De si près, il pouvait apprécier le camaïeu de tons allant du caramel au miel dans ses iris, détailler chaque tâche de rousseur avec sa forme unique.

— Je ne crois pas avoir déjà regardé quelqu'un comme ça.

— Non ?

Il secoua la tête et berça leurs deux corps sur le matelas. Elle gémit encore en baissant les paupières, elle ploya la tête en arrière en une invite muette qu'il accepta sans se faire prier. Il embrassa et mordilla son cou comme elle l'avait fait, et elle recommença à onduler des hanches.

— Non, dit-il, sans ajouter aucune autre explication.

Les quatre heures qui le premier jour avaient semblé interminables passaient à présent à une vitesse vertigineuse. Ils évoluaient sur le lit, tantôt roulant l'un sur l'autre, tantôt allongés face à face, en cuillère. En s'embrassant tout le temps, tout le temps. Leurs mains ne s'arrêtaient jamais.

Il pencha la tête et frotta sa joue contre un de ses seins, puis en aguicha le bout avec le nez avant de le presser doucement entre ses lèvres par-dessus le tissu.

— J'adore tes…

Il s'arrêta juste à temps.

— Nichons ? finit-elle en éclatant de rire. Tu allais dire nichons ? C'est bon, je connais le mot.

— Oui, admit-il en pressant ses lèvres de nouveau. J'ai eu peur que tu te fâches.

— Mmm, ça ne risque pas tant que tu continues à faire ça…

Ce qu'il fit. Sur un sein, puis sur l'autre. Ses petits seins fermes qui défiaient la loi de la gravité lui tournaient complètement la tête. Comment avait-il pu passer toute sa vie à négliger la beauté des petits seins ? Il descendit en baisers vers le ventre, le T-shirt de Melissa ayant remonté, il y trouva une parcelle de peau nue. Sa bouche s'y attarda, oh zut, par pur accident. Par définition, un accident ne pouvait pas être évité, non ? Ce n'était pas une entorse aux règles.

En murmurant son prénom, Melissa enfouit les doigts dans ses cheveux, joua avec eux, tira doucement dessus. Il sentit son sexe se durcir encore, il avait mal, mais mal, et une envie animale de se frotter contre elle, contre le matelas, peu importait. Son désir était monté à un point insoutenable.

Dieu qu'elle était sexy, la chevelure éparse, la bouche entrouverte, avec cette bande de peau découverte qui soulignait la finesse de sa taille. Il glissa une main entre ses cuisses et en couvrit son sexe. Elle poussa encore ce gémissement qui le rendait fou en se pressant contre sa paume, rouvrit les yeux et tira sur sa chemise pour qu'il vienne sur elle. Il s'allongea en essayant de ne pas peser trop lourd, et son sexe alla se nicher très exactement entre ses cuisses. Un cri brisé sortit en même temps de leurs bouches.

— Embrasse-moi, demanda-t-elle.

Il obtempéra. Ils commencèrent à bouger en cadence. Se frotter l'un contre l'autre, encore habillés, ce n'était pas vraiment romantique et il avait l'impression d'être retombé en adolescence mais… c'était si excitant qu'il se fichait de tout le reste.

Il donna des coups de reins moins puissants que s'il avait été en elle tout en s'imaginant y être. Ils portaient encore tous leurs vêtements et son sexe était sur le point d'exploser, mais comme ersatz, ce n'était pas si mal que ça, cette pression intermittente, ces caresses… Et cette façon qu'elle avait de se déhancher contre lui doucement en jouant avec sa langue, qu'elle absorbait dans sa bouche par intermittence, suscitant une décharge électrique qui l'électrisait de la tête aux pieds.

— C'est… de la folie, fit-elle. C'est vraiment dingue, Matt.

— Je sais, je sais. Tu crois qu'on doit arrêter ? Tu veux que je…

— Non, oh, non, reste. Reste. Je suis si excitée que je crois que je vais… oh, oui, fais ça, c'est…

Ses mots étaient entrecoupés par son souffle affolé. Et lui, qui n'avait pas éjaculé dans son pantalon depuis le lycée, commença à craindre de ne plus pouvoir se retenir.

Bzzzz.

Ouf. La séance était levée. Et pas que la séance.

Lorsque la sonnerie retentit, Melissa avait stoppé net et avait ouvert de grands yeux. Il s'arrêta aussi, frustré mais soulagé d'avoir tenu jusqu'au bout. Encore à la lisière de l'orgasme, il se concentra pour recouvrer ses esprits.

— Ne bouge pas, dit-il en souriant. Sérieux. Je suis trop près…

Elle écarquilla les yeux, s'humecta les lèvres.

— C'est vrai ?

Il se sentait un peu bête, mais il ne put que confirmer en hochant la tête. Son sexe était dur et tendu comme une corde d'amarrage. Il se demanda comment il allait pouvoir se relever, et surtout marcher sans boiter de façon ridicule. Et le sourire amusé mais tendre de Melissa n'arrangeait pas les choses.

Heureusement qu'elle eut pitié de lui et se releva après avoir déposé un baiser léger sur ses lèvres. Il se tourna à plat ventre et la regarda tout en jurant en son for intérieur contre son sexe, lequel semblait doué de volonté propre et parfaitement indifférent à son embarras.

— A demain ? demanda-t-elle.

— Oh que oui. A demain, Melissa.

Il aurait été plus facile de taper son rapport sur l'ordinateur, se dit Melissa en se mordillant la lèvre. Elle s'arrêta parce qu'elle avait les lèvres hypersensibles après le marathon de baisers. Mais c'était une sensation agréable. Plus qu'agréable, en fait. Mais qui la distrayait de la tâche à accomplir, à savoir finir de remplir la paperasse liée à l'expérience.

Elle avait coché toutes les cases, répondu à chacune des questions. Avec une honnêteté sans faille : ce qu'elle avait pensé la première fois qu'elle avait vu Matt, ce qu'elle avait éprouvé, comment ses sentiments avaient évolué depuis.

Mais, ses intentions ?

Quelles étaient-elles, au juste ? La veille, en rentrant, elle était allée se coucher directement, mais elle avait passé une bonne heure à se tourner et retourner dans le lit avant de sombrer dans un sommeil agité par les désirs accumulés dans son corps. Au milieu de la nuit, elle avait pris une douche bouillante, qui ne l'avait aidée en rien. Elle aurait peut-être pu se détendre si elle s'était caressée, mais quelque chose l'avait arrêtée, elle ne savait pas quoi.

La dernière question continuait à la narguer, encre noire sur papier blanc, franche et même osée. Mais simple et directe, et, en théorie, pas plus difficile à compléter que les précédentes.

> *Après ces quatre premières séances, envisagez-vous à présent d'avoir des rapports sexuels complets avec votre partenaire dans l'expérience ?*

Une réponse positive ne voulait pas dire qu'elle était obligée de le faire, ça, elle le savait. Ils ne pouvaient pas l'obliger à coucher avec Matt, et tant qu'elle avait assisté à toutes les séances et rempli les formulaires, ils étaient obligés de la dédommager pour son temps. Sauf que tout à coup l'argent avait beaucoup moins d'importance que de découvrir comment ce serait d'avoir Matt en elle. Ou le bruit qu'il ferait en jouissant. Ou s'il allait trembler de plaisir dans ses bras.

Il fallait qu'elle arrête d'y penser. Elle inscrivit sa réponse rapidement, rangea les feuilles dans l'enveloppe prévue à cet effet, la ferma et la mit à côté de son sac. Elle la déposerait au bureau de Randy et Ada à l'heure du déjeuner.

Et ensuite… ce soir. Oh ! ce soir. Elle serra les cuisses et frémit à la pensée de ce qui pouvait — allait ? — se passer. Elle éclata de rire. C'était une drôle d'expérience, ridicule et très formatée en principe, mais si surprenante et excitante à l'arrivée. Et parfaite par son côté sensuel.

Toute la journée, ses efforts pour se concentrer sur les cours firent chou blanc. Rien à faire, Matt s'était installé pour de bon, indélogeable, dans ses pensées.

Lorsqu'elle arriva au laboratoire, il se trouvait déjà devant la porte, elle le vit depuis le bout du couloir. Ses épaules larges, ses cheveux couleur sable qui n'étaient ni bruns ni rebelles. Il se tourna, ses yeux noisette plissés comme s'il était contrarié.

— Matt ?

Il désigna la porte. Elle s'approcha pour lire la feuille qu'on y avait affichée. Sous l'en-tête du laboratoire, comme les feuilles du rapport, elle lut ce qu'on y avait imprimé dans la même police que les documents. Ce n'était pas une question, cette fois-ci, mais une affirmation. Brutale.

Expérience conclue.

— Oh ! non, s'exclama-t-elle, déçue.

— Tu peux le croire ? fit-il avec un geste exaspéré. Ils se fichent de nous, ou quoi ?

— J'imagine qu'ils ont recueilli toutes les données dont ils avaient besoin. Ça arrive qu'ils arrêtent avant la fin programmée de l'expérience, dans ce cas.

— Eh bien, ce n'est pas cool, fit-il.

Oui, c'était le moins qu'on puisse dire, songea-t-elle. Elle relut l'affichette, mais, sans surprise, elle disait toujours la même chose.

Elle se tourna vers lui, qui la dévisageait.

— Donc, dit-il, j'imagine que ça veut dire que tu avais répondu « oui ».

— A la dernière question ? Oui, j'ai répondu oui. Et toi aussi, non ? Ou alors tu ne serais pas ici.

— Bien sûr que j'ai dit oui ! Même si je n'étais pas sûr que tu répondes oui aussi.

— Pourquoi ?

— Juste… comme ça. Je n'en étais pas sûr.

Ils longèrent le couloir comme ils l'avaient fait les quatre soirs précédents. Sauf que cette fois-ci, après avoir franchi la porte du bâtiment, ils ne se séparèrent pas. Matt s'arrêta et la regarda, en passant le poids de son corps d'un pied à l'autre.

Etait-il… nerveux ?

Elle, en tout cas, l'était. La fébrilité qui ne l'avait pas quittée de la journée s'estompait de seconde en seconde. Elle ferma les yeux et laissa la brise du printemps caresser son visage. Voilà, elle avait participé à une expérience scientifique qui venait de s'achever. Pas de quoi fouetter un chat.

— Je peux te raccompagner chez toi ? demanda-t-il.

Et la température grimpa d'un coup.

— Oui, bien sûr.

Ils marchèrent du même pas par les allées du campus. Lorsqu'il lui prit la main, cela sembla si naturel qu'elle se dit qu'il ne fallait pas qu'elle se fasse des idées… Pourtant, ses pensées s'emballèrent.

Ils avaient passé des heures ensemble à discuter, mais à présent qu'ils avaient quitté le labo, ce n'était plus la même chose. Matt était toujours drôle et franc, il prêtait la même attention que toujours à ses histoires sur sa famille ou ses amis. Et pourtant, une tension indéniable s'était installée, une tension qui n'était pas là pendant les séances lorsqu'ils savaient à quoi s'attendre et ce qui pouvait ou non arriver.

Là, dans la vie réelle, devant la porte de la maisonnette qu'elle louait, il n'y avait pas de liste pour leur indiquer le comportement à tenir ou les buts à atteindre. Il n'y avait que Matt et elle, et le souvenir des quatre soirées qu'ils avaient partagées.

— Merci de m'avoir raccompagnée, c'est sympa, fit-elle, trop polie à son goût.

— Oh ! De rien. Ç'aurait été bête de feindre de ne pas se connaître. J'aime mieux comme ça.

Elle introduisit la clé dans la serrure. Ouvrit la porte. Puis, elle se retourna.

— A bientôt ?

— Oui, à bientôt, répondit-il sans bouger.

— Ça aussi, ça serait bête, fit-elle en lui tendant les bras. Viens par là.

Ils se serrèrent tendrement, même si elle sentait son cœur soudain affolé. Ce simple contact avait mis toutes ses cellules en alerte. Ils allaient si bien ensemble, leurs corps s'entendaient si bien…

Matt l'embrassa alors.

Un frôlement léger des lèvres, insinuant mais en rien agressif. C'était un baiser, mais aussi une question. A laquelle elle répondit en l'embrassant en retour.

Il n'eut pas besoin de plus. Sans rompre leur étreinte, il avança dans l'entrée et ferma la porte d'un coup de pied. Il commença à la caresser de ses mains impatientes en l'embrassant. Fougueux, affamé.

Elle lui ouvrit sa bouche et s'empara de la sienne, défit la boucle de sa ceinture, sa braguette, et glissa la main à la recherche de son sexe qui l'avait tant fait fantasmer. Il frissonna et poussa un grognement rauque. Ravie de son effet, presque fière, elle s'écarta pour ôter son chemisier qu'elle laissa tomber par terre, et, avec une audace qu'elle ne se connaissait pas, elle bomba la poitrine et prit ses seins pour les lui offrir.

Il eut un sourire débordant et, les yeux brûlant de désir, il l'attira contre lui. Cette fois-ci, il l'embrassa avec une lenteur délibérée en même temps qu'il cajolait ses seins comme il l'avait fait la veille. Seulement, ce soir il n'y avait aucune barrière entre ses doigts et sa chair si sensible. Elle savoura la sensation. La bouche de Matt descendit le long de sa gorge, s'attarda à la base de son cou un instant avant qu'il ne plonge pour embrasser ses seins. Elle cria lorsqu'il prit dans sa bouche un mamelon, le ventre en feu.

— Chambre, murmura-t-elle.

— Dis-moi où c'est, répondit-il avec urgence.

Heureusement, la chambre n'était qu'à quelques pas. Elle lui prit la main et l'y conduisit, et elle avait à peine franchi la porte qu'elle avait déjà commencé à déboutonner son propre pantalon. Sans s'encombrer avec les boutons, il tira sur sa chemise pour la passer par-dessus sa tête. Elle s'arrêta pour le regarder, charmée tout à coup par ce geste si naturel qui était aussi la chose la plus sexy qu'elle ait vue de sa vie.

Non, il n'avait pas des muscles sculptés et bronzés comme ceux d'un surfeur, et son torse n'était pas imberbe, comme elle avait dit les préférer. Un duvet doré le couvrait uniformément et se concentrait au centre en une ligne suave qui allait se perdre derrière la taille ouverte de son pantalon. Et si son ventre n'était pas quadrillé d'abdos en tablette de chocolat, elle le trouva si appétissant qu'elle eut envie de le lécher. Et même de le croquer, aussi.

Rien dans tout ce qui se passait ne ressemblait à un lent rituel de séduction. Ni l'un ni l'autre, elle le savait, ne pourrait supporter d'attendre plus que les secondes qu'il leur fallait pour se déshabiller complètement. Lorsqu'ils se furent débarrassés en vitesse de leurs vêtements, ils se regardèrent, face à face. Debout. Nus. Et elle s'aperçut qu'il se passait quelque chose d'inédit pour elle depuis le début de sa vie sexuelle.

— C'est fou, murmura-t-elle.

— Qu'est-ce qu'il y a ?

— Je ne suis pas gênée, dit-elle en se caressant le ventre et les seins. A propos de mon corps, je veux dire.

— Evidemment que non, quelle idée. Tu as un corps à tomber.

Elle rit, joyeuse, flattée, les mains sur ses seins encore humides des baisers.

— Je veux dire que je ne suis pas nerveuse, alors que je suis nue pour la première fois avec toi.

— Tant mieux, fit-il en l'enlaçant.

Il l'embrassa, ses grandes mains entourèrent ses fesses. Elle sentit son sexe dur contre son ventre. Elle frémit.

— Lit, dit-elle.

Il chercha ses yeux.

— Melissa, tu es sûre-sûre ? Il n'y a pas d'obligation…

— Tu dois être le seul homme qui m'ait jamais demandé si j'étais sûre, fit-elle, touchée une fois de plus par sa délicatesse. C'est vraiment, vraiment adorable.

— Que veux-tu que je te dise ? Je suis un amour, dit-il d'un ton plein d'autodérision. Je veux dire, je veux faire ça. Dieu sait que je le veux. Je vais finir par exploser si je ne viens pas en toi mais…

Elle plissa les yeux et hocha la tête en riant, les joues rouges de plaisir. Qu'il exprime son désir de façon si directe était excitant au plus haut point.

— Je sais, dit-elle.

— C'est juste que je veux être sûr que tu te sens prête. Parce que… on n'est plus dans une étude scientifique.

— Oui, je sais ça aussi.

Elle lui passa les bras autour du cou et se frotta à lui pour sentir contre sa peau la preuve tangible de son désir, son sexe en érection. Ça la rendait toute chose.

Il fit ce geste qu'il répétait depuis le deuxième jour : repousser ses cheveux en arrière et y enrouler sa main.

— Tu ne m'as pas donné l'impression d'être amatrice d'aventures d'une nuit.

— Non, mais je n'ai pas l'impression non plus que ce soit ça. Toi si ?

Une telle conversation lui aurait paru surréaliste avec n'importe lequel des hommes avec lesquels elle avait couché, mais avec Matt, cela semblait naturel. Ils avaient pris le pli d'analyser et de partager leurs émotions.

— Non, pas du tout.

— Lit, répéta-t-elle, de façon plus ferme. Je veux le faire, Matt. Vraiment, je le veux.

Et il lui donna ce qu'elle demandait. Il la fit tomber en arrière, sur le lit, sans cesser de l'embrasser. Elle prit le temps de graver dans sa mémoire la sensation grisante de l'avoir sur elle, grand, solide. Elle poussa les hanches pour épouser les siennes, et lorsqu'il roula sur le côté, elle émit un grognement frustré qui se transforma un gémissement lorsqu'il glissa la main entre ses cuisses.

C'était aussi bon qu'elle l'avait imaginé. Mieux, en fait. Parce qu'il savait très bien ce qu'il faisait. Il trouva son clitoris qu'il aguicha d'abord doucement, de façon plus appuyée ensuite, avant d'introduire deux doigts en elle. Mais il continua à jouer avec le point le plus sensible de son anatomie, ce qui était un contrepoint parfait à la sensation intense de le sentir en elle. Elle tremblait de la tête aux pieds.

— C'est bon ? murmura-t-il contre sa bouche.

— Très, fit-elle en accompagnant les mouvements de sa main avec ses hanches. Mais tu peux aller plus loin.

Encore une fois, il lui donna ce qu'elle voulait. Ce dont elle avait besoin. Ce qui la torturait depuis le début de la semaine. Ils avaient eu quatre longues soirées de préliminaires, sans compter qu'elle avait passé toute la journée à imaginer comment ce serait de faire l'amour avec lui. Elle était si près de jouir après cette subtile exploration de son corps qu'elle saisit son poignet et l'arrêta.

— Je te fais mal ? demanda-t-il, inquiet.

— Au contraire, c'est juste que je suis… prête.

Il lui décocha une moue à craquer.

— Je préfère te prévenir, Melissa, j'ai peur de ne pas être très… endurant, ce soir.

Elle rit.

— C'est sérieux, fit-il en l'embrassant dans le cou.

Il descendit vers ses seins, vers son ventre en traçant une ligne de baisers, s'attarda pour explorer son nombril du bout de la langue, la main toujours contre sa toison.

Elle chercha son regard.

— Je te promets que je ne te jugerai pas en fonction du temps mais en fonction de l'intensité, d'accord ?

— C'est bon à savoir, fit-il en mordillant l'arête de sa hanche. Donc, si je finis en, disons, moins de deux minutes, ça ira ?

— J'aurais tendance à… oh…

Elle oublia ce qu'elle allait dire parce qu'il avait recommencé à tracer des cercles autour de son clitoris. Elle serra les cuisses sur sa main, comme pour contenir la marée de sensations qu'il déclenchait.

— Oui ?

— C'est flatteur, résuma-t-elle, incapable de former des phrases longues.

— Je veux savoir quel goût tu as, dit-il tout bas.

— Fais-toi plaisir.

En même temps qu'elle parlait, elle avait écarté les jambes pour lui.

Sans peur, sans gêne, sans anxiété. Aucun de ses sentiments parasites qu'elle croyait inévitables lors d'une première fois avec quelqu'un. Il plongea le visage entre ses cuisses et commença à l'embrasser. Elle s'agrippa au couvre-lit, déjà au bord de l'orgasme.

Il passa une main sous ses fesses pour la relever et aspira son clitoris dans sa bouche, en même temps qu'il y donnait des petits coups de langue. Elle se redressa un peu pour le regarder, il avait les yeux fermés, et il émettait des petits grognements, comme s'il n'avait jamais rien goûté d'aussi bon. Elle sentait la spirale du plaisir se dérouler dans son ventre, monter et monter…

L'orgasme explosa dans son ventre. La tête rejetée en arrière, elle cria son prénom. Son clitoris palpitait sous sa langue, ses hanches ondulaient en un mouvement incontrôlé. Derrière ses paupières closes un feu d'artifice déploya des gerbes d'étincelles.

Il ne cessa pas ses caresses mais en diminua la pression, comme s'il savait quand elle avait atteint ses limites, puis il s'écarta lentement en parsemant de baisers l'intérieur de ses cuisses, jusqu'à ce qu'elle cesse de trembler. Elle avait encore le souffle court lorsqu'il posa le visage tout près du sien.

— Waouh, souffla-t-elle, comblée et défaite.

Il rit doucement.

— Ça allait ?

— Mmm… Oui, dit-elle en roulant les yeux. Plus que ça. C'était incroyable.

Elle crut qu'il allait, d'une façon ou d'une autre, demander qu'elle s'occupe de lui, mais il parut se satisfaire de la garder blottie contre lui et de lui caresser le dos. La joue contre sa poitrine, elle rouvrit les yeux. Elle avait une vue imprenable sur son sexe qui semblait dressé pour attirer son attention.

Il lâcha un juron lorsqu'elle le frôla avec les doigts. Ce qui ne l'arrêta pas. Elle serra sa main autour de lui, doucement, et la bougea de bas en haut.

— J'aimerais te rendre la politesse…

— Je vais finir trop vite, la prévint-il d'un ton plutôt léger. Crois-moi, je n'ai pas l'habitude de refuser une bonne…

— Comment peux-tu être sûr que ce sera bon ? demanda-t-elle, taquine, tout en enrobant ses testicules.

— J'en suis même certain. Mais je sais aussi que je risque de partir au quart de tour. Au huitième de tour, même.

— Tu étais là il y a quelques minutes, non ? Donc tu sais que, moi aussi, je peux être une rapide.

Ils rirent ensemble, avec une pointe de nervosité tous les deux.

— C'est bon, avec toi… Je ne parle pas que de l'orgasme, même si c'était, hum, historique.

Il feignit de polir ses ongles sur son torse.

— Merci, merci, cher public.

— Je voulais dire, c'est vraiment un plaisir, d'être avec toi, finit-elle.

Il redevint sérieux.

— Oui, pour moi aussi.

— Je veux faire l'amour avec toi, dit-elle. Peu m'importe que tu finisses trop vite, je veux juste te sentir en moi.

Il grogna, mais à l'évidence, il était ravi.

— Mais tu m'as dit que tu regarderais l'intensité, et non la durée. C'est promis, hein ?

Elle roula vers la table de chevet et sortit du tiroir une boîte de préservatifs qu'elle n'avait pas touchée depuis longtemps, sauf pour cet après-midi, lorsqu'elle en avait pris quelques-uns pour les apporter avec elle au laboratoire.

— Des préférences, pour la couleur ?

— Aucune, dit-il.

— Bleu, alors.

Elle déchira l'enveloppe et se pencha sur lui. Les yeux rivés à son sexe, elle y déroula le préservatif sans pouvoir s'empêcher de sourire en entendant les protestations — faibles — de Matt.

— Voilà, fin prêt.

Il lui était arrivé, lors d'une première fois, que son partenaire, à force d'étaler son prétendu savoir-faire en matière de positions, lui donne l'impression d'être un contorsionniste voulant éblouir un impresario de cirque, aussi décida-t-elle d'opter par la simplicité. Se plaçant à califourchon sur lui, avec sa main, elle le guida doucement dans son corps. Elle descendit sur son sexe, lentement, très lentement. Ils gémirent à l'unisson.

Enfin. La sensation était… incroyable. Elle pouvait le sentir en elle, et encore une fois, c'était mieux que dans ses fantasmes. La pression que son membre exerçait à l'intérieur de son ventre se répercutait sur son clitoris, qui commença de nouveau à s'impatienter. Comme s'il l'avait deviné, il glissa la main entre leurs corps pour la caresser.

Il avait les pupilles dilatées, les lèvres humides, entrouvertes.

— Tu aimes ça ?

— Oui, fit-elle en commençant à se bercer sur lui.

De la même façon qu'elle s'était déshabillée sans crainte de ne pas lui plaire, elle n'avait aucun doute sur le plaisir qu'elle pourrait lui procurer. D'ailleurs, elle n'y pensait plus. Elle bougea. Parce que c'était bon. Très bon. S'il réagissait plus spécialement à un mouvement, en gémissant, ou en augmentant la cadence, elle recommençait.

Leurs corps s'entendaient à merveille. Elle se soulevait lorsqu'il se retirait, descendait lorsqu'il la pénétrait plus loin. D'abord lentement, puis de plus en plus vite. La main de Matt contre son sexe semblait aussi bouger exactement de la façon qu'elle aimait, au moment où il le fallait.

— Je veux te voir jouir encore, dit-il entre ses dents.

— Ça ne saurait tarder.

Il continua à la pénétrer, en murmurant des mots doux. Cette fois-ci, l'orgasme ne fut ni fulgurant, ni explosif et soudain, mais arriva par des vagues successives qui la laissèrent pantelante. Elle ne cria pas son prénom, non plus, le mot glissa de sa bouche empreinte de la douceur de la jouissance qui l'envahissait.

En revanche, cette fois-ci, Matt dit le sien.

Quelques instants plus tard, sans trop savoir comment, elle se retrouva pelotonnée contre lui, enveloppée par ses bras, bercée par sa respiration tiède contre ses cheveux, protégée par la chaleur que son corps irradiait.

— Melissa…

— Oui ?

Il la serra un peu plus fort.

— Tu crois que l'expérience a été un succès ?

Elle leva la tête pour l'embrasser.

— Oui, Matt. Je le crois.

— Margarita et poulet frit pour tout le monde, annonça Matt, en portant un toast avec la bouteille de Corona en direction de la vue qui se déployait sous ses yeux.

Sable blanc. Eaux turquoise. Et cocktails. Le paradis sur terre que Damien lui avait promis. Quant aux nanas…

— Merci, mon cœur, dit Melissa en l'enlaçant par-derrière pour déposer un baiser sur son épaule. Je meurs de faim.

Eh bien, la seule nana qui l'intéressait l'avait accompagné à Cancun. Et c'était le bonheur.

NANCY WARREN

Instants volés

Traduction française de
ALBA NERI

Sexy

HARLEQUIN

Titre original :
FRENCH KISSING

Ce roman a déjà été publié en 2015

Chapitre 1

« Oh ! la la ! que j'aime Paris au printemps… » Comme à son habitude, Kimberley Renton ne cessait de parler en français dans sa tête depuis qu'elle avait atterri dans sa ville préférée au monde.

Ses talons vertigineux cliquetaient sous les arcades de la rue de Rivoli, accompagnés par le froufroutement de sa jupe, une exubérante pièce de créateur en taffetas noir et blanc qui virevoltait au rythme de ses pas. Elle caressa le bristol velouté de l'invitation qu'elle tenait à la main, précieux sésame pour la soirée événement qui inaugurait la semaine des défilés haute couture à Paris. Son poste de rédactrice mode pour *Uptown*, l'un des magazines les plus prestigieux des Etats-Unis, lui ouvrait toutes les portes des grandes maisons de la mode et lui assurait une place au premier rang pour tous les défilés de la semaine.

Elle s'arrêta pour contempler l'arrivée des célébrités chez Simone, la nouvelle reine au sommet de la mode française. La presse, pensa-t-elle, pouvait gloser autant qu'elle voulait sur les stars et les starlettes qui ajoutaient leur piquant à la présentation des modèles de la prochaine saison : la vérité était que, pendant cette semaine, ses confrères et elle étaient beaucoup plus importants aux yeux des créateurs que le couple de tourtereaux hollywoodiens qui foulait en ce moment le tapis rouge, ou que le rockeur rebelle avec la top-modèle sulfureuse qui émergeaient de leur limousine noire étincelante.

Qu'importe, Kimi ne boudait pas son plaisir à regarder

ce défilé de people avant chaque show, au même titre que les centaines de fans et de curieux qui s'agglutinaient dans l'allée de la prestigieuse maison sous le crépitement incessant des flashes des reporters et des paparazzi.

Une autre limousine, cette fois-ci blanc ivoire, s'arrêta devant la foule. Le public retint son souffle. Lucia Pietra sortit du véhicule avec l'aisance majestueuse d'une déesse habituée à l'adoration de ses fidèles, arborant déjà ce sourire légendaire mais quelque peu mélancolique qui était son image de marque. L'actrice aux boucles de jais et aux yeux de biche, une star italienne qui avait conquis la planète Hollywood, posa pour les photographes qui semblaient ne jamais se lasser de capturer son visage parfait, son corps de rêve et son sex-appeal renversant.

Kimi, à moitié italienne elle-même, avait suivi de près la montée fulgurante de l'actrice. Après des débuts comme égérie du cinéma d'auteur dans son pays, Lucia avait été repérée par les chasseurs de talents américains et avait gravi les échelons de l'industrie jusqu'à devenir l'une des stars les plus sollicitées du moment. Sa parure de diamants brillait de mille feux à la lumière des flashes tandis qu'elle attendait que Mark Apple, le bel étalon champion du box-office, sorte à son tour du véhicule. La main dans la main, le beau couple parada avec grâce sous les acclamations enthousiastes d'une foule en liesse. Protégés par un bataillon de gardes du corps, ils avancèrent lentement sur le tapis rouge. L'annonce de leurs noces imminentes avait causé une fébrilité similaire à celle provoquée en son temps par les fiançailles de Tom Cruise et de Katie Holmes. La preuve de leur consécration comme stars planétaires, songea Kimi, était qu'ils avaient été baptisés par la presse d'un surnom qui englobait leurs deux patronymes, à l'instar des TomKat, Brangelina et autres *Posh and Beck*. Les journalistes, avec leur sens de la formule et sans grand effort d'imagination, avaient accouplé leurs noms dans la formule gourmande ApplePie. Un gâteau dont les paparazzi ne perdaient pas une seule miette, se dit Kimi, entendant la pluie multilingue de questions et les vœux de bonheur qui s'abattaient sur les deux acteurs. C'était le secret le plus mal gardé d'Hollywood cette saison : le couple était venu à Paris afin d'acquérir une tenue à la hauteur de leur très attendu mariage. Car, même à Paris, observa Kimi, ville connue pour son détachement à l'égard des célébrités, des centaines de curieux s'étaient donné rendez-vous pour acclamer le couple. Selon les rumeurs, Mark Apple, à qui ses succès ininterrompus semblaient être montés à la tête, avait tenté de louer Buckingham Palace pour célébrer leur union. Lorsqu'on lui avait expliqué que louer la résidence de la reine était impossible, il avait surenchéri en demandant le prix à l'achat, arguant — toujours d'après les on-dit — que, puisque sa fortune valait le triple du patrimoine des Windsor, il voulait bien payer le prix qu'on lui soumettrait.

Avec de telles ambitions pour le lieu qui accueillerait leurs noces, que n'oseraient-ils pas pour la robe de la mariée ? se demanda Kimi, imaginant qu'elle aurait la réponse, comme le reste du monde, dans le courant de la semaine, avec la présentation officielle de la tenue lors du défilé Simone. Car c'était la condition sine qua non que la créatrice avait imposée avant d'accepter de dessiner la robe. Simone, aussi imbue d'elle-même que les mariés, se prenait pour la plus grande créatrice du nouveau millénaire. Ses modèles étaient aussi outrageux qu'inoubliables, et le coût d'une robe de mariée n'était jamais établi d'avance. C'était une autre de ses conditions. A son avis, si l'on s'abaissait à demander le prix, c'était qu'on ne pouvait pas se permettre le nec plus ultra des robes.

Finalement, Mark, en Armani, et Lucia, dans un fourreau rouge Valentino avec une époustouflante traîne de plumes, entrèrent dans le saint des saints de la mode. Comme les curieux quittaient les lieux, Kimi écouta leurs commentaires distillés en anglais, français et italien. Les anglophones tendaient à s'attarder sur le physique des deux acteurs. Il semblait bien plus petit qu'à l'écran, et elle, décidément, trop mince.

Les Français, de leur côté, se concentraient sur les tenues. Armani, trop vu. Et le rouge, sur ce corps si anguleux, un mauvais choix. Les Italiens, en revanche, adoraient. Quel corps ! Et, as-tu vu ses cheveux ?

Une fois que le défilé de célébrités prit fin, Kimi se sentit le courage d'avancer vers l'entrée. Mais, avant de monter les dernières marches, elle voulut profiter d'un petit instant en tête à tête avec la ville de ses rêves.

Elle ne se lassait pas de cette partie de la rue de Rivoli. Les hôtels de luxe, les boutiques cossues… Un savant éclairage mettait en valeur le charme des arcades et l'allure distinguée des passants qui flânaient dans la fraîcheur du soir. Au loin, elle pouvait distinguer le profil du Louvre, auguste comme un roi du temps jadis, et, quelque part derrière, elle devinait la Seine et ses rives mythiques pour les amoureux du monde entier.

Un de ces soirs, elle prendrait le temps de partir en balade comme une touriste mais, aujourd'hui, se rappela-t-elle, une soirée de travail l'attendait.

Comme elle se retournait pour revenir sur ses pas, elle faillit tomber dans les bras d'un homme, le seul de toute la rue, jaugea-t-elle au premier coup d'œil, à ne pas suivre les diktats de la mode. Un type grand, gabarit armoire à glace, et coiffé comme un sauvage. Il portait un manteau en tweed qu'il avait dû hériter de son père — voire de son grand-père — et un jean qui n'était assurément sorti d'aucun bureau de styliste.

— Excusez-moi, dit-elle, s'écartant de l'inconnu.

— Parlez-vous anglais ?

— Oh ! *Oui*, dit-elle en français. Je veux dire, reprit-elle en anglais, oui.

Surprise par la solidité du torse contre lequel elle s'était heurtée, elle avait parlé la langue locale. Mais la note d'espoir qui teintait la question lui indiqua que lui, en revanche, ne devait pas la parler.

— Je peux vous aider ? demanda-t-elle, polie.

— Je cherche le numéro 45, expliqua-t-il, lui tendant une invitation similaire à celle qu'elle gardait à la main.

— Pourquoi ? s'étonna-t-elle.

— Je dois m'y rendre pour une soirée, déclara-t-il, surpris à son tour. Un truc de mode.

Kimi se retint de rire. Définir la soirée de la maison Simone comme « un truc de mode » revenait à dire que la *Mona Lisa* était un petit tableau sympa ! Mais elle n'avait pas le temps de refaire l'éducation de cet inconnu qui la fixait en plongée. Une expérience inhabituelle, constata-t-elle, grande comme elle était et coutumière des talons aiguilles. Il avait le regard un brin malicieux derrière ses lunettes rondes de professeur d'université. C'était un Américain, déjà assez hors de son élément en tant qu'Américain à Paris, mais, en plus, il se pointait au cœur de la semaine des défilés comme l'exemple criant du dédain du mâle américain lambda à l'égard des tendances vestimentaires.

— Quelque chose autour d'un couturier, c'est une femme, je crois, expliqua-t-il. A vous voir si élégante, j'ai pensé que vous deviez savoir où cela se trouvait.

— En effet, d'ailleurs, je m'y rends. Et c'est juste ici, répondit-elle, montrant les marches.

— Merci ! J'ai montré l'invitation au chauffeur du taxi, mais il m'a déposé sans m'indiquer quelle était la bonne entrée.

— Si ce n'est pas indiscret, que faites-vous ici ?

— Je suis le photographe du *Minneapolis Daily Tribune*.

— Je vois. Mais alors, qu'est-il arrivé à Harold Vine ? s'enquit-elle, l'étudiant avec un peu plus d'attention.

— Qui ?

Comment pouvait-il travailler pour le *Daily Tribune* et ne pas connaître l'homme qui suivait les défilés pour ce journal depuis au moins cinq ans ?

— C'est le photographe habituel pour le *Trib*.

— Ah, oui ! Harold. Je n'en sais rien. J'imagine qu'il est malade ou quelque chose comme ça. Ils m'ont appelé à la dernière minute. Je travaille en free-lance.

Ce type, un photographe ? Intriguée, Kimi le détailla plus minutieusement, et cela n'améliora pas sa première impression. Elle ne savait pas ce qui était pire, que sa chemise soit aussi froissée ou qu'elle soit en flanelle. Comment pouvait-on porter de la flanelle ? Et il se tenait droit dans des bottes de randonnée qui semblaient revenir directement d'un trekking dans l'Himalaya.

— Vous n'avez jamais fait ceci, n'est-ce pas ?

— Comment ça ? demanda-t-il, l'air vexé. J'ai pris des centaines d'images, dont certaines, je dois préciser, très difficiles à effectuer.

— Je voulais parler de la semaine de la mode, c'est votre première, non ?

— Ici, à Paris, oui, concéda-t-il, toujours sur ses gardes.

— Je me souviendrais de vous, sinon.

Elle en était certaine. En raison de son manque élémentaire de sens de l'élégance, déjà, mais aussi, à cause de la qualité de son regard, qui révélait, sans trop de marge d'erreur, qu'il s'agissait d'un des rares spécimens hétérosexuels à subsister dans ce milieu.

— Vous habitez ici, à Paris ? demanda-t-il.

— J'aimerais, mais non. Je vis à Manhattan.

— Hum. Votre accent est américain, mais vous vous habillez comme une européenne.

— C'est un ensemble français, en effet. Je suis à moitié italienne, mais je suis née et j'ai grandi à New York.

— Quelle chance pour New York !

En fait, songea-t-elle, malgré son look de clochard daltonien, il avait du charme, oui, et quelque chose de… de très sexy.

— Nous pourrions entrer ? proposa-t-il avec un geste de la tête vers les marches tapissées de rouge.

— N'allez-vous pas changer votre tenue ? demanda-t-elle, pointant du doigt le petit sac à dos noir qui pendait de son épaule.

— C'est le sac de mon appareil.

— Bien sûr, fit-elle en se dirigeant vers l'entrée.

Après tout, il n'était pas son photographe, donc son allure ne la concernait pas et, au moins, il ajoutait une note d'intérêt supplémentaire à la soirée.

— Classe, l'entendit-elle murmurer en allusion au tapis rouge qu'ils foulaient.

Et ils n'étaient qu'à l'entrée, se dit-elle, curieuse de voir sa réaction lorsqu'il découvrirait l'intérieur de la maison et les tenues des convives.

Elle présenta son invitation, et le portier la laissa passer avec un poli « *bonsoir, mademoiselle* », mais, lorsque son nouveau compagnon s'apprêta à lui emboîter le pas, il fut arrêté.

— *Un instant, monsieur. S'il vous plaît.*

— Hein ?

— Il veut que vous patientiez, traduisit-elle.

— C'est qui, ces gens ? demanda-t-il, ennuyé. La brigade de la mode ?

— Tout à fait, s'amusa-t-elle. Et, si vous n'obéissez pas, ils vous empêcheront d'entrer.

Le vigile s'expliqua dans un français rapide dont elle capta l'essentiel.

— C'est votre sac à dos. Ils disent que vous ne pouvez pas entrer avec.

Il prit son sac de son épaule et l'ouvrit.

— Allez-y, regardez. C'est mon matériel professionnel. Je suis photographe, s'écria-t-il.

— Ils sont français, pas sourds, rappela-t-elle.

— *Pas de sac à l'intérieur*, expliqua le portier, s'adressant à elle.

— Vous n'avez pas le droit de prendre le sac avec vous.

Le photographe se cramponna à son sac, et Kimi sentit sa patience l'abandonner. A l'intérieur, la fête battait son plein, et il fallait absolument qu'elle se mette au travail. D'autant que, de toute façon, cette petite scène commençait à l'ennuyer.

— J'espère que vous vous en sortirez, dit-elle en guise d'au revoir avant de se faufiler dans l'antre de la mode parisienne.

Des serveurs en smoking naviguaient, au milieu de la foule qui emplissait chaque mètre carré de ces salons somptueux, portant des plateaux en argent chargés de coupes de champagne.

En avant, se dit Kimi, rentrant son ventre tandis qu'elle plongeait dans un océan de robes de couture. C'était sans doute l'un des rares endroits sur terre où une femme comme elle — moins de soixante kilos joliment disposés sur un mètre soixante-quinze — pouvait se sentir grosse. Tout ce beau monde, célébrités, mannequins, designers et fous de mode, était beau et mince, et sinon assez riche pour en avoir l'air. La valeur des tenues et des bijoux qui ornaient corps, décolletés, poignets et doigts dépassait ses capacités de calcul.

Une profonde inspiration emplit ses narines d'un mélange entêtant de parfums exquis. Oh, qu'elle aimait ça, glamour et paillettes !

Les conversations se tenaient en français, italien, anglais, farsi, japonais et encore une douzaine d'autres langues. Elle se débrouillait aisément dans les deux premières, d'autant plus que dans ce milieu les bavardages tournaient rarement autour d'autre chose que chiffons et cancans. Ravie et excitée, elle accepta une coupe qu'un serveur lui présentait et commença à saluer quelques collègues de sa connaissance, ainsi que les assistants des créateurs, le personnel de l'ombre, précieux et indispensable pour mener à bien son travail.

Simone, la maîtresse de maison, recevait ses invités, installée sur un fauteuil qui, au goût de Kimi, ressemblait beaucoup trop à un trône. Maigrissime, les yeux cernés, elle portait bien entendu un de ses modèles, qui était bien entendu intégralement noir. Jamais de couleur sur elle, c'était bien connu.

A grand renfort de gestes incessants des mains, Simone débitait des avis péremptoires dans un français rapide, qu'une audience en émoi écoutait dans un silence révérencieux. Même Lucia Pietra et Mark Apple, pour une fois, se tenaient en retrait, observa Kimi. C'était la scène de Simone, et personne n'aurait osé lui voler la vedette.

Ce n'était pas un bon moment pour essayer d'approcher la

créatrice, se dit Kimi, cherchant dans la pièce quelqu'un avec qui elle aurait envie de discuter. Elle aperçut le photographe américain qu'elle avait rencontré sur les marches. Il avait donc réussi à entrer. Sans son sac à dos, cependant.

Il se tenait au milieu de la foule comme un… comme un quoi ? se demanda-t-elle. Elle l'observa un bon moment. Il semblait aux aguets, en alerte comme une sentinelle, une coupe de champagne à la main. Kimi pariait mentalement qu'il l'avait prise pour se donner une contenance, car, de toute évidence, c'était le genre de gars qui préférait les bulles d'une bonne vieille bière.

Son regard scannait l'assemblée de mondains bavards. On aurait dit un loup. Voilà, c'était cela, l'image qu'elle cherchait. Un loup solitaire qui se serait faufilé dans une volière d'oiseaux exotiques. Il y avait quelque chose chez lui d'un prédateur, une sorte de dangerosité. Son pelage avait beau être râpé et fade, si l'envie le prenait, se dit Kimi, en un clin d'œil il pourrait lancer une attaque éclair et ne laisser qu'une poignée de plumes derrière lui.

Seule figure solitaire au milieu des petits groupes, il était de toute évidence hors de son élément. Elle était en train de se demander si elle ne devrait pas s'apitoyer et lui présenter une ou deux personnes, lorsqu'elle vit Brewster Peacock l'approcher.

Aïe. Dans un milieu où les langues de vipère ne manquaient pas, Peacock en possédait une particulièrement redoutée. Sa cruauté sans faille avait fait le succès de ses chroniques venimeuses où il n'hésitait pas à épingler les proies les plus vulnérables : le mannequin qui revenait sur les podiums après une cure de désintoxication, le créateur tombé en disgrâce qui tentait son come-back, ou n'importe quel autre innocent ex-quelque chose qui lui passait sous les yeux. Il vivait selon la devise « la plume est plus forte que l'épée » — dans son cas, l'ordinateur plus puissant que le procès —, et sa colonne avait ravagé plus d'une réputation et de nombreux esprits délicats.

Bien qu'il l'ait toujours traitée avec la déférence qu'il réservait à quelques rares initiés — il l'avait même signalée comme l'une des femmes les mieux habillées du milieu —, elle se méfiait de lui comme d'un nid de serpents.

Le plus prudent serait de laisser ce pauvre loup mal habillé se débrouiller seul face à la vipère, pensa Kimi, sauf que cela aurait été renier les principes d'éducation que sa féministe de mère lui avait inculqués, selon lesquels il fallait toujours aider les plus faibles — les femmes en tête, bien sûr. Et, quoique ce type soit indubitablement un homme, l'un des plus virils que Kimi ait même jamais vus jusque-là, il était en position de faiblesse. A coup sûr, il allait perdre son boulot avant même d'avoir pu prendre une seule image.

Elle se fraya un chemin vers les deux hommes, se disant qu'elle avait rarement vu un duo aussi mal assorti. Le véritable nom de Brewster était Boris Pushoski, mais son nom de plume — Peacock, le paon — lui convenait beaucoup mieux, à cause d'un penchant jamais démenti pour les parures voyantes. Aujourd'hui, son choix s'était porté sur un smoking bleu roi aux revers en satin, une pièce vintage datant des années 1970, estima-t-elle. Ses cheveux blonds décolorés se dressaient courts sur son crâne, et un diamant de deux carats étincelait aux lobes de ses oreilles. Il se vantait d'en avoir lancé la mode pour les hommes. Il l'avait probablement fait.

Il nageait entre deux âges, mais son âge réel — quarante et pas mal d'années, décida-t-elle — était difficile à deviner, grâce à l'usage judicieux de quelques injections et, sans doute aussi, à de petits arrangements avec la chirurgie. Lorsqu'elle parvint à la hauteur des deux hommes, Brewster avait déjà commencé son offensive de questions pièges.

— *Et que pensez-vous du retour du décolleté bénitier ?*

Elle contint sa respiration en attendant la suite.

— Je ne parle pas un mot de français, répondit le photographe.

Sans prendre le temps de réfléchir, elle rit de bon cœur comme si c'était la meilleure blague qu'elle ait entendue depuis un bon bout de temps.

— Je n'ai pas pu m'empêcher d'écouter, intervint-elle.

C'est tellement rafraîchissant d'entendre quelqu'un prendre à la légère les questions de mode. Mon Brewster !

Elle lui claqua une bise en l'air, comme le voulaient les codes du milieu.

— Tu m'as manqué !

— Kimi, *ma petite* ! Tu es superbe, comme toujours, dit le journaliste, l'examinant de la tête aux pieds avec son regard bleu fade. Avec qui as-tu dû coucher pour obtenir cette magnifique jupe ?

Le photographe écarquilla les yeux, qu'il porta aussitôt sur ladite jupe.

— Secret défense, minauda-t-elle.

— Notre ami a lui aussi déniché ses vêtements dans un lieu secret, commenta Brewster d'un air sournois après avoir détaillé la tenue du photographe.

— Je te l'ai dit, répliqua Kimi, il a un sens de l'humour redoutable.

— Ah, tu le connais ? s'étonna le journaliste.

Qu'était-elle en train de faire ? Jouer sa réputation durement acquise dans ce monde si exclusif pour un ringard qui ne saurait pas faire la différence entre une pièce de créateur et sa veste raccommodée ?

— On s'est déjà rencontrés.

Mon Dieu, voilà qu'elle s'enferrait ! Ses réponses mystérieuses ne feraient qu'aiguiser davantage la curiosité de Brewster, elle le savait, car, s'il aimait quelque chose, c'étaient bien les secrets, avant tout pour les résoudre et étaler aux yeux du monde entier ce qu'on tenait à garder caché.

— Simone a l'air en pleine forme, commenta-t-elle dans une tentative désespérée pour dévier la conversation du photographe.

— Jamais à court de paroles, certes, dit le journaliste, avec un regard condescendant vers la prêtresse de la couture. Comme si ce qu'elle disait pouvait avoir le moindre intérêt, ne serait-ce qu'une fois. D'ailleurs, ma belle, as-tu vu son dernier amoureux ? Un Tchèque galeux, ancien joueur de hockey. Hockey !

Il s'éventa d'une main parfaitement manucurée.

— Un amoureux ? s'étonna Kimi. Mais où est passé son dernier mari ?

— En voyage quelque part, sans doute en train de fureter sous les jupes d'une anorexique quelconque.

— Et que dis-tu des ApplePie ? Sais-tu quelque chose de la robe ?

— Je n'en ai pas eu le moindre aperçu, penses-tu. Mais, ajouta-t-il, très satisfait de lui-même, j'ai entendu des choses…

Aussi affreux et méchant qu'il puisse être, elle ne pouvait pas s'empêcher de l'aimer un petit peu. Surtout lorsqu'il détenait les cancans les plus croustillants du moment.

— Quel genre de choses ?

Brewster regarda autour de lui d'un air conspirateur et baissa le ton de sa voix.

— J'ai entendu dire qu'il y avait deux robes.

— Deux robes ? murmura-t-elle à son tour.

Oh, cela promettait. Elle pouvait le deviner à l'éclat mauvais dans les yeux bleus.

— Une pour la mariée… Et une autre, assortie, pour l'enfant des mariés !

Lucia et Mark avaient une fille de deux ans, et tout le monde le savait, en revanche, ce qui était une nouveauté surprenante, c'était l'idée de la bambine en tenue de mariée.

— Non ! C'est une blague ! s'exclama-t-elle.

Brewster avait réussi à l'estomaquer, ce qui était son intention, et il en était ravi.

— Qui vivra verra, conclut-il. Et maintenant, *les enfants*, je dois vous quitter. Je dois aller toucher un mot à mon ami Valentino.

Quand Brewster eut disparu dans la foule, Kimi se retourna vers l'homme qu'elle avait rencontré à l'extérieur. Il semblait se retenir pour ne pas essuyer son front après l'effort enduré.

— Merci d'être venue à ma rescousse, dit-il.

— Qui diable êtes-vous ? demanda-t-elle, le fixant droit dans les yeux.

— Je vous l'ai déjà dit. Je suis photographe pour le *Minneapolis Daily Tribune*.

— Arrêtez vos craques. Vous ne distinguez pas un décolleté d'une traîne, et personne ne vous embaucherait comme photographe de mode !

Chapitre 2

Le photographe ébaucha un geste de surprise, mais ses yeux derrière les lunettes lui décochèrent un regard affûté. Il lui tendit une carte de visite.

Cela ressemblait bien à une authentique carte du *Tribune,* et elle lut le texte à voix haute :

— Holden MacGreggor, photographe.

— Je suis Holden MacGreggor, affirma-t-il, comme s'il craignait qu'elle juge la carte fausse ou usurpée.

— Kimberley Renton, rédactrice en chef mode pour *Uptown.*

Elle réexamina la carte, comme si le petit bout de carton pouvait lui révéler quelque chose d'autre que ce qui y était inscrit.

— Qui est votre rédacteur en chef ? s'enquit-elle.

Elle connaissait la plupart de ses collègues, dont la rédactrice responsable de la mode dans ce quotidien. Une femme qui mangerait tout cru sans ciller cet imprudent qui se pointait chez Simone, vêtu de fringues qui semblaient sortir d'un entrepôt Emmaüs.

— Marsha Sampson. Je suis censé la rejoindre ici.

— Vous n'avez jamais rencontré votre rédactrice en chef ?

— Eh non.

— Si elle vous rencontre ici et qu'elle voit ce que vous portez, votre premier jour dans ce travail risque de devenir le dernier.

Il y avait anguille sous roche, se dit-elle. Enorme, l'anguille.

— Je suis photographe, insista-t-il, irrité. Pas mannequin. Qui se soucie de ce que je porte ?

— Vous voyez, rien qu'à cela on voit que vous n'êtes pas un véritable photographe de mode.

Il avait des yeux noisette, remarqua-t-elle. Superbes.

— J'ai été embauché à l'essai.

— Et qui vous a embauché ?

Cette fois-ci, ce fut lui qui la jaugea du regard, comme s'il hésitait à prendre une décision.

— Rhett Markham, dit-il, finalement.

— L'éditeur ? Mais…

— Que diriez-vous de quitter ces lieux pour aller prendre un verre quelque part ailleurs ?

Elle réfléchit rapidement. Elle avait déjà fait ses politesses aux personnes qui l'intéressaient, et, bien qu'elle ait prévu de rester encore un peu à cette soirée, rien ne la retenait chez Simone. C'était sa curiosité innée qui avait orienté ses pas vers le journalisme et, en ce moment précis, cette même curiosité la démangeait comme une crise d'eczéma.

— Pourquoi me demandez-vous cela ?

— Parce que j'ai besoin d'un peu d'aide avec un truc, et que vous me semblez la personne idoine.

L'air sembla vibrer entre eux comme il la dévisageait, et la vibration se répercuta en elle d'une manière qu'elle n'avait pas expérimentée depuis longtemps.

— C'est une entrée en matière originale, je vous l'accorde, lâcha-t-elle.

Il sourit avec une lenteur délibérée, qui la porta à croire qu'il avait lui aussi senti la vibration.

— Si je tente de vous draguer un jour, croyez-moi, je ne serai pas si subtil. J'ai besoin de votre aide en tant que professionnelle de la mode, mais je ne peux pas vous en dire plus ici.

Kimi l'observa en silence, tout en pesant le pour et le contre. C'était vite vu. Elle était aussi peu naïve que toute autre femme ayant passé le plus clair de sa vie à Manhattan. Elle connaissait Paris, elle avait son téléphone portable, et sa mère l'avait obligée à prendre des cours d'arts martiaux lorsqu'elle était adolescente. Elle ne voyait pas de risque majeur à quitter la soirée avec ce type, d'autant plus qu'elle faisait confiance à son instinct pour juger les gens.

— D'accord. Je vous suggère que nous partions sur-le-champ, alors, annonça-t-elle. Car cette effrayante femme aux cheveux roux qui s'avance vers nous est votre nouvelle chef.

Il lança une œillade vers Marsha Sampson et rentra aussitôt la tête dans ses épaules.

— Allons-y !

Ils se faufilèrent avec discrétion vers la sortie, où il récupéra son cher sac à dos. Les façades Second Empire avec leurs balcons en fer forgé s'alignaient dans la rue qui semblait tranquille en comparaison avec le niveau sonore de la soirée. Elle respira avec bonheur l'air frais, qui fleurait les arbres en fleur et le bon pain. L'odeur de Paris.

— Vous connaissez le quartier ? demanda-t-il.

— Oui. Et nous risquons de croiser des gens qui me connaissent par ici. Un peu plus loin, il y a quelques brasseries où nous passerons inaperçus.

— Ça me va, dit-il, commençant à marcher à grandes enjambées.

Elle le suivit à la petite allure que lui permettaient ses talons meurtriers, jusqu'à ce qu'il s'en aperçoive et réduise le pas.

— Comment arrivez-vous à marcher avec ces échafaudages ?

— Ils ont été conçus pour nous rendre belles, non pour faire de la randonnée, rétorqua-t-elle.

— Je parie que vous n'avez jamais randonné de votre vie.

Il aurait perdu le pari, mais elle s'abstint de le lui faire savoir. Dieu sait si elle en avait bavé dans ces colos où sa mère l'avait envoyée adolescente ! Des stages dans la nature censés renforcer son estime et sa confiance en elle-même, alors que tout ce dont elle avait envie, c'était de faire du lèche-vitrines avec ses copines.

Kimi réprima un sourire. Son opiniâtre de mère avait essayé, avec une persévérance sans faille, d'élever une fille à son image de féministe brûleuse de soutien-gorge en Birkenstock, et elle s'était retrouvée avec une minette folle de mode sur les bras… Quelle paire mal assortie elles faisaient ! Kimi en avait déduit qu'elle avait hérité son sens de l'élégance de son père, un play-boy italien, la folie la plus extravagante de la jeunesse de sa mère. Un homme qui n'avait de père que le nom, mais qui lui avait vraisemblablement légué l'instinct qui l'avait portée aussi loin dans son métier.

Sa mère était étudiante à l'université Yale lorsqu'elle était tombée enceinte, et avait, en toute cohérence avec ses idées, refusé d'épouser son père qui, catholique respectueux des valeurs familiales, l'aurait souhaité. Sa mère, cependant, avait demandé une aide financière pour son éducation, et c'était ainsi que Kimi s'était retrouvée avec un généreux fonds d'épargne pour ses études grâce à un homme qu'elle n'avait jamais vu. Ses rêves enfantins de faire partie d'une grande famille italienne, bruyante et chaleureuse, s'étaient brisés lorsqu'elle avait compris l'embarras qu'un enfant né hors mariage pouvait supposer pour un homme d'affaires de haut vol, marié, avec quatre enfants, et qui n'avait aucune intention d'avouer son existence ni à son épouse ni à ses demi-frères et sœurs.

Elle tentait de prendre avec philosophie les circonstances qui avaient marqué sa naissance mais aussi ses choix dans la vie. Après tout, le français et l'italien, qu'elle s'était entêtée à étudier depuis le lycée dans l'éventualité qu'un jour son père change d'avis, s'étaient révélés fort utiles pour l'avancée de sa carrière. Et, depuis quelques années, elle se contentait de suivre de loin le parcours de son géniteur via Google, et aimait à croire qu'il en faisait autant avec le sien.

— Que dites-vous de cet endroit ? demanda Holden, la sortant de ses pensées, comme ils passaient à côté d'un petit café.

— C'est parfait, dit-elle.

En temps normal, elle préférait s'installer en terrasse et regarder le monde tourner, mais là, elle avait l'intuition que leur conversation se déroulerait mieux à l'abri des rencontres inopportunes.

Une fois qu'ils furent installés et que le garçon eut apporté un verre de vin pour elle et une bière pour Holden, ce dernier s'excusa et quitta la table, pour revenir au bout de quelques instants avec un téléphone portable à la main, qu'il lui tendit.

— C'est Rhett Markham, il veut vous parler.

Et dire qu'elle le croyait aux toilettes ! Il parlait à son éditeur ? Qui voulait lui parler à elle, de surcroît. Bien étrange, tout cela, se répéta-t-elle. Elle se serait crue dans un mauvais film de série B.

— Allô ?

— Kimi ? Rhett Markham à l'appareil.

— Comment allez-vous, monsieur Markham ?

— Très bien, merci beaucoup.

— Et votre épouse ?

— Louise va très bien aussi, la salle de rédaction lui manque, mais maintenant il reste à peine un mois avant la naissance du bébé. Je lui dirai que tu as pris de ses nouvelles. Ecoute, nous avons une affaire importante entre les mains, et tu tombes à point nommé pour nous aider. J'ai donné à MacGreggor la permission de tout te raconter, mais je vais te demander la discrétion la plus absolue. Tu comprends ?

— Oui. Vous me demandez de garder bouche close.

Mais, à propos de quoi, au juste, devait-elle se taire, bon sang ! Il s'agissait bien de Markham, elle avait reconnu sa voix, et il lui avait répondu exactement ce qu'elle voulait entendre lorsqu'elle lui avait demandé des nouvelles de sa femme, comme s'il avait compris qu'elle cherchait confirmation de son identité. Comme si elle suivait, à son tour, la règle d'or des héros des films de série B : se méfier de tout le monde.

— Donc ? relança-t-elle. Qu'est-ce qui se passe ?

— J'ai chargé MacGreggor d'une mission importante, et je te saurai gré de toute l'aide que tu lui apporteras. Il va t'expliquer.

Elle n'avait aucune idée de ce qu'il voulait signifier par là, elle ne travaillait pas pour lui, donc il ne pouvait ni augmenter son salaire ni la pistonner pour une promotion. Enfin, se dit-elle en raccrochant, elle allait écouter ce que ce Holden MacGreggor avait à dire et, ensuite, elle déciderait si elle avait envie d'y participer.

— Vous l'avez appelé pour savoir si vous pouviez me faire confiance ? demanda-t-elle en lui rendant son portable.

— En effet.

— Très bien. Donc, maintenant, finis les secrets, j'ai l'impression de me retrouver dans un film de James Bond. Explique-moi tout.

Si elle était sa partenaire dans cette « mission importante », elle pouvait bien le tutoyer.

— Tout ce que je te dirai est strictement confidentiel et doit rester entre nous.

— Jusque-là, j'avais compris, merci.

— Je suis détective privé. Markham m'a employé officiellement comme photographe, mais je participe, de façon indépendante et officieuse, à une enquête internationale sur une bande qui opère dans les cercles de la haute couture. Et nous devons agir dans la discrétion la plus absolue pour que l'affaire reste secrète.

— Mais quelle affaire ?

C'était moins un film d'espionnage qu'un roman de Dashiell Hammett, mais sa curiosité maintenant était piquée au vif et pour de bon.

— Tout a commencé il y a deux ans, lors de la semaine de défilés de printemps-été qui se passe à l'automne, n'est-ce pas ?

— C'est juste. Les shows exhibent les modèles de la saison suivante, printemps-été à l'automne, et automne-hiver au printemps.

— Une des créations principales du défilé de *House of Siena* n'a pas été présentée.

— Je m'en souviens. La robe apparaissait sur la liste, mais on ne l'a pas vue sur le podium. L'attachée de presse s'est contentée de dire qu'on l'avait retirée du défilé. Cela arrive de temps en temps, pour des raisons diverses, le plus souvent à cause d'un dommage impossible à réparer en vitesse.

— En fait, la robe avait été volée.

Kimi le regarda avec des yeux ronds.

— Malgré les mesures de sécurité mises en place ? s'étonna-t-elle. Tu en es sûr ?

— Oui, on ne l'a jamais retrouvée. D'après nos informations, toutes les grandes maisons ou presque ont été victimes d'un vol dans les cinq dernières années. La disparition d'une tenue leur causait un désagrément, mais ne les ruinait pas, et l'incident était mis sur le compte d'une négligence ou d'un accident. Jusqu'au jour où quelqu'un a dû en parler dans une autre maison, et où l'on a fini par s'apercevoir que le schéma se répétait. S'en sont suivies des réunions en catimini, et quelques-unes des maisons ont décidé de lancer une enquête discrète.

— Et toi, tu es venu à Paris pour découvrir qui vole, en théorie, une robe par saison depuis cinq ans ?

— Pas exactement. Nous avons des raisons de croire qu'un nouveau vol va être commis, cette saison. Je suis ici pour l'empêcher et réunir des preuves contre les auteurs.

— C'est génial.

Elle avait toujours aimé les polars, et, se dit-elle avec une pointe d'excitation, le type assis en face d'elle correspondait de la tête aux pieds au stéréotype du détective privé décrit dans les romans et montré dans les films. Un brun ténébreux, dur et insondable. Et mal habillé.

— Alors ce poste de photographe n'est qu'une couverture.

L'idée n'était pas mauvaise, en fait… Tant qu'il n'avait pas à prendre de photos.

— Je suis un assez bon photographe par ailleurs, commenta-t-il, comme s'il avait lu ses pensées. C'est un à-côté assez lucratif.

— J'imagine, dit-elle en fronçant le nez. Epingler des couples adultères en flagrant délit grâce à un téléobjectif. Quel beau métier.

— Je ne m'occupe pas de ce genre d'affaires, répliqua-t-il d'un ton vexé.

Etait-ce à cause de son commentaire sur son métier ou sur ses habiletés comme photographe, Kimi n'aurait pas su dire.

— Mon domaine d'excellence, c'est la nature, les animaux sauvages.

— Des animaux, tiens. Tu veux dire des ours et des cerfs, par exemple ? Et tu crois que c'est une expérience qui va t'aider pour photographier des top-modèles sur un podium ?

— J'ai mis en boîte des animaux très dangereux et difficiles à observer. Tu n'as pas vu ma signature dans *Vogue,* d'accord, mais tu peux la retrouver dans *National Geographic*, *Nature* ou *Midwest Outdoors,* pour ne citer qu'eux.

— Très impressionnant. N'empêche, tu n'as jamais travaillé avec des mannequins. As-tu une idée de la vitesse à laquelle elles bougent ?

— La plupart de mes sujets bougent encore plus vite, je te le garantis. Et j'ai pu être piqué, mordu, ou griffé, mais j'ai toujours réussi mon shoot.

— Finalement, tu es peut-être allé à la bonne école pour travailler avec les tops…

Cependant, que Rhett soit parvenu à la certitude que c'était une bonne idée d'infiltrer un type comme Holden dans le milieu de la haute couture dépassait son entendement. Allons, sans doute avait-il ses raisons et, à l'évidence, ni lui ni Rhett ne semblaient décidés à les lui exposer. Pourtant, elle mourait d'envie d'en savoir plus. Savaient-ils quelle maison était dans le collimateur ? Ou toute leur stratégie se fondait-elle sur des suppositions ? Les explications qu'il lui avait fournies étaient si vagues qu'elle ignorait même quelles maisons avaient été victimes de vols par le passé.

Enfin, si la semaine des défilés n'était jamais ennuyeuse, celle-ci s'annonçait comme une cuvée particulièrement mémorable.

— Donc, qu'attends-tu de moi ?

— Tu seras, disons, mon agent infiltré. Comme tu connais tous les acteurs, tu peux guider mes mouvements.

— Mais qu'aurais-tu fait si tu ne m'avais pas rencontrée ?

Il se frotta le menton, pensif.

— J'avais prévu de me fondre dans le décor. Je n'imaginais absolument pas que ce serait comme ça.

Pourtant, Rhett aurait dû savoir…

— Pour tout te dire, continua Holden, c'est ma partenaire qui était censée s'occuper de cette mission. Elle s'y connaît bien mieux que moi en mode.

Elle lui lança un regard perçant. *Sa* partenaire. Impossible de savoir s'il s'agissait d'une relation de travail ou de quelque chose de plus intime. Ce qui n'avait pas tellement d'importance, se rappela-t-elle en s'efforçant de chasser l'espèce de malaise qu'elle avait ressentie quand il avait prononcé ces mots. Car ils discutaient affaires, et rien d'autre. Et d'affaires sérieuses : une mafia de la mode, rien que cela.

— Mais, à la dernière minute, reprit-il, elle a été appelée comme témoin dans un procès concernant un cas qu'on a traité l'année dernière… Et il a fallu changer les plans. Donc me voici.

Hum. Une femme, son associée, d'accord. Et peut-être autre chose, mais cela ne la regardait pas, se répéta-t-elle, prenant une longue gorgée de vin pour réfléchir.

— Donc, si j'ai bien compris, ton plan est de te présenter comme photographe de mode afin de passer inaperçu pour mener à bien tes recherches.

— C'est cela.

— Et toute ta garde-robe ressemble à *ça* ?

Il regarda sa veste comme s'il avait oublié ce qu'il portait. Elle ne l'en blâmait pas, à sa place, elle aurait préféré l'oublier.

— En gros, oui. J'ai des shorts pour l'été et toute une collection de bottes, je choisis en fonction du terrain.

Si c'était une moquerie ou du sérieux, peu lui importait. Elle avait déjà conçu un plan.

— J'espère que tu as un compte de frais considérable. Et, sinon, je te suggère d'en négocier un car, cher ami, avant que tu approches même de loin un événement lié à la mode, avec moi, dans cette ville, toi et moi, nous allons faire les boutiques.

Chapitre 3

— Tu veux dire, tu *veux* choisir *des* vêtements pour moi ?

Il ne semblait pas enthousiasmé par l'idée, c'est le moins qu'on puisse dire. C'était compréhensible, elle aurait fait la même tête s'il lui avait demandé d'enfiler des bottes de randonnée et de se perdre dans la jungle à la recherche d'un type de mangouste difficile à photographier.

Ce qui ne l'empêchait pas, lorsqu'elle le regardait, de sentir une pointe d'excitation. Sa complexion athlétique aurait fait verdir d'envie la plupart des hommes qu'elle connaissait, il était beau gosse et il avait des cheveux noirs et épais. C'était un homme 10 habillé comme un -2 minable.

Avec les vêtements appropriés, quelques accessoires et une bonne coupe de cheveux, il allait devenir une véritable bombe.

Cette expédition dans les boutiques, se dit-elle, promettait d'être un excellent moment. Du moins pour elle, car Holden n'avait pas du tout l'expression de quelqu'un à qui l'on a promis un voyage excitant. Non, son regard tenait plutôt de celui d'un bandit dans un western spaghetti.

— J'espère que tu n'as pas l'intention de m'habiller en velours bleu comme le freluquet de tout à l'heure ?

Elle composa un regard assorti au sien, qui signifiait « si tu veux que je t'aide, tu as intérêt à te laisser faire ».

— Voici mes conditions : non seulement tu vas faire du shopping avec moi, mais tu vas acheter exactement ce que je choisirai.

Il durcit son regard, comme s'il s'apprêtait à presser la détente d'un revolver.

— Mais je me réserve un droit de veto.

La couleur de ses yeux, d'un noisette intense tacheté d'étincelles vertes et dorées, la troubla une fraction de seconde.

« Concentre-toi. On parle travail. »

— D'accord. Un seul veto pour toute la journée.

Une grimace d'aversion tordit ses lèvres charnues.

— *Toute* la journée ? Parce que tu comptes passer toute une journée dans les boutiques ?

— C'est le minimum, et encore, il va falloir nous dépêcher pour arriver à tout acheter en une seule virée.

Il s'adossa contre la chaise et croisa les bras.

— Cinq veto et deux heures de shopping.

La raison pour laquelle elle s'intéressait soudain autant à quelqu'un au look aussi désastreux lui échappait en ce moment, mais le fait était que ce type l'attirait. Autant qu'il l'agaçait, d'ailleurs.

— Veux-tu que je t'aide ou non ?

— Je déteste le shopping.

« Sans blague. »

Elle posa le verre sur la table d'un geste ferme.

— Ecoute, si j'avais besoin de ton aide pour grimper au sommet de l'Everest…

Il ricana, ce qu'elle préféra ignorer.

— … Je suivrais tes conseils en matière d'équipement, d'habillement et de tout le reste, car c'est ton domaine et c'est toi l'expert. C'est la même chose avec la semaine des défilés à Paris. C'est mon domaine et c'est moi l'experte. Nous ferons ce que je dis.

— La différence étant que, si tu tentes d'escalader l'Everest sans le matériel adéquat, tu meurs. Même les randonnées faciles auxquelles j'accepterais de t'accompagner seraient dangereuses sans le bon équipement. Mais je ne vois pas en quoi la semaine de la mode peut devenir périlleuse.

Elle sourit.

— Je vois qu'on ne t'a jamais écorché vif dans les pages d'un journal. Si Brewster Peacock, que tu viens de qualifier de freluquet, se met en tête de te descendre dans sa colonne, tu peux laisser tomber ta carrière dans la mode. Plus jamais tu ne travailleras pour aucun magazine.

— Ce… ce baigneur en caleçon a autant d'influence ?

— Oh, que oui ! Ce qui signifie que, la prochaine fois que tu le croiseras, non seulement tu dois ressembler à un photographe de mode véritable, mais tu dois maîtriser le jargon du métier sur le bout des doigts.

— Mais je suis un photographe véritable.

— *De mode*, j'ai dit. Et, si tu veux passer inaperçu, il faut que tu suives les règles du jeu. As-tu au moins fait quelques recherches ?

— J'ai lu le dernier *Vogue* dans l'avion.

Il prenait un ton défensif, comme si son argument mettait fin à la discussion, nota-t-elle avec une pointe d'exaspération. Mais il se trompait. Avoir accepté la mission au pied levé ne l'exemptait pas de faire ses devoirs, et puis, il semblait avoir décidé que la mode n'était qu'un passe-temps futile qui ne méritait aucun effort particulier de sa part. Il allait comprendre très vite son erreur, elle en faisait son affaire.

— Quelles sont les nouvelles couleurs pour cet automne ?

— Pourquoi ? Les couleurs changent, comme les feuilles ?

D'accord, il n'avait pas appris ce *Vogue* par cœur.

— Quelles sont les tendances phares ? Un petit effort, allons, tu as dû retenir quelque chose, même par inadvertance.

— J'ai surtout regardé les images, admit-il.

— Bien, Holden MacGreggor, il semblerait qu'en sus de l'expédition shopping, vous soyez bon pour un camp d'entraînement intensif à la mode.

— Camp d'entraînement intensif *à la mode* ?

— Très haut de gamme, je le précise, et très complet : vêtements, accessoires, tendances, créateurs…

Son expression d'horreur semblait si sincère qu'elle décida qu'il valait mieux lui offrir un brin d'espoir.

— Et, si tu es sage, très sage, et que tu travailles dur, nous étudierons aussi la lingerie.

— Et quand ferons-nous tout cela ?

— Le mieux est de commencer par une bonne nuit de sommeil, tu en auras besoin. Nous attaquons demain matin à 9 heures.

— Tu ne veux pas un autre verre ?

— Non, demain sera une grosse journée. Rendez-vous dans le hall de mon hôtel ?

— D'accord.

Il savait au moins quand s'avouer vaincu. C'était déjà ça, pensa-t-elle en se levant. Il l'imita.

— Je t'y accompagne, d'ailleurs, proposa-t-il.

Bonnes manières vieux jeu. Pas désagréable.

— Pourquoi n'es-tu pas mannequin ? demanda-t-il soudain quand ils furent sortis du café. Tu es plus belle que la plupart des femmes qui étaient à cette soirée.

Il ne semblait pas le genre d'homme à distribuer des compliments à tout bout de champ, donc elle décida de répondre naturellement à la question.

— Merci. Toute jeune, j'y ai pensé, mais je ne suis pas assez grande pour les podiums, et ensuite, je me suis aperçue que j'allais plus m'amuser, et aussi, avoir une carrière plus longue en travaillant dans les coulisses. Et, en plus, je n'ai pas à mourir de faim pour garder la ligne.

— Donc tu es devenue journaliste de mode.

— La mode a toujours été ma passion. Même enfant, j'avais une idée très précise de ce qui était beau ou pas. Je rendais ma mère folle avec ça, d'ailleurs.

— Elle travaille aussi là-dedans ?

— Absolument pas, dit-elle, souriant rien qu'à l'idée. Elle enseigne l'histoire du féminisme à l'université de New York. Je peux te réciter par cœur toutes ses théories à propos de la mode et de son rôle dans la domination des femmes.

— Pourtant, tu as choisi de faire carrière dans ce domaine.

— J'ai ma propre théorie. Je pense que les vêtements peuvent être un puissant moyen d'expression pour les femmes.

— Je vois.

Sa théorie semblait l'intriguer, songea-t-elle, quoique, à en juger par sa façon de s'habiller, lui et sa mère s'entendraient comme des larrons de robes en foire aux vêtements. Cette idée la fit sourire, mais, alors qu'elle s'écartait pour laisser passer un vieux monsieur, son bras heurta celui de Holden et un courant électrique, aussi excitant que dangereux, passa entre leurs deux corps.

Encore traversée d'un étrange frisson, elle le dévisagea en silence. Sous ses oripeaux, il était ce genre d'homme dont on sait qu'ils sont bons au lit. Elle pouvait le dire à sa façon de bouger, à son allure déterminée, à la manière qu'il avait de concentrer toute son attention sur elle lorsqu'il lui parlait.

— Et que veux-tu exprimer à cet instant précis, par exemple ? demanda-t-il.

Cette fois, elle le regarda avec des yeux ronds. Etait-il possible qu'il ait lu dans ses pensées ?

— Avec cet ensemble que tu portes, précisa-t-il avec un regard intense qui, sans être concupiscent, portait quelque chose de sensuel. Que veux-tu exprimer ?

— C'est à toi de me le dire. Si je dois décoder, c'est que cela ne marche pas.

Elle avait lancé ce défi pour le taquiner, convaincue qu'il ne relèverait pas, mais, à sa grande surprise, il ne se déroba pas. Au contraire, il remonta ses lunettes sur son nez comme un professeur sur le point de se lancer dans un exposé magistral.

— Sachant que je ne connais rien à la mode, voici ce que je vois.

Il s'interrompit pour l'examiner de nouveau et, cette fois-ci, il n'y avait pas d'ambiguïté dans l'expression de ses yeux.

— Je vois une femme adulte qui aime encore jouer à se déguiser en grande dame.

Elle haussa les sourcils, mais ne fit pas de commentaire.

— Je vois aussi une femme qui connaît sa valeur et le pouvoir de sa beauté.

Une pointe d'embarras la traversa tandis qu'ils reprenaient leur marche. Elle n'avait jamais pensé à elle-même dans ces termes. Avait-il raison ?

— Tu t'infliges des talons impossibles comme ceux-là, continua-t-il, pointant du menton ses Manolo Blahnik noir et blanc, mais tu dois savoir qu'ils te font des jambes interminables.

— Mais c'est qu'ils sont très jolis, ces escarpins, se défendit-elle.

Elle les adorait, ces Manolo, plus que jamais. Et l'expression de Holden s'était muée en un sourire de fauve à l'affût.

— Ensuite, et toujours sans rien connaître à la mode, je sais que tu ne porterais rien qui ne te mette en valeur.

— Tu ne me connais que depuis quelques heures ! s'exclama-t-elle en riant.

— Je le dis comme je le sens. Ta jupe dit que tu es une femme drôle avec un côté frivole, tandis que ta veste révèle une facette plus sérieuse, et même guindée, à l'occasion.

Il marqua une nouvelle pause et, à la lueur du réverbère sous lequel ils venaient de s'arrêter, il la regarda droit dans les yeux.

— Et, d'un point de vue strictement masculin, je te vois comme une femme à l'aise avec sa sexualité.

— Hum. Tu as dit ça juste pour me provoquer.

— Ou peut-être exprimes-tu plus de choses que tu ne le penses.

Et, avant qu'elle n'ait pu le rembarrer d'une réplique cinglante, ce qui aurait impliqué d'abord d'arriver à trouver quelque chose à répliquer, il se pencha sur elle et déposa un baiser bref sur ses lèvres.

Sa bouche avait à peine frôlé la sienne, mais elle sentit ses jambes devenir toutes molles et elle frissonna, comme si elle avait perçu de façon fugace quelque chose de brûlant et de dangereux. Elle passa sa langue sur ses lèvres et y trouva le goût de la bière.

— En quel honneur, cela ? parvint-elle à articuler.

— Bonne nuit, dit Holden. Nous sommes arrivés.

Elle tourna la tête et vit qu'ils étaient arrivés sans qu'elle s'en rende compte devant son hôtel, majestueux et élégant comme le château de Cendrillon.

— Bonne nuit, répondit Kimi en se dirigeant vers l'hôtel.

Elle n'eut pas besoin de se retourner pour vérifier qu'il la regardait jusqu'à ce qu'elle pousse la grande porte à tambour, car elle pouvait sentir ses yeux posés sur elle. Cet homme allait devenir une très sérieuse distraction.

Kimi se réveilla avec cette délicieuse sensation qui précède les jours marqués d'une pierre blanche. Elle prit le temps de savourer le fait qu'elle se trouvait dans une chambre magnifique appartenant à l'un des meilleurs hôtels de sa ville favorite. Elle sentit la caresse des lourds draps français et pensa à la journée qui l'attendait en compagnie de Holden MacGreggor.

Elle songea à lui avec la même attention que Pygmalion avait dû apporter au bloc de marbre avant de s'y attaquer au ciseau. Cette complexion, ces yeux troublants, ces traits bruts, ces cheveux, si drus, si épais… Quand elle en aurait fini avec lui, il serait un spécimen de premier choix dans une ville truffée d'hommes exceptionnels.

Le service d'étage lui livra un petit déjeuner composé d'un café odorant, de croissants encore tièdes et de jus d'orange fraîchement pressée. Après une douche, elle ouvrit l'armoire et étudia sa garde-robe, qu'elle avait rangée soigneusement dès son arrivée. D'un côté les tenues décontractées, de l'autre les robes de soirée, au milieu, ses tailleurs de businesswoman et, sous chaque cintre, la paire de chaussures assorties. Et, dans les tiroirs, ses dessous, enveloppés avec amour dans du papier de soie. La lingerie était son péché mignon, et elle comptait renouveler son stock pendant son séjour en France.

Tout en écoutant les infos, elle se prépara pour la journée. C'était un rituel auquel elle s'adonnait avec plaisir, et elle préférait sacrifier une heure de sommeil que renoncer à la volupté de s'habiller, se coiffer et se maquiller en prenant tout son temps.

A 9 heures moins cinq, elle gagna le hall de l'hôtel, tenant dans sa main la liste qu'elle avait concoctée la veille pour doter Holden d'un trousseau de basiques essentiels.

La journée s'annonçait faste.

Holden ouvrit les yeux, encore fatigué et d'une humeur peu amène. Il aurait juré que son lit sentait le parfum, ce qui ne le dérangeait pas lorsqu'une belle femme le partageait, mais qui l'incommodait lorsqu'il y avait passé la nuit seul.

Il avait veillé tard, plongé dans le dossier du vol de l'année précédente. Une robe s'était volatilisée. Une robe, une simple robe, avait causé tout ce grabuge. Mais comment était-il possible qu'une robe puisse coûter plus que ce que la plupart des mortels gagnaient en une vie de travail ?

Cela venait confirmer son idée que le monde tournait de moins en moins rond, et qu'il faisait bien de préférer les territoires sauvages, où les choses suivaient encore un ordre naturel qui avait un sens.

En moins d'un quart d'heure, il prit une douche, enfila un jean et une chemise propre et sortit dans la rue à la recherche d'un café à emporter. Il tenta sa chance dans le premier bistrot qu'il vit, mais le serveur ne sembla pas — ou ne voulut pas — comprendre, et il se trouva devant une tasse minuscule en porcelaine assortie à sa soucoupe. Au moins, le café était excellent, se consola-t-il après l'avoir avalé d'un trait.

Il entra dans l'hôtel de Kimberley Renton à 9 heures précises et regarda sur les tables à la recherche d'un journal anglophone, avec l'idée qu'il allait devoir l'attendre, mais, à sa surprise, elle surgit d'un fauteuil club, fraîche comme la rosée et plus belle que n'importe quelle femme du *Vogue* qu'il avait feuilleté dans l'avion.

Elle était la classe incarnée. La première fois qu'il l'avait vue, il l'avait prise pour une Parisienne, mais qu'elle soit à moitié italienne expliquait son erreur. Ses longs cheveux bouclaient aux pointes et ondulaient doucement à chacun de ses mouvements, le teint de sa peau possédait une délicate nuance dorée et la ligne de ses lèvres était aussi gourmande que leur saveur, qu'il ne pouvait pas évoquer sans avoir envie d'y goûter de nouveau. Sans mentionner ces yeux bleu profond à la nuance impossible, qui obligeaient inévitablement un homme à se retourner sur son passage.

Il aimait qu'elle soit grande sans excès, mais il craquait surtout pour ses longues jambes et leur galbe parfait. Elle avait choisi une robe imprimée nouée sur le côté, moins habillée que celle de la veille, mais non moins stylée et qui, « d'un point de vue strictement masculin », songea-t-il, donnait une envie urgente de défaire le lien pour découvrir les courbes qu'elle cachait. Sur le sac en cuir fauve qui pendait à son bras, il lut « Prada », un nom que même un ignare comme lui connaissait comme l'une des marques les plus prestigieuses du marché du luxe.

Il s'avança vers elle, avec un sourire pur sucre aux lèvres. Avec un peu de chance, il pourrait l'amadouer pour aller boire un café et, après quelques-unes de ces viennoiseries à se damner qu'on trouvait dans ce pays, il sortirait bien de sa manche un tour pour lui faire oublier cette idée folle de virée shopping.

« Aïe. Elle avait une liste à la main. »

Le sourire sur ses lèvres se figea. D'après son expérience, listes et femmes étaient toujours un mélange dangereux.

Elle s'approcha de lui, et il aurait juré qu'elle avait frissonné et fermé les yeux une fraction de seconde, comme si elle se remettait d'un choc léger.

— Bonjour ! salua-t-elle, enjouée comme une speakerine. As-tu bien dormi ?

— J'ai passé une nuit de chien.

Ses rebuffades semblaient l'amuser, ce qui ne contribua pas à améliorer son humeur.

— Tu devrais essayer la mélatonine, suggéra-t-elle, c'est le meilleur remède contre le décalage horaire. Prêt ?

Fin prêt pour retourner au lit surtout, ou mieux encore, pour appeler Rhett Markham et lui demander de se trouver quelqu'un d'autre. Il avait accepté cette mission en croyant qu'il passerait une semaine à prendre en photo des femmes superbes, ce qui lui convenait fort bien, en même temps qu'il œuvrerait pour démanteler un réseau international de délinquants. Mais jamais, même dans ses pires cauchemars, il n'avait imaginé qu'il devrait endurer une tournée dans les boutiques, et encore moins, un entraînement intensif *à la mode,* chose dont il ignorait la portée, mais qui ne semblait présager rien de bon.

Cependant, il avait besoin de cette femme, aussi ravala-t-il ses remontrances avant de répondre avec panache :

— Prêt à tout, comme toujours.

— Excellent. Nous allons à pied, c'est tout près.

Elle portait des chaussures plates, observa-t-il, avec deux « C » enlacés dos à dos sur le devant. Sans doute une marque chic qu'il aurait dû connaître.

« Pourvu que C ne fasse pas de pompes pour homme ! »

— Je pense que le mieux est de commencer par les pièces de base. D'abord, costumes et chemises. Ensuite, nous chercherons les chaussures et les vêtements plus sport.

Il contint un soupir. La journée s'annonçait interminable.

En dépit de ses manières autoritaires, Kimi avait quelque chose qui l'attirait. Toute sa vie, il avait fui comme la peste ce type de femme, avec leur maquillage parfait, leur coiffure dont pas un cheveu ne dépassait et leur élégance obsessionnelle. Mais elle semblait différente. Pas du genre à passer son temps à chercher son reflet dans les miroirs ou à disparaître dans les toilettes toutes les trois minutes pour corriger la ligne de ses sourcils ou un truc dans le genre. Il avait l'impression qu'une fois qu'elle était parée pour la journée, elle ne pensait plus à son apparence. Curieux et… très intéressant.

Cela dit, Mlle Renton devait demander une attention de tous les instants et n'était absolument pas son type. Pourtant, il l'aimait bien et, même s'il détestait l'admettre, il aimait aussi son style. Et, si sur catalogue, il ne l'aurait pas choisie, elle était indéniablement très agréable à regarder, et il n'avait rien contre, et tout pour, les jolies femmes. Par ailleurs, et en tant que partenaire sur cette mission, pour peu qu'elle sache se taire, elle était parfaite. D'autant qu'aujourd'hui, chaussée avec ces talons plats, elle pouvait presque s'adapter à son allure habituelle. Avec la paire de bottes adéquates, elle n'aurait pas de mal, songea-t-il, à le suivre en randonnée.

Que diable lui prenait-il de songer à une chose pareille ?

Il crut qu'elle comptait l'emmener sur les Champs-Elysées qui, à l'instar de la Cinquième Avenue ou de Rodeo Drive, constituaient une destination mythique pour les fashion victimes, et une enfilade d'aberrations économiques à ses yeux. Mais elle le conduisit d'un pas sûr vers une rue encore plus cossue : « Rue du Faubourg-Saint-Honoré », déchiffra-t-il sur la plaque bleu cobalt. Pas de néons dans cette rue, pas de pancarte « soldes » dans les vitrines, uniquement d'élégantes enseignes ornées de lettres dorées.

Une petite flamme d'espoir lui avait laissé imaginer que, obnubilée par les boutiques de vêtements pour femmes, son agent particulier de la police de la mode oublierait le but de leur mission, mais très vite il comprit qu'il avait sous-estimé Kimberley Renton, qui ne diminua pas son allure jusqu'à la destination qu'elle avait en tête.

Elle le précéda dans un établissement où tout se pliait aux canons du minimalisme, de la décoration sobre en noir et blanc aux rares vêtements alignés sur les portants. Il ne semblait pas y avoir grand-chose à vendre, s'étonna-t-il, mais, au moins, il n'y avait en vue pas un seul centimètre carré de velours bleu.

Le vendeur, un homme chauve d'une élégance extrême, les accueillit avec un sourire cérémonieux qui se réchauffa dès qu'il reconnut Kimberley.

— *Mademoiselle Kimi !*

« Ki-mi, avec l'accent sur la dernière syllabe ? »

— Pierre !

A la bise de rigueur, rituel apparemment incontournable

auquel chacun sacrifiait dans cette ville, suivit un rapide dialogue en français jusqu'à ce qu'elle reprenne en anglais, sans doute à son intention. Elle et le vendeur conversèrent, se référant à lui comme s'il ne se trouvait pas là. *Monsieur* aurait besoin de trois costumes pour la semaine des défilés, quelques chemises, des cravates, des tenues de soirée, *bien sûr* et, avant qu'il ait pu comprendre ce qui lui arrivait, il se trouva devant un miroir triple, engoncé dans un costume sombre tandis qu'un autre petit bonhomme s'agenouillait à ses pieds pour marquer l'ourlet de son pantalon.

— Valentino pour les tenues habillées, décréta Pierre. Armani, bien entendu, et Zanetti, je pense, pour les occasions informelles. Veste deux boutons anthracite, impeccable avec cravate et boutons de manchettes, mais tout à fait portable, plus décontractée, juste avec une chemise.

Kimi opinait, et opinait, et opinait tandis que ses yeux se baladaient sans vergogne sur son corps. S'il adorait se faire déshabiller par une femme, le contraire n'était vraiment pas sa tasse de thé.

— C'est un bon début, commenta-t-elle avec un regard machiavélique. Il faut qu'il soit sensationnel.

— *Cela va sans dire.*

On lui permit enfin de rejoindre la cabine d'essayage, où il s'empressa de quitter l'élégante chemise qu'on lui avait imposée.

— Es-tu visible ? demanda alors Kimi depuis l'extérieur.

Pantalon et ceinture Prada. Prada !

— C'est subjectif, comme question.

Avec un claquement de langue pour signifier qu'elle n'avait pas de temps pour ces enfantillages, elle ouvrit la porte et sourit sans embarras en le découvrant torse nu.

— Pas mal, dit-elle, tapotant ses pectoraux. Exactement ce que j'avais imaginé.

Sa main était chaude et douce. Et il aurait mieux apprécié le compliment si son ton n'avait été aussi neutre que si elle parlait d'un mannequin prêt à être installé dans une vitrine. Mais il était un homme réel et, comme tel, il réagit au toucher. Le sang battit plus vite dans son corps, et la cabine lui parut soudain un lieu trop intime pour s'y retrouver à moitié nu avec Kimi. Elle leva le regard vers son visage, un regard qui ne cachait pas son attirance pour lui. Il put y lire aussi le combat que se livraient, dans son for intérieur, la cheftaine de la mode et la femme passionnée qu'il devinait en elle.

— Essaie ça, dit-elle alors, lui tendant deux pulls avant de quitter la cabine.

Très bien, se dit-il. La cheftaine avait gagné ce round, mais il ne douta pas une seconde que la femme passionnée reviendrait en force, à un moment ou à un autre. Il l'avait vu dans ses yeux.

Peut-être que se faire habiller par une femme, finalement, ne manquait pas d'intérêt.

Surtout si cela aboutissait à ce qu'elle le déshabille par la suite. Et là, là, les choses deviendraient vraiment intéressantes.

Chapitre 4

— Pierre, trouvez-lui quelque chose pour maintenant, je vous en prie.

— Mais bien entendu, Kimi.

— Et que comptez-vous faire de mes vêtements ? demanda Holden.

— Les jeter. S'il te plaît.

On l'avait mesuré, épinglé, bousculé et habillé. Il était temps de taper du poing sur la table.

— Mais c'est mon jean préféré !

— Ah, pardonnez-lui parce qu'il ne sait pas ce qu'il porte, soupira-t-elle. Je te propose un marché, tu peux garder ce jean, mais on se débarrasse de ton pull bleu.

— Qu'est-ce qui ne va pas avec mon pull ?

— Je n'ai pas le temps de te dire tout ce qui ne va pas avec ce pull. Nous n'avons qu'une semaine devant nous.

— Il est très chaud.

— Et c'est bien la seule chose qu'on ne peut pas lui reprocher.

Il la fixa avec les yeux plissés, tentant de jouer la montre. Sa façon de lui retourner son regard était résolument aguicheuse.

— Tu es une femme très autoritaire.

— Mon cher Holden, si jamais nous nous retrouvons dans une situation où l'enjeu est de survivre en milieu sauvage en mangeant des baies, je me soumettrai à ton autorité sans moufter.

— N'oublie pas que je connais aussi les baies toxiques, rétorqua-t-il, comme il tendait son pull à Pierre.

— Pierre, demanda-t-elle, pouvez-vous envoyer tout sauf ce pull à l'hôtel ? Je vais vous donner l'adresse.

— Bien sûr, dit le vendeur qui tenait à la main le vêtement comme s'il s'agissait d'un rat mort.

Il disparut dans l'arrière-boutique et revint les mains vides.

Lorsqu'ils quittèrent la boutique, il portait un pantalon *marengo* en *serge*, deux mots dont il venait d'apprendre l'existence, une chemise blanche à fines rayures *charbon* et le pull *anthracite* qu'il venait d'essayer. Il lança un regard de regret à ses tennis en toile, se doutant qu'il faisait ses derniers pas avec elles.

Bingo. Kimi le conduisit jusqu'à un magasin qui, à ses yeux, tenait moins d'un commerce de chaussures que d'un musée de reliques sacrées. Mais il ne prit pas la peine d'essayer de protester. Car, même s'il aurait préféré se faire pendre plutôt que de l'admettre, il avait aimé tous les articles qu'elle avait choisis pour lui, et n'avait utilisé son droit de veto que lorsqu'elle avait tenté de le convaincre qu'une chemise *lavande* n'avait rien en commun avec une chemise rose.

Il trouvait immoral de payer de telles sommes pour de simples vêtements, même si, après avoir vu comment les gens étaient vêtus à la soirée de la veille, il était conscient d'avoir besoin de quelques conseils.

— Je ne porte que des chaussures confortables, dt-il comme ils entraient dans la boutique.

— Tu as de la chance.

— Personne ne t'oblige à marcher avec des piques à glace à la place de talons.

— Chacun sa marotte. Toi, tu tiens à tes bottes de randonnée. Laisse-moi mes talons aiguilles.

— As-tu déjà possédé, ne serait-ce qu'une fois, des chaussures de montagne ? Je parie que ta connaissance des terres sauvages s'arrête à Central Park. Tu sais, tu rates l'une des meilleures expériences que peut t'offrir la vie.

Elle le regarda, l'air plutôt amusé.

— Tu perdrais ton pari. Parmi d'autres expériences dans la

nature, j'ai passé dix jours mémorables lorsque j'étais au lycée, dans un camp de survie pour femmes, qui incluait trois jours de débrouille en solo au milieu de nulle part, quelque part dans le Colorado. Pendant trois jours et trois interminables nuits, je suis restée seule à chercher de quoi manger et à prier pour que rien de plus grand que les moustiques ne vienne me dévorer.

Ses copines de l'époque, pendant les vacances, s'inscrivaient à des stages de danse ou de théâtre, et elle-même avait espéré passer deux semaines dans un atelier pour *fashionistas* en herbe, sauf que sa mère avait décidé qu'elle devait contrebalancer son mode de vie frivole avec une activité plus utile et moins futile.

— Donc, cher ami, j'en connais un rayon sur la vie sauvage, et, crois-moi, ce n'est pas pour moi.

Elle adorait vraiment ces taches dorées et vertes qui semblaient scintiller lorsqu'il souriait. Surtout lorsqu'il posait ses yeux, comme en ce moment, sur elle.

— Mais quelle idée ! s'écria-t-il. Ce camp était de la torture ! On ne peut pas apprécier la nature si on a faim, froid et peur ! On devrait enfermer tes parents pour t'avoir envoyée dans un camp pareil.

— Seulement maman, mon père ne me reconnaîtrait pas s'il me rentrait dedans.

Elle n'avait pas voulu se montrer si amère, et elle tempéra ses propos.

— Et ma mère croyait bien faire. D'ailleurs, je serais encore capable aujourd'hui d'allumer un feu avec seulement un bout de verre et quelques brindilles sèches.

— Partir dans la nature n'est pas censé servir de test d'endurance. Au contraire, ce doit être une partie de plaisir.

— Désolée, mon idée du camping inclut service d'étage et voiturier.

— Il n'y a rien de plus beau que de voir le soleil apparaître sur la mer au loin, et de regarder les aigles planer là-haut, découvrir soudain un cerf à quelques mètres, et croire qu'il regarde le lever du jour, tout comme toi.

Sa voix était douce et un peu rauque, et elle pouvait presque voir la scène. Lui et elle, en train de contempler l'aurore.

— C'est calme, très calme, tu peux t'entendre penser, et l'air est presque trop pur pour le respirer. Pas de portable, pas de voiture, pas de…

— Eau chaude ?

Il passa un bras sur ses épaules.

— Un jour, quand tu te sentiras prête, appelle-moi et je t'y emmènerai.

— Où ça ? Camper ?

— Tout à fait. Je connais un endroit qui convertirait n'importe qui, même une sceptique comme toi, aux joies de la vie sauvage. Nous pourrions escalader, passer deux jours à explorer. Et, à la bonne saison, tu pourrais voir passer les orques qui migrent vers le sud. Tu aimerais, c'est sûr.

Les mots « voyage organisé avec nos amies les baleines » lui effleurèrent l'esprit, mais elle se rendit compte avant de les prononcer qu'il lui parlait de quelque chose qui lui était cher et garda ses commentaires cinglants pour elle.

— Je vais y réfléchir, dit-elle, mais, pour l'instant, il faut qu'on te trouve des chaussures et… J'imagine que tu n'as pas de boutons de manchettes, je me trompe ?

— J'en ai, figure-toi. Ceux de mon grand-père, dans un coffre à la banque.

Ils étaient en or et perles, et il avait bien fait de les mettre sous clé, à l'abri des mains de Kimi et loin de ses propres poignets !

Elle lui octroya un de ces sourires que les vieilles dames font aux petits garçons avant de leur caresser les joues et se détourna de lui pour sourire à la cohorte de vendeurs déférents qui attendaient poliment qu'ils aient fini de parler.

Des *mocassins* et des *Richelieu* ? Et qu'est-ce qu'il venait faire là, le méchant des *Trois Mousquetaires* ? En tout cas, il était sûr de ne pas remettre ce trousseau digne d'un mille-pattes une fois cette semaine écoulée, pensa-t-il, résigné, lorsqu'ils eurent fini les essayages.

— Je t'ai pris rendez-vous chez mon coiffeur préféré. Nous sommes dans les temps, annonça-t-elle, satisfaite, comme ils sortaient de la boutique.

— J'imagine que te dire que mes cheveux ont été coupés il y a deux semaines serait une perte de temps.

— Tu imagines bien.

Le salon se trouvait dans le voisinage de cette terrible rue du Faubourg-Saint-Ennui et, pendant une heure interminable, il dut supporter que Kimi et un autre de ses hommes mascottes commentent la structure de son visage, ses pommettes, sa mâchoire et aussi la taille, l'emplacement et l'angle de ses oreilles. Il avait envie d'aboyer qu'il n'était pas un chien de concours, mais décida de garder son souffle pour le moment où il en aurait vraiment besoin…

A sa surprise, lorsque le coiffeur eut achevé la coupe, il ne trouva rien à redire à son reflet dans la glace. Ses cheveux étaient plus courts certes, mais il avait l'air mieux coiffé, de plus, il n'avait pas eu à contrer une mèche tombant sur un œil ou à subir un Brushing, opération à laquelle il avait vu se soumettre ses voisins de fauteuil. Il trouva néanmoins qu'il avait été extraordinairement patient et qu'il méritait une récompense.

— Ouf ! soupira-t-il. Je mangerais bien un morceau. Et une petite sieste ne me ferait pas de mal.

Kimi rit comme s'il avait raconté une blague.

— Bon, puisque tu as été très sage, nous prendrons le déjeuner dans ma suite. Mais nous avons d'abord une autre halte à faire.

Il aimait cette idée de déjeuner avec elle dans sa chambre, mais, à son ton efficace de femme d'affaires, il douta que son idée d'eux deux dans une suite parisienne et celle de Kimi convergent vers le même but.

Ils s'arrêtèrent dans une immense maison de la presse où l'on pouvait trouver des livres et des revues de toutes sortes, écrits dans toutes les langues du monde. Il l'attendit au rayon « Tourisme et Voyages » jusqu'à ce qu'elle revienne les bras chargés d'un tas ahurissant de revues de mode, dont quelques-unes en français et en italien. Un mauvais pressentiment lui souffla qu'elle ne les avait pas choisies pour les lire elle-même.

Il la suivit dans sa chambre, quelque peu déçu par le naturel avec lequel elle lui demandait de se mettre à l'aise.

— Je vais commander à manger, mais tu peux déjà commencer à bosser.

— Pardon ?

Elle vida le sac de revues sur la table.

— Stage intensif de mode.

— Non, s'il te plaît, gémit-il.

Elle ouvrit les tiroirs d'un élégant secrétaire qui aurait pu appartenir à Napoléon et plaça devant lui un bloc et un stylo.

— Prends des notes. Je veux que tu repères les créateurs dans le vent, les traits les plus marquants de leur style, les couleurs tendance de la saison et, bien entendu, les mannequins les plus célèbres. Tu es censé les reconnaître au premier coup d'œil, à défaut de quoi, tu passeras pour un piètre photographe du dimanche.

— D'accord, d'accord. J'ai pigé.

Bougon, il s'empara du magazine en haut de la pile et commença à le feuilleter.

— Ce que je ne comprends pas, c'est comment Rhett a pu envoyer quelqu'un qui ne connaît rien de rien à la mode, grommela-t-elle.

— Je sais que ton sac est un Prada.

— Bien. Peut-être qu'à la fin de la journée tu seras aussi capable de reconnaître mes chaussures et ma robe.

Pour la énième fois de la journée, Holden retint un soupir. Non seulement la séance dans la suite de Kimi ne prenait absolument pas le chemin de la vision de plaisir qui lui avait traversé l'esprit un peu plus tôt, mais l'après-midi s'annonçait long, très long.

Il le fut.

Le soir venu, Mme La Patronne l'informa qu'elle était attendue pour un dîner donné par le rédacteur en chef d'un prestigieux magazine, et que ce n'était pas la peine qu'il l'accompagne.

— Tu peux rester, commande quelque chose au service d'étage, si tu veux. Je suis très sérieuse à propos de ce stage intensif. Si tu ne veux pas être démasqué dès que tu seras en présence de ta nouvelle chef, tu as intérêt à progresser d'ici là.

— Très bien.

Bien sûr, il savait qu'elle avait raison. N'empêche, ces histoires de fringues le barbaient prodigieusement.

— Je préfère regagner mon hôtel, je travaillerai mieux là-bas. Et j'ai aussi quelques coups de fil à passer.

— Je compte te tester demain, lui annonça-t-elle, soupçonneuse.

Il se leva et s'approcha d'elle, s'arrêtant tout près, même, il le savait, trop près. Elle haussa un sourcil et le fixa dans les yeux, avec un regard teinté de défi bleu intense.

— Je n'ai pas peur, dit-il. Invente ce que tu veux, je passerai ton test haut la main. C'est une promesse.

Elle écarquilla les yeux.

Content d'avoir enfin réussi à lui clouer le bec, il tourna les talons et partit, le tas de revues sous le bras avant qu'elle ne puisse l'empêcher de s'en aller avec ce dernier mot sur le bout des lèvres.

Chapitre 5

La sonnerie du téléphone tira Holden d'un sommeil bourbeux. Il était en train de rêver qu'un tueur sadique tentait de l'étrangler, et le *dring dring* anachronique de ce téléphone français venait de le sauver d'une mort par étouffement sous la pression d'un nœud papillon à pois. Cauchemar terrifiant s'il en était, pensa-t-il en attrapant le combiné.

— Oui ?

— Je viens d'apprendre que tu as changé d'employeur.

C'était Kimi et elle semblait furieuse des conséquences des quelques coups de fil qu'il avait passés la veille au soir.

— Je comptais t'en informer moi-même ce matin. Comment se fait-il que tu sois déjà au courant, si vite ?

— Pourquoi as-tu prétendu que tu travaillais pour moi ? rétorqua-t-elle, ignorant la question.

— J'y ai pensé et l'idée me semblait tomber sous le sens. Tu sais déjà qui je suis et tu étais d'accord pour m'aider. Ainsi, je n'ai pas à feindre d'être quelqu'un que je ne suis pas, ou à laisser cette effrayante femme aux cheveux rouges me mettre en charpie.

— Tu te trouves très malin, n'est-ce pas ?

— Q.I. au-dessus de la moyenne, en effet. Pourquoi es-tu si en colère ?

— Je n'aime pas être embarquée dans des trucs sans mon consentement, je n'aime pas que des gens se permettent de manigancer dans mon dos à propos de ma carrière. Et la semaine des défilés à Paris est ma carrière.

— Tu as dit que tu voulais bien me prêter main-forte.

— Officieusement ! Mais je suis journaliste, pas détective. J'ai mes priorités.

— D'accord, j'ai compris.

Il se frotta les yeux. Une tasse de café bien serré n'aurait pas été du luxe avant de devoir affronter une Kimi en colère.

— J'ai passé la soirée à étudier tes revues et, ensuite, je me suis mis à réfléchir, expliqua-t-il. Lorsque j'ai eu l'idée de me substituer à ton photographe attitré, il était beaucoup trop tard pour t'appeler.

— Tu aurais pu attendre ce matin et, surtout, m'en parler d'abord au cas où j'aurais vu un inconvénient à ta brillante idée. Et j'en vois !

— J'aurais pu, mais il fallait agir vite. Et obtenir l'accord de tes chefs. Ecoute, je suis désolé de ne pas t'avoir consultée d'abord. Je comptais te le dire tout à l'heure.

— Mon éditeur m'a appelée pour me l'annoncer, ce qui signifie que je n'aurai pas mon photographe favori, qui vient chaque année de Milan juste pour moi. On lui a proposé une autre commande et, à sa place, je t'ai, toi !

Il pouvait entendre ses dents grincer, et le souvenir d'un puma qui avait tenté de faire de lui son déjeuner au cœur d'un bois canadien lui revint avec une force saisissante.

— Ne crois-tu pas que démanteler un réseau international du grand banditisme est plus important que ta carrière ?

— Non. Pas du tout.

Il tenta un autre angle pour sa défense.

— Et comment peux-tu savoir que je ne suis pas meilleur photographe que ce type de Milan ?

— Laisse-moi te faire une liste. Un : il shoote chaque événement important de mode depuis trois ans. Deux : il était l'assistant de Richard Avedon.

— Ouah, impressionnant.

— La ferme ! Et trois : il s'y connaît en mode, il la comprend, continua-t-elle, avant d'ajouter avec la force d'un boxeur qui assène le coup de grâce, il la *porte*.

— Ecoute, je comprends que tu sois fâchée.

— Fâchée ? C'est un mot bien pâle pour décrire, même de loin, l'état dans lequel je suis ! Brewster Peacock t'a déjà dans le collimateur. Si nous travaillons ensemble et qu'il te descend, tu m'entraînes dans ta chute. Cet homme peut détruire mon avenir.

— Il n'en aura pas l'occasion, crois-moi. Je prendrai des images époustouflantes, promit-il.

— Ah, oui ? Et comment, si je peux savoir ?

— Je suis grand. Je dépasse d'une tête la plupart de ces petits bonshommes français. Combien mesure ton Milanais ?

— Un mètre quatre-vingt-huit.

Zut.

— Un mètre quatre-vingt-onze, moi.

Elle soupira dans le combiné.

— Ecoute, maintenant je t'ai dans les pattes, soit, mais je trouve inadmissible que tu te sois permis de prendre la place de mon photographe à mon insu. Tu as intérêt à t'investir et à prendre ce job pour *Uptown* avec la même énergie que tu mets dans tes missions de détective.

— Bien sûr. J'ai aussi ma fierté professionnelle, qu'est-ce que tu crois ?

— Et, si tes images sont nulles…

— Elles ne le seront pas.

Il l'entendit retenir sa respiration, comme si elle tournait la langue dans sa bouche avant de parler.

— D'accord. Et, maintenant, quant à ce que tu dois porter…

— Pardon ? Tu prétends me dicter ce que je dois mettre ?

— Dis-toi que je te rends service.

Tentant de rester concentré, il écouta ses ordres, très précis, à propos de la tenue à choisir pour la journée. Il ne savait pas s'il aimait ou non avoir une rédactrice de mode comme coach de style, mais, après tout, il ignorait les us et coutumes de la déroutante tribu de la mode, et elle en était une experte. Autant lui laisser carte blanche là-dessus. Mais il la garderait à l'œil, ou son despotisme risquait de déborder de son champ de compétences.

— Je passerai te prendre vers 11 h 30 et nous irons ensemble au déjeuner de la Fédération Française de la Couture.

Oh, oh !

— Il vaudrait peut-être mieux que tu me donnes mon emploi de temps pour que je sache exactement où et quand tu as absolument besoin de moi. Je ne peux pas venir à ce déjeuner, mais je te rejoindrai dès que possible.

— Comment ça, tu ne peux pas venir ? demanda-t-elle d'un ton délibérément suave.

— Je ne peux pas te le dire.

— Je me retrouve coincée avec toi contre ma volonté. La seule raison pour laquelle je ne fais pas valoir mon influence pour récupérer mon vrai photographe, c'est que je veux t'aider. Donc arrête tes cachotteries. Qui dois-tu voir ?

Il comprenait le courroux de Kimi, car il l'avait mise devant le fait accompli et, par là même, dans une situation inextricable. En outre, il savait que, dans les jours à venir, il devrait lui cacher pas mal de choses. Donc, pour cet après-midi, décida-t-il, le plus efficace était de lui avouer la vérité. Après tout, ils étaient ensemble sur cette mission, pour le meilleur et pour le pire. Autant commencer à lui faire confiance.

Au moins un peu.

— Je vois mon contact Interpol. Nous devons échanger nos informations.

— Interpol ?

Elle sembla impressionnée. Tant mieux. Plus elle le serait, plus elle serait prête à coopérer.

— Tout à fait. Mais, évidemment, c'est top secret, donc tu le gardes pour toi.

— Dommage, cela aurait fait un bon titre pour la une de mon blog.

— Très drôle. Où est-ce que je te retrouve ?

— Voyons… Je n'aurai pas besoin de toi avant le début de la soirée, pour une réception dans le Marais, dans le 4e arrondissement, je t'envoie l'adresse sur ton portable. Tu as de la chance, nous n'avons pas assez de pages pour couvrir tous les shows en images. Tu ne devras couvrir que les défilés des plus grandes maisons et ceux d'une paire de créateurs qui montent, dont je tiens à parler. Je t'envoie le détail par e-mail.

— Merci, j'apprécie.

— Mais je compte sur toi pour démanteler ce réseau de voleurs.

— Je ferai de mon mieux.

Kimi avait passé la moitié de la journée à pester contre Holden et son outrecuidance. Quel toupet ! Les utiliser, elle et son journal, sciemment, pour arriver à ses fins, sans la consulter ! Et, ensuite, monsieur se permettait de prendre son après-midi pour vaquer à ses affaires ! Gonflé !

Pourtant, lorsqu'elle le vit débarquer au cocktail, elle oublia sa colère.

Elle en eut le souffle coupé. Bien sûr, Holden n'avait fait que suivre à la lettre ses instructions, mais elle n'avait pas imaginé, en choisissant les pièces dans les boutiques, l'effet qui en résulterait une fois qu'il les porterait ensemble. C'est un boulet de canon qu'elle vit entrer dans la salle de réception, d'une démarche assurée, et même arrogante.

Franchement, elle était forte, se congratula-t-elle en remarquant comment la veste d'une coupe irréprochable soulignait ses épaules, comment le pull fin en laine à la texture parfaite épousait son ventre plat, comment la ligne épurée du pantalon mettait en valeur ses jambes de randonneur.

Ses cheveux, bien qu'un peu en désordre, mettaient en valeur la puissance des traits de son visage. Et il était si incroyablement grand ! Certes, la matière première était de premier choix, admit-elle, mais le Holden qui venait de faire son entrée et celui qui avait débarqué à la soirée de Simone deux jours plus tôt étaient deux hommes complètement différents.

Comme s'il avait senti son regard posé sur lui, il se tourna vers elle et leurs yeux se rencontrèrent. Avec la force aveuglante d'un flash, deux moments se télescopèrent dans son esprit : leur rencontre, lorsqu'elle avait heurté son corps musclé et solide, et leur seul baiser, au goût de bière, qu'il avait déposé sur ses lèvres en l'accompagnant ce soir-là à l'hôtel.

C'était le même homme, certes, et pas un autre, mais il ressemblait aujourd'hui, point par point, à l'homme idéal de ses fantasmes. Pas surprenant, puisque c'était elle qui l'avait relooké, et d'autant plus dangereux qu'il croisait son chemin en cette semaine si importante. Elle devrait faire attention, très attention, pour empêcher que le plaisir n'empiète sur son sens du devoir pendant qu'ils se trouvaient à Paris, car, d'après la façon dont il la regardait et la réponse de son corps à ce regard, elle commençait à se douter que quelque chose de très peu professionnel risquait de se passer entre eux.

— Salut, dit-il dès qu'il fut assez près.

— Salut. Pas mal, ce que tu portes.

Il fit la grimace.

— Viens, je vais te présenter, proposa-t-elle. Si tu dois travailler avec ces gens, autant commencer tout de suite.

Il acquiesça et la suivit d'un groupe à l'autre dans l'assemblée mondaine.

— Qu'est-il arrivé à Luca ? demanda Estelle Carmody, une journaliste rivale, l'air très intéressé.

Depuis que Kimi avait découvert Luca, le photographe milanais, Estelle n'avait cessé de tenter de le débaucher, sans succès pour l'instant. Kimi lui octroya un sourire aussi hypocrite que féroce. Cette garce aux dents longues n'allait pas lui voler son Luca.

— Il travaille pour nous sur un autre sujet, expliqua-t-elle, sournoise. Ce qui nous a donné la chance d'employer Holden MacGreggor.

Elle baissa le ton et posa sa main sur le bras de Holden.

— C'est ma dernière trouvaille. Il est incroyable.

Estelle possédait un corps émacié et anguleux, et Kimi la soupçonnait de prendre ses maigres repas en cachette, protégée par l'obscurité de la nuit car, de mémoire d'homme, on ne l'avait jamais vue ingérer le moindre aliment solide. Le verre qu'elle tenait à la main pouvait aussi bien contenir de la vodka que de l'eau plate. Elle lui rendit un sourire pincé.

— Et avec la caméra, il est comment ? asséna-t-elle, avant de tourner les talons.

— Une amie à toi, à ce que je vois, commenta Holden.

Kimi suivit Estelle du regard, serrant les dents lorsqu'elle la vit dégainer son téléphone portable. Ou bien Luca avait obtenu une mission en or et le cachet qui allait avec, ou bien elle pouvait se préparer à le perdre.

— Collègue et néanmoins ennemie…, répondit-elle. Ça arrive. Oublie-la. Tiens, voilà quelqu'un d'adorable. C'est Marcy Wolington-Hicks, une des assistantes de Simone. Très grande professionnelle.

Avec un large sourire aux lèvres, elle se dirigea vers une jeune femme rousse, habillée d'une minijupe en pied-de-poule et chaussée de *low-boots*, à peine maquillée par un trait de khôl et avec un petit diamant sur un côté du nez, pour seul bijou.

— Kimi, comment vas-tu ? s'exclama Marcy avec son accent distingué de londonienne chic.

— Très bien. Et toi ?

— Je meurs d'envie de fumer une cigarette, mais je déteste sortir pour le faire. Pathétique, n'est-ce pas ?

— Marcy, voici Holden, mon photographe.

— Ravie de faire votre connaissance, dit-elle, serrant la main que Holden lui tendait. Il ne me semble pas vous avoir rencontré auparavant ?

— Non, je suis la dernière *trouvaille* de Kimi.

— Et comment se passe la semaine chez Simone ? demanda celle-ci, ignorant le commentaire.

— Une véritable maison de fous. Il n'y en a que pour *la robe*, expliqua Marcy avec une envolée de mains dramatique. Nous avons toute une collection de haute couture à sortir, mais personne ne pense à rien d'autre qu'à la robe pour le mariage ApplePie. C'est grotesque.

— J'en conviens, crois-moi, compatit Kimi, avant d'oser mettre sur la table le sujet du jour. Que peux-tu m'en dire, d'ailleurs ?

Un grand éclat de rire accueillit sa question.

— Rien du tout ! Penses-tu ! Simone a menacé d'arracher la langue à quiconque oserait l'ouvrir, expliqua Marcy. Et la connaissant, je ne pense pas qu'elle plaisante.

— J'ai entendu dire qu'il y aurait une minirobe de mariée pour le bébé.

— Je ne peux pas confirmer cette information.

— Mais tu ne la démens pas ?

— C'est juste, concéda la jeune femme avec un sourire.

— Je ne peux pas attendre de les voir ! La robe est-elle à la hauteur du battage médiatique ?

Marcy regarda autour d'elle avant de répondre.

— Je n'ai rien dit, d'accord ? Tu sais que je risque mon poste si Simone devine que j'en ai parlé avec toi. Tu aurais fini par l'apprendre, de toute façon. La robe est brodée de diamants. Entièrement. Des diamants authentiques. Et pas n'importe lesquels. Lucia et Mark craignaient qu'une malédiction ne tombe sur leur mariage s'il s'agissait de diamants sanglants, c'est-à-dire provenant d'une région en guerre. Donc j'ai dû dénicher une entreprise canadienne et leur poser tout un tas de questions à propos de l'impact environnemental de leurs mines et de leur pratique du commerce équitable. Là-dessus, tiens-toi bien, il fallait que les diamants soient tous sans défaut. Double galère. Tu n'imagines pas à quel point il est difficile d'obtenir une quantité aussi considérable de diamants équitables et sans défaut !

Kimi ne put s'empêcher de rire.

— J'ai hâte de voir cette robe.

— Chef-d'œuvre absolu. Je ne peux pas supporter Simone — bon, personne ne le peut —, mais c'est sans conteste un génie. Je crois que c'est la plus belle création qu'elle ait jamais produite. Evidemment, elle a développé une paranoïa aiguë, car elle craint que quelqu'un ne la voie avant l'heure et brise le mystère, donc la robe est tenue en lieu secret, même pour moi, imagine le niveau des mesures de sécurité ! Si quelqu'un la voit avant le jour du défilé, des têtes vont tomber. Tu sais que Simone est une obsédée du contrôle.

— Est-ce que tu penses…

— Kimi et Marcy ! Mes deux *fashionistas* préférées !

Cette diction exagérément lente… Kimi se tourna pour saluer Brewster Peacock, affublé d'une veste en brocart doré avec des créoles assorties, qui se tenait derrière le petit groupe qu'ils formaient tous les trois.

— Bonjour, Brewster. As-tu rencontré Holden, la dernière trouvaille de Kimi ? demanda Marcy en toute innocence.

Kimi crut une seconde que le roi du potin fashion n'allait pas reconnaître le tocard mal habillé de la rue de Rivoli, mais, évidemment, Brewster avait bâti sa réputation grâce à un sens très affûté de l'observation.

Il recula d'un pas et passa Holden en revue, de ses cheveux bien coupés à ses mocassins Versace en passant par son costume italien noir. Le seul accessoire qu'ils avaient gardé de sa tenue originale était les lunettes qui, remarqua Kimi à cet instant, lui donnaient une touche intellectuelle du plus bel effet.

— Kimi, *ma chérie*, s'exclama le journaliste en même temps qu'il embrassait l'air dans une bise aussi sonore qu'affectée.

Tant d'affection de la part de Peacock… Danger, se rappela-t-elle.

— Je vois que tu as dompté le fauve.

Et zut, il avait reconnu Holden. Il ne lui restait plus qu'à feindre un amusement qu'elle était loin d'éprouver.

— Je t'avais prévenu, Holden adore les farces très poussées.

— Et je me demande si quelqu'un ne nous en joue pas une bien bonne, murmura-t-il à son oreille, avant de se retourner vers Holden.

— Zanetti vous sied comme un gant. Leur collection de prêt-à-porter cette année est vraiment réussie.

Elle se disposait à intervenir afin de sauver la peau de Holden quand celui-ci se mit à parler avec un aplomb estomaquant.

— Je suis de votre avis, personne ne maîtrise la rayure tennis comme eux. Classique mais avec une touche décalée. En revanche, je ne suis pas sûr d'être prêt pour le retour de la veste croisée avec cravate large. Cela me rappelle trop mon père, mais j'aime leurs nouveaux tweeds. Ils pourraient même prendre la place de Burberry dans ma garde-robe.

Kimi se contint pour ne pas l'embrasser. Il avait lu les revues de bout en bout. Le stage intensif avait marché ! Il s'était exprimé avec l'aisance d'un expert. Cependant, elle n'arrivait pas à décider si sa tirade avait réussi à bluffer Brewster. Celui-ci, sans répondre, s'éloigna avec un sourire énigmatique aux lèvres vers le groupe qui entourait Daniel LeSerge, le grand créateur de chapeaux.

Marcy ne cacha pas son étonnement.

— Je croyais qu'il allait me tomber dessus pour me soutirer des infos, il est si sibyllin qu'on finit toujours par divulguer ce qu'on tenait à garder secret. Sauf qu'il semblait plutôt s'intéresser à vous deux. Etes-vous au centre de quelque chose que j'ignore ?

— Non, la rassura Kimi. Il cherchait les embrouilles, comme d'habitude.

— Bon, je me sauve, si Simone voit que je te parle trop longtemps, elle va devenir méfiante, soupira Marcy. La semaine va être très longue.

— Avant que vous ne partiez, intervint Holden, auriez-vous une carte ?

— Bien sûr, répondit la jeune femme, en sortant une de la petite pochette en perles de rocaille qui pendait à son bras.

— Merci, dit-il, comme il rangeait le bristol dans son portefeuille et lui tendait l'un des siens.

Ce n'était plus une carte du *Daily Tribune*, observa Kimi, on pouvait y lire, tout simplement, « Holden MacGreggor, photographe », et un numéro de portable. Il pensait à tout.

— Que t'a dit Brewster lorsqu'il t'a parlé à l'oreille ? demanda Holden lorsque Marcy partit.

— Il se demandait si nous n'étions pas en train de jouer

une farce, expliqua-t-elle en surveillant Brewster de loin. Un ballon d'essai, sans doute, pour tenter de me piéger, sauf s'il a eu vent des véritables raisons de ta présence ici.

— Je serais surpris d'apprendre qu'il sait faire autre chose que copier les tenues d'Elvis Presley, période Las Vegas.

— Il est outrancier. C'est sa façon d'attirer l'attention, mais ne te leurre pas, il est intelligent, rusé et il pèse lourd dans les cercles de la mode. Il a de très bonnes relations.

— Dans quel sens ?

— Personne n'oserait refuser de prendre un appel de sa part, par exemple. Même s'il t'a mis en pièces dans sa rubrique, tu réponds. C'est comme ça.

— Et pourquoi on ne lui dit pas de se fourrer sa rubrique où je pense ?

— Car il y a pire que de se faire écharper dans la rubrique de Brewster : ne pas y apparaître du tout.

Chapitre 6

— Bonjour !

Holden sentit une onde de chaleur traverser son corps. Un tout petit mot de sa part, songea-t-il, avec ce ton sexy et décontracté dont elle savait si bien jouer, et son désir montait en flèche. Il était nu dans son lit, et la femme la plus attirante de Paris n'était pas avec lui. Elle lui téléphonait. Il écarta le téléphone de son oreille pour consulter l'horloge. A une heure absolument indécente !

— Tu n'as pas besoin de m'appeler. J'ai mis le réveil.

— A quelle heure ?

— 9 heures.

Il avait travaillé jusqu'à une heure avancée de la nuit, car il avait ses dossiers à réviser, et aussi des cas en cours aux Etats-Unis qui réclamaient son attention. Mandy, son associée, s'occupait de tout avec son efficacité coutumière, mais ils étaient sur une affaire de vol qui devenait particulièrement compliquée. Ils avaient été tous les deux policiers dans la même brigade, et, lorsqu'ils s'étaient aperçus qu'ils préféraient travailler ensemble et de façon indépendante plutôt que de se plier à la routine et à la lourde bureaucratie de la police, ils avaient décidé de monter leur propre agence. Qui marchait plutôt bien. Son échange avec Mandy s'était prolongé jusqu'à 3 heures, donc se lever à 9 ne lui donnait pas l'impression de faire la grasse matinée.

— 9 heures ? s'écria Kimi. Mais je passe te prendre à 9 h 20 ! As-tu écouté un seul mot de ce que je t'ai dit hier soir ?

— Tous les mots, dit-il dans un bâillement bruyant. Et je serai ponctuel.

— J'imagine que tu comptes mettre la première chose qui te tombera sous la main, s'indigna-t-elle, excédée.

Il ne put s'empêcher de la taquiner.

— Tu peux venir m'aider à m'habiller, si tu veux.

Son intention était de détendre l'ambiance, mais la phrase lança sa machine à fantasmes, et il la visualisa arrivant dans sa chambre, habillée d'une robe élégante — une de celles qui montraient ses jambes —, juchée sur ces talons hauts qu'il raillait mais dont il raffolait en secret. C'était quelque chose, les chaussures de Kimi.

Il ne savait plus comment arrêter le film qui se déroulait dans son imagination, ni l'érection scandaleuse qui soulevait maintenant les draps à hauteur de son ventre. Séduite par son torse masculin — et par ce que le drap mettait en évidence —, Kimi oubliait son intention de l'habiller et se glissait dans le lit avec lui. Et avec ses talons.

— Je crois que je vais te donner des instructions à distance, bafouilla-t-elle.

Ah, ah ! Il l'avait décontenancée, pensa-t-il, avec un large sourire de satisfaction.

— Tu ne te fais pas confiance pour venir dans ma chambre alors que je suis au lit, continua-t-il.

— Pff. C'est à toi que je ne fais pas confiance.

— Tu es une femme intelligente.

— Et maintenant que tu es réveillé, prête attention.

— D'accord, dit-il de nouveau dans un bâillement.

— Aujourd'hui, tu vas mettre la veste Marc Jacobs avec le pantalon Bottega Veneta et la chemise Dolce & Gabbana.

— Pour une conférence de presse ? demanda-t-il, consultant l'emploi du temps qu'elle lui avait envoyé par e-mail la veille.

— C'est suivi d'un déjeuner. Voici une règle qui devrait te simplifier la vie : lorsqu'on doit assister à plusieurs événements dans la journée et qu'on n'aura pas le temps de se changer, on choisit la tenue correspondant à l'événement le plus important.

Il trouvait amusantes ces petites règles qu'elle énonçait avec le sérieux d'une institutrice expliquant la guerre de Sécession à une classe de primaire.

— Pourquoi ne puis-je choisir au contraire la tenue la plus décontractée ? Cela correspond mieux à mon style.

— Parce que tu peux toujours quitter ta veste, mettre la cravate dans ta poche, et même enfiler un pull sur ta chemise pour « déshabiller » ta tenue, ensuite, tu renfiles la veste, tu noues ta cravate et le tour est joué. Tu comprends ?

— Tu es un bon professeur.

— Tu te moques encore ?

— Non, j'aime savoir le pourquoi des choses. Maintenant j'ai compris.

— Tant mieux. Récapitulons : qu'est-ce que tu dois mettre ?

Mot pour mot, il déclina les pièces de l'ensemble qu'il devait endosser. *L'ensemble*. Il faudrait qu'il demande un bonus à Rhett Markham pour l'obliger à penser aux vêtements en termes *d'ensemble*.

— Parfait. Quant à tes cheveux…

— Ah, non ! Pas mes cheveux. Je les ai fait couper, ça suffit. Je me douche, je les coiffe, un point c'est tout. Pas de bigoudis chauffants, ni plaques lissantes, ni mèches.

— Tu sembles en connaître un rayon en matière de coiffage, commenta-t-elle, avec une voix qui laissait deviner qu'elle souriait.

— J'ai fréquenté pas mal de femmes, tu sais.

— Je voulais juste suggérer un peu de gel pour éviter qu'ils se décoiffent au premier souffle de vent, dit-elle après une petite pause. L'effet cheveux mouillés mettrait en évidence tes yeux et tes pommettes.

— Et pourquoi diable veux-tu mettre en évidence mes pommettes ?

— Tu as une belle structure osseuse.

La seule structure à laquelle il aurait aimé qu'elle s'intéresse venait de s'affaisser sous le drap, maintenant aussi plat que l'esplanade de la Concorde sans l'obélisque. Elle le voulait cheveux gominés, pommettes en avant. Avec du gel. Et quoi encore ?

— Je refuse.

— Tu peux donner au moins un coup de sèche-cheveux ?

— Non. Je compte me doucher, me raser, me brosser les dents et mettre du déodorant. C'est tout, Manhattan.

— D'accord. Mais, s'il te plaît, prends ton temps pour t'habiller. La mode est un art.

— Je te vois à 9 h 20.

— Ah, Holden ?

— Oui ?

— N'oublie pas ton appareil.

— Très drôle.

A l'heure convenue, il se tenait prêt et il vit Kimi arriver. Ils pouvaient ne rien avoir d'autre en commun, mais au moins tous deux étaient ponctuels. Elle sortit de la limousine et se dirigea vers lui, accompagnée du cliquètement coquet de ses talons de haute voltige sur le trottoir. Il admira la paire du jour, avec un grand nœud sur le devant, et la petite robe marine et blanc qui lui donnait l'air sage et apprêté. Délicieuse.

Sans même dire bonjour, elle le toisa de la tête aux pieds et tourna autour de lui pour l'examiner sous toutes les facettes. De nouveau face à lui, elle lissa le revers de sa veste et redressa sa cravate.

— Je passe le test ? demanda-t-il.

— Haut la main. Allons-y.

Le chauffeur se tenait sur le côté du véhicule, mais Holden lui fit signe de se mettre au volant et ouvrit lui-même la porte pour Kimi avant de se glisser à côté d'elle à l'intérieur. L'habitacle était luxueux et la vitre de séparation avec le conducteur, fermée.

— Tous les médias seront à la conférence, ainsi que la plupart des acteurs importants du secteur, bien sûr. Je t'ai obtenu une accréditation pour la répétition générale du défilé de Simone, qui aura lieu à l'Opéra après le déjeuner.

Elle pensait à tout, songea-t-il, impressionné.

— Bien joué. Je vais pouvoir photographier tous les accès, les habilleuses et aussi le personnel de sécurité et toute autre personne se trouvant dans les parages. Merci beaucoup, cela m'aidera énormément, dit-il en posant sa main sur son épaule.

— De rien. Et, euh, pense aussi à prendre des images des filles, d'accord ?

— Tu penses que l'une d'elle pourrait être de mèche avec les voleurs ?

— Pense à prendre des photos, c'est tout.

Soudain, il comprit. Elle ne s'était pas donné tant de mal afin de l'aider à résoudre le cas. Quelle chipie !

— Tu ne me crois pas capable de prendre de bonnes photos, n'est-ce pas ?

— Bien sûr que si, je…

Elle s'interrompit. Avec un soupir, elle posa sur lui ses yeux sérieux à la nuance impossible.

— Je n'en sais rien. Mais, puisque tu seras au travail, pourquoi ne pas en profiter pour prendre quelques photos de mode, histoire de pratiquer un peu ?

— Elles ne porteront même pas les modèles du défilé.

— Je sais, mais elles vont travailler sur les passages, les entrées, la chorégraphie. J'ai expliqué à l'attachée de presse que nous voulions publier un reportage sur les coulisses de la semaine de la mode.

— C'est une idée excellente.

— Sauf que tout le monde s'en fiche, soupira-t-elle. Je pourrais en publier un petit sujet, peut-être quelque chose de plus long en ligne, mais ce qu'on attend de moi surtout, c'est de repérer les tendances et les créateurs phares. C'est pourquoi j'ai besoin de bonnes images. Donc, s'il te plaît, rends-nous service et flashe un peu les filles, d'accord ?

— D'accord, dit-il, frôlant son genou comme il se penchait pour attraper son sac à dos avec son matériel.

Il fouilla à l'intérieur, en tira un mode d'emploi et remonta ses lunettes sur son nez avant de l'ouvrir.

— Je peux savoir ce que tu…

— Chut, l'interrompit-il, j'essaie de lire. Voyons… Ouverture, exposition… Comment met-on ce truc sur « automatique » ?

Elle le tapa sur le bras avec son sac-baguette.

— Moque-toi, mais c'est ma carrière qui se joue, là. Si tu te rates, je devrai recourir aux photos d'agence. La honte. L'humiliation suprême. Je ne pourrai plus jamais revenir à Paris.

— Ne t'inquiète pas, mes photos ne te feront pas honte, promis.

Ce n'était pas dans sa nature de se vanter, mais il était assez bon avec un appareil. Très bon même, au point qu'il aurait pu en faire son métier s'il n'avait pas préféré l'investigation. La photographie restait cependant un hobby des plus lucratifs, sans parler de son utilité dans ses activités professionnelles.

Il reposa sa main entre eux, machinalement, et il sentit de nouveau la douceur de sa peau frôler le dos de main. Une douceur explosive. Aussitôt, les fantasmes du matin revinrent en force dans son esprit, et il sut avec certitude qu'il ne pourrait pas sortir de cette voiture sans avoir exploré cette peau si scandaleusement attirante. Et puis, cela la distrairait de ses soucis à propos de ses performances comme photographe…

Retenant sa respiration, il fit remonter sa main sur son genou. Il la sentit frémir, mais elle ne retira pas sa main. Elle ne lui cria pas d'arrêter. Elle gardait le silence, mais elle devait sentir, elle aussi, cette chaleur qui irradiait contre la paume de sa main, car elle se tortilla légèrement sur le siège de la limousine, et la robe glissa un peu plus haut sur sa cuisse. Holden sentit une chair ferme et musclée sous ses doigts. Kimi avait beau se moquer de son goût pour la randonnée, elle devait passer aussi quelques heures par semaine à garder la forme. Il ne put s'empêcher de remonter un peu plus sa main, et entendit sa respiration s'accélérer. Elle ne l'arrêta pas, le fixant en silence, tremblante.

— Fais-moi confiance, murmura-t-il en se penchant sur elle.

Il s'empara de sa bouche, savourant avec délice la douceur mentholée de son souffle tiède. Un long baiser, lent et voluptueux. Il voulait simplement lui procurer, se procurer, un bref instant de plaisir, un avant-goût de ce qu'ils savaient, tous deux, être inévitable désormais. Il ne s'attendait pas à la montée de désir qui le traversa avec la violence d'un train déraillé.

Malheureusement, ce n'était pas le moment de se laisser aller à ces excès. Il s'écarta d'elle à contrecœur, se réjouissant de l'expression déconcertée qu'elle affichait.

— Plus tard, promit-il.

A elle. Et à lui-même.

Kimi s'était accordé un bain bouillonnant dans la baignoire princière de sa salle de bains. Un verre de vin à la main et un nœud lourd dans le ventre, elle avait décidé, tant qu'à faire, de profiter de cette semaine à Paris qui risquait fortement d'être la dernière de sa carrière. Son éditeur avait consenti à embaucher Holden et ne pourrait pas la blâmer si les images manquaient de qualité, mais elle détestait l'idée de publier un reportage quelconque.

S'ils n'avaient pas envoyé Luca sur une autre mission, elle l'aurait payé de sa propre poche pour s'assurer de belles images. Elle soupira et prit une longue gorgée de vin, se berçant des accords d'une chanson d'Edith Piaf.

Quelqu'un frappa à sa porte, brisant la magie mélancolique de l'instant.

— *Merde*, grommela-t-elle.

Cela sonnait tellement mieux en français.

— *Qui est-ce ?*

— Kimi, c'est Holden.

Elle se figea dans son bain, le souvenir de ce qui s'était passé dans la voiture revenant avec force à son esprit, malgré le soin qu'elle avait mis toute la journée à faire comme si rien ne s'était passé.

— Que veux-tu ? finit-elle par articuler tout en luttant pour repousser le désir qu'elle sentait monter en elle.

— Je t'ai apporté quelques épreuves.

Elle s'extirpa du bain, éclaboussant de gouttes d'eau les dalles de marbre.

— Attends, j'arrive.

A toute vitesse, elle s'essuya avant d'enfiler un épais peignoir monogrammé, qu'elle noua en vitesse avant de courir ouvrir la porte.

Chapitre 7

Holden ouvrit grands les yeux lorsqu'il la découvrit en peignoir.

— Tu étais déjà au lit ? Excuse-moi, comme il est 9 h 30, je n'ai pas pensé à appeler d'abord.

— Non, non, je prenais un bain, c'est tout.

— Ah, d'où tes cheveux humides…, fit-il en suivant du bout du doigt la courbe d'une de ses boucles.

Même si Kimi se doutait qu'il cherchait à jouer avec ses nerfs, le geste était trop intime. Elle tressaillit et se serra dans le peignoir, feignant d'avoir froid.

Il était passé à son hôtel se changer, remarqua-t-elle. Il portait de nouveau un jean mais, au moins, c'était celui qu'elle avait choisi, et il allait à merveille avec l'un des ensembles chemise-pull qu'elle lui avait concoctés. Impeccable.

Elle fixa l'enveloppe en papier kraft qu'il tenait à la main. Les fameuses photos. Avait-elle envie de savoir ce dont il était capable avec un appareil ? Entre les deux, son cœur balançait.

Finalement, la curiosité prit le pas sur la peur.

— Entre.

— Je peux te les laisser, si tu préfères.

Lui aussi semblait hésiter, comprit-elle, il devait redouter, qu'elle ne déteste son travail. Ce qui lui rappela qu'il n'était pas un photographe de mode aguerri, mais un détective incognito, et qu'au nom de la gentillesse elle devrait trouver quelque chose d'aimable à dire, quelle que soit la qualité des épreuves.

Après quoi, elle prendrait le téléphone pour demander à son

éditeur de lui envoyer quelqu'un capable d'obtenir de bonnes images. Elle avait sa fierté de journaliste.

— Mais non, entre. Assieds-toi. Veux-tu boire quelque chose ? proposa-t-elle, lui montrant le canapé où elle-même prit place.

— Peut-être plus tard, dit-il en s'asseyant sur le bord des coussins, comme prêt à partir dans la minute.

Ils se fixèrent en chiens de faïence quelques secondes. Il fallait en finir avec ce suspense intolérable, se dit-elle. Elle ouvrit donc la pochette et fit glisser sur la table une douzaine de feuilles format A4. Le silence dans la pièce devint tangible. Elle examina la première.

Techniquement, l'image était irréprochable : bonne lumière, point net, silhouette centrée. Ce qui, déjà, dépassait ses attentes. Mais Holden avait réussi à capturer autre chose qu'une belle femme sur un podium. Il avait saisi l'aura dramatique que dégageait la fille. Kimi la connaissait, c'était un top australien avec un regard d'enfant et des pommettes aiguisées comme une dague. Elle ignorait comment il s'y était pris, mais quelque chose de magique émanait de l'image.

Elle saisit une autre épreuve. On sentait l'arrogance dans la démarche du mannequin, cette femme adorait flirter avec l'objectif — ou avec les photographes, peu importait —, cela se voyait mais, en plus, Holden avait su donner à la robe le rôle qui lui revenait dans sa parade de séduction. Remarquable.

Avant de se prononcer, elle passa en revue toutes les images, mais elle était déjà convaincue. S'il lui était impossible d'expliquer comment prendre une bonne photo de mode, elle savait en reconnaître une quand elle la voyait.

— Holden, elles sont géniales. Je n'arrive pas à croire que tu aies su d'instinct prendre de si bons clichés.

Elle le sentit se détendre.

— J'en suis heureux. Je dois dire que j'appréhendais ta réaction.

— Mais tu savais que tu ne serais pas mauvais !

— Oui, je me suis tué à te le dire, mais tu ne voulais pas me croire.

— Tu n'as pas pu développer cet instinct en réalisant des reportages animaliers ! s'étonna-t-elle, le fixant avec attention.

— Ah non ? Crois-moi, la vie sauvage est un drame perpétuel, et chaque animal possède une personnalité propre, dit-il, comme une évidence. Et tu oublies mon travail. Je me sers de mon appareil pour suivre des gens qui tentent d'agir en secret. C'est la meilleure école pour capturer des gestes furtifs à l'instant décisif.

Elle regarda de nouveau toutes les images, sentant la tension laisser place à une excitation croissante.

— Toi, cher ami, tu possèdes des talents cachés.

— Et toi, chère amie, tu n'as encore rien vu.

Le ton de sa voix était chaud et velouté, et elle se sentit fondre. Soudain, elle prit conscience qu'elle était encore nue sous le peignoir.

Bien sûr, elle pouvait ignorer son commentaire ou le prendre à la rigolade, mais son intuition lui disait qu'elle ne parviendrait qu'à repousser l'inévitable. Elle leva les yeux vers lui, lentement. Cet homme la ravissait, ils avaient commencé sur le mauvais pied et, maintenant, ils apprenaient à se connaître, à travailler ensemble et peut-être même à se faire confiance. Ce n'était pas un si grand pas à franchir que de s'octroyer le plaisir d'une petite aventure extraprofessionnelle.

— Quels talents cachés ? demanda-t-elle en un murmure.

Il avança la main vers ses cheveux mouillés, et dessina de nouveau la courbe d'une de ses boucles avec son index, du lobe de son oreille vers le bas de son cou. Sa main semblait brûlante sur sa peau encore humide.

Jusqu'où irait-il ? se demanda-t-elle.

Et jusqu'où était-elle prête à le laisser aller ?

Leurs regards semblaient chevillés l'un à l'autre, le courant passait entre eux, imparable. Elle ne l'avait jamais vu sans ses lunettes, songea-t-elle, se demandant quel effet lui ferait son visage nu.

— Tu sens bon.

« Je me sens bien… »

— Ta peau est chaude.

« Si tu savais… »

Sa grande main glissa sur son épaule. Elle ne l'encouragea pas, elle ne le repoussa pas non plus : elle n'arrivait pas à décider ce qu'elle voulait. Ecouter son corps déjà aux prises avec le désir, songea-t-elle, impliquait de jeter toute prudence par la fenêtre et de coucher avec un homme qu'elle connaissait à peine, mais faire la sourde oreille à ses envies demandait une dose de maîtrise de soi qu'elle doutait de pouvoir fournir.

Comme il ne bougeait pas non plus, elle se demanda si les mêmes questions lui traversaient l'esprit.

— As-tu quelqu'un à la maison dont je dois me soucier ? demanda-t-il enfin.

— Tu veux dire, un mari, ou quelque chose comme ça ?

— Mari, amant, petit copain…

— Pas de mari, pas d'amant ces temps-ci et plus de petit copain depuis trois mois.

— Je suis heureux de l'entendre.

Elle pencha la tête pour mieux le dévisager.

— Et toi ?

— Non, personne, dit-il après un long silence.

— Es-tu sûr ?

— Absolument.

— Il semblerait donc que nous soyons tous deux célibataires, commenta-t-elle, sentant un sourire irrépressible lui monter aux lèvres.

— Il semblerait, oui.

Les secondes parurent se dilater dans le silence, jusqu'à ce qu'il se penche sur elle et l'embrasse avec la lenteur assurée de celui qui aime prendre son temps. Cet homme aimait les femmes, les images qu'elle venait de découvrir le montraient sans l'ombre d'un doute. Accrochée à son cou, elle se laissa aller à son étreinte, répondant sans retenue à ses baisers de plus en plus hardis.

Mon Dieu, cela faisait si longtemps ! Elle ne se rappelait plus la dernière fois qu'elle s'était accordé le plaisir de profiter du corps d'un bel homme. Elle avait travaillé trop et trop dur, et c'était de la folie que de laisser cette facette de la vie oubliée et en jachère.

Leurs langues s'exploraient, se cherchaient, s'aguichaient. Leurs baisers, ou plutôt un seul, un seul et long baiser ininterrompu durait et durait. Puis Holden porta une main à son genou pour l'écarter légèrement, et sa jambe heurta la table basse. Avec un grognement d'impatience, il repoussa le meuble, et elle entendit le bruissement des feuilles qui tombaient à terre. Peu importait.

Il revint tout près d'elle et recommença à l'embrasser, avec la détermination d'un homme qui n'a pas la moindre intention de s'arrêter en route, et Kimi sentit la température de son corps grimper au contact de ce corps massif collé au sien.

Il avait un goût délicieux. Si masculin, si tendre… si américain, en fait.

Il s'écarta légèrement et elle en profita pour lui enlever ses lunettes.

— Tu as de beaux yeux, tu sais ? dit-elle d'une voix peu assurée.

Il la regarda avec un sourire complice et défit la ceinture du peignoir, dont il repoussa les pans. Il émit un petit bruit étranglé et plongea dans son décolleté pour embrasser ses seins, éveillant des sensations qui irradiaient vers tout son corps.

— J'en avais envie depuis l'instant où je t'ai vue.

— Envie d'embrasser mes seins ? demanda-t-elle avec un rire suave, tentant de garder sa légèreté alors que son cœur battait la chamade.

— Envie de te faire l'amour.

— C'est vrai ?

— Oui, dit-il, traçant une ligne de baisers d'un mamelon à l'autre. Lorsque je t'ai vue l'autre soir, avec ces talons qui cliquetaient et ta jupe qui virevoltait, je savais que je te voulais même si j'ai cru que tu ne parlais que français.

— Je…, soupira-t-elle, tentant de ne pas glisser des coussins. Tu sais, il y a un immense lit dans la chambre, très confortable…

— Peut-être plus tard, murmura-t-il contre son ventre.

— Plus tard, convint-elle.

Comment le contrarier, alors qu'il musardait déjà au-dessous de son nombril, vers le point où elle brûlait le plus d'être caressée, prête et impatiente de l'accueillir ?

Sauf qu'il prenait son temps pour arriver à destination, ce qui était autant un délice qu'une torture. Ou l'inverse. Sa bouche s'attarda sur l'arête de sa hanche, et fit ensuite un détour pour lécher la peau si sensible de l'intérieur des cuisses, vers le genou.

« Stop. Pas par là, mauvaise direction. »

Elle ne doutait pas une seconde qu'il sache pertinemment ce qu'il faisait, à aguicher ses sens avec les agissements diaboliques de ses lèvres. Comme au ralenti, il rebroussa chemin vers son sexe. Elle se tortilla, frustrée, affamée de sentir sa langue contre son sexe, et soupira, au bord de l'agacement. C'est alors qu'il posa sa bouche chaude et humide, là, exactement là. Elle glissait vers le sol, mais elle s'en fichait, elle n'avait plus la force de s'agripper au canapé. Etendue sur le tapis, elle s'abandonna aux sensations que lui procurait sa langue fureteuse, qui jouait savamment avec ses lèvres et son clitoris, encore et encore, qui se retirait puis revenait, jusqu'à ce qu'elle ne sache plus comment contenir les mouvements affolés de ses hanches, ni les soupirs éperdus qui lui échappaient. Finalement, il eut pitié d'elle et sa langue vibra longuement contre le point le plus sensible de son corps.

— Oui, gémit-elle dans un murmure qui devint un cri. Oui, oui !

La dernière chose qu'elle vit avant de fermer les yeux et de se perdre dans la jouissance, ce fut la tour Eiffel, encadrée par la fenêtre de sa chambre, en contre-plongée, renversée et étincelante.

« Paris. »

Elle resta immobile sur le tapis, paupières closes, laissant à son corps le temps d'assimiler la dose massive de sensations qu'elle venait d'expérimenter, qu'elle expérimentait encore sous les caresses maintenant apaisantes de Holden sur ses membres lourds engourdis de plaisir.

Elle rouvrit les yeux, alanguie et satisfaite, et le regarda, sans pouvoir s'empêcher d'ébaucher un sourire lutin.

— Je suis nue et je viens d'avoir un orgasme alors que tu n'as même pas enlevé ta chemise.

— J'imagine que je suis plus rapide que toi.

— Pff, se moqua-t-elle en refermant les pans du peignoir. J'imagine alors que c'est à mon tour, maintenant. Et c'est au lit que je donne le meilleur de moi-même.

Chapitre 8

Kimi alluma l'une des lampes de chevet dont la lumière tamisée invitait à l'intimité, et, laissant glisser le peignoir de ses épaules, elle s'approcha de lui, nue.

Elle aima la façon dont il la dévorait du regard, et le geste de ses mains tendues vers elle avant qu'elle soit à leur portée. Lentement, elle le déshabilla. Elle n'était pas futile au point de choisir un homme à ses vêtements, mais il était indéniable qu'ainsi vêtu Holden devenait encore plus attirant. Et, une fois nu, il l'était encore plus. Elle se délecta de son corps bien bâti, de son torse large et hâlé, de ses jambes galbées et puissantes, de son sexe tendu comme une invitation au péché.

— As-tu des préservatifs ? demanda-t-elle.

— Et m…, dit-il avec une grimace consternée. Non, je pensais aux épreuves, je n'avais pas prévu que tu m'accueillerais vêtue d'un peignoir sans rien d'autre dessous que ta passion. Je suis désolé.

— C'est bon, j'en ai, dit-elle en allant les chercher dans la salle de bains. Je voulais simplement vérifier à quel point tu étais sûr que j'allais tomber dans ton panneau, fit-elle en revenant.

— Je n'étais sûr de rien…

Elle l'attira vers le lit et s'allongea à côté de lui.

— Veux-tu savoir un secret ? murmura-t-elle contre sa poitrine.

Elle l'embrassa au-dessus du cœur, dont elle sentait les

battements rapides, et descendit vers son ventre en traçant sur sa peau un sentier de baisers tendres.

— Dis-moi.

Sans hâte, elle déroula un préservatif le long de son sexe.

— J'aurais couché avec toi, même si tes photos avaient été nulles.

— Fille facile, dit-il avec un éclat de rire.

Le rire se transforma en un râle lorsqu'elle vint sur lui et le chevaucha, laissant son sexe durci glisser en elle d'une ondulation sensuelle des hanches. Son intention était de prendre son temps, de laisser le plaisir monter dans un crescendo lent, mais, une fois qu'elle commença à bouger sur lui, elle ne parvint pas à contrôler le rythme de ses mouvements. Elle le voulait, tout de suite. Et fort. Et vite.

Holden n'eut pas de mal à suivre sa cadence. Il ne cessait pas de la regarder avec ses yeux affamés mais, curieusement, ses mains la caressaient comme celles d'un aveugle, comme s'il avait besoin de la toucher pour vraiment la voir. C'était fou, songea-t-elle tandis que les brumes du plaisir se répandaient dans son esprit, c'était la première fois qu'un homme portait une attention si intense à son corps, rendant leur étreinte plus intime, plus complète. Holden semblait savoir d'instinct ce qu'elle voulait, jusqu'à ce qu'elle perde la notion du temps et de l'espace. Courbée sur lui, accrochée à son cou, elle cria son plaisir sans se soucier de qui pouvait l'entendre. Holden accompagna sa jouissance avec des poussées de plus en plus profondes, sa poitrine secouée par la respiration, et ne se laissa aller à la délivrance que lorsqu'elle se fut écroulée sur lui, épuisée et tremblante, ivre de plaisir et de sensations.

Comment, pensa-t-elle en revenant sur terre, comment avait-elle pu se passer si longtemps d'un homme ? Le sourire aux lèvres et les jambes en coton, elle sortit du lit pour aller chercher la bouteille de vin. Holden la lui prit des mains et remplit les deux coupes qu'elle lui tendait. Du chablis, un bel homme et Paris, que pouvait-elle rêver de mieux ? songea-t-elle, blottie contre lui au milieu d'une nuée d'oreillers géants.

— Je crois que je vais y aller, dit-il.

— Ah, donc tu es de ce genre d'hommes.

— Quel genre ? demanda-t-il, l'air vexé.

— Le genre à se sauver une fois que la partie physique de la soirée est finie.

— Je croyais que tu avais besoin de dormir.

— J'ai un peu de temps, dit-elle, s'adossant contre les coussins. Pour parler.

— Alors parle.

— Qui était-elle ?

— Ne pourrais-tu pas commencer en me demandant ma couleur préférée, ou quelque chose dans ce genre ? soupira-t-il.

— Ta couleur préférée est le bleu, affirma-t-elle avec un sourire.

Il écarquilla les yeux.

— Facile, la plupart de tes vêtcments sont bleus, expliqua-t-elle, caressant sa poitrine encore chaude après l'effort. Ainsi que la ganse de ton sac à dos. Allez, raconte. Qui est cette femme qui te fait hésiter quand on te questionne sur ta situation sentimentale ?

Il soupira profondément, les yeux fixés au plafond.

— Rebecca, dit-il au bout d'un long silence.

— Rebecca, joli prénom.

Un autre silence s'ensuivit.

Elle ne se lassait pas de sentir sous ses doigts les sillons qui marquaient les muscles bandés de ses abdos en tablette de chocolat. Il devait grimper souvent sur des montagnes très hautes pour avoir un corps si puissant, songea-t-elle, attendant que Holden comprenne qu'elle ne se contenterait pas d'un simple prénom pour réponse.

— Elle est biologiste environnementale dans l'Oregon. Nous nous sommes rencontrés lors d'une manifestation contre la destruction de l'habitat de la chouette tachetée. Puis, de fil en aiguille…

Elle aimait sentir sous sa main son ventre qui vibrait lorsqu'il parlait. Elle se demanda comment il décrirait leur rencontre, le cas échéant. Une femme avec une jupe aguichante et des talons vertigineux, qui lui était rentrée dedans sous les arcades de la rue de Rivoli, ne jouait pas tout à fait dans la même cour qu'une biologiste sur le pied de guerre pour sauver une espèce en voie de disparition.

Soit, elle n'était pas une écologiste militante. Et alors ? D'autres causes lui tenaient à cœur. Elle se battait avec ses armes : elle s'était insurgée contre certaines marques qui exploitaient les travailleurs des pays les plus pauvres, elle avait écrit de nombreux articles pour mettre en garde contre les dangers de la minceur extrême affichée par les mannequins. Et…

— Je suis contre l'utilisation de la fourrure, tu sais ? dit-elle, presque sans s'en rendre compte.

Il la regarda, ébahi. Son esprit se trouvait à des milliers de kilomètres, comprit-elle, à vagabonder dans le massif des Cascades, avec les chouettes tachetées et Rebecca, la wonderwoman bio.

— Dans la mode, je veux dire. Et je suis membre de PETA, aussi. Je voulais que tu le saches.

— J'en prends bonne note, répondit-il, avec un regard plein d'humour.

En même temps, pourquoi aurait-il un jour à raconter leur rencontre ? Il était possible que leur aventure dure moins que la semaine de la mode, songea-t-elle, tout en souhaitant le contraire.

— Parle-moi de Rebecca.

— Je croyais qu'elle était la femme de ma vie. Nous avions les mêmes intérêts, nous nous entendions bien, et je me disais qu'en deux ans nous serions prêts à passer à la vitesse supérieure.

— Tu veux dire, vous marier ?

— Oui, je crois.

— Et qu'est-ce qui s'est passé ?

— J'ai horreur de ce genre de conversation, tu sais ?

— Allez, réponds à cette question et ensuite, promis, je te fiche la paix.

— Je n'étais pas l'homme de sa vie. Elle a rencontré quelqu'un d'autre. Voilà ce qui s'est passé.

Une note d'amertume teintait sa voix. Il avait encore mal.

— Quand cela s'est-il passé ?

— Il y a deux mois.

— Je suis désolée.

— Ne le sois pas, dit-il, prenant sa main pour l'embrasser. Le célibat a ses compensations.

— Parfois, c'est vrai.

— Très bien, c'est à toi maintenant.

Elle vit défiler son C.V. sentimental devant ses yeux comme lors d'une projection de diapositives.

— Je suis célibataire à Manhattan. Des fêtes à gogo, des vernissages, des soirées, des tas d'avocats ambitieux et de banquiers à succès, des écrivains, des artistes à la mode. Rien de bien sérieux. Je suppose que je n'ai pas encore trouvé le bon mec.

— J'imagine que ces types n'ont pas grand-chose à voir avec moi.

Elle ricana. Des hommes habillés sur mesure avec une montre extraplate en platine au poignet... Elle connaissait des types qui dépensaient plus d'argent chez le coiffeur qu'elle.

— Aucun ne te ressemble, dit-elle, se relevant sur un coude pour l'embrasser doucement. Comme disent les Français : *« Vive la différence ! »*

— Tu sais autre chose qu'ils disent aussi ?

Elle nia avec la tête.

— *Voulez-vous coucher avec moi ?* C'est tout ce que je sais dire en français.

Elle rit.

— *Oui. Avec plaisir.*

Le lendemain, après quatre défilés, deux interviews et le lancement d'une nouvelle montre-bijou, elle retrouva Holden devant l'hôtel particulier où avait lieu un gala en l'honneur d'un couturier qui tirait sa révérence.

— J'aime bien ta pochette Kate Spade, dit-il dès qu'il la vit.

— Bravo, le congratula-t-elle. Et les chaussures ?

— Jimmy Choo.

— Impressionnant. Comme toi dans ton smoking Valentino.

— Merci. Dis-moi, c'est qui ce bonhomme, et pourquoi son pot de départ à la retraite ressemble à un mariage chez les Kennedy ?

— Il a marqué le XXe siècle avec ses créations. J'ai tellement de choses à t'apprendre…

— Tu m'as appris une ou deux choses, hier soir, murmura-t-il en se penchant sur elle avec un éclat machiavélique dans le regard. Ce truc que tu fais avec la langue lorsque…

Il la provoquait et elle le savait, mais cela n'empêcha pas son cœur de faire un bond de joie parce qu'il pensait encore à leur nuit, tout comme elle, qui n'avait pas cessé de le faire de la journée. Ils n'avaient rien en commun, mais, une fois réunis et nus dans un lit, c'était l'accord parfait.

— J'ai passé un moment merveilleux, murmura-t-elle, avant de se rappeler qu'il fallait qu'elle se concentre sur le travail. As-tu récolté de nouvelles infos, aujourd'hui ?

— J'ai eu plus de détails sur les trois vols précédents. Le *modus operandi* est identique. Cela se passe toujours au cours d'un grand défilé, un modèle est retiré à cause d'un défaut, d'une erreur ou autre, et ensuite il disparaît.

— Pendant le défilé ? s'étonna-t-elle, estomaquée du sang-froid des délinquants.

— Parfois pendant le défilé, ou lorsque l'on vérifie les collections. Dans tous les cas, au plus tard, dans les vingt-quatre heures qui suivent.

— C'est dingue !

— Je sais, dit-il.

Tout en lui parlant, il scrutait la foule bigarrée des professionnels de la mode, people, aristocrates et autres pique-assiette.

— As-tu une jumelle ? demanda-t-il soudain.

— Non, je suis fille unique.

Ce n'était pas le moment d'expliquer qu'elle avait des demi-frères et sœurs qu'elle ne connaissait pas, car son père avait refusé de la reconnaître.

— Alors tu as un sosie à l'autre bout de la pièce.

Kimi dirigea son regard dans la direction qu'il indiquait et dut étouffer un petit cri. Une jeune femme d'à peu près son âge se tenait à quelques mètres, avec le regard enchanté d'un enfant dans un magasin de jouets. Elle lui ressemblait. Vraiment beaucoup. Mêmes yeux, mêmes cheveux… qu'elles avaient hérités toutes deux de leur père, qu'elle découvrit à cet instant à côté de l'inconnue.

— Oh, mon Dieu !

— Ça va ? demanda-t-il, posant une main prévenante sur son épaule.

— J'ai besoin d'un peu d'air frais, murmura-t-elle, cherchant désespérément une façon de fuir la pièce.

Tête baissée, elle rasa les murs pour sortir de la salle, tentant de passer inaperçue. Invisible aurait été son premier choix. Elle se faufila par une porte qui donnait sur une petite cour déserte où quelques tables et chaises en fer forgé attendaient le beau temps. La fraîcheur de la saison dissuaderait quiconque d'y venir, pensa-t-elle, soulagée, cherchant refuge dans l'obscurité du soir.

Sauf Holden qui, déconcerté, l'avait suivie sans poser aucune question, ce dont elle lui sut gré. Après avoir fait les cent pas quelque temps dans le petit jardin, elle revint vers lui, qui attendait patiemment près de la porte.

— Tu dois penser que je suis folle, dit-elle avec un rire nerveux qui frôlait l'hystérie.

— Non, je pense que tu as eu un choc.

— Bien vu, monsieur Le Détective. Cette fille que tu viens de voir, il y a de grandes probabilités qu'elle soit ma demi-sœur.

— Ce qui fait de l'homme qui l'accompagne… ?

— Mon père, oui.

— Et je déduis que cette réunion de famille n'était pas au programme.

— Bien vu encore. Je n'ai jamais rencontré ni mon père ni sa famille. Je l'ai reconnu, car je suis ses pas grâce à internet. Lui et sa, hum, femme apparaissent souvent dans les pages « Société » de la presse italienne.

— Des gens importants.

— Aristocrates en tout cas.

Cela ne sembla pas impressionner Holden.

— Comment peut-on ne pas vouloir connaître son propre enfant ?

— Ne le juge pas si durement. Il a demandé ma mère en mariage, et elle a refusé, figure-toi. Elle lui a dit qu'ils ne s'aimaient pas et qu'elle pouvait élever l'enfant seule sans soucis. Franchement, je ne pense pas qu'il en ait eu le cœur brisé, il avait fait ce qu'il fallait, il avait été éconduit, tant pis. L'honneur était sauf.

— Mais, et l'enfant ? Je veux dire, et toi ?

— Il a veillé à payer mes études, dit-elle, haussant les épaules. Que peut-on demander de plus ?

— Un véritable père ? demanda Holden avec une voix douce.

— Tu sais, on n'obtient pas tout ce qu'on veut dans la vie. Je savais qu'il avait d'autres enfants, mais je n'avais jamais vu l'un d'eux et surtout, je ne m'attendais pas à en croiser un en pleine semaine de la mode. Oh ! la, la ! dit-elle, la main contre son cœur serré d'angoisse. Et qu'est-ce que je fais, maintenant ?

— Et si je lui plantais mon poing dans la figure pour vérifier qu'il a le sang bleu ? proposa-t-il. Cela attirera son attention, peut-être.

— Un peu violent, dit-elle en riant malgré son désarroi. Et peu discret. Brewster n'hésiterait pas à en faire le récit dans sa chronique, et bonjour le scandale. N'as-tu pas un autre plan ?

— Et toi ?

— Euh… Non. Si je me présente à lui, et qu'il feint de ne pas savoir qui je suis, imagine quelle horrible situation, même pour cette pauvre fille qui n'a rien fait. Non, le mieux que je puisse faire, c'est de l'ignorer, car, sauf s'il s'est informé sur internet de son côté, il ne sait rien de moi. Qu'en penses-tu ?

— A mon avis, c'est une très mauvaise idée. Kimi, tu as le droit de le rencontrer, et aussi tes demi-frères et sœurs. Ils vont peut-être t'accueillir les bras ouverts, et vous irez tous passer l'été en famille au bord du lac de Côme.

— Là, tout de suite, si je m'écoutais, je rentrerais à l'hôtel pour me rouler en boule sous la couette, avoua-t-elle. Je ne le ferai pas, ce serait de la lâcheté, mais c'est la seule chose dont j'ai envie.

— Il faut que tu surmontes ta peur. Tu as un travail à faire. D'ailleurs, tu y excelles.

Elle le regarda, surprise.

— J'ai lu quelques-uns de tes articles, hier soir, sur internet, expliqua-t-il. Tu es très forte.

— Tu ne connais rien à la mode.

— Mais je sais reconnaître un bon écrivain quand je le lis.

— Merci, dit-elle, prenant sa main. Et merci d'être là pour me soutenir. Je vais mieux, maintenant.

— Ta main tremble.

— C'est vrai ? Je crois que j'ai subi un vrai choc, imagine, le voir en chair et en os après… après tant d'années.

— Tu devrais aller lui parler.

— Non. Je sais qu'il ne me veut pas dans sa vie. Je ne vais pas lui forcer la main.

— Il rate quelqu'un de très bien.

— C'est gentil. Je le pense aussi. Et,maintenant, amène-moi là-dedans. Nous avons du pain sur la planche.

Holden ne la quitta pas des yeux lorsqu'ils retournèrent à l'intérieur du palace, où l'affluence semblait avoir doublé pendant leur absence. Il la vit chercher son père dans l'assistance et ne manqua pas l'expression de pure mélancolie qui passa sur son visage lorsqu'elle le repéra, avant qu'elle ne se ressaisisse et se tourne avec un sourire vers la personne qui était à côté d'elle.

Il aurait pu régler son compte à ce monsieur, pensa-t-il. Comment pouvait-on mettre un enfant au monde et l'oublier ensuite ? Il avait senti la douleur que Kimi portait en elle malgré son attitude courageuse. Lui, qui avait grandi dans une maison ensoleillée avec des parents aimants, avec deux frères casse-cou et une sœur encore pire que les trois garçons ensemble, n'arrivait pas à imaginer ce qui avait pu se passer dans la tête de la petite fille qu'elle avait été. Il aurait aimé pouvoir faire quelque chose pour l'aider.

Kimi prenait des notes sur son petit cahier, toute à son travail, et il en profita pour s'approcher de son père et de sa demi-sœur. Pour quelle raison assistaient-ils à ce gala ? Mais c'était son métier de découvrir ce genre de choses. Il allait trouver.

La ressemblance entre la jeune fille et Kimi était encore plus frappante de près. A l'évidence, les deux femmes tenaient de leur père. Leurs cheveux, d'abord, épais, bouclés et brillants, et leur peau d'une nuance mate dorée. Mais ce qui les différenciait de tant d'autres Italiens, et en conséquence les désignait comme membres d'une même famille, c'étaient ces yeux d'un bleu profond dans leur visage méditerranéen.

Ils avaient tous les trois le même regard.

Il ne prit pas la peine de tenter de suivre leur conversation sans doute en italien. Il était sur le point de retourner vers Kimi, lorsque son sixième sens l'avertit qu'on le surveillait. Il leva les yeux et surprit Brewster Peacock à l'affût. Le chroniqueur porta son regard sur Kimi et ensuite, ostensiblement, sur le couple père-fille, avant de lui adresser un regard plein de sous-entendus.

Kimi avait raison, ce Peacock n'en loupait pas une. Mais cette histoire de famille ne concernait en rien cet horrible cancanier. Il haussa les épaules pour montrer à cette fouine qu'il ne voyait pas de quoi il retournait et se fraya un chemin dans la foule à la recherche de Kimi.

Quelque chose lui disait qu'elle avait besoin de lui.

Chapitre 9

Le martèlement d'une migraine effroyable frappait contre ses tempes, mais Kimi décida de l'ignorer et de continuer son travail. Son père pouvait ne pas la reconnaître si tel était son souhait, mais il ne l'empêcherait pas de mener sa carrière correctement. Que diable, c'était sa chasse gardée, ici. Il ne lui viendrait pas à l'esprit, à elle, d'aller se montrer aux tournois de polo de Rome, n'est-ce pas ? Donc la moindre des délicatesses était qu'il reste à l'écart de la semaine des défilés à Paris. Sauf que, pensa-t-elle, abattue, il ne devait même pas savoir qu'elle travaillait dans le domaine de la mode.

Pour lui, elle n'était que la conséquence malencontreuse de frasques de jeunesse.

Pour ne pas le croiser, elle se dirigea vers la table du buffet — succulent, comme toujours, alors que personne ne mangeait à ces soirées. Ignorant le champagne, elle demanda au serveur une tasse de thé. Elle avait besoin de réconfort.

— *La même chose pour moi,* dit à côté d'elle une voix de femme.

Sa sœur. Quelle sale coïncidence. Elle se retourna pour tenter de partir au plus vite, mais la jeune femme l'interpella.

— *Excusez-moi,* fit-elle en français, *mais votre visage m'est familier. Nous sommes-nous déjà rencontrées ?*

« Chaque matin dans ta glace ? » eut aussitôt envie de répondre Kimi.

— *Non, je ne pense pas,* dit-elle poliment, tentant de se sauver.

Cependant, sa demi-sœur-sans-le-savoir semblait d'humeur bavarde.

— *C'est la première fois que je viens aux défilés. Je suis si excitée !*

Kimi calcula qu'elle avait vingt-quatre ou vingt-cinq ans, trois ou quatre de moins qu'elle, et que, au vu de sa robe exquise, elle avait hérité de leur père son goût pour les beaux vêtements. Elle portait aussi à la main gauche une imposante bague de fiançailles, mais pas d'alliance.

— *Mais c'est que c'est très excitant,* commenta Kimi, radoucie. *Je viens chaque année, je travaille pour une revue de mode américaine.*

— *Votre français est excellent pour une Américaine.*

— *Merci,* répondit-elle, tentant encore une fois de se dérober. Eh non !

— *Je vais me marier. Je suis venue à Paris pour choisir ma robe !*

— *Félicitations.*

— *Merci, ma mère était censée venir avec moi, mais une de mes sœurs s'est cassé la jambe au ski donc... c'est mon père qui m'a accompagnée.*

— *Vous n'auriez pas pu venir seule ?*

— *Si, bien sûr, mais mes parents n'aiment pas nous perdre de vue un instant*, dit la jeune femme, très souriante. *Ils sont très protecteurs, vous savez ce que c'est.*

Kimi avala une longue gorgée de thé pour noyer le sursaut d'envie qui lui montait à la gorge.

— *Mon fiancé va nous rejoindre ici demain, et Papa jugeait inconvenant que l'on se retrouve seuls dans une ville étrangère. Il est vraiment vieux jeu, très strict.*

« Faites ce que je dis et pas ce que je fais », pensa Kimi, avant de se raidir. Par-dessus l'épaule de la jeune femme, elle venait d'apercevoir leur père, qui s'approchait d'un pas décidé. Pas moyen de lui échapper…

Lorsqu'il l'aperçut, la stupéfaction se refléta sur son visage de façon patente. Elle soutint son regard et, au moment où dans ses yeux elle vit la surprise laisser la place à une panique à peine dissimulée, elle sut avec certitude qu'il avait compris qui elle était. Evidemment, songea-t-elle avec un pincement au cœur, il voulait préserver sa véritable fille, en tout cas celle qui portait son nom, d'un possible choc. Bon, elle pleurerait plus tard, pour l'instant, le plus important était de garder la face. Si son père ne voulait rien savoir d'elle, elle n'allait pas implorer son attention.

— *Bon, je vais retourner travailler.*

— *Oh, attendez encore un peu. Vous êtes la première personne sympathique à me parler ici. Je m'appelle Claudia Ferrarro.*

L'homme qui l'avait engendrée se tenait à côté de *sa* fille, avec un regard implorant. « Ne faites pas de mal à ma petite », disaient ses yeux. Et, de fait, songea Kimi, Claudia n'était pour rien dans le drame qui avait marqué son existence.

Alors, à l'encontre de tous ses principes, Kimi décida de se montrer impolie. Elle n'avait pas le choix.

— *Ravie d'avoir fait votre connaissance*, dit-elle, sans se présenter en retour.

— *J'espère que nous nous reverrons ?*

— *Je crains d'avoir beaucoup de travail*, *désolée*, répondit Kimi, ignorant son père. *Profitez de votre séjour à Paris.*

Et, ce disant, elle tourna les talons et s'engouffra dans la foule, d'un pas aussi décidé qu'aveugle.

Holden, il fallait qu'elle retrouve Holden.

Par chance, ce fut lui qui vint à sa rencontre.

— Il faut que je sorte d'ici, murmura-t-elle.

— Je vais chercher ton manteau.

— Merci, je t'attends dehors.

Une fois à l'extérieur, elle tenta de respirer lentement pour se calmer. Pour la première fois de sa vie, elle regretta de ne pas avoir suivi les conseils de sa mère, qui rêvait de la voir avocate. Si elle l'avait écoutée, elle serait maintenant en train de défendre les droits fondamentaux des travailleuses, au lieu de ramer misérablement dans cette galère.

La porte grinça derrière elle.

— *Mademoiselle.*

La voix, masculine, profonde, la fit tressaillir.

Elle ferma les yeux, inspira et se tourna lentement. Il semblait aussi désarmé qu'elle-même. Il la dévisagea, et elle songea un instant que, peut-être, il regrettait de ne pas la connaître.

— Je suis vraiment navré de vous importuner. J'ignorais votre présence ici.

— Je l'ai bien compris, *monsieur*, tout comme le fait que vous auriez préféré éviter cette rencontre. Mais je dois faire mon travail, ici et maintenant, et, si ma présence vous incommode, je vous suggère de quitter Paris.

Il se frotta les tempes, comme si lui aussi commençait à avoir mal à la tête.

— Je croyais bien faire, dit-il, surtout pour lui-même. Vous aviez votre vie en Amérique avec votre mère, et moi, ma vie, ma famille, ici, en Europe. Vous savez, je n'en ai jamais parlé à mon épouse. C'est une femme très pieuse, et je ne voulais pas qu'elle sache que j'avais commis une telle folie…

Il s'interrompit.

— En ce qui me concerne, je suis ravie que vous l'ayez commise, cette folie, comme vous dites. Et ne soyez pas désolé, ma mère s'est très bien occupée de moi, l'absence d'un père ne m'a pas empêchée d'être une enfant heureuse.

— Vous et Claudia… Vous lui ressemblez beaucoup plus que ses propres sœurs. C'est extraordinaire.

— Elle semble très gentille.

— Elle l'est. Merci de ne pas lui avoir dit qui vous êtes.

Kimi ébaucha un sourire sans joie.

— J'ai gardé votre secret pendant vingt-huit ans. Je ne compte pas l'éventer maintenant.

Très opportunément, Holden choisit cet instant pour ressortir, son manteau sur le bras.

— *Bonne nuit, monsieur.*

— *Bonne nuit,* répondit son père avec une légère inclination de tête.

Il regarda Holden de la tête aux pieds avant de disparaître à l'intérieur du bâtiment.

— Veux-tu que nous en parlions ? demanda celui-ci comme il l'aidait à enfiler son manteau.

— Je voudrais plutôt que tu m'emmènes à ton hôtel et que tu me fasses oublier tous ces soucis mondains, dit-elle avec une profonde inspiration.

— Je peux le faire, absolument.

— Tant mieux. Aurais-tu du champagne ?

— J'en commanderai au service d'étage.

— Excellent.

Holden ignorait ce que Kimi attendait de lui, mais il était prêt à lui donner tout ce dont il était capable. Elle n'avait qu'à demander. Si elle voulait s'oublier dans le champagne, il remplirait sa coupe ; si elle voulait pleurer, crier et mettre la chambre sens dessus dessous, il voulait bien jouer les souffre-douleur ; si elle voulait parler, il serait l'homme oreille.

Elle resta muette sur le trajet de retour à l'hôtel, mais elle serrait sa main comme si elle craignait de le voir disparaître si elle la lâchait.

Il commanda du champagne et, comme il avait faim, ajouta un plateau de fromages et de terrines, car il ignorait de quoi Kimi aurait envie. Avec beaucoup de pain. Il adorait le pain français.

— Je peux libérer M. Armani pour le reste de la soirée ? demanda-t-il à Kimi, qui regardait par la fenêtre, toujours en silence.

— Oui, bien sûr.

Il décida d'enfiler ce nouveau jean en son honneur, et l'un des polos qu'elle lui avait fait acheter et qui avait coûté six cents fois le prix d'un polo normal, seulement parce qu'on avait brodé le nom d'un Français sur la poitrine, et commença à se déshabiller.

Elle se tourna, le regarda, ahurie, et émit une sorte de cri étranglé.

— Qu'est-ce qu'il y a ? demanda-t-il, se cachant derrière le jean. Tu m'as déjà vu nu.

— Il ne faut jamais, jamais, balancer un costume comme ça sur une chaise !

— C'est pour ça que tu as crié, que tu as failli me causer une attaque ? Pour un costume ? Je comptais le mettre sur un cintre, après.

Elle s'avança vers lui, l'air catastrophé, et ramassa les vêtements qu'elle rangea avec un soin presque religieux dans le placard. Il avait fini de se rhabiller lorsqu'on frappa à la porte.

Il crut comprendre que l'employé de l'hôtel lui proposait de déboucher le champagne, mais il déclina l'offre avec de grands signes et un généreux pourboire, pour se faire pardonner son ignorance de la langue locale.

Lorsqu'il regagna la pièce principale, il faillit, et cette fois-ci pour de bon, avoir une crise cardiaque.

Kimi se tenait au milieu de la chambre, à peine couverte par un ensemble de soie et de dentelle noir, qui la dénudait plus que si elle n'avait rien sur la peau.

Et elle avait gardé ses talons.

Il avança vers elle et pressa les lèvres sur son épaule.

— T'ai-je déjà dit que tu étais la femme la plus sexy de Paris ?

— Tu sais, ronronna-t-elle, ce truc que je fais avec la langue et que tu aimes ?

Il grogna en réponse, car la part la plus primaire de son cerveau semblait avoir pris le dessus sur sa capacité de parole.

— Je vais le refaire. Seulement, cette fois-ci, ma langue aura le goût du champagne.

Ainsi, comprit-il avec soulagement et excitation, elle n'allait ni pleurer, ni mettre la chambre sens dessus dessous. A chacun sa méthode pour se remettre d'un choc émotionnel. Celle de Kimi lui paraissait, en ce moment et sans conteste, la plus brillante qui soit.

— Je vais ouvrir cette bouteille.

— Bonne idée, dit-elle, picorant un quartier de pomme avant de s'accouder de nouveau à la fenêtre.

Il la rejoignit pour lui tendre une coupe.

— Merci, dit-elle, tapant doucement son verre contre le sien pour porter un toast. Au preux chevalier qui est venu à ma rescousse de façon inattendue.

— Je n'ai rien fait.

— Bien sûr que si. Tu étais là quand j'avais besoin de toi, murmura-t-elle, laissant sa tête reposer contre son large torse. Merci vraiment.

Elle écarta de lui pour boire une gorgée, et une autre encore.

— Divin. C'est ma boisson préférée entre toutes.

Lui préférait la bière, mais il considéra que ce n'était pas le moment de faire valoir son avis. D'autant plus que Kimi venait de poser son verre et lui passait son polo par-dessus la tête.

Apparemment, les chemises de tennis à prix exorbitant ne méritaient pas les mêmes égards que les costumes de marque, pensa-t-il en voyant atterrir le vêtement dans un coin de la pièce. Puis elle se pencha pour s'attaquer à la boucle de sa ceinture, et il cessa de penser. Ces mains douces et expertes contre sa peau, contre son sexe bandé…

Quand il la vit reculer légèrement et saisir sa coupe de champagne, puis la porter à ses lèvres, il sentit un long frisson le parcourir. S'il ne se trompait pas sur les intentions de Kimi, il allait devoir réviser son avis sur la bière et le champagne… Mais elle n'oserait pas faire… Si. « Oh, mon Dieu ! » Quand elle prit son sexe dans sa bouche, encore pleine de liquide pétillant, il crut devenir fou. Elle s'en servait comme d'une seconde langue, laissant glisser la liqueur le long de sa verge pour la rattraper avec des baisers de plus en plus profonds, jusqu'à ce qu'il oublie même quelle était sa marque de bière préférée.

A bout de résistance, il l'obligea à se relever et la tourna contre la fenêtre pour, plaqué contre son dos, caresser ses seins enveloppés de dentelle, lui tirant de petits gémissements de plaisir. Ensuite, il se baissa sur ses hanches pour faire descendre le petit triangle soyeux le long de ses jambes et l'envoyer dans les airs rejoindre son polo. En remontant, il glissa la main entre ses cuisses pour les lui écarter, s'attardant avec délice sur la moiteur tiède de son sexe, délicieusement prêt à l'accueillir.

— Penche-toi, ordonna-t-il en un murmure.

Elle obtempéra, paupières closes. Le souffle coupé, il se régala de la vision de sa silhouette à contre-jour, qui, songea-t-il, mettait en valeur la vue depuis sa chambre. La tour Eiffel, au fond, se dressait fière et illuminée, comme lui-même en cet instant.

Alors, son désir encore exacerbé par ce décor de rêve, il caressa la rondeur des fesses que Kimi lui offrait, puis il la pénétra lentement, savourant chaque millimètre de ce premier contact, flatté par le cri de surprise qu'elle laissa échapper quand il frôla son point G. Lorsqu'elle le retint d'un impérieux coup de bassin, il comprit qu'elle ne cherchait pas une étreinte dans la douceur, et, n'écoutant plus que ses sens, il l'empala d'une poussée violente.

Le souffle de leurs respirations devint plus lourd, les gémissements de Kimi se muèrent en râles gutturaux. A leurs pieds, les rues parisiennes grouillaient de passants et de voitures. Un dernier couple d'amoureux s'attardait à la terrasse du café d'en face.

Holden enregistrait ces détails comme dans un rêve, tandis qu'il plongeait encore et encore dans le corps chaud et pantelant de Kimi, enveloppé par l'odeur musquée qui s'en dégageait, grisé par l'excitation que trahissaient ses cris qui allaient crescendo. Cette femme était la tentation incarnée, songea-t-il en accélérant son va-et-vient, transporté par la sensualité qu'elle dégageait, et par l'accord parfait de leurs deux corps. Quand il se courba pour poser ses mains sur les siennes, Kimi guida l'une d'elles sur sa poitrine, et cette initiative le ravit. Elle aimait faire l'amour, elle aimait se faire caresser, et il allait la combler. Tout en lui mordillant l'oreille, il se mit à jouer avec le bout de ses seins qui pointaient à travers la dentelle, comme s'ils réclamaient son attention, et il l'entendit gémir encore un peu plus fort. Encouragé, il laissa son autre main descendre le long de son ventre doux comme la soie, vers son sexe brûlant et humide. Et là, il se mit à titiller son clitoris, en cadence avec les mouvements fiévreux de leurs corps. Alors, avec un dernier cri, Kimi se plaqua contre lui, le corps tendu comme la corde d'un arc, et il put sentir les spasmes de son sexe serrer le sien.

Il eut l'impression que son corps se désintégrait en mille morceaux lorsque son propre orgasme explosa au fond de son ventre.

Epuisés et tremblants, ils glissèrent l'un contre l'autre vers le sol, leurs membres emmêlés.

— Merci. J'en avais vraiment besoin.

Il déposa un baiser tendre sur la nuque de Kimi, tiède sous ses lèvres, ruisselante de sueur.

— Ravi de pouvoir rendre service.

— Il va falloir que je pense à y aller.

— Reste.

Il n'en revenait pas de s'entendre dire cela. Coucher avec une femme était une chose, passer la nuit avec, une autre fort différente. Mais le mot lui avait échappé avant qu'il puisse en mesurer les conséquences. Il aurait dû s'en trouver paniqué, s'étonna-t-il. Et pourtant non. Il avait vraiment envie qu'elle reste.

Elle tourna la tête pour le regarder.

— Je n'ai pas de brosse à dents, ni de vêtements de rechange.

— Il y a une brosse à dents sous plastique dans la salle de bains, c'est dingue comme ils pensent à tout, ces Français. Et, pour les fringues, je doute que tu sois la première fille dans l'histoire de Paris qui rentre chez elle au petit matin avec ses habits de la veille.

Elle gloussa, hésitante.

Il retint un sourire. Elle avait envie de rester, cela se voyait.

Sauf qu'elle ne devait pas avoir l'habitude d'avoir envie de rester après une aventure d'une nuit. Exactement comme lui. Et exactement comme lui, cela devait l'étonner.

Mais, en même temps, comme lui, elle devait être consciente que leur aventure n'avait pas d'avenir. Quel couple improbable feraient-ils en dehors de cette semaine parisienne ?

Laissant soudain aller son corps contre le sien, elle se trémoussa et murmura contre son oreille :

— Vendu. Et, demain, on a presque toute la journée de libre. Le bonheur.

Ils restèrent encore un moment alanguis sur le tapis, avant de décider que le lit, après tout, pouvait s'avérer un bon endroit pour passer la nuit.

— Tu sais ce qui me rend triste ? dit-elle au bout de quelques instants, tout en le regardant depuis l'oreiller voisin.

— Dis-moi.

— Elle avait l'air si gentille. Claudia, je veux dire, c'est son prénom. J'ai une demi-sœur qui se nomme Claudia. Je l'ai rencontrée hier soir et elle a l'air adorable. Sauf qu'elle ne saura jamais qu'on a un lien de sang. Alors qu'on aurait peut-être pu devenir amies. Et, si jamais l'une de nous avait besoin d'un rein par exemple, si l'autre était le donneur idéal, la première pourrait passer sa vie en dialyse parce qu'elle ignore l'existence de l'autre ?

Il caressa ses cheveux, attendri, sachant que le mieux était de la laisser parler.

— Je ne connais pas la date de son anniversaire, ni ses amis, ni ses créateurs préférés. Je n'ai jamais rencontré aucun de ses petits amis, énuméra-t-elle avec un soupir. J'ai toujours souhaité avoir une sœur.

Holden pensa à sa propre famille, au bruit, aux bagarres entre frères et à sa mère, qui se demandait tout haut ce qu'elle avait fait pour mériter ces quatre garnements pour enfants. Il n'aurait changé de famille pour rien au monde ! Il faudrait, songea-t-il, qu'il la présente à Kimi : si elle voulait connaître la vie d'une famille nombreuse, elle serait comblée. Sauf qu'il n'en aurait jamais l'occasion, bien entendu.

— Tu crois qu'ils vont rentrer à Rome ? demanda-t-il.

— Je ne vois pas comment. Quelle excuse pourrait bien inventer mon père ? Ils sont à Paris pour choisir le trousseau de mariage de Claudia. Son fiancé arrive demain. Ils ne peuvent pas partir juste comme ça. Oh, mais quel cauchemar !

— Du calme. Peut-être trouvera-t-il une bonne raison pour partir ? Et, sinon, ajouta-t-il en lui caressant les cheveux, tu sauras être au-dessus de cela.

— Mmm, fit-elle en lui lançant un regard coquin et en faisant glisser une main sur son torse, je crois que j'ai plutôt envie d'être au-dessus de toi.

Chapitre 10

Kimi pénétra dans le hall de son hôtel sur la pointe des pieds, les yeux braqués sur le mur du fond où se trouvaient les ascenseurs, dans l'espoir d'atteindre sa chambre sans que quelqu'un ne s'aperçoive qu'elle rentrait au milieu de la matinée en tenue de soirée. A l'exception de Brewster Peacock, peut-être, qui avait des espions partout. Elle ne s'affola pas cependant, sans doute avait-il d'autres cancans plus juteux à se mettre sous la dent.

— *Mademoiselle Renton.*

Sa respiration se bloqua. Cette voix…

Mais elle ne pouvait pas prétendre ne pas l'avoir entendue, et n'eut d'autre choix que de se tourner. Son père se levait de l'un des fauteuils du hall, un journal à la main.

Il la regarda de la tête aux pieds, et un soupçon de dégoût traversa son visage aristocratique comme il remarquait qu'elle portait la même robe de cocktail que la veille. Elle ne put s'empêcher de passer une main nerveuse sur sa jupe, dans l'espoir insensé d'effacer les plis qu'un rapt de passion y avait laissés. Sans parler de ses cheveux, attachés à la va-vite en un chignon improvisé, ou de son visage, qu'elle avait à peine maquillé avec la petite trousse de retouches qui ne la quittait jamais. Bref, toute son apparence criait qu'elle avait découché, et le regard de son père la faisait se sentir comme une traînée, ce qui la fit enrager. Elle était la fille d'une figure de proue du féminisme, une femme libérée qui assumait sa sexualité sans complexes ! Personne n'avait le droit de la juger.

Et encore moins cet homme qui cachait son existence à sa famille bien pensante.

— Monsieur, répondit-elle froidement.

— Je vous attendais. J'ai pensé que nous pourrions petit déjeuner ensemble.

— Merci, mais j'ai déjà pris mon petit déjeuner. Avec mon amant, ajouta-t-elle, mue par un élan irrépressible de provocation.

Et toc. Cela valait le coup, rien que pour voir son expression pincée. Elle crut un instant qu'il allait lui assener un stupide commentaire machiste et se prépara à riposter, et, lorsqu'il sembla ravaler sa réponse, elle en fut presque déçue.

— Peut-être alors accepteriez-vous de prendre un café avec moi ?

— D'accord, concéda-t-elle.

En revanche, il était hors de question pour elle de se montrer en tenue de soirée à 11 heures du matin dans le bar d'un hôtel fréquenté par les gens de son milieu.

— J'ai besoin de vingt minutes.

Il s'inclina.

— Je vous attendrai dans la salle du restaurant, répondit son père.

Elle prit l'ascenseur. Que lui voulait-il ? Pourquoi était-il venu ? Les questions se bousculaient dans sa tête tandis qu'elle entrait à la hâte dans sa chambre et choisissait sa tenue. Heureusement, elle avait déjà pris une douche avant de venir.

Elle avait dix-sept minutes avant de retrouver l'homme dont le sperme avait eu tant d'importance dans son existence, et, bien que ce soit à peu près la seule chose qu'il ait faite pour elle, elle lui en était reconnaissante. Mais pas assez pour se laisser chasser de Paris, si, comme elle le soupçonnait, c'était ce à quoi il prétendait en débarquant à l'improviste à son hôtel.

Dix-neuf minutes après avoir quitté son père, elle passait la porte du restaurant de l'hôtel, vêtue d'une tunique fluide de Stella McCartney et d'un pantalon Chloé sur ses ballerines

Chanel. Son chignon, cette fois-ci, était impeccable, à l'instar de son maquillage.

Elle aperçut aussitôt son père, attablé à l'écart des oreilles indiscrètes au fond de la salle, peu fréquentée à cette heure du jour. Un mélange d'émotions contradictoires l'envahit comme elle s'en approchait. Giovanni Ferrarro ressemblait exactement à ce qu'il était : un aristocrate italien, homme d'Etat et d'affaires, membre d'une famille illustre et privilégiée. Les enfants hors mariage, songea-t-elle, ne devaient pas être si rares dans sa lignée, après tout.

Lorsqu'il la vit arriver, il se leva pour écarter une chaise afin qu'elle puisse s'y asseoir. Elle le remercia et prit place.

Ils se retrouvaient donc enfin, songea-t-elle, après tant d'années. Face à face.

Un serveur empressé se précipita vers la table. Son père appartenait à cette catégorie d'hommes pour lesquels serveurs et portiers se pliaient en quatre.

— Que désirez-vous ? demanda-t-il.

— *Un café au lait, s'il vous plaît*, dit-elle au serveur.

Dans un français sans accent, son père commanda aussi une corbeille de viennoiseries et des fruits.

— Vous parlez le français ? s'enquit-il lorsque le serveur partit.

— Oui. L'italien aussi.

Sa seule réaction fut un léger haussement de sourcils.

Le café arriva et elle fut soulagée de pouvoir occuper ses mains, qui tremblaient. Sa vulnérabilité devant cet homme la mettait en rogne contre elle-même, alors que lui, qui devait éprouver le même malaise, semblait avoir une parfaite maîtrise de ses émotions.

— Pourquoi vouliez-vous me voir ?

— Vous avez le physique d'une Italienne, mais les manières directes des Américains, dit-il avec un sourire à peine perceptible.

Il était beau, son père. Ses cheveux, fournis et foncés, étaient parsemés de quelques mèches argentées, il avait une belle bouche, déterminée mais sensuelle et, bien sûr, les mêmes yeux qui la fixaient chaque matin dans le miroir.

Peut-être parce qu'il n'était pas américain, il ne semblait pas pressé de répondre à sa question, en revanche, il leva les mains, paumes vers le haut, en un geste qu'elle trouva très méridional.

— Je pensais que nous pourrions déguster une collation et parler.

— Parlez, donc.

Le serveur s'approcha avec leur commande, ce qui lui fournit une bonne excuse pour ne pas entamer la discussion. Elle saisit un croissant et une pomme, pour la forme. Ce matin au réveil, elle avait partagé une omelette avec Holden, ils l'avaient savourée ensemble au lit. Et, quand bien même elle n'aurait pas mangé depuis des jours, elle se sentirait incapable d'avaler la moindre miette.

— Vous voir hier soir a été un choc pour moi, dit-il enfin.

— Pour moi aussi, je vous assure.

Il hocha la tête, grave.

— Je n'avais jamais songé que vous pourriez me ressembler autant, dit-il comme il dépeçait un croissant qu'il redéposa dans l'assiette. Ni être le sosie de ma fille.

Elle se retint de lui décocher la réplique évidente qui lui montait aux lèvres. Comment sa mère, avec la tête si bien posée sur les épaules, avait-elle pu tomber amoureuse de ce type ? Il sourit. Bon, d'accord, c'était un homme très attirant, il avait une voix veloutée, et son anglais était parfait à l'exception d'un soupçon d'accent qui le rendait encore plus exotique. Un véritable charmeur de ces dames, mais encore, il lui semblait incroyable que sa mère, si féministe, si volontaire, ait pu perdre la tête pour lui, même avec l'excuse de la jeunesse.

— J'ai demandé votre mère en mariage, le saviez-vous ? demanda-t-il, comme si ses pensées avaient suivi le même chemin que les siennes.

— Oui, ma mère a toujours cru qu'il fallait dire la vérité aux enfants.

— Elle m'a éconduit. Votre mère était toujours si…

Il hésita, comme s'il cherchait le mot juste en anglais.

— … Si *indépendante*. Je pense d'ailleurs que c'est cette facette d'elle qui m'a attiré en premier lieu. Elle n'avait rien à voir avec le type de femmes auquel j'étais habitué. J'ai été séduit par son aplomb et son assurance. J'étais loin de chez moi, emballé par les idées et tous les gens que je découvrais à l'université. Nous n'avons pas pensé aux conséquences.

Il la regarda avec un air désolé. Il avait dû comprendre que se référer à elle comme une « conséquence » tenait de l'indélicatesse.

— Je n'aimais pas votre mère, et elle ne m'aimait pas non plus. J'ai été cependant très contrarié par sa réponse. Pourtant, ce sont justement son aplomb et son indépendance qui l'ont portée à refuser obstinément d'épouser un homme *simplement* parce qu'elle portait son enfant.

— « Une femme sans un homme est comme un poisson sans un vélo. » C'est l'un des dictons préférés de ma mère.

— Je m'en souviens, mais je n'ai jamais compris cet aphorisme. En tout cas, je n'avais d'autre choix que de respecter sa volonté. J'ai fait mon possible pour que tu ne manques de rien, et, pour le reste, nous étions convenus de faire comme si rien n'était arrivé entre nous.

Il la regarda comme s'il attendait une absolution qu'il s'était, à l'évidence, accordée depuis longtemps.

— Mais quelque chose était arrivé. Moi.

Il acquiesça, et ils continuèrent à siroter leurs cafés dans un silence où la tension était palpable. Il s'en était tiré trop facilement, pensa-t-elle pour la énième fois de sa vie. Quel soulagement de rentrer en Europe pour reprendre sa vie d'avant, avec comme excuse pour apaiser sa conscience « j'ai voulu l'épouser, et elle a refusé ».

— Je vous avais écrit, dit-elle alors.

Cette fois-ci, il ferma les yeux avant de hocher de nouveau la tête.

— Et vous ne vous êtes pas donné la peine de me répondre,

conclut-elle, amère. Vous avez recours à un avocat, pour ces choses-là.

— Cela était… regrettable.

— *Regrettable ?*

Le ton de sa voix était monté et elle dut se forcer pour revenir à un volume convenable.

— J'avais quinze ans. Tout ce que je demandais, c'était que vous… que vous reconnaissiez mon existence. Et vous avez dit à votre avocat de me prévenir que tout contact avec vous ou votre famille m'était hautement déconseillé.

— Qu'aurais-tu voulu que je fasse, Kimberley ? Mon épouse n'est pas au courant de mon incartade. A l'époque de ta lettre, mes filles étaient à peine adolescentes. Ta mère avait fait son choix, un choix que j'ai respecté, auquel je me suis plié. Maintenant, je te demande de respecter ma décision de protéger ma famille d'une information qui ne peut que la blesser. Ma femme est très pieuse. Elle se doutait que je n'étais pas vierge comme elle le jour de nos noces, mais…

— J'aurais été un motif de rupture, c'est ça ?

Elle avait ses yeux, mais pas son regard. Le sien était plus dur, plus coriace, pensa-t-elle.

— Je vois que tu attends des excuses de ma part. Tu sais pourtant que j'ai essayé d'agir correctement. Je regrette cependant que ma façon de faire ait pu te blesser.

— Revenons à ma question du départ, alors. Pourquoi êtes-vous venu ce matin ? Vous m'avez demandé de rester à l'écart de votre famille, je l'ai fait. J'ai même menti hier à votre fille, alors que vous vous teniez derrière elle, horrifié à l'idée que je puisse dévoiler votre terrible secret.

— Quand je t'ai découverte dans cette soirée, j'étais trop surpris pour penser avec acuité.

— Vous ne savez rien de moi, n'est-ce pas ?

Elle pensa aux heures qu'elle avait passées sur Google pour tenter de savoir quoi que ce soit le concernant. Et lui ignorait même qu'elle était rédactrice de mode et qu'elle pourrait en conséquence se trouver à Paris lors de la saison des défilés. Elle ne l'avait jamais intéressé.

Il ébaucha un demi-sourire avec une touche de mélancolie.

— Non. J'ai choisi de penser à toi comme à la fille de ta mère, c'était plus facile pour moi.

— Jusqu'à ce terrible choc d'hier soir.

— J'ai cru un instant à une simple coïncidence. Mais j'ai demandé qui tu étais, et, lorsqu'on m'a dit ton nom, j'ai compris.

— Google.

— Pardon ?

— J'ai suivi ta piste ces dernières années sur Google. J'ai pu voir des photos de toi, avec ton épouse, dans des galas. J'ai appris que tu faisais partie d'un grand nombre de conseils de direction de grandes entreprises. Je sais que tu voyages souvent à New York pour affaires.

Elle ne dit pas combien cela avait été dur, dans ces occasions, de le savoir dans sa propre ville sans qu'il se donne la peine de tenter de la contacter.

— Peut-être consulterai-je Google en rentrant à mon hôtel pour en savoir un peu plus à ton sujet.

— Google te dira que je suis la responsable mode d'une importante publication, et que la semaine des défilés est l'une des dates capitales dans mon agenda professionnel, rétorqua-t-elle avec le regard le plus âpre qu'elle put composer. Je ne compte pas quitter Paris.

— Mon petit, tu te méprends. Si je suis ici aujourd'hui, c'est pour te demander si… s'il y a une possibilité que toi et moi apprenions à nous connaître.

Elle avait si longtemps attendu ce moment. Et maintenant…

— Et Claudia ?

— Claudia est déjà assez anxieuse avec les préparatifs de son mariage. Ce n'est peut-être pas le moment de lui révéler ce type d'information.

— Le squelette reste bien caché au fond du placard, je vois.

Il déclarait vouloir la connaître, mais sans prendre de risques envers sa famille.

— Le fiancé de Claudia arrive aujourd'hui, ils vont être très occupés. J'ai pensé que nous pourrions passer un peu de temps ensemble.

Cela ne suffisait pas. L'adolescente en quête de reconnaissance paternelle n'existait plus. Elle était une femme adulte, et, si son père la voulait dans sa vie, eh bien, qu'il partage sa vie avec elle. Toute, sans restriction.

— Je crains que ce soit impossible. Je suis ici pour mon travail et je doute de disposer de beaucoup de temps libre.

— D'accord. Peut-être que tu pourrais me raconter quelques choses sur toi pendant que nous prenons notre café.

— Bien sûr. Voyons… J'ai une maîtrise en lettres modernes obtenue à l'université de Wellesley. Je voulais faire une école de mode, mais ma mère m'en a dissuadée et, rétrospectivement, je pense qu'elle avait raison. J'ai vingt-huit ans, je suis célibataire, sans enfants, et je vis dans un petit appartement dans Upper East Side, que j'ai acheté avec mon fonds d'épargne, dont je te remercie. J'adore les vêtements, les voyages et les films d'Audrey Hepburn. Et je suis allergique à l'ananas.

— Tu tiens ça de moi, je le suis aussi, dit-il avec une mine grave qui se mua en un sourire chaleureux.

Là, elle pouvait comprendre que sa mère n'ait pas pu résister à ce charme, trente ans auparavant.

— Par chance, je déteste l'ananas, ajouta-t-il.

— Moi aussi, commenta-t-elle, ravie d'apprendre ce petit détail qui les rapprochait.

— Cet homme avec qui je t'ai vue hier soir, il est ce qu'en Amérique vous appelez ton « petit copain » ?

— Non, je l'ai rencontré il y a quelques jours.

Elle tartina un peu de confiture de framboises sur son croissant.

— Mmm. Délicieux, tu devrais goûter.

Son père désapprouvait son comportement, elle le devinait à la façon dont il pinçait les lèvres, et elle en ressentit une étrange euphorie. Il devait s'agir d'une crise d'adolescence à retardement, car, jusqu'à ce jour, nul père ne s'était jamais opposé à ses choix de vie.

— Est-ce bien sage comme comportement ?

— Tu parles comme un père. Peut-être comptes-tu le prendre entre quat'z-yeux pour lui demander quelles sont ses intentions ?

Il ne répondit pas.

— C'est bien ce qui me semblait, conclut-elle, espiègle.

Chapitre 11

Malgré sa courte expérience dans le monde de la mode, Holden avait vite saisi que l'un des principaux enjeux de la semaine pour les maisons de couture était de produire *le* défilé qui éclipserait tous les autres. Et, malgré les shows sidérants auxquels il avait assisté les jours précédents, quelque chose lui disait que l'événement de ce soir était voué à défrayer la chronique. Le créateur Daniel LeSerge présentait sa collection de chapeaux. Et apparemment il n'avait pas lésiné sur les moyens : le défilé aurait lieu au musée d'Orsay, rien que ça.

En ce qui le concernait, qu'on ait choisi pour cadre l'une des galeries de peinture les plus célèbres au monde présentait un net avantage : une sécurité à toute épreuve. Personne ne voulait prendre le risque de voir disparaître un Monet ou un Van Gogh ! Il y aurait des gardes de sécurité à foison, songea-t-il, aussi bien en uniforme qu'en civil. Plus lui, qui comptait garder les yeux bien ouverts : ce gang ne volerait pas une de ces créations affolantes s'il pouvait l'éviter.

Lorsque Kimi arriva dans sa limousine, il se prêta de bon gré au désormais rituel passage en revue. Elle vérifia le pli du pantalon qu'elle lui avait conseillé de porter et même les lacets de ses Richelieu. Elle approuva d'un hochement de tête.

— Et maintenant, je peux enfin t'embrasser ou je risque d'abîmer ton maquillage ?

— Tu l'abîmerais, je nous connais, dit-elle avec un clin d'œil avant de se hisser sur la pointe des pieds et de déposer un bref baiser sur ses lèvres.

Il se contint pour ne pas la serrer contre lui, ni enfoncer les mains dans ses cheveux, ni mettre en pratique la flopée d'idées qui lui passaient par la tête. En revanche, il ne pouvait pas empêcher ses sens de partir au quart de tour dès qu'elle s'approchait un peu trop, ni son imagination de s'envoler vers ce qu'ils feraient plus tard, lorsqu'ils retourneraient dans sa chambre — ou dans la suite de Kimi.

Une fois dans la limousine, il lui prit la main. Heureusement, songea-t-il en s'apercevant qu'il ne savait plus rester auprès d'elle sans la toucher d'une manière ou d'une autre, le vernis à ongles ne craignait rien.

— As-tu profité de ta journée libre ? demanda-t-il.

— J'ai vu mon père, il était à l'hôtel lorsque je suis rentrée.

— Ton père ?! Que voulait-il ?

— Lui-même ne semblait pas le savoir. Enfin, entre autres, il prétendait vouloir mieux me connaître. Sans pour autant me présenter à sa famille.

Holden contint le nom d'oiseau qui lui venait aux lèvres.

— Que lui as-tu répondu ?

— Que j'étais très occupée cette semaine.

— Bien joué ! Comment ce type peut-il vouloir continuer à garder ton existence sous le sceau du secret ?

— Je ne l'approuve pas, tempéra-t-elle, mais j'arrive à le comprendre, tu sais. Il occupe une position importante, autant en politique que dans l'économie de son pays. Il n'a jamais parlé de moi ni à sa femme ni à ses enfants. Je pense qu'il veut leur éviter un choc.

— Je crois surtout qu'il cherche à sauver sa peau. Et toi, dans tout ça ? Et tes sentiments ? Et ce que tu veux ?

— Tu es un bon allié, Holden, dit-elle, posant la tête sur son épaule.

— Il compte rentrer à Rome ?

— Non, il reste.

— On ne va pas s'ennuyer, alors.

— Qu'il aille au diable ! Je ne vais pas le laisser ruiner ma semaine préférée de l'année. D'ailleurs, j'ai hâte de voir les créations de Daniel. Ses défilés sont toujours épatants.

— J'avais cru comprendre qu'on allait voir des chapeaux.

— Des chapeaux comme ceux-là, tu n'en as jamais vu. D'après le dossier de presse, il a tiré son inspiration du lieu du défilé.

— C'est-à-dire ? Il a recréé les tableaux impressionnistes sur des couvre-chefs ?

— Peut-être. Mais alors je plains le mannequin qui va se coltiner la meule de foin de Monet sur la tête !

— Cela doit valoir le détour.

— J'ai aussi hâte de connaître ta réaction. Promets-moi de me faire un rapport complet de tes impressions. Sans censure.

— Ma belle, tu peux m'avoir sans censure et en version intégrale quand tu voudras.

Une étincelle de désir illumina le bleu de ses yeux, et il put sentir sa peau qui brûlait comme il glissait la main sous sa chevelure dense pour l'attirer contre lui et l'embrasser avec douceur, à peine le temps de goûter la saveur sucrée de sa langue.

— J'adore cet endroit ! fit Kimi lorsque la voiture s'arrêta à l'entrée du musée.

Avant de quitter la limousine, il la vit sortir une trousse lilliputienne de son petit sac Hermès. Il s'amusait maintenant à repérer ce genre de détails. Elle retoucha sa bouche avec un bâton de rouge et lui passa un Kleenex afin qu'il efface les traces que ce même rouge avait laissées sur ses lèvres.

— Zut ! rouspéta-t-elle. J'ai un ongle qui accroche. Donne-moi une seconde.

Incroyable, pensa-t-il, la voyant sortir de sa trousse un outil curieux qui, découvrit-il aussitôt, n'était pas un couteau multifonction, mais un nécessaire à manucure avec une lime, des ciseaux et même un polissoir. Elle répara le dégât en moins d'une minute.

— Je ne savais même pas que ces trucs existaient, dit-il.

— C'est excellent, n'est-ce pas ? Je l'ai trouvé au Japon, il ne me quitte jamais.

Comme ils entraient dans le musée au milieu de la foule, ironie du sort, ils se retrouvèrent pratiquement nez à nez avec le père de Kimi, sa sœur, et un grand blond trapu qu'il aurait pris pour l'un des vigiles s'il n'avait pas eu sa main enlacée à celle de Claudia. Il avait une tête de dur à cuire, le nez cassé qui allait avec, et des muscles qui semblaient sur le point de faire éclater les coutures de son costume Hugo Boss. Ses yeux bleu acier scrutaient l'assemblée, avec ce regard alerte propre aux anciens soldats et aux membres d'un corps de sécurité.

A ce moment précis, comme s'il se sentait observé, le blond porta son regard sur lui d'abord, puis sur Kimi. Holden vit son expression se durcir d'une façon imperceptible pour un œil moins exercé que le sien. Le type regarda la femme à son bras avant de revenir sur Kimi, et murmura quelque chose à l'oreille de Claudia, qui les découvrit. Avec un grand sourire, la jeune fille se dirigea vers eux, son fiancé à la traîne.

Kimi se raidit à son côté, et lança un regard paniqué en direction de son père. Qu'était-elle censée faire alors que sa demi-sœur venait dans sa direction ?

— Bonsoir ! salua Claudia.

— Bonsoir.

— Voici mon fiancé Vladimir, et voici... Oh, je suis désolée, j'ai oublié votre nom.

— Kimberley Renton.

— Mais bien sûr, Kimberley.

Holden crut qu'elle allait s'évanouir, mais elle tint bon.

— Mes amis m'appellent Kimi, dit-elle en serrant la main de Vladimir.

A son tour, Holden fut présenté. De toutes les situations cocasses qu'il avait connues dans sa vie, celle-ci remportait la palme. Vladimir n'avait pas l'air de penser autre chose, mais il ne semblait pas du genre à partager ses pensées en société.

Un silence palpable s'installa, jusqu'à ce qu'un chœur de cris et de soupirs ne vienne le briser. Ils se retournèrent tous en parfaite synchronie, mais ce fut Kimi qui s'exclama la première, ébahie.

Il comprit aussitôt la raison de sa surprise. Un mannequin marchait parmi le public, vêtue d'une robe noire simplissime, de façon à n'être qu'un support pour le couvre-chef inouï qu'elle portait au-dessus de ses cheveux, coiffés en une espèce de nid géant. C'était le plus incroyable chapeau que Holden ait jamais vu. Une sorte de cage en fer forgé noir, voûtée, sous laquelle le visage du mannequin, paré d'un fard théâtral, ressemblait à... Soudain, il comprit. A un train. Il sourit. Mais bien sûr, le musée d'Orsay était jadis une gare. Daniel s'était inspiré du style Art déco de l'architecture, de sa structure noire et des carreaux de verre opaque. A l'intérieur de ce chapeau invraisemblable — ridicule, pensa-t-il, qui devait de surcroît peser une tonne —, un canari piaillait, affolé.

Quelques applaudissements timides se firent entendre, pour devenir une salve assourdissante au fur et à mesure que d'autres mannequins surgissaient des coulisses, toutes coiffées d'une cage ornée de tissus, de fleurs et de plumes, et même, pour l'une d'elles, de la sphère opalescente d'une horloge. Chaque cage enfermait un oiseau d'une espèce différente, et leurs chants se mêlaient au-dessus des commentaires admiratifs de l'assistance.

C'était fou. C'était... magique. Alors Holden sortit son appareil pour faire ce qu'il faisait le mieux : capturer des instants fugitifs.

Cela faisait déjà un bon moment qu'il prenait des photos lorsqu'il vit sur la scène une dame d'une élégance exquise offrir un bout de pain à un perroquet bleu roi, avec le concours patient du mannequin qui se tenait, immobile et penchée, pour lui faciliter la tâche. A cet instant, Holden sentit l'adrénaline couler à flots dans son sang : de là où il était placé, il avait un angle parfait. Il la tenait, sa photo unique.

Lorsqu'il écarta les yeux de l'appareil, il faillit bousculer Brewster Peacock, qui le fixait d'un regard appréciatif.

— Bon shoot.

— Merci.

— J'aimerais avoir quelques-unes de vos images pour ma colonne.

Ce n'était pas la première fois qu'on lui proposait d'acheter ses photos. Il n'était pas sans savoir que des photographes peu scrupuleux vendaient leurs images au plus offrant, plutôt que de rester fidèles aux magazines qui les embauchaient. Holden n'avait aucun respect pour ces gens, ni pour ceux qui cherchaient à les corrompre.

— Merci. Pour cela, il faudrait que vous voyiez avec Kimi, dit-il avant de lui assener une révérence moqueuse et de tourner les talons.

Le défilé était terminé, et il n'avait aucune envie de rester plus longtemps au milieu de ces gens tous plus superficiels les uns que les autres. Enfin, presque tous, songea-t-il en apercevant Kimi dans un coin de la pièce, en train de noircir à une vitesse effarante, comme à son habitude, les pages de son cahier de notes. Plus il la connaissait, et moins l'adjectif « superficiel » lui paraissait convenir à cette incroyable jeune femme.

— C'est du jamais vu ! s'exclama-t-elle, excitée, lorsqu'il s'approcha d'elle et l'entraîna vers la sortie. Il faut absolument que je finisse ce papier cette nuit même pour qu'il paraisse demain à la première heure sur l'édition en ligne.

Ils étaient sur le point d'atteindre leur voiture, lorsqu'une voix héla Kimi.

— Kimi, ma chère. Tu pars déjà ? Je peux te parler ?

Brewster. Encore lui.

— Pas maintenant, je suis pressée… Appelle-moi demain ?

— Mais c'est très important.

— Désolée, j'ai un papier à finir.

— Moi aussi, justement, répliqua le journaliste.

Quelque chose dans son ton interpella Holden, qui se tourna pour l'observer. Le bonhomme de soie bordeaux s'éloignait déjà avec son sautillement caractéristique.

— Qu'il boude autant qu'il veut. Son article ne sera pas illustré par les meilleures photos du monde, dit-elle, une fois dans la limousine.

Elle se pencha sur lui et l'embrassa avec passion.

— Tu as dû faire des images incroyables, j'en suis certaine. On gardera les meilleures pour l'édition papier, mais on peut en utiliser une ou deux un peu plus « croyables » pour mon blog.

— Tu ne les as même pas vues !

— Si Brewster veut les voler, mon cher, c'est qu'elles sont d'enfer.

Il pouvait penser à des compliments plus flatteurs, mais c'était toujours un compliment, donc bon à prendre.

Comme si elle avait compris qu'elle ne s'était pas montrée assez généreuse, elle lui octroya un baiser encore plus brûlant, encore plus profond, qui lui tourna la tête.

— Tu sais, dès que le boulot sera liquidé, on fera tout ce que tu voudras, dit-elle.

Eh voilà un objectif motivant.

— Tout ?

— Sans oublier que j'ai un droit de veto.

— On t'a déjà dit que tu étais une maniaque du contrôle ?

— Plus d'une fois.

Il éclata de rire et l'enlaça de ses bras puissants pour s'emparer goulûment de sa bouche. Il l'embrassa, c'était à lui de l'embrasser, histoire qu'elle comprenne que, parfois, perdre le contrôle était un chemin à deux voies.

« On était aux mésanges ce soir au défilé de Daniel LeSerge, chapelier fou, créateur génial… »

Kimi se lança sans perdre une seconde dans la rédaction de son article. Elle désirait rendre l'ambiance enchanteresse de ce soir sans pour autant négliger la description des modèles présentés au public. D'après son expérience, l'enjeu de la semaine de la mode était moins de montrer des vêtements portables que de mettre en évidence la créativité débridée des créateurs les plus inspirés. Et personne ne maîtrisait mieux que Daniel les codes de la scène et de la mode, pensa-t-elle, frappant comme une mitraillette des doigts sur son clavier, l'œil rivé à l'horloge. Avec un peu de chance, si elle finissait avant minuit et si Holden formatait les images dans les temps, l'article serait le premier à lancer le scoop sur la Toile. C'était une invention formidable, internet.

Vers 11 heures, elle avait fini son article.

Elle coupa ici et là, le relut encore une fois et mit le point final avec un soupir de satisfaction.

Cinq minutes plus tard, Holden frappait à sa porte.

— Alors ? dit-elle en guise de salutation.

Pour toute réponse, elle reçut un sourire chaleureux assorti d'un baiser encore plus torride.

— J'ai imprimé celles que je préfère pour toi.

Elle le regarda de la tête aux pieds et son corps devint tout liquide.

— As-tu une idée de l'état dans lequel tu me mets ? ronronna-t-elle.

— Non, mais je veux bien que tu me montres.

Elle commença à regarder les images, impressionnée. Peut-être que Holden pensait que la mode était un passe-temps futile, mais il n'avait pas laissé son jugement affecter son talent. Ses images lui donnaient la chair de poule. Celle de la femme avec le perroquet bleu était inestimable, car le regard de Holden avait capté, sans négliger l'humour, l'extravagance folle de toute la collection.

— Celle-ci, on la garde pour le magazine. Et on envoie tout de suite celle avec le chapeau à plumes et le Picasso en toile de fond, c'est le cas de le dire.

Il les chargea sur son ordinateur et, en cinq minutes, texte et images partaient vers New York.

— Parfait, dit-elle, s'étirant comme un chat. Je suis toute à toi.

— Parfait, oui, car j'ai quelques idées.

— Ah oui ? Quelle sorte d'idées ?

— Fais-moi confiance.

Elle le regarda, en silence, et il soutint son regard.

— D'accord, dit-elle enfin.

— Très bien, prends un pull, dit-il avec un sourire qui éclairait son visage tout entier.

— Un pull ?

— Une *petite laine*, oui, pour l'air du soir. Ou une veste, ou une couverture, comme tu voudras.

Il la regardait avec des yeux dont elle ne savait pas déchiffrer l'expression. Il était probablement l'homme le plus excitant auquel elle ait jamais eu affaire. Non. Il était, *sans conteste*, l'homme le plus excitant, et le plus imprévisible, qu'elle ait jamais rencontré. Et il la regardait avec des yeux pleins de désirs inavouables.

— Mais pourquoi ? insista-t-elle, flirteuse.

— Parce que Paris la nuit et toi, ensemble, vous donnez à un homme comme moi des idées.

— Et pourquoi prends-tu l'appareil ?

— Je suis photographe, je pourrais voir quelque chose que je voudrais mettre en boîte.

Ses mots lui donnaient des frissons comme s'ils étaient des caresses. Si la chaleur qui brûlait dans son ventre montait encore d'un cran, songea-t-elle, son corps allait s'enflammer comme le ciel de Paris, une nuit de 14 juillet.

Chapitre 12

Sans perdre une seconde, Kimi choisit un châle en pashmina noir qu'elle fourra dans un cabas Hermès, et enfila ses ballerines tout-terrain, bouillonnant d'excitation. La soirée s'annonçait prometteuse.

Elle aurait pu se rendre à une dizaine de fêtes glamour aux quatre coins de la ville, mais son sixième sens lui disait qu'elle allait s'amuser encore plus en choisissant de passer cette nuit en tête à tête avec Holden.

— Allons-y.

— Et voilà une femme selon mon cœur.

— Veux-tu que j'appelle le chauffeur ? dit-elle, déjà dans l'ascenseur.

— Non, pas de voiture ce soir.

— Un indice pour que je devine où nous allons ? demanda-t-elle.

— Je n'ai jamais vu Paris la nuit. J'ai pensé que tu pourrais me montrer la ville.

— Ah, monsieur souhaite une visite privée ?

— Exactement.

— Je suggère alors de commencer par les quais de la Seine. C'est tellement « Un Américain à Paris »… Et la lune brille, ce sera très romantique.

— Mais…

— Il n'y a pas de « mais » qui vaille. Si tu veux prendre le pouls de cette ville la nuit, il faut commencer au bord de l'eau.

Elle le prit par la main et ils marchèrent jusqu'aux abords

du fleuve. Un Bateau-Mouche, éclairé comme une lanterne, promenait des touristes ébahis.

Laissant son regard vagabonder autour d'elle, Kimi ne put s'empêcher de penser à tous ces couples d'amoureux qui avaient longé ces rues la main dans la main, aux histoires d'amour qui y étaient nées, vouées à durer à jamais ou à se finir dans un fracas de cœurs brisés.

C'était une belle nuit, douce et fraîche, avec un ciel étonnamment clair. La Seine glissait comme un ruban d'argent, lisse et silencieux. Un pont se levait au-dessus des eaux.

— Attends, dit-il comme elle avançait sous la majestueuse structure en pierre.

Elle se tourna et le regarda régler son appareil.

— Je ne suis pas un très bon modèle.

— Cette nuit, tu l'es. Tu es ma muse à moi. Mon inspiration.

— Je n'ai jamais travaillé comme muse, soupira-t-elle. Que veux-tu que je fasse ?

— Mets-toi vers le pilier, dit-il, pointant du doigt le point où il désirait qu'elle pose. Très bien, là.

Elle obéit et avança sur les pavés. Il n'y avait personne autour, et l'éclairage, assez doux, laissait la part belle à la lumière de la lune.

Elle s'adossa contre le mur de pierre et le regarda.

— Non, non, non, dit-il derrière son objectif. Je ne veux pas une photo souvenir de vacances à coller sur le frigo, genre « je suis à Paris, je m'éclate, je pense à vous ».

— Alors dis-moi ce que tu veux, répondit-elle, frustrée.

— Je veux Paris. L'ambiance. C'est censé être la ville de l'amour ! Donne-moi de l'amour. Donne-moi la passion. Ou, au moins, un peu de sexe !

— Tu veux du sexe ? rétorqua-t-elle. Tu vas en avoir !

Elle ouvrit son chemisier. Elle ne comptait pas le déboutonner complètement, juste ce qu'il fallait pour mettre son décolleté en évidence. Elle se déhancha, retroussant sa jupe de quelques centimètres, et imagina qu'elle avait quelque chose à vendre tandis qu'il était un inconnu à la recherche d'un peu de chaleur monnayée.

— Oui ! dit-il. C'est ça ! Génial !

Il s'approcha, elle pouvait entendre le clic d'obturateur qui lui indiquait que les prises de vue se succédaient sans discontinuer. Elle afficha une moue de dédain, fort à propos, pensa-t-elle, pour le rôle qu'elle s'était donné. L'idée ne manquait pas de piquant, et l'enthousiasme de Holden ajoutait à son émoi.

— Maintenant, doucement, défais encore un bouton, en me regardant. Doucement, d'accord ?

Elle le fixa à travers ses cils, consciente de sa respiration de plus en plus lourde, ses seins pointant scandaleusement sous la fraîcheur de la brise. Et sous la chaleur du regard de Holden… Elle porta la main à sa poitrine et, lentement, aussi lentement qu'il l'avait dit, elle défit un bouton.

— Holden ?

— Oui ? répondit-il d'une voix rauque.

— N'étais-tu pas censé me prendre ? En photo ?

Le temps d'une seconde, il sembla abasourdi, avant qu'un sourire d'incrédulité ne courbe sa bouche gourmande.

— J'avais oublié.

— Alors il va falloir que je recommence, susurra-t-elle.

Elle libéra un autre bouton. Cette fois-ci, il se tenait prêt, et elle le vit s'approcher, l'appareil toujours devant son visage.

— Tu es superbe ! Magnifique !

Son fantasme était devenu si réel, qu'elle crut qu'il allait lui faire une proposition de prix. A la place, il lui octroya un de ses sourires à tomber par terre.

— D'accord. Ensuite ? demanda-t-il.

— Nous sommes à Paris. Suivons la prochaine volée de marches et voyons où cela nous conduit.

— Excellent !

Ce quartier de la ville n'avait plus de secrets pour elle, mais elle décida qu'il serait plus amusant de le laisser croire qu'ils vagabondaient au petit bonheur la chance. Elle commença à refermer sa chemise, mais il l'en empêcha.

— Mets ton pull, plutôt.

Obéissante, elle drapa le châle autour d'elle. Le cachemire était doux contre sa peau fébrile.

Ils marchèrent encore sur le quai et, comme ils remontaient vers le niveau de la rue, ils découvrirent la tour Eiffel qui se découpait sur le ciel.

— Attends, demanda-t-il. J'adore cette vue. Accoude-toi à la rambarde et regarde la tour.

Elle le regarda par-dessus son épaule, mais prit la pose qu'il souhaitait.

— Parfait, ne bouge plus.

Il s'approcha d'elle et elle sentit sa jupe remonter.

— Mais qu'est-ce que tu…

— Chut.

Le tissu glissait haut le long de ses cuisses nues. Il ne la toucha pas, mais la laissa à la merci des éléments, la brise, la nuit, le murmure du fleuve en contrebas. Ensuite, oui, elle sentit sa main courir entre ses jambes pour les écarter doucement, et tout ce qu'elle put faire, ce fut de contenir un gémissement.

Quelqu'un pouvait arriver à tout moment. Les voitures passaient, les lumières aux fenêtres éclairaient les façades sombres.

Holden recula de quelques mètres, et elle ferma les yeux sans vouloir penser au spectacle qu'elle offrait, complètement habillée, mais avec la jupe hissée sur ses hanches, laissant à découvert la culotte ajourée en dentelle bleu pâle et rubans de satin. Heureusement, pensa-t-elle, personne ne pouvait deviner l'urgence du désir qui la consumait, chaque clic de la caméra la grisant davantage.

— Tourne la tête et regarde-moi, maintenant.

Jamais elle n'avait frayé avec un homme plus excitant, pensa-t-elle en posant ses yeux sur lui. La caresse de la brise, loin de lui procurer le moindre apaisement, excitait ses sens de plus belle.

Lorsqu'il revint vers elle, son envie de lui était si puissante qu'elle avait du mal à tenir sur ses jambes.

— Je n'avais jamais photographié de muse aussi renversante, murmura-t-il à son oreille, l'enlaçant par la taille pour l'inviter à marcher.

Arrivés à l'arc de Triomphe, il l'adossa contre un lampadaire un peu en retrait du tumulte de la place de l'Etoile et, avec délicatesse, il abaissa le tissu de son soutien-gorge pour découvrir un sein. Ensuite, il prit ses bras qu'il plaça au-dessus de sa tête.

— Mais que fais-tu ? gémit-elle presque.

— Chut. C'est de l'art.

Malgré l'heure avancée, le flux de voitures restait important, et pourtant elle ne pensa même pas à lui résister.

Encore une fois, le cliquètement de l'appareil retentit. Encore une fois, le désir flamba dans son ventre.

— Caresse-toi, somma-t-il avec douceur. Offre-moi ton sein.

Elle le fixa comme si elle pouvait par la force de son regard le plier à son bon vouloir, tout en se caressant comme il le lui avait indiqué. Viens, lui disait-elle des yeux, sans se soucier des gémissements qu'elle laissait échapper à l'intention de l'appareil, qu'elle aguichait comme si c'était son amant, alors que Holden, derrière les focales, restait à l'écart, comme un étranger qui les observerait.

Sans attendre qu'il en demande plus, elle libéra son autre sein et s'offrit à lui, ventre, poitrine, cou, seulement protégée des regards des éventuels passants par le fin écrin du châle. Puis elle leva les yeux vers Holden. Des yeux coquins. Joueurs. Excités. Et, à l'évidence, il était aussi excité qu'elle. Et, pourtant, il ne l'avait qu'à peine frôlée. Pour l'instant…

Follement émoustillée, elle le prit par la main et l'entraîna à sa suite. Leur prochaine halte serait la place Vendôme. Parce que c'était près de son hôtel et qu'elle ne savait pas si elle tiendrait longtemps, mais aussi parce qu'elle ne résistait pas à l'idée de marcher avec lui sur les pavés de ce lieu mythique du grand luxe : Cartier, Rolex, Chaumet… Bien sûr, les rideaux étaient tirés aux portes de ces temples de la joaillerie, mais Holden s'arrêta devant l'entrée de Cartier et lui demanda de poser sous le portique de la boutique. Si le paradis existait, pensa-t-elle, elle venait de trouver le sien sur terre : shopping de luxe et sexe en même temps.

— Tu attends que la boutique ouvre. Tu comptes y passer la nuit s'il le faut. Assieds-toi par terre, là, exactement.

Avec un homme qui lisait ses pensées, de surcroît.

Elle commença à s'abaisser, lorsqu'il vint vers elle.

— Attends. Avant, donne-moi ta culotte.

Ah, non. C'était ridicule... Mais une idée lui traversa l'esprit sans laisser les mots arriver à sa bouche : Holden devait s'attendre justement à ce qu'elle refuse. Alors, sans plus réfléchir, elle glissa les mains sous sa jupe et fit glisser le slip jusqu'au sol, le ramassa, et franchit les trois pas qui la séparaient de lui pour le fourrer dans la poche de sa chemise. Ensuite, avec un calme royal, elle retourna à sa place et s'installa par terre.

Il n'avait pas à lui donner d'instructions, elle avait compris.

Elle écarta les jambes, mais pas trop. Qu'il travaille un peu, aussi. Et retroussa sa jupe, un peu, mais pas trop, elle avait toujours pensé qu'il valait mieux suggérer que montrer. Puis elle s'adossa contre les pierres, enveloppée dans son pashmina, et imagina qu'elle attendait que la boutique ouvre, paupières closes.

Ils redescendaient la rue de Rivoli.

— Joli parc, commenta Holden.

— C'est le jardin des Tuileries, mais je n'y suis jamais entrée de nuit.

— Allons-y.

Ils franchirent la grille et elle sentit la magie des lieux opérer sur elle. Elle doutait qu'ils fussent les seuls promeneurs à cette heure-ci, mais, s'il y en avait d'autres, ils savaient se faire discrets. Elle adorait les rangées d'arbres et les nombreuses sculptures de marbre dispersées tout au long de la promenade. En passant devant un nu féminin, Holden la plaqua contre le piédestal et l'embrassa, lâchant la bride à la passion qu'il avait contenue toute la soirée.

Elle gémit contre sa bouche et se pressa contre lui, impatiente. Son corps chaud réchauffa sa peau affamée, et elle sentit son érection puissante à travers la soie légère de sa jupe. Il défit le nœud qui faisait tenir son châle, qu'il repoussa en arrière pour le lui enrouler autour des poignets. Il s'éloigna de quelques pas et prit de nouvelles images.

— J'aimerais bien avoir un trépied, murmura-t-il.

Elle ne tarda pas à apprendre qu'il était un homme de ressources. Très vite, il trouva une branche d'arbre dont la hauteur convenait à ses intentions : apparaître lui-même sur les clichés. Dans son attirail de parfait photographe, déduisit-elle, il ne devait pas manquer la télécommande.

Il revint vers elle et l'embrassa de nouveau, et de nouveau le monde s'effaça autour d'elle. Elle l'enlaça, le voile noir qui pendait de ses bras l'enveloppant comme les ailes d'une chauve-souris, pendant que le cliquètement de l'obturateur se faisait entendre. Mais elle ne pensait plus aux photographies qui se succédaient, elle n'était plus qu'un corps qui recevait ses caresses et ses baisers. Qui mourait d'envie de se donner à lui, ici, maintenant.

Enfin, avec un murmure rauque, Holden glissa sa main sous sa jupe et la remonta jusqu'à son sexe, et elle gémit de soulagement. Et, quand il joua avec les plis glissants, dont la sensibilité était exacerbée par la longue attente, le gémissement se mua en cri de plaisir, jusqu'à ce qu'elle se mette à trembler comme la feuille d'un arbre, son corps brûlant contre le socle froid.

Le désir de Holden était si pressant qu'elle sentit qu'il devait être assouvi sur-le-champ. Elle ne se trompait pas. Il défit sa braguette, laissa tomber son jean et la hissa contre lui avec une force qui lui donna l'impression d'être légère comme une plume. Sans plus attendre, il l'empala sur son sexe bandé, l'emplissant totalement. Jamais elle n'avait accueilli un homme dans son corps avec autant d'impatience.

Ils venaient de partager, songea-t-elle dans la brume de son esprit enfiévré, les préliminaires les plus longs, les plus érotiques qu'on puisse imaginer. Ils étaient tous deux dans un état proche de la folie, les poussées fébriles de Holden frisaient le désespoir, et elle sentit aussitôt la jouissance monter en trombe depuis le fond de son ventre. Elle enserra les jambes autour de sa taille et se pressa contre lui, impérieuse, goulue, jusqu'à ce qu'il se lâche dans un dernier coup de reins qui les porta ensemble au-delà du point de non-retour.

Chapitre 13

La sonnerie criminelle de son portable retentit, tirant Kimi de ce sommeil profond et réparateur qui naît des nuits de sexe dément et de l'épuisement heureux qui en découle. Elle se maudit d'avoir oublié de couper le son lorsque Holden l'avait déposée tard la veille — non, ce matin, très tôt, se corrigea-t-elle —, lui disant qu'il avait un rendez-vous de bonne heure et qu'elle devait dormir.

Tant pis, qu'ils rappellent plus tard, se dit-elle, cherchant le téléphone sur la table de chevet pour le mettre sur répondeur. Mais le nom qui s'affichait sur l'écran la réveilla sur-le-champ.

Maman ?!

Sa mère ne l'appelait jamais lorsqu'elle était en déplacement s'il n'y avait pas une urgence.

— Maman ? Tout va bien ? demanda-t-elle en décrochant.

— Tout va bien, ma chérie. Mais il est arrivé quelque chose d'un peu bizarre, et je voulais t'en parler.

— Bien sûr, dit-elle, soulagée. Dis-moi.

— Tu dormais ? J'étais convaincue que tu serais déjà debout, il est 7 h 30 à Paris, non ? Je voulais t'appeler avant que tu ne sois déjà occupée.

— Je me suis couchée très tard, hier. J'avais un article à rendre.

Ce qui n'était pas faux, pensa-t-elle, calculant qu'elle avait dormi à peine trois heures. Dès que la conversation serait finie, elle mettrait en veille ce fichu appareil pour voler deux heures de sommeil à sa journée, qu'elle savait bien remplie.

— Un homme avec un nom assez étrange m'a appelée hier. De Paris.

— Un nom étrange ? C'est-à-dire ? s'enquit-elle, tous les nerfs de son corps soudain en alerte.

— Machin Peacock. Attends, je l'ai noté : Brewster Peacock.

— Et que voulait-il ?

Malheureusement, elle se doutait de la réponse.

— D'abord, il m'a dit être de tes amis et que tu étais un auteur de génie. Je l'ai approuvé, bien sûr. Il m'a annoncé qu'il était en train d'écrire ton portrait pour sa colonne et qu'il voulait quelques renseignements de fond. Il a laissé entendre que tu lui avais donné mon numéro, cela m'a étonnée car tu ne m'en avais pas parlé, mais il m'a expliqué que tu étais débordée, ce qui me semblait logique.

Le nœud qui s'était formé dans sa gorge l'empêchait de parler.

— Il m'a ensuite confié qu'il était ravi d'avoir enfin fait la connaissance de ton père.

Elle lâcha un gémissement en voyant ses pires craintes se confirmer.

— Et que lui as-tu dit, maman ?

— Mais qu'est-ce que tu crois ? Je ne suis pas si niaise, Kimi.

— Bien sûr que non !

Trop inquiète pour rester allongée, elle s'était mise à faire les cent pas dans la suite, tandis qu'elle abreuvait mentalement des injures les plus crues ce fumier de Brewster Peacock.

— Je lui ai dit que je ne discutais jamais des affaires de famille avec des inconnus.

— Bien joué, maman.

— C'est la pure vérité. Mais Kimi, que s'est-il passé ? Qui est cet homme et pourquoi prétend-il avoir rencontré ton père ?

Kimi enfila un des peignoirs qui pendaient dans la salle de bains et continua à arpenter la suite comme un lion sa cage.

— Cet homme est une fouine ignoble qui détruit la vie et la carrière des gens juste pour s'amuser. Tout le monde de la mode lit sa colonne. Tout le monde. Et… il a en fait rencontré mon père, maman, dit-elle, le front appuyé contre un carreau de la grande fenêtre.

— Ton père est à Paris ?

— Oui. Avec ma demi-sœur. *L'aînée.* Elle s'appelle Claudia.

— Oh, ma chérie. Je suis tellement désolée ! Tu lui as parlé ? T'a-t-il reconnue ? Et comment cet affreux Peacock a-t-il deviné votre filiation ?

— Il a des espions partout, chauffeurs, portiers, femmes de chambre, qu'il paye grassement en échange de cancans. Quelqu'un a pu me voir avec Giovanni Ferrarro.

— Mais alors on aurait pensé que vous aviez une liaison, et non qu'il était ton père !

— C'est Claudia. On se ressemble vraiment beaucoup. J'imagine qu'il nous a vus tous les trois ensemble et qu'il en a tiré la bonne conclusion.

A la pause qui s'ensuivit, Kimi déduisit que sa mère prenait le temps de digérer la nouvelle.

— Attends. As-tu parlé à ton père ?

Elle expliqua la rencontre à la soirée et la visite de son père le lendemain à son hôtel. Et avec quelle clarté il lui avait fait comprendre qu'il ne comptait pas la laisser prendre part à sa vie.

— Je suis désolée, ma puce.

Evelyn Renton n'avait rien d'une mère poule, et Kimi mesura, à sa douceur, à quel point sa mère devait s'inquiéter en ce moment pour elle. Mais, soudain, un autre problème, urgentissime, se matérialisa dans son esprit.

— Mon Dieu, il faut absolument que je parle à ce Brewster. S'il publie cette affaire dans sa colonne… Oh, non ! Et si mon père croit que c'est moi qui l'ai mis au courant ?

— D'abord, n'importe qui ayant discuté avec toi ne serait-ce que cinq minutes saura que tu es incapable d'un forfait de la sorte. Ensuite, et sauf s'il a beaucoup changé, Giovanni est un homme intelligent. Si je peux me permettre un conseil, parle avec lui. C'est un homme influent, bien entouré et avec une armée d'avocats sous ses ordres. Si quelqu'un peut arrêter ce désagréable personnage, c'est bien lui.

— C'est un bon conseil. Merci, maman.

— A très vite, ma fille.

Aussitôt qu'elle eut raccroché, Kimi se précipita sur son ordinateur pour visiter la version en ligne de la rubrique de Brewster, *Le Boudoir des Vanités*.

Brewster Peacock vous offre un délicieux cocktail de chiffons à la mode et de linge sale : deux musts indémodables, qui se portent avec tout, en toute occasion.

Sous la date apparaissait l'article du jour :

« *Pardonnez mon langage, mais vous n'allez pas croire les* crottes *que nous servent cette année les créateurs pour cette édition de la* Semaine de la Mode de Paris. *L'on ne sait s'il faut rire ou pleurer de ce manque flagrant de talent et d'imagination, à l'exception près et géniale de Daniel LeSerge, qui fit surgir sur le podium une volée de beautés en cage, et je parle de volatiles, non de top-modèles. Eh oui, chacune de ses créations divines portait, à l'intérieur, un petit oiseau. Je dois dire que j'étais quelque peu vexé de ne pas y voir de paon, mais apparemment aucun des mannequins n'avait une assez grosse tête. Et pourtant !*

En revanche, deux belles cocottes ont attiré l'œil de votre serviteur, j'ai nommé Kimberley Renton et Claudia Ferrarro. »

— Oh, non ! s'écria Kimi.

On frappa avec violence à sa porte à l'instant même, mais elle décida de ne pas répondre. Sauf que les coups reprirent de plus belle, et elle finit par ouvrir la porte, prête à renvoyer l'importun. Sauf que sur le seuil se tenait Holden, mal rasé et tendu, les yeux soulignés de cernes mais enflammés par la colère.

— Je croyais que tu avais une réunion.

— Tu l'as vu ? demanda-t-il de but en blanc.

— Peacock ? J'étais justement en train de le lire.

Il lui ouvrit les bras et elle s'y réfugia. Il n'y avait pas une once de sensualité dans ce geste, ce n'était que pur réconfort.

— Ne t'inquiète pas pour moi, cela ne peut pas me nuire, dit-elle en se détachant. Mais la pauvre Claudia. Et la femme de Giovanni !

Elle retourna à son ordinateur pour continuer la lecture.

— Peux-tu commander du café, s'il te plaît ? Il faut que je finisse de lire ce… truc.

Elle glissa le curseur vers le bas de la page où se trouvait une photo — Claudia et elle, en train de deviser gaiement— prise la veille. Vladimir se tenait à côté de sa fiancée, le visage flou. Derrière eux apparaissait son père, qu'elle n'avait pas remarqué la veille, mais dont l'expression trahissait une émotion proche de la panique. Si une image vaut mille mots, celle-ci devait en valoir un million.

Accablée par les conséquences qui pouvaient découler de la publication de la photographie, elle se tourna vers Holden.

— Maintenant que j'y pense, comment l'as-tu su ? demanda-t-elle. J'aurais du mal à croire que, de retour à ton hôtel après notre escapade, tu as décidé, par hasard, de consulter la page de Brewster.

— Il m'a appelé.

— Qui ?

— Brewster Peacock. Cet enfant de salaud avait mon portable, je me demande encore comment diable il l'a eu. Il m'a conseillé d'aller voir sur sa page, car, disait-il, je trouverais sans doute son papier du jour fort intéressant.

— Mais pourquoi te le dire à toi ?

Holden la regarda comme si cela allait de soi.

— Ce fumier. Il savait que tu m'en parlerais. Bien sûr, beaucoup plus diabolique que de m'informer directement. Et il va sans doute se donner un mal de chien pour faire parvenir l'info aux oreilles de Giovanni. Et de Claudia.

— Alors, que fait-on maintenant ?

— Que veux-tu dire ?

— Est-ce que tu veux qu'on les contacte ou tu préfères attendre qu'ils le fassent ?

C'était un homme d'action, pensa-t-elle, et il avait, en toute logique, besoin d'agir. On aurait dit un général avant une bataille.

— Laisse-moi d'abord finir de lire ce torchon. Pour l'instant, je n'ai la tête à rien.

« Un œuf de chouette ne donne pas une perdrix, voilà ce que je m'étais dit en voyant arriver dans la Ville lumière la belle Claudia avec son père. D'après la rumeur, la jeune femme s'apprête à se marier, et quel meilleur endroit pour préparer son trousseau que Paris, où les tourtereaux ApplePie passent le plus clair de leur printemps à préparer leurs noces imminentes ?

Lorsque votre humble reporter vit la charmante Claudia en conversation avec ma chère collègue et néanmoins amie Kimberley Renton, il eut l'étrange impression de voir double. De plus, l'éminent papa de Claudia, Giovanni Ferrarro, semblait fort impatient de séparer les deux colombes. Et là, j'ai flairé le secret.

Et, puisque aucun des acteurs principaux de cette petite comédie familiale ne daigne nous parler, je vous sers avec votre café quelques indices… Et tant pis si l'on m'accuse d'en faire des gorges chaudes.

Le jeune globe-trotteur Giovanni passa quatre joyeuses années comme étudiant à Yale à la fin des années 1970. D'après mes sources, une étudiante des plus brillantes, Evelyn Renton, l'accompagnait plus souvent qu'à son tour.

Cette charmante Evelyn mit au monde, le 23 février 1979, une petite Kimberley. Entre-temps, Giovanni était rentré en Italie, où il épousa un peu plus tard sa fiancée italienne, avec qui il eut trois enfants angéliques. Il devait être ravi l'autre soir de rencontrer la fille de sa chère amie Evelyn et de pouvoir enfin lui présenter son aînée. Mais, attendez… à bien regarder cette image, ce n'est pas de la fierté paternelle que je vois. Quelle affaire !

Et, en parlant d'affaires curieuses, à quoi pouvait penser l'uber-modèle Natasha Hennington ? Le bruit court que... »

Pendant qu'elle finissait son article, le garçon d'étage avait apporté une cafetière fumante et des croissants, mais Kimi se sentait incapable d'en manger une seule bouchée, et, après sa dose de caféine, elle décida de prendre une douche. A cet instant, c'était la seule chose qui semblait pouvoir l'aider à supporter ce qu'elle venait de lire.

Comme elle se dirigeait vers la salle de bains, Holden lui demanda s'il pouvait rester, car il avait quelques coups de fil à passer, et elle acquiesça. Mais, au moment où elle pénétrait dans la cabine de douche, un nouveau problème s'imposa à son esprit déjà bien encombré de soucis. Comment Holden et elle allaient-ils continuer à travailler ensemble, à présent que, grâce à ce crétin de Peacock, le Tout-Paris était sans doute au courant de la nature de leur relation ?

Après la douche, elle se sentait un peu apaisée. Allons, tout allait bien se passer ! tenta-t-elle de se convaincre tout en se pomponnant et en s'habillant, ce qui ne manquait jamais de la remettre d'aplomb. Que diable, se dit-elle en se regardant dans la glace, sa vie pouvait bien couler comme le *Titanic*, elle coulerait avec en toute élégance.

Elle ne croyait pas si bien dire.

Quand elle sortit de la salle de bains, rafraîchie et tirée à quatre épingles, elle trouva Holden, plus sérieux et concentré que jamais. En face de lui, auprès de la petite table à café, se tenait Claudia, les yeux rougis d'avoir pleuré. Giovanni se leva lorsqu'elle entra dans la pièce, aussi digne et entier, justement, qu'un musicien du *Titanic*.

— Génial, dit-elle. Une réunion de famille.

Chapitre 14

— *Tu le savais ?* demanda Claudia avec une voix tremblotante, l'air complètement perdu.

Kimi avait mal au cœur pour elle.

— *Oui, je l'ai toujours su.*

— *Mais, je…* balbutia Claudia en reniflant. *Je ne comprends pas. Comment as-tu pu me parler et agir comme si tu ne savais pas…*

— *Holden, je peux te demander de commander encore du café ?*

Au regard déconcerté qu'il lui lança, elle se rendit compte que le bref dialogue s'était déroulé en italien. Elle prit le combiné et commanda elle-même le café, avant de s'installer en face de sa sœur.

— Parlons en anglais, de sorte que Holden puisse suivre la conversation.

— Je suis vraiment navré, s'excusa son père, qui semblait avoir vieilli de dix ans depuis la veille. Je ne pensais pas que tant de gens souffriraient par ma faute.

— As-tu pu parler à la mère de Claudia ?

— Oui, répondit-il, avec un regard abattu. Elle exige que l'on rentre sur-le-champ, mais je ne compte pas fuir comme un lâche. Non. Nous devons trouver le moyen de braver cette affaire avec autant de dignité que possible.

— La dignité, je suis absolument pour. Que suggères-tu ?

Silence.

— Avez-vous l'intention de reconnaître Kimberley ? demanda Holden, prenant la parole pour la première fois.

— Oui.

— Bien.

Kimi sentit une vague de soulagement l'envahir. Au moins de ce côté, elle pouvait cesser de mentir.

— On devrait peut-être convoquer une conférence de presse, proposa-t-elle lentement. Pour voler dans les plumes de ce vautour de Brewster.

Son père haussa un sourcil aristocrate, en signe de dédain.

— Je sais, contrecarra-t-elle, c'est peut-être très américain, voire très vulgaire, mais nous devons tenir compte de la presse. Tu es un homme important, membre d'une famille importante. Si l'on garde le silence, Brewster usera de l'argument « qui ne dit mot, consent ».

— Non, intervint Holden. J'ai réfléchi à la question, et il me semble que j'ai, en tant que témoin extérieur, une vision plus objective que vous de la situation.

Il fit un pas vers Kimi et l'entoura de son bras. Aucune déclaration n'aurait exprimé avec plus de clarté qu'il était de son côté, quoi qu'il arrive.

— Voici ce à quoi j'ai pensé : officiellement, il n'y a pas de secret et encore moins de scandale. Les deux familles ont toujours connu leurs existences respectives…

Holden marqua une pause, que Kimi interpréta comme un réquisitoire contre son père. Homme prudent, il avait trouvé plus convenant de se taire. A contrecœur, comprit-elle, reconnaissante.

— … Sauf que vous n'aviez pas trouvé de raisons d'en faire une affaire publique. Kimi et sa mère ont leur vie à New York et vous la vôtre, en Italie, continua-t-il. Et, à l'occasion du mariage de Claudia, vous avez convenu de vous retrouver à Paris, afin de permettre aux deux sœurs de passer un peu de temps ensemble.

— Vous voulez dire que nous allons feindre de nous connaître depuis longtemps ?

— Eh oui ! Depuis toujours. Fin du roman. Fin du scandale créé de toutes pièces par Brewster Peacock.

— Mais la *Mamma*…

— J'en discuterai avec ta mère, Claudia, dit Giovanni. Vous avez tout à fait raison. Je vais aller à Rome, je vais lui parler et lui demander de venir.

— Mais, et si elle ne te pardonne pas, papa ?

— Elle viendra toujours pour toi.

— Mais Maria s'est cassé une jambe.

— On s'occupera aussi de cela. En ce moment, la place de ta mère est ici, c'est le plus important.

— Et si elle se fâche parce que tu m'as laissée seule ?

— Tu n'es pas seule. Il y a ton fiancé. Et ta sœur, ajouta-t-il avec un regard vers Kimi.

— Bien sûr, répondit Kimi avec un hochement de tête.

— Que puis-je faire pour aider ? demanda Claudia à Holden.

— D'abord et déjà, cesser de pleurer et recomposer votre maquillage.

A la surprise de tous, la jeune femme éclata de rire.

— Vous êtes aussi autoritaire que mon père ! Très bien. Finies les larmes. Et, maintenant, dit-elle en fixant Kimi avec timidité, je pourrai faire connaissance avec ma grande sœur.

— Je n'ai jamais eu de sœur, répondit celle-ci, la poitrine envahie par une émotion d'une nouvelle espèce.

— Quand avez-vous l'intention d'aller rejoindre votre épouse ? s'enquit Holden.

— Que suggérez-vous ? demanda Giovanni.

— Pas avant deux jours. Aujourd'hui, il faudrait que l'on voie les deux sœurs ensemble et, ce soir, ce serait bien de vous montrer tous les trois à la soirée prévue à Versailles.

Giovanni le regarda en silence, et Kimi comprit qu'il bataillait dans son for intérieur entre deux envies contradictoires. Il avait sans doute hâte de rejoindre sa femme et ses autres enfants, qui devaient se trouver sous le choc après avoir appris ce secret si longtemps gardé. Finalement, son père acquiesça.

— Je pense que vous avez raison. Claudia, ma chérie, il

me semble que tu avais décidé de faire quelques emplettes aujourd'hui ?

— Oui, de la lingerie.

— Et tu pourrais trouver le temps de l'accompagner ? demanda-t-il à Kimi.

Elle confirma d'un trait de voix.

— Préviens-moi quand vous serez prêtes à partir, intervint Holden.

— Tu comptes venir avec nous acheter de la lingerie ? !

Il sourit, avec ce sourire qui était une arme fatale et qui la rendait toute chose.

— J'adore la lingerie. Par ailleurs, je suis ton photographe officiel. Je compte m'assurer que des photos de vous ensemble comme deux vraies sœurs parviennent très vite sur la base du serveur.

— Quel serveur ? s'étonna Claudia.

— Il veut dire qu'elles seront à disposition de chaque support qui aura souscrit le service de son agence de presse.

Kimi se hissa sur la pointe des pieds pour déposer un baiser sur ses lèvres.

— Je te dois une fière chandelle, murmura-t-elle.

— Tu me feras un défilé pour me montrer ce que tu vas acheter tout à l'heure, et nous serons quittes.

L'après-midi se déroula encore mieux que ce qu'elle aurait pu prévoir. Leur père — *leur* père ! Kimi avait encore du mal à se dire qu'elle avait une sœur ! — insista pour qu'ils déjeunent tous les trois ensemble, et Kimi choisit un restaurant branché, fréquenté par le Tout-Paris de la mode. Brewster serait mis au courant de leur petit repas en famille avant même qu'ils aient fini de commander l'apéritif. Elle en profita pour faire le tour des tables et présenter sa sœur et son père avec le naturel de quelqu'un qui l'a fait toute sa vie.

Après le dessert, son père regagna son hôtel pour appeler de nouveau sa femme, et elle et sa sœur partirent courir les boutiques avec Holden comme ange gardien. Kimi n'en revenait pas de s'amuser autant. Ainsi qu'elle l'avait supposé au premier coup d'œil, Claudia avait un goût excellent.

Leur réserve initiale ne tarda pas à voler en éclats. Pas étonnant, se dit Kimi, lorsqu'on essaie culotte et soutien-gorge et qu'on discute nuisette contre déshabillé pour la nuit de noces entre deux fous rires.

Elle était aussi sidérée par la patience de Holden, qui prenait des photos et s'éloignait de temps en temps pour se promener dans le quartier lorsque la pudeur de Claudia le requérait.

Elles quittèrent l'une des boutiques préférées de Kimi, Claudia avec un énorme sac débordant de merveilles en dentelle, elle-même avec un autre à peine moins chargé. Elle avait prévu de faire le plein de lingerie lors de son séjour à Paris, mais jamais, dans ses rêves les plus fous, elle n'aurait imaginé qu'elle s'y attellerait bras dessus, bras dessous avec sa sœur.

Quand elles sortirent de la boutique, Holden les attendait, son appareil à la main. Il regarda Claudia avec une drôle d'expression.

— Vladimir est censé te rejoindre ici ? demanda-t-il.

— Non, il avait rendez-vous avec ses associés. Il m'a dit que cela lui prendrait toute la journée.

— Quel est son métier ?

— Il travaille pour une compagnie internationale de transports. Ils ont des bureaux à Moscou, Londres, Paris, Tokyo et New York.

— Pas mal.

Ils déposèrent Claudia à son hôtel, puis Holden la raccompagna au sien.

— Tu es bien silencieux. Quelque chose t'inquiète ?

— J'ai vu Vladimir pendant que vous faisiez les boutiques. Il n'était à aucun rendez-vous d'affaires.

— Que veux-tu dire ?

— Il était avec une autre femme.

— C'est peut-être l'une de ses associées.

— Hum. Je ne sais pas. Il y avait quelque chose de louche dans leur façon de se parler. Ils semblaient sur le qui-vive, assez tendus. J'ai pris quelques images, il faut que je vérifie sur l'écran ce que ça donne, car il l'a très vite guidée vers une ruelle latérale.

— Crois-tu qu'il t'ait vu ?

— Difficile à dire. Il semblait avoir peur même de son ombre.

— Je préfère ne pas en tirer de conclusions hâtives, finit par dire Kimi. Il doit y avoir une explication toute simple.

La nouvelle cependant lui plomba le moral. Elle n'avait nulle envie de finir son premier jour de grande sœur avec des réserves sur son futur demi-beau-frère. Jusque-là, elle n'avait jamais pensé qu'avoir une nouvelle famille impliquerait plus de gens pour lesquels s'inquiéter.

— Et puis, lâcha-t-elle en poussant la porte de la suite, si j'étais moins fatiguée, j'arriverais à penser clairement.

— Repose-toi un peu, conseilla-t-il avec un baiser tendre. Je vais travailler sur ces images et choisir celles que j'enverrai aux agences.

— Et moi qui allais t'inviter à un défilé privé de lingerie…

Il l'embrassa de nouveau, de façon plus appuyée cette fois-ci.

— Je me réserve le droit d'assister à ce défilé. Cela dit, je compte voir toute la collection, tôt ou tard.

Avec un sourire, elle le laissa partir, s'allongea sur le lit et tomba aussitôt dans un sommeil profond dont elle sortit deux heures plus tard, requinquée.

En ouvrant les yeux, ses premières pensées allèrent à Claudia. Si Vladimir avait une maîtresse ici, à Paris, qu'était-elle censée faire, en tant que grande sœur digne de ce nom ? Holden avait deux frères et une sœur, se rappela-t-elle en s'extirpant avec regret du lit. Elle lui demanderait la marche à suivre. Apparemment, elle avait besoin d'un stage accéléré en sororité.

Après une douche rapide, Kimi décida d'enfiler une de ses nouvelles acquisitions, un ensemble en dentelle jaune pâle qui la dénudait plus que si elle était vraiment nue. Elle avait hâte de voir l'expression de Holden lorsqu'elle le lui montrerait, et rougit de plaisir rien qu'en imaginant sa réaction.

Il arriva avec un quart d'heure d'avance. Bien qu'il ait porté le costume qu'elle lui avait indiqué, il était clair qu'il ne s'était pas arrêté à soigner les détails. Elle était prête à parier qu'il l'avait passé en vitesse comme il quittait sa chambre.

— Tu es un cas désespéré, lui dit-elle avec affection en même temps qu'elle s'avançait pour l'embrasser.

Il lui rendit son baiser, mais sans l'enthousiasme qu'il mettait dans ces choses-là en temps normal. Pas de doute, il avait la tête ailleurs. C'était bien la peine, soupira-t-elle, de s'être habillée avec soin en pensant au moment où il la déshabillerait.

— Tiens, regarde, dit-il, lui tendant une liasse de photographies.

Elle s'arrêta sur la première, où elle apparaissait avec Claudia plaisantant devant un déshabillé exquis.

— Oh, elles sont super ! Tu trouves que nous nous ressemblons ?

— Comme deux sœurs : les yeux, surtout, et les cheveux. Je m'en suis aperçu dès le premier instant, comme l'autre rase-mottes, d'ailleurs. J'aurais dû comprendre alors qu'il fallait se méfier de lui.

— Brewster, oui. Il ne faut jamais baisser la garde avec lui. Mais, cette fois-ci, il a fait quelque chose de bon, même si c'était par inadvertance.

— Regarde les autres.

Elle continua à regarder des images d'elle et de Claudia faisant connaissance par satin interposé. N'importe qui aurait pu noter combien leur langage gestuel se détendait au fil des heures. Incroyable, ce que les images pouvaient révéler.

Les trois dernières, en revanche, montraient Vladimir et la femme inconnue. Holden ne s'était pas trompé, pensa-t-elle, la tension du Russe était palpable même sur le papier, tandis qu'il discutait avec cette femme au visage flou. Sans l'œil de lynx de Holden, et sans un téléobjectif aussi performant, ils seraient passés inaperçus. Sur la troisième photo, les visages gagnaient en netteté.

— Tu la connais ?

— Non, répondit-elle, étalant les trois photographies sur la table, sous la lampe. Pourtant, ce visage me dit quelque chose.

— Elle pourrait travailler dans la mode ?

— Pff… On ne dirait pas, à sa façon de s'habiller, jean banal, coupe-vent quelconque. Si elle est dans ce milieu, elle ne fait pas partie du gratin, c'est sûr. Mais encore, ce visage…

Elle examina encore une fois les images, pensive.

— Si Vladimir ressent quelque chose pour Claudia, comment peut-il risquer son avenir avec elle à cause de cette femme ? Elle est tout le contraire de ma sœur. Elle n'est pas très attirante, elle n'a pas le moindre style et elle est plus vieille. La seule chose qu'elle semble avoir en commun avec Vladimir, c'est qu'ils sont originaires d'un pays de l'Europe de l'Est.

— Je suis d'accord avec toi. Et je ne ressens pas de vibrations sexuelles entre ces deux-là.

— Non. Ne penses-tu pas qu'elle travaille avec lui ?

— Peut-être. Mais moi aussi, j'ai l'impression de l'avoir déjà vue. Et c'est la première fois que je viens à Paris.

— Où donc avons-nous pu la voir, tous les deux ? demanda-t-elle en se frottant les tempes. Il s'est passé tellement de choses en si peu de temps que je n'arrive pas à réfléchir normalement. Je la vois entourée de mannequins, mais, j'ima…

Elle étouffa un cri.

— Je sais où je l'ai vue !

Elle se précipita sur le bureau pour sortir du premier tiroir l'enveloppe contenant les tirages qu'il avait apportés après son premier jour comme photographe, pendant les répétitions pour le show de Simone à l'Opéra.

— Je me suis servie de ces images pour la rédaction de mon article sur les coulisses de la mode, je les ai regardées des heures durant, dit-elle, passant en revue les photographies à toute vitesse. Ici. Celle-ci. Ce n'est pas la même femme ?

Sur l'image, l'inconnue, à genoux, pinçait les lèvres pour

tenir les épingles qui lui servaient à raccourcir l'ourlet d'une jupe portée par une jeune fille.

Holden apporta les clichés de l'après-midi pour comparer.

Ils se regardèrent.

— Alors, que fait l'une des habilleuses de Simone avec le fiancé de Claudia ? se demanda Holden.

— Je ne pense pas qu'ils aient une aventure.

— Non, mais à coup sûr ils ont quelque chose à cacher.

— Crois-tu que cela ait un quelconque rapport avec les robes volées ?

— Je ne sais pas. Je vais effectuer quelques recherches sur Vladimir, en attendant. Quelques vérifications concernant sa compagnie internationale et ce qu'ils transportent.

Holden jouait si bien le rôle de photographe, s'aperçut Kimi, qu'elle en venait à oublier son véritable métier. Or, et elle en avait la preuve à cet instant, il savait mettre au jour ce que les gens préféraient en général garder dans l'ombre.

Chapitre 15

Versailles, rien que ça, pensa Holden, comme il conduisait vers le palais du Roi-Soleil, à une petite heure de Paris. Ces gens de la mode ne reculaient devant rien !

Kimi était partie en avance afin d'interviewer le créateur à l'honneur ce soir, et Holden avait loué une voiture pour être libre de ses mouvements. Sa journée avait consisté en une longue réunion avec la police française, ils avaient étudié ensemble les derniers forfaits du gang de la mode. Il leur avait annoncé qu'il fallait craindre un coup important pendant la semaine, et avait été étonné de l'attention que les agents prêtaient à l'affaire des robes : apparemment, à Paris, même les flics étaient des fous de mode.

L'échange d'informations cependant ne l'avait pas avancé dans son enquête, car la police n'avait aucun indice solide sur les possibles auteurs des vols. Une de leurs théories pointait vers une mafia du Proche-Orient. Il était des femmes susceptibles de payer des milliers de dollars pour des toilettes qu'elles ne porteraient que devant les femmes de leur famille, sauf que jusque-là, elles les acquéraient légalement. Holden les avait vues assister, voilées, aux présentations des collections. Etait-il plausible qu'il existe, désormais, un marché noir ?

Mandy suivait depuis les Etats-Unis la piste de la fraude à l'assurance, qui semblait cependant peu probable. La police avait aussi évoqué les professionnels de la contrefaçon, qui voleraient les modèles pour les produire à bas prix en grandes quantités. Sauf que cela n'était pas arrivé avec les vêtements déjà disparus, que plus personne n'avait revus. Holden penchait plutôt pour la théorie d'un marché noir, singulier et très restreint, pour des collectionneurs ou des acheteurs qui ne porteraient les tenues qu'en privé.

Par ailleurs, il avait pu vérifier que le fiancé de Claudia ne figurait sur aucune liste de suspects détenue par Interpol, mais il pressentait quelque chose de trouble chez ce type. Ce serait la soirée de pêche aux renseignements la plus habillée de sa carrière.

Pas mal, quand même, se dit-il, profitant des performances de la Peugeot qui roulait comme sur de la soie. Travailler dans l'un des endroits les plus beaux du monde, entouré de femmes superbes et de personnalités singulières. Il les passa en revue : Simone, ce moulin à paroles et gestes excessifs ; les ApplePie et la meute de paparazzi qui les entourait comme des vampires à l'affût de sang frais ; Peacock l'indésirable, puis l'essaim de tops aux lèvres siliconées qui se ressemblaient comme des clones.

Il pensa aussi aux acheteurs, qui semblaient venir plus pour se montrer que pour regarder les défilés. Quoique, réfléchit-il, avec des prix à six chiffres, on pouvait comprendre qu'ils prennent leur temps avant de sortir leur portefeuille.

La tension montait en lui, il le sentait. Les jours passaient sans qu'il y ait de tentative de vol, il ne restait que quelques jours. Et si rien n'arrivait cette saison ? Et si ses renseignements s'avéraient erronés ? Ou si les criminels se savaient sous surveillance et avaient décidé d'abandonner l'affaire ?

Beaucoup trop d'inconnues dans l'équation.

D'accord, ce n'était pas non plus une question de vie ou de mort, mais il répugnait à l'idée d'avoir gaspillé une semaine de son précieux temps, de surcroît affublé de costumes qui avaient coûté les yeux de la tête et qu'il ne porterait plus jamais.

Comme il s'avançait vers l'enceinte du château, il constata que le dispositif de sécurité était serré. Tant mieux. A son avis, le vol n'aurait pas lieu ce soir, car Versailles était doté de tous les systèmes de surveillance possibles et imaginables :

caméras, policiers en civil et en uniforme, et vigiles. Bien sûr, le véritable trésor était le palais lui-même, mais seul un fou oserait lancer une opération dans un lieu si bien protégé.

Cependant, il comptait garder les yeux bien ouverts derrière son appareil photo. Il montra son badge à la grille d'honneur, on contrôla sa voiture et enfin il put entrer. Il ne comprenait pas un seul mot de ce que lui disait le vigile, mais, après un échange loufoque en langage de signes, il saisit qu'on lui demandait de se garer.

Il marcha sur les graviers vers l'immense bâtiment. Il n'était pas féru d'architecture, mais il devait admettre que le site était d'une beauté imposante.

Des mondains dans des tenues spectaculaires se promenaient ou discutaient en petits groupes, et, même à distance, on pouvait deviner la position des people les plus sollicités, comme entourés d'un champ magnétique scintillant à cause des flashes qui les mitraillaient sans relâche. Heureusement, Holden n'était pas concerné ! Tout ce qu'il devait faire, c'était photographier les mannequins, et cela lui convenait fort bien.

Avec son appareil en bandoulière, il tomba, au détour d'un sentier un peu plus sombre sur Mark Apple et Lucia Pietra en pleine étreinte brûlante. Le bruit de ses pas les alerta, et Mark se tourna vers lui, la main levée dans un signe menaçant.

— Eh, mec, vous ne pouvez pas nous laisser souffler un peu ? Nous sommes occupés, là, et c'est privé.

— T'inquiète, dit-il. Je ne m'occupe que des mannequins, moi.

— O.K., désolé. Tu ne peux pas savoir de quoi sont capables tes collègues pour nous prendre en photo.

« Mais peut-être que se rouler des pelles au beau milieu d'une soirée n'est pas non plus une idée bien brillante, mec. »

— Vous n'avez rien à craindre de ma part. Bonne soirée.

— Ouais, merci. A toi aussi.

Dès qu'il s'éloigna, les soupirs et les baisers reprirent. Il y avait des gens plus longs à comprendre que d'autres. Ou peut-être que cela tenait à la force de la tentation. Après tout, se dit-il, s'il s'était trouvé seul avec Kimi à l'ombre de ces murs vénérables, il aurait eu aussi envie de la dévorer, sans se soucier des dizaines de paparazzi à l'affût. Car l'excitation médiatique autour du couple atteignait son paroxysme à la veille du show de Simone à l'Opéra, où l'on pourrait enfin voir cette robe incroyable dont tout le monde parlait.

A l'entrée de la cour de Marbre, un paparazzi anglais muni d'un téléobjectif capable de prendre une fourmi en gros plan à des kilomètres de distance s'adressa à lui. Un vautour, pensa Holden.

— Hé ! dit le type. T'as vu les ApplePie ? Ils viennent de disparaître par ici.

— Ouais, je les ai vus vers la fontaine. Ils étaient seuls, si tu te dépêches, tu les chopes, c'est sûr.

— Merci, mon pote. Je t'en dois une.

Holden sourit en le voyant s'éloigner au pas de course dans la direction opposée à celle où se trouvaient Mark et Lucia, le dos voûté par le poids de son matériel d'espion d'opérette.

Il souriait encore en montant l'escalier qui menait à la galerie des Glaces, où Kimi lui avait donné rendez-vous. Il s'y introduisit.

Et son cœur s'arrêta de battre.

Kimi se tenait debout, à quelques mètres de lui, éblouissante comme une déesse. Comment pouvait-elle être si belle ? Elle semblait perdue dans ses pensées au milieu de tout ce monde, et l'expression rêveuse de son visage trahissait une vie intérieure riche et profonde. Elle avait relevé ses cheveux et portait une robe parme d'une simplicité exquise, tenue par une seule bretelle et qui ceignait son buste gracieux pour tomber en drapé de la hanche jusqu'au sol. Deux dormeuses en diamants scintillaient aux lobes de ses oreilles, et c'étaient les seuls bijoux qui l'ornaient. Son image, mille fois rendue sur l'enfilade interminable de miroirs, laissait croire qu'une cour de déesses mineures l'entourait pour la servir.

La vision était si extraordinaire qu'il resta cloué sur place pendant de longues secondes, jusqu'à ce que son instinct de photographe prenne le dessus. Presque au ralenti, comme s'il avait peur de briser le charme, il leva son appareil et commença à la photographier. Il eut le temps de prendre quelques instantanés avant que le déclic de l'obturateur n'attire l'attention de Kimi.

— Holden ? Ce sont les mannequins que tu es censé prendre en photo, pas moi.

— Je préfère me concentrer sur la plus belle femme de la soirée.

— La moitié des femmes présentes ce soir figurent dans le spécial « Les plus belles femmes du monde » du magazine *People*. Je crois que la concurrence est rude.

Il s'approcha d'elle, mu par le besoin urgent de l'embrasser jusqu'à en perdre haleine. Mais il se contint, sachant qu'elle n'apprécierait pas qu'il abîme son maquillage ou sa tenue, et se contenta de poser la main sur l'épaule nue.

— Tu m'as mis au tapis, déclara-t-il. J'ai cru voir une apparition surnaturelle… Sauf que tu avais l'air un peu triste.

Elle le regarda avec ses yeux étincelants de malice, sans plus la moindre ombre de mélancolie.

— Je pensais à la pauvre Marie-Antoinette, et combien elle a dû s'amuser ici. C'était une fashion victime avant l'heure. Faut dire, ça lui a coûté cher ! Et si on travaillait un peu, nous, pauvres plébéiens ?

— D'accord, écoute. Je vais me concentrer sur les photos pour ton article, promis. Mais j'aimerais que tu discutes un peu avec Vladimir, que tu le fasses parler de son travail. Tente de lui poser des questions concrètes, sur ses connexions avec l'industrie de la mode, sur ses activités, ses voyages. Tout renseignement peut être précieux, je voudrais retracer ses mouvements pour savoir ce qu'il fait depuis cinq ans. Je ne sais pas s'il peut être impliqué dans le vol des robes, mais nous ne devons négliger aucune éventualité.

Il sentait la pression monter. Au fur et à mesure que les jours passaient sans incident, les risques que ce soit *la* soirée, que ce soit *le* défilé augmentaient.

Kimi acquiesçait à tout.

— Je vais le suivre lorsqu'il partira, pour voir où il va, ce qu'il fait. Je te retrouverai à ton hôtel demain matin.

— Fais attention à toi.

— Bien sûr. Et sache que ça me tue de ne pas rentrer avec toi pour voir ce que tu caches sous cette robe.

— La frustration engendre le désir.

— C'est selon. Parfois le désir engendre le désir.

Et il l'embrassa, conscient que sur les glaces leur passion se multipliait à l'infini.

Chapitre 16

— Bon, qu'est-ce qu'on a ? tenta de récapituler Kimi, bras croisés.

C'était frustrant. La veille, elle avait passé le meilleur de la soirée à cuisiner le fiancé de sa sœur sans en avoir l'air. Le moins qu'on pouvait dire, c'était que le Russe n'aimait pas parler de lui-même. Sous prétexte de mieux connaître sa sœur, elle lui avait posé une batterie de questions qu'il avait éludées en quelques phrases minimalistes. Il avait lâché le nom de l'entreprise pour laquelle il travaillait, et qu'il s'était rendu à New York pour son compte à deux occasions. Quant au reste du monde, il en avait vaguement parlé : « Europe, Asie, Proche-Orient… Je ne vois que les aéroports et les bureaux, c'est très ennuyeux. »

Enfin, concernant la mode, il se déclarait parfaitement ignorant et étranger au domaine.

Ce que Holden rapporta ne les avançait pas davantage. Il avait suivi le type à l'hôtel où logeaient les Ferrarro, Claudia et Vladimir étaient restés cinq minutes à l'extérieur pour discuter et, ensuite, leur chauffeur avait conduit le Russe à son hôtel, d'où il n'était plus sorti.

— Pour l'instant, tout ce que nous savons, c'est que Vladimir connaît l'une des habilleuses de Simone, reprit-elle, marchant dans la chambre, les bras autour du buste, comme si elle cherchait à se réconforter. Et le défilé de Simone a lieu ce soir.

— Ce qui m'intrigue, c'est ce qu'il est allé faire au Proche-Orient.

— Tu penses que cela peut avoir un rapport avec la mode ?

— J'aimerais le savoir. Ou avoir sous la main quelqu'un qui le sache.

Elle s'arrêta net et braqua sur lui son regard bleu.

— Mais bien sûr ! Il y a quelqu'un qui connaît tout le monde dans la mode… Et il a une dette envers moi.

— Tu ne penses pas à…

— Brewster Peacock, Holden. Il connaît vraiment tout le monde, et tout ce qui se passe. Il a ses entrées dans chaque maison de couture, restaurant, hôtel, journal, pays… Il peut nous faire gagner le temps dont nous manquons si cruellement.

— Je ne fais pas confiance à un homme qui crée des embrouilles à ses amis. Et il t'en a créé, et de taille !

— Je sais, mais il m'a aussi ouvert les portes d'une nouvelle famille. Je sais, c'était sans le vouloir, mais il m'a rendu un grand service, ce que je ne compte aucunement lui dire, bien entendu. Je vais jouer la carte « tu m'as attaquée, fais-toi pardonner ».

— C'est une ordure.

— Je ne me fie pas à lui plus que toi, mais, dans la mode, il nous aidera mieux et plus vite qu'Interpol, dit-elle, saisissant son portable.

Il posa la main sur la sienne.

— Je viendrai avec toi.

Elle faillit protester, mais se ravisa et acquiesça en silence avant de composer le numéro.

— Ce mec a vu trop de films. Mauvais, commenta Holden comme ils arrivaient aux alentours d'un entrepôt décrépit quelque part au fin fond de Belleville.

On se serait cru dans un polar des années 1970, pensa Kimi, comme ils croisaient une bande de jeunes qui se tournèrent sur son passage. Holden lui passa un bras sur l'épaule et leur lança un regard noir.

Il était 2 heures de l'après-midi et pourtant les rues semblaient désertes. Et l'heure, c'était le seul détail du rendez-vous que Peacock leur avait fixé qu'il ne semblait pas avoir tiré d'un mauvais scénario. En même temps, il semblait logique qu'il veuille passer à son hôtel pour se changer avant le grand moment de la semaine, le défilé de Simone où l'on découvrirait enfin la robe de mariée de Lucia Pietra, et, si Brewster disait vrai, la petite robe assortie pour sa fille.

Ils se trouvaient loin de tout lieu touristique, et les bâtiments qu'ils longeaient réclamaient tous un sérieux ravalement de façade. Kimi tira de la poche de son pantalon la feuille où elle avait noté l'adresse, cherchant des yeux la plaque avec le nom de la rue.

— Ce devrait être par là.

Elle regarda le trottoir d'en face, vers une ancienne boutique dont la porte avait été obstruée par des planches. A côté, dans un café misérable, deux Maghrébins buvaient en silence leur café.

— C'est ici, dit-elle, montrant l'adresse. Cela n'a pas l'air de grand-chose de l'extérieur, je sais, mais tu serais surpris de découvrir les endroits insolites où certains designers installent leurs ateliers. L'espionnage industriel dans la mode est aussi répandu que dans la défense ou dans la haute technologie, figure-toi.

Elle traversa la rue au bitume irrégulier. Holden lança un regard à la ronde sur les rues vides.

— Je n'aime pas les vibrations de ce quartier, murmura-t-il en lui emboîtant le pas. Voyons ce que ce dindon veut nous montrer et partons au plus vite.

Elle chercha la sonnette sur le chambranle d'une grille qui avait dû être verte avant de rouiller et d'être recouverte de tags. Elle tenta de déchiffrer les inscriptions, mais elle ne comprenait pas la moitié des mots. Cela ne semblait pas écrit dans le registre de langage qu'elle avait étudié à l'université.

— *Oui ?* répondit à l'Interphone une voix impersonnelle.

— Brewster ?

— Kimi, chérie. Viens. C'est tout en haut.

L'ouverture automatique bourdonna et Holden poussa la lourde porte pour la laisser passer. A l'intérieur, des néons industriels éclairaient une allée qui sentait l'urine et l'ail. Un vieil ascenseur pendait au fond comme un ptérodactyle. Sans même songer à s'en servir, ils prirent de concert l'escalier métallique.

Holden observa que les serrures des portes étaient neuves et de haute qualité et que les fenêtres aussi avaient été renforcées. Il se détendit d'un cran. Il ne savait pas à quoi il s'était attendu, mais cet endroit choisi par Brewster mettait tous ses sens en alerte. C'était sans doute une déformation professionnelle, mais n'empêche, il avait appris à se fier à son instinct.

Il avançait devant Kimi et, comme ils arrivaient vers le troisième étage, Brewster, qui devait les guetter, ouvrit l'une des trois portes qui donnaient sur le palier.

— *Bonjour, les enfants,* salua-t-il.

Il portait un manteau imprimé de cachemire dans des tons violets et jaunes, un jean noir et des santiags en crocodile avec des applications dorées. Il ne lui manquait que le micro et le chapeau de cow-boy pour ressembler à un animateur de casino de seconde zone à Las Vegas, songea Holden.

Le journaliste salua Kimi à la française avec une triple bise et Holden faillit lui dire que s'il tentait de l'embrasser il allait se retrouver avec ses fausses dents au fond de la glotte, mais, apparemment, son regard parla pour lui. Si, au début, ce fantoche l'avait surpris et presque amusé, depuis qu'il s'était mêlé de la vie de Kimi, Holden n'avait que du mépris pour lui.

Il examina les lieux, qui ressemblaient moins à un atelier de créateur qu'à un entrepôt de marchandises, pour autant qu'il puisse en juger. Quelques machines à coudre traînaient sous les fenêtres à barreaux, et les vêtements qu'il pouvait voir accrochés aux portants n'avaient nullement l'air d'être des prototypes de la haute couture. Il y avait aussi un mannequin de couturière au fond, près d'une porte qui devait donner, supposa-t-il, sur un bureau ou des toilettes.

Kimi regarda autour d'elle, déconcertée.

— Pourquoi tenais-tu à nous faire venir ici ? J'ai cru que tu étais sur un reportage à propos du nouveau studio secret d'un créateur, ou quelque chose dans le genre.

Brewster rit.

— Non. Mais j'avais rendez-vous avec quelqu'un ici un peu plus tôt et j'ai pensé que nous y serions à l'abri des yeux indiscrets.

— D'accord. Donc, tu m'as dit au téléphone que tu détenais certaines informations qui pourraient aider à prévenir le vol d'un modèle de haute couture.

— Tu me connais, ma belle. Je suis toujours là où ça bouge, dit-il, ajustant son col dans le miroir en pied collé au mur.

Holden rongeait son frein. Il commençait à penser que Peacock ne savait rien du tout et qu'il prétendait leur faire prendre des vessies pour des lanternes. Alors que leur temps était plus que compté.

La seule chose à faire, pensa-t-il, était de prendre la porte et de partir avec Kimi. Il avait besoin de vérifier le dispositif de sécurité du défilé du soir, et sans doute souhaitait-elle s'octroyer deux bonnes heures pour s'habiller.

D'ailleurs, elle s'impatientait aussi.

— Ecoute, Brewster, tu dois te douter qu'en ce moment tu n'es pas dans mes petits papiers, donc si tu as des infos à nous donner, fais-le, s'il te plaît. Et, sinon, arrête de nous faire perdre notre temps.

— C'est blessant, ça, bouda Peacock. Quelle ingratitude ! Alors que je t'ai aidée à renouer avec ton papa chéri et ta jolie petite sœur !

— Non, tu te trompes. Je suis depuis toujours en contact avec eux, dit-elle avec un ton d'une dureté que Holden ne lui connaissait pas.

— C'était bien joué, ma chérie, mais nous deux, nous savons que j'ai percé ton secret. Allons, restons amis et viens voir ce potin de choix que je te réserve.

— Dis-moi, dit-elle, méfiante.

— Je peux te confirmer que la robe la plus spectaculaire du siècle va être volée.

Il marqua une pause dramatique, ses yeux pâles brillants d'excitation.

— Ce soir, conclut-il.

— Tout créateur pense que chacun de ses modèles est la pièce la plus spectaculaire de l'histoire. Il faut que tu trouves mieux que ça.

Il émit le petit hennissement nasal qui lui tenait lieu de rire.

— N'as-tu pas une petite idée concernant une robe, cette saison, qui sortirait légèrement du commun ?

— Non ! Tu veux dire…, s'écria Kimi, estomaquée.

— Mais de quoi il parle ? demanda Holden.

— Une flèche, ton photographe, ironisa Brewster. La robe de mariée. Celle que Simone a créée pour Lucia Pietra. Elle est censée être stupéfiante. Te rappelles-tu ce que Marcy avait dit à propos des diamants parfaits ? Même si elle n'avait pas été destinée au couple de stars le plus célèbre du monde, la robe en elle-même vaut déjà une fortune. Mais avec ce pedigree… le prix peut monter à l'infini. Peut-être qu'un jour une mariée la portera devant l'autel, mais j'en doute.

Il secoua les épaulettes ridicules de son manteau de paon.

— Il y a des collectionneurs qui ne jurent que par les pièces vraiment rares et inaccessibles. Donc il ne s'agit pas seulement du vol de la robe la plus attendue de la saison, mais, et c'est ma partie préférée, ce sera aussi le scandale du siècle. Mon Dieu, on va s'amuser comme des petits fous !

— Le dispositif de sécurité autour de cette tenue vaut celui de *Mona Lisa,* intervint Holden. Comment peux-tu être si sûr que l'objectif est la robe de mariée ?

Brewster hennit encore comme une collégienne, à l'évidence très satisfait de lui-même.

— Voilà ce que je voulais te montrer.

Il prit sur l'une des tables de coupe une valisette que Holden n'avait pas repérée avant, et en sortit une liasse de photographies qu'il tendit à Kimi.

— Oh, mon Dieu, s'exclama-t-elle d'une voix étranglée. Comment as-tu obtenu ces images ? Oh, mais c'est magnifique. Regarde, Holden, la robe de la mariée et celle de la petite.

Il se pencha pour regarder, curieux de jeter un œil sur le chiffon capable de soulever un tel raffut.

— Hum, dit-il, on dirait un truc sorti de la malle de Marie-Antoinette, non ?

— Oui, mais non, s'extasia-t-elle. Simone a su y ajouter toute sa sensibilité contemporaine. Regarde le drapé de la soie, et cette façon si subtile d'utiliser les diamants. Cela donne une dimension féerique à l'ensemble.

Elle caressa le papier glacé comme s'il s'agissait de la robe en question.

— C'est la chose la plus exquise que j'ai jamais vue.

Le grincement d'une porte se fit entendre derrière eux et Holden se mit tout de suite en alerte, se tournant prêt à affronter… il ne savait pas quoi, mais il pouvait flairer le danger. Il regarda au fond de la pièce, et, sur le seuil de la porte fermée jusque-là, il découvrit le fiancé de Claudia.

— Vladimir ? s'étonna Kimi. Mais que fais-tu ici ?

Holden ne comptait pas perdre son temps avec des questions, et se tenait déjà, en position d'attaque, les jambes fléchies, prêt à bondir.

— Je ne le ferais pas si j'étais toi, Holden, dit la voix de Peacock derrière lui.

Ses pires craintes se virent confirmées lorsqu'il tourna la tête vers le reporter, qui tenait dans sa main un pistolet Glock 9 mm, braqué sur Kimi.

— Merde, lâcha-t-il, se maudissant de s'être laissé prendre dans cette souricière comme un débutant.

— Je ne comprends pas, dit Kimi, plus confuse qu'apeurée. Brewster, mais qu'est-ce qui se passe ?

— Je t'avais bien dit que j'avais un scoop pour toi, ma chérie. Il se trouve qu'on va me payer une somme indécente pour voler la robe de cette pauvre Lucia. Je regrette qu'elle en soit réduite à se marier dans une tenue minable par ma faute, mais, tu me connais, Kimi, tu sais qu'il n'y a qu'une chose que j'aime plus que les fringues, et c'est l'argent.

— Mais pourquoi voler ?

— Je mets du beurre dans les épinards depuis quelques années avec ce petit à-côté. Mais jamais à ce niveau. Ce coup est mon plan d'épargne retraite, mon chant du cygne, mon…

— Ton fonds de pension, on a compris, coupa Holden. Qui te paye ?

— Il n'a aucune subtilité, chère Kimi. Franchement, tu peux trouver bien mieux. Je comprends que tu craques pour ce tas de muscles, mais je préfère ton style habituel, beaucoup plus… élégant, railla-t-il. Enfin, assez parlé. Vladimir, n'oublie pas de les fouiller en bonne et due forme avant de les attacher.

Holden bouillait d'impuissance, mais tant que ce fumier tenait en joue Kimi d'une main ferme et à l'évidence bien entraînée, il ne pouvait tenter aucun mouvement. Il se laissa inspecter par Vladimir, qui s'exécuta comme un professionnel, confirmant la première impression qu'il en avait eue. Il aurait aimé savoir ce que son contact à Interpol aurait pu lui communiquer à son sujet à partir des dernières informations qu'il lui avait transmises. Dommage qu'il n'ait pu réagir plus vite.

Bien sûr, le Russe trouva le couteau à cran qu'il cachait à la cheville, la seule arme qu'il portait sur lui, et réquisitionna aussi le petit appareil compact qu'il gardait dans la poche de sa veste. Il vérifia son portefeuille et l'empocha comme un pickpocket. L'envie de lui sauter au cou était si forte qu'elle lui mettait un goût de bile dans la bouche et, s'il se fiait à la mâchoire tendue du blond, lui aussi aurait aimé se défouler sur lui.

Il entendait la respiration de Kimi derrière lui, un peu agitée, mais pas paniquée. Le plus important avant tout, c'était de la sortir de là saine et sauve. Il s'accrocha à cette idée pour ne pas céder à son envie de se battre.

— Puisque tu fiches notre soirée en l'air, dis-nous au moins qui te paye, intervint-elle.

Brave fille.

— Des amis de Vlad. Des gens avec des portefeuilles bien fournis et un goût exquis.

— Mais, et Claudia ?

Le Russe ne cilla même pas, et ce fut Brewster qui parla de nouveau.

— La pauvre, oui. Mais tu pourras jouer ton rôle de grande sœur et la consoler en lui disant que leur couple n'aurait pas pu fonctionner. Vladimir n'est pas du genre à se marier.

Ce dernier posa une chaise au milieu de la pièce.

— Assieds-toi, ordonna-t-il.

— Ne fais pas ton difficile, Holden, ordonna Peacock, approchant le pistolet de la tempe de Kimi.

Celle-ci regarda Holden d'un air implorant, et il plongea dans ses yeux d'un bleu impossible. Et là, il eut le choc de sa vie.

Il venait de s'apercevoir, dans un éclair de lucidité foudroyant, qu'il était amoureux d'elle.

Bravo.

Quel sens de l'à-propos.

Chapitre 17

Holden était presque certain que le regard de Kimi lui renvoyait le même message. Il lui lança un clin d'œil à peine perceptible et se plia aux ordres du Russe.

— Je crains maintenant de devoir vous attacher, on ne peut pas vous laisser nous gâcher notre soirée, mais j'ai apporté ces jolis colliers de serrage.

Il lui montra une poignée d'attaches en plastique, de celles qu'utilise la police comme menottes d'urgence.

— Ils les font maintenant de toutes les couleurs, c'est mieux, qui a dit que le crime ne devait pas être gai ?

— Rouge pour Kimi, selon moi, dit-il, sélectionnant deux attaches. Et bleu pour Holden, j'ai remarqué qu'il aimait bien le bleu.

Evidemment, Vladimir ne se priva pas de montrer que c'était lui le plus fort en serrant les attaches autour des poignets et des chevilles de Holden jusqu'à ce qu'elles s'enfoncent dans sa chair.

— Ne t'inquiète pas, ma belle, dit Peacock à l'intention de Kimi en entendant son soupir de désespoir. J'enverrai un message à ta famille pour qu'ils viennent vous récupérer. Mais pas avant demain matin, bien sûr. Dommage, vous allez rater une soirée exceptionnelle, pire encore, le scandale du siècle. J'ai hâte d'y être. Viens par là et assieds-toi.

— Attends, il faut que j'aille aux toilettes, protesta-t-elle. Sinon je ne tiendrai jamais jusqu'à demain matin.

Holden admira son sang-froid dans ce moment si difficile,

sauf que, pensa-t-il, Peacock ne lui permettrait jamais de quitter la pièce. Mais avant que le journaliste ait pu rejeter sa requête, Vladimir intervint.

— Tais-toi et viens là.

Peacock pressa les lèvres, visiblement contrarié. Donc il aimait, lui aussi, montrer qui était aux commandes. Très intéressant.

— Nous ne sommes pas des sauvages, dit-il, cassant. Tu peux aller faire pipi, ma chère, donne-moi juste ton joli sac Chanel et ton portable, je vais t'accompagner aux toilettes moi-même.

Vladimir jura en russe.

— Si nous ne sommes pas de retour dans cinq minutes, ordonna-t-il, péremptoire, tu le tues.

Holden les vit disparaître par la porte du fond et revenir en beaucoup moins de cinq minutes. Peacock, feignant encore les bonnes manières railleuses, la conduisit jusqu'à la chaise que Vladimir avait disposée à quelques mètres de la sienne.

Le Russe joua encore les fiers-à-bras, la ligotant avec violence. Elle poussa un cri de douleur.

— Laisse-la tranquille, salaud ! fulmina Holden en se débattant sur sa chaise.

Mais il ne réussit qu'à serrer davantage ses menottes. Il ne se rappelait pas avoir éprouvé de sa vie un tel sentiment d'impuissance. Quel imbécile, quel niais, quelle proie facile il avait été ! Ces deux voleurs de robes avaient intérêt à se sauver, et vite, car, s'il s'en tirait vivant, il allait les poursuivre et leur faire regretter d'avoir maltraité Kimi.

— Tu n'as pas besoin d'être si violent, râla Peacock. Prends le flingue, je m'occupe d'elle.

Vladimir obéit en silence, mais son regard semblait dire qu'il aurait préféré vider son chargeur sur eux trois s'il avait eu le choix.

— Je suis désolé de devoir faire ça, dit Peacock une fois qu'il eut fini d'attacher Kimi, mais je suis d'une nature extrêmement prudente.

— Oh, non, dit-elle en voyant dans sa main un rouleau de Scotch industriel.

— Crois-moi, cela me fait aussi mal qu'à toi, répondit-il, comme il coupait un bout de bande avec de grands ciseaux de couturière.

Il le colla sur la bouche de Kimi et procéda de la même façon pour Holden, en lui épargnant, cette fois-ci, ses bonnes manières à la gomme.

Les dents serrées, Holden regarda les deux complices récupérer leurs affaires et quitter les lieux. La porte se ferma derrière eux, lourde comme une sentence de mort.

Kimi regarda vers Holden, dont les yeux fulminaient de rage. Elle se sentait malade de culpabilité. Tout ça, c'était à cause d'elle, et ce qui pourrait leur arriver maintenant le serait par sa faute. Le découragement s'abattit sur elle, et ses yeux s'emplirent de larmes. Non, se dit-elle, les ravalant. Elle ne donnerait pas à Peacock cette satisfaction.

D'ailleurs, les dés n'étaient pas encore jetés. Tout à l'heure, elle avait mis à profit son passage dans ces toilettes immondes. Personne n'avait songé à la fouiller, et elle avait retrouvé dans la poche de son pantalon le miniset de manucure qu'elle ne quittait jamais, et l'avait glissé, ouvert, dans sa manche. La difficulté, maintenant, était de parvenir à le récupérer les mains liées. Grâce à son petit numéro de fille douillette, Vladimir n'avait pas serré à fond, cependant, il était clair que les menottes ne glisseraient pas d'elles-mêmes.

Holden se balançait sur sa chaise comme un forcené, et elle comprit qu'il tentait de se mettre dos à dos avec elle pour essayer de la détacher avec ses doigts, qui, pensa-t-elle, devaient commencer à s'engourdir sous la pression des liens, qu'il portait depuis plus longtemps qu'elle. Enfin, ils n'avaient pas d'autre choix.

Elle se balança pour se rapprocher de lui. Ou essayer, en tout cas. Avec les jambes liées, il était presque impossible de bouger sans tomber en avant. Presque, mais elle devait persévérer. Au bout d'un moment, elle trouva le moyen d'avancer par petits bonds, sauf que c'était douloureux. Les secousses lui tuaient le dos, des crampes tenaillaient ses membres, ses doigts commençaient à fourmiller, et le bâillon l'étouffait. Si jamais ils s'en sortaient, elle allait pister ce fumier de Peacock et l'étriper à mains nues.

Enfin, ils réussirent à se placer de sorte que leurs mains se touchent. Mais ce n'était que le début. Holden tentait d'atteindre le clip qui serrait les tiges, alors qu'elle poussait ses poignets vers lui, pour lui faire comprendre où se trouvait son nécessaire à ongles. Oh, que n'aurait-elle donné pour pouvoir parler !

Elle grogna. Il grogna en retour. Cela aurait pu être drôle si leurs vies n'avaient pas été en jeu. Malgré ce que Peacock avait promis, elle savait maintenant qu'il y avait très peu de chances — aucune ? — qu'il prévienne sa famille pour qu'on vienne les chercher. Et, s'ils ne se tiraient eux-mêmes de là, ils devraient y rester jusqu'à ce que quelqu'un les trouve, et à en juger par la poussière accumulée sur le plancher, cet entrepôt n'était le lieu de travail habituel de personne.

Elle repoussa ces idées morbides. Ce bâillon l'angoissait déjà assez, et il n'était pas possible, mais pas possible, qu'elle soit destinée à mourir dans un trou à rats à cause d'un échotier médisant en velours bleu et d'un sous-fifre de la mafia russe.

Hors de question.

Elle tordit ses poignets avec rage, et la brûlure du plastique s'enfonçant dans sa peau l'aurait fait crier si elle n'avait pas été muselée. Mais elle sentait la lime glisser vers le bas. Bien. Encore un peu. Elle pouvait y arriver. Encore un peu. Elle serra les paupières, dans un effort désespéré pour écarter ses bras davantage. C'était du plastique, et le plastique, ça se détend, pensa-t-elle. Sans penser à la douleur, sa volonté braquée sur l'envie de vivre, elle força le lien, jusqu'à ce que, soudain, elle sente une pointe métallique contre ses doigts. Elle grogna encore pour en signaler l'existence à Holden. Qui réagit immédiatement, en remuant ses doigts pour parvenir à le saisir. Comment il s'y était pris, elle ne le saurait jamais, mais, à son grognement de victoire, elle déduisit qu'il avait réussi à s'emparer des petits ciseaux.

« Il faut que ça marche, il faut que ça marche. »

Elle entendait le cliquètement du métal dans son dos, impuissante, et dans l'incapacité de voir ce qui se passait. Elle ne pouvait qu'espérer. Il fallait garder la foi, voilà.

Et elle avait foi en lui. C'était un homme d'action, il savait survivre dans la nature, il avait l'habitude du danger, elle l'avait vu à son attitude calme lorsque les deux frappes les avaient piégés. D'ailleurs, lorsqu'ils en auraient l'occasion, il fallait qu'elle l'interroge sur son passé. Si quelqu'un pouvait les tirer de cette sale affaire avec une paire de ciseaux, c'était bien lui.

Même si la chose avançait avec une lenteur désespérante. Pour se distraire de la douleur lancinante de ses poignets et de la raideur qui ankylosait ses muscles, elle passa en revue l'évolution historique du tailleur Chanel et les changements introduits chaque saison. Ensuite, elle tenta de se rappeler toutes les chaussures qu'elle avait possédées et aimées, celles qu'elle avait convoitées sans les acheter, et celles — il n'y en avait pas beaucoup — qu'elle s'était offertes pour le regretter ensuite.

Lorsqu'elle en était à dresser une liste alphabétique de ses top-modèles favorites, le jour commençait à tomber. Peacock et Vladimir, non, Vladimir et Peacock — dans cet ordre, ils pourraient passer pour un duo de clowns, ou mieux, un ventriloque et sa marionnette — n'avaient laissé aucune lampe allumée. S'ils n'arrivaient pas à se libérer très vite, il ferait nuit, et elle se demanda, angoissée, comment ils allaient s'y prendre avec cette porte fermée dans le noir.

La patience n'était pas la principale de ses vertus.

Il fallait qu'elle pense à autre chose. Hum, sa rencontre avec Holden. Les moments qu'ils avaient partagés. Sauf que la liste était courte, quoique, à la réflexion, elle fut surprise de mesurer tout ce qu'elle savait sur lui. Il adorait l'air libre, c'était un amant passionné et inventif, un photographe inspiré et un homme intègre. Quoi d'autre ? Il buvait son café noir, préférait la bière au vin, les plats simples et il avait à la hanche un point extrêmement sensible qu'elle pouvait chatouiller lorsqu'elle était d'humeur joueuse. Il était un écologiste militant, mais ne s'en vantait pas et ne donnait pas de leçons. Il était aussi un optimiste incurable qui croyait que les gens sauraient réagir pour sauver la planète avant qu'il ne soit trop tard. Et, après avoir parlé de ces sujets et d'autres plus graves avec le plus grand sérieux, il était capable d'éclater de rire à la blague la plus débile, ou de la charger dans ses bras pour la porter de nouveau au lit.

C'était un homme complexe, un homme avec qui elle aurait pu passer des semaines entières pour apprendre à le connaître.

Si seulement ils les avaient, ces semaines. Car, même s'ils sortaient d'ici en vie, elle avait du mal à trouver deux personnes qui aient moins de choses en commun qu'eux deux. Et, pourtant, elle l'aimait. Elle ne pouvait plus se le cacher : ce qu'elle éprouvait pour Holden était bien plus que de l'attirance physique, même si elle n'avait jamais eu de meilleur amant que lui. Non, c'était de l'amour.

Alors, ils allaient retourner chacun de leur côté, elle le savait, ils ne pourraient pas rester ensemble, ils étaient trop différents. Mais peu importe : après cette expérience, le simple fait de le savoir quelque part dans le monde, vivant, la rendrait heureuse. Mais, pour cela, il fallait qu'ils s'échappent.

Les mains de Holden transpiraient sous la nervosité et l'effort, et elle crut mourir lorsqu'elle sentit soudain les petits ciseaux glisser. D'instinct, elle ferma la main pour les retenir. Il s'en était fallu de peu.

Sans oser le moindre mouvement, elle cessa de respirer jusqu'à entendre de nouveau le cliquètement du métal. Quelques minutes plus tard, elle sentit que l'attache cédait un petit peu plus. Malgré la douleur, elle écarta ses poignets davantage et sentit, après un dernier coup de ciseaux, le lien en plastique se briser.

Elle avait enfin les mains libres.

Chapitre 18

Elle avait tant attendu ce moment qu'elle mit quelques secondes à comprendre qu'ils étaient à mi-chemin de la liberté. Elle frotta ses poignets pour retrouver le mouvement et, dès qu'elle put, elle arracha la bande de Scotch avec un cri de douleur à peine contenu.

Oh, que c'était bon de retrouver l'usage de sa bouche !

— Holden, je vais prendre les ciseaux, je me détache les pieds et je m'occupe de toi tout de suite. On va y arriver.

Il grogna en signe d'assentiment.

Deux ongles cassés plus tard, et avec force jurons, elle avait réussi à couper les liens qui serraient ses chevilles. Malgré ses muscles fourbus, elle bondit de sa chaise et s'empressa d'enlever le bâillon sur la bouche de Holden.

— Ça va ?

— Ouais, dit-il, grimaçant. Je n'aurai pas à me raser dans les six mois à venir. Et toi ?

— Ça va bien, fit-elle en lui caressant la joue. Et... je t'aime.

Elle n'avait pas prévu de le lui dire, mais c'était sorti tout seul, et, à la réflexion, songea-t-elle, c'était aussi bien comme ça.

— Ce n'est ni l'endroit ni le moment que j'aurais choisi pour cette conversation, dit-il avec son sourire renversant, mais sache que moi aussi.

Elle déposa un baiser sur sa bouche, juste pour le plaisir, et chercha les grands ciseaux de couture que Peacock avait utilisés plus tôt. Elle ne mit pas deux minutes à couper les liens de Holden, qui, après s'être frotté vigoureusement bras et jambes, fonça vers la porte avec détermination.

La serrure se trouvait à l'extérieur, et il n'y avait rien de leur côté qui leur permette de l'ouvrir. Cet entrepôt avait dû servir d'atelier clandestin, pensa-t-elle.

— Tu peux me passer la lime ? demanda-t-il.

— Bien sûr, dit-elle en la lui apportant.

— Et, si tu avais une épingle à cheveux ou quelque chose pour en faire un crochet, ce serait génial.

Elle ouvrit les tiroirs des machines à coudre et revint vers lui avec une poignée d'aiguilles à repriser, un crochet et un ôte-agrafes.

La clarté diminuait à une vitesse alarmante, mais Holden ne semblait pas s'en soucier. Il s'affaira quelques minutes avec le crochet et la lime sur la serrure et, soudain, se retourna vers elle, un sourire éclatant sur son visage en sueur.

Il se releva et, un doigt sur la bouche en signe de silence, il ouvrit la porte avec précaution. Mais il n'y avait pas âme qui vive dans cette cage d'escalier. Elle regarda son expression offusquée, et faillit en rire. Comme s'il était vexé que Peacock n'ait pas jugé nécessaire d'y placer un geôlier !

Elle n'allait pas s'en plaindre. Elle voulait sortir de ce taudis affreux, et en sortir au plus vite.

Holden commença à descendre à pas de loup, les grands ciseaux de couture à la main. Elle le suivit, le cœur battant à tout rompre dans sa poitrine, craignant que quelqu'un ne surgisse d'une des portes sans nom qui donnaient sur chaque palier. Mais les portes restèrent closes, et aucun malabar armé n'en sortit pour les arrêter. Apparemment, l'immeuble était complètement vide.

Holden, cependant, ne baissa pas la garde. Il ouvrit la porte de l'allée et surveilla la rue pendant un temps qui lui sembla interminable. Rester en silence derrière lui alors que son instinct lui criait de prendre ses jambes à son cou était l'une des épreuves les plus dures de cette journée pourtant pas banale.

Lorsqu'il décida que la voie était libre, elle le suivit dans la rue. Il faisait presque nuit et le quartier lui parut encore plus sinistre que lorsqu'ils étaient arrivés, menaçant même, comme si de chacun de ses immeubles miteux des centaines d'yeux hostiles les surveillaient.

— Tu vas bien ? demanda-t-il en un murmure, l'entourant avec son bras.

Elle n'allait pas craquer là, se promit-elle. Ils avaient encore du pain sur la planche. Plus tard, elle se trouverait un joli café où elle commanderait un bon verre de cognac. Mais pas tout de suite. Elle répondit « oui » et fit semblant d'oublier ses poignets meurtris et son estomac noué.

Une voiture de police passa à toute vitesse avec les gyrophares allumés, et elle comprit que ce n'était pas la peine d'essayer d'attirer l'attention du conducteur. Il n'y avait pas beaucoup de circulation, et la zone semblait désertée par les taxis.

— On pourrait prendre le métro, dit-elle en passant devant une station.

Sauf qu'ils n'avaient plus un euro sur eux, puisque Peacock et Vladimir avaient gardé portefeuilles et portables, et qu'elle ne se sentait pas capable d'aller amadouer un vendeur de tickets pour qu'il les laisse entrer sans payer.

Ils n'avaient d'autre choix que de continuer à marcher jusqu'à ce qu'ils rejoignent un quartier plus civilisé. Par chance, en passant devant un hôpital, ils purent enfin arrêter un taxi libre.

Une fois à son hôtel, elle monta en vitesse pour chercher le liquide qu'elle avait laissé dans le coffre de sécurité de sa chambre pendant que Holden attendait en bas avec le chauffeur, un type peu amène qui, sa course empochée, laissa à peine le temps à Holden de poser les pieds sur le trottoir avant de démarrer.

— Il faut appeler la police, dit-elle dès qu'ils se retrouvèrent dans la chambre. Le show de Simone va commencer d'une seconde à l'autre.

— Habille-toi pour la soirée. Vite.

— Mais…

— On ne va pas attendre la police, fais-moi confiance, Kimi. Je sais ce que je fais, je connais la chanson.

Elle battit tous ses records de vitesse en matière de coquetterie : en moins de dix minutes, elle était pomponnée. Entre-temps, Holden avait réservé un autre taxi, arguant que, si elle appelait sa voiture, Peacock pourrait l'apprendre.

— On devrait prévenir la police, insista-t-elle comme ils se laissaient conduire vers l'Opéra.

Il secoua la tête.

— Holden, peut-être même qu'on arrive trop tard.

— Non, ce n'est pas trop tard, dit-il en lui caressant la joue. On les aura, mais j'aimerais autant les prendre la main dans le sac et avec une douzaine de témoins. Ne t'inquiète pas.

Plus facile à dire qu'à faire. Elle ne pouvait cesser d'imaginer une Lucia Pietra en détresse, dévalant les marches de l'Opéra à la recherche de sa robe disparue, entourée des *fashionistas* en deuil, lugubres comme le chœur dans une tragédie grecque.

— Comment allons-nous faire ? Et si Vladimir et Brewster nous voient ?

— Ils laisseront tomber le vol, alors. Mais ils ne nous verront pas, pas avant qu'on ne soit prêts.

— Tu as déjà un plan.

— J'essaie, mais tu n'arrêtes pas de me parler, ce qui m'empêche d'y réfléchir.

— Oh, désolée, je deviens très bavarde quand je suis nerveuse.

— J'ai remarqué.

— Alors je vais me taire pour te permettre de penser.

— Je t'en remercie.

Elle tenta de se distraire en regardant les rues élégantes qu'ils traversaient, les Grands Boulevards. Ils ne tarderaient pas à arriver, calcula-t-elle. D'un côté, elle serait soulagée si Brewster et Vladimir les voyaient et laissaient tomber leur coup, car tenter de les contrer lui semblait une entreprise délicate et semée d'embûches.

Que ces deux-là aient pu les abandonner voués à une mort

certaine avec tant d'aisance signifiait qu'ils ne reculeraient devant rien s'ils se sentaient menacés. Cette soirée pouvait tourner au cauchemar à n'importe quelle seconde, des gens pourraient être blessés, ou pire…

Elle porta un regard anxieux sur Holden, profondément abîmé dans l'élaboration de son plan d'attaque. C'était lui, pensa-t-elle, qui risquait le premier de se trouver blessé… Cette pensée lui fut insupportable. Et les délinquants étaient armés…

Il demanda au chauffeur de s'arrêter devant une boutique de souvenirs encore ouverte malgré l'heure tardive, et sortit avant qu'elle ait pu râler parce qu'il les retardait davantage.

— Il faut qu'on appelle la police, dit-elle encore une fois lorsqu'il revint avec un sac en papier à la main.

— Non. Nos deux amis jetteront l'éponge dès qu'ils verront un uniforme.

— Mais nous pouvons les accuser d'avoir tenté de nous tuer.

— Nous n'avons pas de preuves. C'est leur parole contre la nôtre. Pas suffisant devant un juge.

— Donc tu es obligé de te mettre en danger ? dit-elle, le ton de sa voix beaucoup trop haut, mais elle s'en fichait.

— Je suis bon dans mon travail, répondit-il avec un sourire crâneur. Autre chose, tu connais bien le bâtiment de l'Opéra ?

— J'ai vu *Le fantôme de l'Opéra*…

— D'accord. Ecoute, au sous-sol se trouvent les loges et des pièces à usages divers, un endroit de rêve pour cacher quelque chose, mais je suis certain qu'ils vont préférer sortir la robe de là au plus vite. Si tu étais le voleur et que tu avais une complice infiltrée, comment procéderais-tu ?

— C'est le souk en coulisses : mannequins, habilleuses, couturières, l'équipe maquillage-coiffure, les créateurs bien sûr, le directeur, les techniciens et évidemment les gens de la sécurité.

Holden l'écoutait avec attention.

— A mon avis, c'est l'habilleuse qui va subtiliser la robe.

— Je suis d'accord avec toi. Mais, comment ?

Elle tambourina des doigts sur sa pochette de soirée, concentrée.

— On ne prête pas vraiment attention aux habilleuses. J'imagine que l'amie de Vladimir a la robe à sa charge. Elle s'occupe aussi des accessoires qui vont avec, et c'est elle qui doit prendre soin de la robe lorsque le mannequin se déshabille.

Ouah. C'était aussi simple que ça.

— Lorsqu'un ourlet se défait, ou qu'un mannequin marche sur une longueur dans le feu de l'action, l'habilleuse fait appel à une couturière. A ce moment, on change l'ordre du défilé et, au pire, on retire le modèle du show.

— Mais ils ne feront pas ça avec la robe d'ApplePie.

— Non.

Elle se pencha en avant, contre le siège du copilote, comme si, avec son poids, elle pouvait accélérer la vitesse du taxi.

— Lors de la répétition, combien de robes y avait-il dans la séquence finale du show ? demanda-t-elle. Tu te rappelles ?

Il ferma les yeux.

— Huit.

— La robe ApplePie sortira sans doute en dernier, et, vu que tout le monde l'attend depuis des semaines, le mannequin restera plus longtemps que les autres sur le podium. Ensuite, elle retournera en coulisses et ressortira, avec tous les autres tops, pour le dernier passage, avec Simone, le bouquet final, les applaudissements et tout le reste.

— Donc, d'après toi, quand est-ce que l'habilleuse peut agir ?

— Entre le premier passage de la robe et le passage final. Elle s'arrangera pour qu'il y ait une déchirure ou un autre défaut afin d'avoir à l'apporter en vitesse à la couturière. Alors, elle n'aura qu'à la mettre dans une housse, comme ça, personne ne saura ce qu'elle transporte. Elle file dehors, une voiture l'attend, elle saute dedans. Il y a des dizaines de véhicules de livraison lors d'un défilé, personne n'en remarquera un de plus. Il peut bien se passer dix minutes avant qu'on ne remarque la disparition de la robe. Holden, elle peut se trouver à des kilomètres avant que quelqu'un ne s'en aperçoive ! S'il te plaît, préviens au moins les gars de la sécurité.

— Non, impossible. Si tu as raison, ils ont sans doute un complice parmi les vigiles, sinon, elle ne pourrait pas quitter le bâtiment avec la robe.

Elle se disposait à rétorquer lorsque le taxi freina violemment dans un crissement de pneus.

Chapitre 19

— *Attention!* cria-t-elle à l'intention du chauffeur imprudent.

Il répliqua avec maints gestes et jurons, pointant du doigt la rue devant lui.

Deux camionnettes venaient de se télescoper devant eux, et il ne restait pas de place pour les doubler. Le chauffeur sortit la tête par sa vitre et ajouta son grain de sel à la cacophonie régnante.

— On ne peut pas attendre qu'ils dégagent le passage, il va falloir finir à pied, dit-elle à Holden.

Avant même qu'elle ait fini sa phrase, il laissa un billet au conducteur et sortit de son côté. Elle le suivit. Le palais Garnier brillait comme un bijou devant eux. Mais à quelques pâtés de maisons. Et ses talons n'étaient pas faits pour la course.

— Allez, la pressa-t-il, commençant à courir.

— Que ne ferais-je pour la mode…, grommela-t-elle, déchaussant ses magnifiques Jimmy Choo à brides argentées.

Elle prit la main de Holden et se mit à courir avec lui. Les dalles du trottoir étaient froides et dures, et elle préféra ne pas penser à tous les types de substances ignobles qui collaient à ses pieds.

— Vas-y, toi ! cria-t-elle en voyant qu'il ralentissait pour qu'elle puisse le suivre.

— Non, nous sommes dans les temps ! On va y arriver !

Avec une profonde inspiration, elle redoubla ses efforts. Holden, à l'évidence bien mieux entraîné qu'elle, continuait à peaufiner son plan à voix haute, sans effort apparent.

L'Opéra scintillait quelques mètres plus loin. Enfin.

— Tu as compris ? demanda-t-il.

— Oui, haleta-t-elle.

— Parfait. Garde les yeux bien ouverts, mais prends garde à ce que nos amis ne te voient pas.

— D'accord. Mais nous ne pourrons pas les arrêter à nous deux tous seuls !

Il pressa sa main dans la sienne.

— J'ai appelé mon contact à Interpol. Il va envoyer quelques hommes que personne ne reconnaîtra, expliqua-t-il en consultant sa montre. Ils seront là d'une minute à l'autre.

Elle hocha la tête, incapable d'articuler le moindre mot.

Il sortit un sifflet en jouet du sac en papier qu'il tenait à la main. Comme ceux qu'utilisent les gendarmes dans la *Panthère rose*, pensa-t-elle. Holden le lui passa autour du cou dans un geste solennel.

— Un portable serait beaucoup plus pratique, mais, si tu as besoin de moi, siffle.

— D'accord.

Il s'empara de sa bouche avec fougue avant de la quitter, et, malgré l'urgence de la situation, elle ne put s'empêcher de fondre sous ce baiser. Mon Dieu, cet homme avait le don de la mettre dans tous ses états…

Encore frémissante, elle contourna l'Opéra dans le sens des aiguilles d'une montre, comme ils l'avaient convenu, alors que Holden arriverait en sens contraire. Elle renfila ses chaussures et se dirigea vers l'arrière du bâtiment. Autour de la grille arrière, elle trouva, comme prévu, un attroupement de voitures et de camionnettes garées à la va-vite. Rasant les murs, elle scanna l'aire à la recherche de Peacock ou d'un de ses complices, mais elle n'aperçut rien de plus alarmant que des chauffeurs à l'air ennuyé qui la regardaient de haut en bas, comme ils le faisaient avec toute femme qui passait devant leur véhicule. Personne ne vint la molester, et aucune habilleuse à l'air coupable ne détala avec une robe de mariée hors de prix pendue à son bras.

Au lieu d'être soulagée, se rendit-elle compte, elle était, oui, elle était… *déçue.*

Malgré ce sentiment incongru, elle aiguisa son attention pendant un long quart d'heure, pour s'assurer que rien n'échappait à sa vigilance. Mais tout semblait en ordre.

Elle finit par tourner à l'angle de la rue et tomba sur Holden, qui venait à sa rencontre, secouant la tête. Même le sac qui pendait à son épaule semblait abattu.

— Nous n'avons pas fait tout ça pour les laisser gagner, dit-elle. Je vais entrer par-derrière.

— Je viens avec toi.

Elle s'apprêtait à faire une objection, mais il pointa du pouce son matériel de photographe.

— J'étais ici pour les répétitions, rappelle-toi. Ils me connaissent.

— D'accord.

Elle montra sa carte de journaliste et l'invitation au vigile de la porte, qui lui refusa pourtant l'entrée. Accès interdit à toute personne étrangère au show.

Ce n'était même pas la peine de tenter de lui raconter une histoire à propos d'un article qu'elle devait écrire. Il ne la croirait pas, ou si, mais il ne la laisserait pas passer pour autant. Elle vit Holden sortir une liasse de billets de sa poche.

— Pouvez-vous s'il vous plaît appeler Marcy Wolington-Hicks ? demanda-t-elle. C'est très important. Dites-lui que Kimi Renton a besoin de la voir. C'est une urgence.

Le type n'avait pas l'air convaincu, mais il prit le billet que Holden lui tendait et le glissa dans sa poche avec une habileté de prestidigitateur.

— *Un moment*, grommela-t-il, son talkie-walkie à la main.

A ce moment, un cri de femme se fit entendre.

Le vigile courut vers l'intérieur, et Kimi suivit Holden qui le talonnait à toute vitesse.

A l'intérieur, c'était le chaos. Simone était à genoux, par terre, tout en noir comme d'habitude, mais encore plus pâle qu'à l'accoutumée. Devant elle se tenait un mannequin au bord de la crise de nerfs, Ariane Beauregard, la préférée de Simone, une beauté brune aux yeux sombres, toute en jambes, qui agitait les bras comme une autruche effarouchée. Pratiquement nue, de surcroît.

— *Où est la robe ?* lui demanda Kimi.

Le mannequin s'expliqua dans un français torrentiel qu'elle avait du mal à suivre. Elle comprit cependant l'essentiel : un des diamants parfaits s'était décousu, et elle devait défiler, tout de suite, c'était son tour. Le dernier top en robe de mariée venait de sortir de scène. Il fallait qu'elle enfile la robe des ApplePie.

Ariane éclata en sanglots, avant de demander que quelqu'un lui offre une cigarette.

— *L'habilleuse. Où est-elle ?* la pressa Kimi, la secouant par le bras.

— *Je te l'ai dit. Elle devait coudre le diamant, mais elle est partie. Personne n'arrive à la joindre.*

— *Quand est-elle partie ?*

— *Mais je ne sais pas ! Il y a cinq minutes !* hoqueta la brune. *Il me faut cette robe !*

Et, se libérant d'un geste brusque, elle fonça sur la maquilleuse.

Kimi se tourna vers Simone, toujours à terre.

— *Simone, ressaisis-toi.*

Peine perdue. La créatrice pleurait de plus belle, comme un enfant perdu dans une foire.

— *C'est fini !* cria-t-elle. *Tout est fini !*

— *Tu dois monter sur ce podium, Simone, et parler aux gens. Fais-nous gagner quelques minutes. On va retrouver cette robe.*

Le directeur de la maison se tenait au-dessus d'elles, raide comme une statue.

— S'il vous plaît, lui intima-t-elle, ralentissez les passages, faites quelque chose !

— C'est déjà fait.

— Combien de temps nous reste-t-il ?

— Cinq minutes grand maximum.

— D'accord. Faites patienter le public. Sortez-la, racontez des blagues s'il le faut.

Il regarda Simone, abattu.

— Je ferai mon possible.

— Avez-vous vu par où est partie l'habilleuse ?

— Je n'en sais rien, c'est le chaos, ici. Demandez aux maquilleurs.

Holden courut vers la sortie.

— Où sont les couturières ? s'enquit-elle.

Elle se pressa vers la direction qu'on lui avait indiquée, priant pour ne pas rencontrer Vladimir ou Peacock dans ce dédale de pièces.

Elle trouva enfin les petites mains au détour d'un couloir, l'air fatigué et défait, mais bien sûr personne n'avait vu la robe des ApplePie. Débordées par les retouches de dernière minute, elles n'avaient pas non plus vu leur collègue.

Il fallait qu'elle retrouve Holden.

— Elle n'a pas pu sortir, lui dit-elle lorsqu'elle le rejoignit. Et si elle s'était cachée quelque part ? Nous devrions faire fouiller ces pièces.

— J'étais si sûr qu'ils sortiraient la robe au plus vite, dit-il, d'un ton frustré. Mais peut-être que tu as…

A cet instant, une silhouette traversa le couloir dans l'ombre. C'était l'habilleuse qu'ils avaient vue avec Vladimir le jour du shopping lingerie, et elle portait un grand sac à bout de bras.

— Stop ! cria Holden.

— *Arrêtez !* répéta Kimi, tout en sachant que ce n'était pas une question de langue si la femme n'avait pas obtempéré.

Avec un regard apeuré vers eux, l'habilleuse continua sa fuite.

Holden piqua un sprint à ses trousses, et elle le suivit comme elle put sur ses talons vertigineux, si vite qu'elle faillit perdre l'équilibre et tomber la tête la première. Mais des années d'expérience sur des chaussures impossibles l'aidèrent à garder l'équilibre.

Près de la porte, elle entendit un moteur rugir. Elle passa le seuil, où personne, ce qui était suspect, ne montait la garde.

Dans la cour arrière, un véhicule aux couleurs de la maison de Simone roulait à reculons, les portières ouvertes, et l'habilleuse fonçait vers la voiture.

Holden était à deux pas de l'attraper, mais il aurait fallu un miracle pour qu'il lui mette la main dessus avant qu'elle puisse sauter, avec la robe, à l'arrière du véhicule.

— *Envoie le sac*, cria le conducteur en français.

Comme s'il avait compris le sens de la phrase, Holden décrocha son sac de son épaule et s'en servit comme d'une fronde pour entraver la marche de l'habilleuse. Avec un cri de surprise, elle tomba à plat ventre sur les pavés. Les pneus crissèrent.

Kimi sauta sur la housse, tombée à quelques mètres, et l'attrapa avant que le chauffeur n'ait pu ouvrir la porte, puis elle tourna les talons et retourna vers le bâtiment aussi vite que ses poumons en feu le lui permettaient. Elle entendit des cris derrière elle et se retourna. Si Holden était en danger, elle ne pouvait pas le laisser. Simone n'aurait pas son moment de gloire, mais, au moins, elle n'aurait pas perdu son chef-d'œuvre.

Mais, apparemment, les types d'Interpol avaient tenu parole. Ils venaient de débarquer avec leurs flingues braqués sur le conducteur, et la dernière chose qu'elle vit avant de détaler vers l'intérieur, ce fut le conducteur qui sortait de la voiture, les mains en l'air.

— Cours ! lui cria Holden sans cesser de poursuivre l'habilleuse.

Kimi arriva enfin auprès de Simone, hors d'haleine. Elle se contenta de tendre la housse à la créatrice, qui n'avait pas bougé d'un iota de sa position prostrée.

— *Vite ! Habille-la toi-même.*

Le visage pointu de la femme s'illumina en ouvrant la housse. Et, soudain, la vieille Simone était de retour. Elle aboya des ordres en même temps qu'elle sortait la robe du sac avec délicatesse.

— C'est froissé.

— Pas le temps de repasser !

Ariane, encore en sous-vêtements mais de nouveau parfaitement maquillée, s'approcha et, en moins de deux minutes, elle devint la mariée la plus éblouissante et rayonnante que Kimi ait jamais vue.

— *Tu es une reine*, l'encouragea Simone. *La plus grande actrice du monde ! Va !*

Ariane sembla grandir d'encore quelques centimètres et, la tête haute, monta sur le podium.

Kimi observa la salle à travers le rideau, la respiration encore agitée. A l'évidence, le public avait commencé à s'impatienter avec le long passage des robes de mariage, puisque, avant tout, ils étaient tous venus voir la robe dont tout le monde parlait depuis des semaines.

A l'un des premiers rangs, elle distingua son père et Claudia, à côté de qui, découvrit-elle avec un haut-le-cœur, se trouvait Vladimir. Ils se regardaient dans les yeux, comme s'ils se disaient qu'ils avaient trouvé quelque chose de magnifique pour leur mariage.

Voir sa sœur avec ce psychopathe la révolta. Ainsi, il avait le culot de se montrer au défilé ? Pourquoi n'avaient-ils pas encore fui, lui et Brewster ? A moins que…

Soudain, un frisson parcourut son dos tandis que la vérité éclatait dans son esprit. En fait, cet horrible Russe n'avait jamais eu l'intention de fuir. Et, s'il n'en avait jamais eu l'intention, c'était bien qu'il comptait que jamais personne ne pourrait les accuser… S'il pouvait jouer avec ce calme glaçant l'amoureux transi, c'était qu'il était convaincu qu'elle et Holden ne sortiraient jamais vivants de ce vieil entrepôt…

Le cœur battant, elle chercha Brewster dans les rangs destinés à la presse, et son terrible pressentiment se confirma. Lui aussi était là. L'arrogance patente sur ce visage de fouine l'écœura, et elle se demanda qui ces deux-là avaient envoyé s'occuper du sale boulot de se débarrasser de Holden et d'elle, car il semblait évident que Peacock n'avait pas plus l'intention de quitter le monde de la mode que Vladimir de rater l'opportunité d'épouser l'une des héritières les plus riches d'Italie.

Peacock aurait même été capable, ce fumier, de rédiger un éloge funèbre plein d'esprit pour elle dans sa colonne. Si tant est qu'on ait jamais retrouvé leurs corps.

Et ce salaud prenait son pied en se préparant pour assister au scandale du siècle, qu'il avait minutieusement orchestré.

Mais il allait avoir le choc de sa vie.

Chapitre 20

Kimi observa Brewster, qui se délectait à s'en lécher les babines. La musique changea, et tous les regards se braquèrent sur l'entrée du podium. Ariane entra sur scène, comme une apparition.

La salle entière contint son souffle, sauf Brewster, imagina-t-elle. Avec un peu de chance, la surprise l'avait étranglé.

Ariane parada dans la robe de mariée la plus somptueuse de tous les temps. Le public, pourtant blasé d'habitude, était sous le choc. Elle-même, dont le métier était de suivre de près la mode, n'avait jamais rien vu qui puisse rivaliser avec le spectacle qu'elle avait sous les yeux. Le buste étincelait sous le feu des diamants, brûlant et pur comme la passion, et la soie de la jupe rebrodée de plumes évoquait la douceur, ou peut-être un nouvel envol.

Elle chercha Lucia Pietra du regard. L'actrice la mieux payée de la terre, stupéfaite, éclata en larmes avant de bondir de sa chaise pour applaudir comme une folle, et son futur mari, à son côté, l'imita.

A cet instant, Kimi ne put s'empêcher de songer à la tradition selon laquelle le fiancé ne devait pas voir la robe avant le grand jour. Mais, dans ce cas précis, s'il ne l'avait pas vue, comme il s'en était fallu de peu, l'augure aurait été bien plus néfaste.

C'était une *standing ovation* historique. Les bravos et les applaudissements se suivaient en vagues incessantes, dont l'intensité ne cessait de grandir. Elle observa Peacock, qui tentait de se faufiler en douce vers la sortie la plus proche, pour autant qu'un homme dans un accoutrement pareil puisse passer inaperçu. Mais il n'alla pas bien loin. Deux hommes avancèrent discrètement vers lui, tandis qu'un troisième se postait devant les portes. Des policiers en civil, sans doute, mais leur attitude, leurs costumes et leurs cheveux courts les rendaient, d'une certaine façon, aussi peu discrets que Brewster avec son manteau pourpre et jaune.

Ils l'embarquèrent sans que personne ne s'en aperçoive, car chacun dans la salle gardait les yeux rivés sur l'apothéose de Simone. Laquelle, avide comme toujours de grands moments, se tenait au bout du podium, entourée de tous les mannequins en robes de mariée, comme un petit oiseau noir au milieu d'une volée de cygnes.

Kimi regarda de nouveau vers son père et Claudia, se demandant comment Holden et ses hommes allaient s'y prendre avec Vladimir sans créer de raffut. Ils n'avaient pas besoin d'un autre scandale ces jours-ci, et elle se demanda comment protéger sa sœur de ce déboire supplémentaire. Et il n'y avait qu'un moyen. Elle devait les éloigner, elle et leur père, de celui qui était encore son fiancé et qui, impassible, fixait la place où aurait dû se trouver Brewster.

Mais comment ? Les portables étaient interdits dans les défilés de Simone, et, de toute façon, elle n'en avait pas.

Pour l'instant, le Russe ne soupçonnait pas encore qu'elle et Holden avaient réussi à se libérer, sinon il n'aurait pas l'air si calme, déduisit-elle. Il devait supposer que l'habilleuse avait échoué pour une raison quelconque. Et si elle faisait passer un mot à son père ? Elle se disposait à chercher du papier, quand elle vit Vladimir et sa sœur se lever de leurs sièges, alors qu'il y avait encore des mannequins sur scène. Son père avait l'air contrarié, sans doute trouvait-il impolie cette sortie anticipée. Mais le Russe avait dû alléguer un malaise, ou n'importe quelle autre excuse.

Elle ne pouvait pas laisser partir Claudia, main dans la main avec ce malfaiteur, sans savoir où il l'emmenait… Sans hésiter, elle fonça en direction de la sortie qu'ils avaient prise. Et les entendit avant de les apercevoir.

— Vladimir, tu marches trop vite, se plaignait Claudia.

— J'ai besoin d'un peu d'air frais, j'ai un haut-le-cœur.

— La sortie est de l'autre côté, il y a certainement des secours, là-bas…

— Mais non !

En même temps qu'elle tournait le coin du couloir, elle vit son père arriver depuis la salle et rejoindre le couple. Zut.

— Que se passe-t-il ? demanda-t-il.

— Vladimir se sent mal, il ne sait même plus où il est, répondit Claudia.

— Peut-être pourriez-vous appeler la voiture, demanda Vladimir à Giovanni. Je ne peux pas retourner là-dedans, je sens la nausée monter…

N'allez nulle part avec lui ! s'écria Kimi, s'approchant du trio. Il n'est pas malade.

Lorsqu'il la vit, Vladimir évita tout signe d'étonnement sonore, en revanche, observa t elle, son visage était maintenant assez pâle pour qu'on puisse croire à son supposé malaise.

— Kimi ! salua Claudia. Où étais-tu passée ?

— C'est une longue histoire, mais j'ai participé à l'enquête sur une tentative de vol d'un modèle de haute couture… Et…

Elle avala avec difficulté. Ce qu'elle allait annoncer risquait de mettre en péril les liens ténus qu'elle avait eu à peine le temps de nouer avec sa sœur.

— Et je suis désolée, Claudia, mais Vladimir fait partie d'un réseau international de voleurs de haut vol.

— Mais Kimi, que dis-tu ? C'est une sorte de blague ?

— Evidemment, intervint Vladimir. Elle se drogue, ou elle a bu, ce…

— Quelles preuves as-tu ? demanda son père, coupant.

Kimi retroussa ses manches et montra ses poignets. La peau montrait des traces rouge sang là où les attaches l'avaient serrée, et des bleus d'un violet-pourpre commençaient à apparaître.

— Vladimir et Brewster Peacock nous ont séquestrés,

Holden et moi, et nous ont attachés pour que nous ne puissions pas les empêcher de voler la robe de Lucia Pietra.

Elle vit que sa sœur tentait de s'écarter du Russe, qui la retint avec une main de fer par l'épaule. Claudia pouvait interpréter le geste comme le besoin d'un malade, mais Kimi savait très bien qu'il tentait de la garder sous contrôle.

— Vladimir ?

— Elle est folle. Je ne sais pas pourquoi, mais elle cherche à semer le trouble.

Son père échangea un regard avec elle avant de parler.

— Je vais chercher la voiture. Claudia, tu viens avec moi ?

— Non, papa. Je reste ici.

— Je reviens aussi vite que possible.

Il lui lança un coup d'œil rapide encore une fois avant de partir d'un pas pressé.

Kimi ferma les yeux une seconde, tentant de ne pas s'attarder sur cette nouvelle désertion de son père : ce qu'elle venait de raconter était rocambolesque, il la connaissait à peine. Sa priorité, en ce moment, était d'empêcher que Claudia parte avec son fiancé. Elle pensa au sifflet qui pendait à son cou, mais la main de Vladimir sur sa sœur l'obligeait à rester prudente.

— Claudia, s'il te plaît, dit-elle, jouant la carte de la diplomatie. Je n'essaierais jamais de te nuire.

— Personne ne te croit, ricana Vladimir, la fixant de ses yeux durs et froids. Tu devrais débarrasser le plancher.

— Elle n'ira nulle part, s'interposa Claudia. Je ne comprends rien de ce qui se passe, mais elle aussi a besoin d'un médecin.

— Tu devrais t'éloigner de lui, Claudia. C'est un homme dangereux.

— Tu ne la connais que depuis deux jours, fulmina Vladimir, alors que je suis ton futur mari. Qui vas-tu croire ?

Claudia ne bougea pas, mais continua à lui parler.

— Kimi, pourquoi ferait-il une chose pareille ?

— Pour l'argent. Je ne connais pas la teneur de ses affaires, mais je parie que la plupart sont illégales.

— Je n'ai pas le temps pour ça, se plaignit le Russe. Je vais vomir. S'il te plaît, sortons d'ici.

Il s'avança vers la sortie, mais Claudia se dégagea de son emprise.

— Vas-y toi, je te rejoins dans deux minutes.

— Tu préfères croire une psychopathe américaine plutôt que moi ? demanda-t-il avec une grimace hideuse. Si tu fais ça, je te quitte.

Claudia, les yeux emplis de larmes, les regardait l'un après l'autre.

— C'est ma sœur, affirma-t-elle en s'approchant de Kimi.

— Tu vas regretter ta décision, menaça le Russe, portant la main à l'intérieur de sa veste.

Kimi n'avait pas pensé qu'il puisse porter une arme, comment avait-il réussi à contourner les mesures de sécurité ? Et si, en tentant de sauver sa sœur, elle l'avait jetée dans la gueule du loup ?

— Non ! cria-t-elle, en même temps que la porte derrière eux s'ouvrait.

Le chauffeur de Giovanni entra, suivi de son père. Et de Holden. Elle s'aperçut alors que le premier brandissait une arme d'une main aussi ferme que l'expression de ses yeux, ce qui n'empêcha cependant pas Vladimir de le devancer en sortant à son tour un revolver qu'il pointa sur Claudia en même temps qu'il l'attirait vers lui par la main.

— Non !

Kimi cria et entendit sa sœur crier en même temps, tandis que Holden se jetait contre elles pour les protéger.

Un coup de feu retentit, assourdissant. Le temps d'une seconde, Kimi ne sut pas qui avait tiré, avant d'entendre une kyrielle de jurons en russe. Par-dessus l'épaule de Holden, elle vit Vladimir à terre et son père qui ramassait l'arme qui avait glissé de ses mains.

— Kimi, tu vas bien ? demanda Holden.

— Oui.

— Claudia ?

— Oui, merci beaucoup, répondit la jeune femme avec un fil de voix.

Le bruit de la détonation avait attiré dans le couloir un certain nombre de personnes, vigiles et agents de police pour la plupart. Quelqu'un, entendit Kimi, appelait les secours par radio.

Claudia se détacha du groupe et fit un pas vers le Russe.

— Vladimir, dit-elle en tirant de son annulaire gauche sa bague de fiançailles, je romps officiellement notre engagement.

Il gémit en recevant le solitaire contre sa poitrine, où l'anneau resta comme une imitation moqueuse de la robe conçue par Simone.

Avec sa sœur et son père, Kimi se laissa accompagner par Holden et le chauffeur de Giovanni à l'extérieur.

— *Figlia mia !* s'exclama son père serrant Claudia entre ses bras. Et mon autre fille !

Il se tourna vers elle et l'embrassa tout aussi tendrement.

— J'ai pensé que tu ne me croyais pas, dit-elle contre son épaule, submergée par l'émotion d'être dans les bras de son père pour la première fois de sa vie.

— Bien sûr que je t'ai crue. Je tentais de te faire comprendre de rester avec Claudia le temps que j'alerte la police.

— Oh !

— Maintenant, il faut qu'un médecin te voie, qu'on soigne ce que ces abrutis t'ont fait.

— Je vais parfaitement bien, merci, ne t'inquiète pas.

— Balivernes. Je suis ton père et tu fais ce que je te dis.

Elle retint un sourire. Il y avait quelque chose de très doux dans le fait de recevoir des ordres d'un père, même si elle n'avait pas la moindre intention de lui obéir.

— Je m'en occupe, monsieur, dit Holden.

Un ange passa, Giovanni hocha la tête.

— Je compte sur vous. Je t'appellerai demain, Kimi, pour m'assurer que tu vas bien, dit-il, l'embrassant sur le front.

— Merci.

— Bonne nuit, Kimi, murmura Claudia, l'entourant de ses bras.

— Je suis désolée pour Vladimir.

La jeune femme la serra encore plus fort, avant de se glisser à l'intérieur de la voiture.

Kimi regarda la Mercedes s'éloigner et se tourna vers Holden, qui la prit dans ses bras.

— On a réussi.

— Oui, dit-elle, se hissant sur la pointe des pieds pour l'embrasser. Que fait-on maintenant ?

— Il faut que tu ailles voir un médecin.

— Je n'ai pas besoin de médecin.

— Je l'ai promis à ton père, et il serait capable de me faire fouetter si je ne tiens pas parole.

Elle sourit.

— Comme si tu avais peur de mon père…

— La vérité est que je veux qu'on soigne mes poignets, et que j'aurais l'air d'une chochotte si j'y allais seul.

— Tu es aussi autoritaire que mon père !

— Tu devrais peut-être t'y habituer. Il me semble que Giovanni compte rester dans ta vie pour de bon.

« Alors que tu vas en partir », songea-t-elle avec tristesse, comme elle appelait sa voiture.

Un petit tumulte se forma aux portes de l'Opéra, d'où elle vit surgir une Lucia Pietra bouleversée, qui fonça vers elle pour la prendre entre ses bras.

— *Grazie ! Grazie tantissime !* s'écria la star. Simone nous a tout raconté, vous avez sauvé mon mariage. *Grazie !*

— Mais je vous en prie, répondit Kimi. Je vous souhaite mes meilleurs vœux de bonheur.

Mark Apple la suivit, plus calme, pour tendre d'un geste solennel sa main à Holden.

— Merci, mon ami. Encore une fois.

Chapitre 21

— C'était une semaine de la couture inoubliable, commenta Kimi tandis qu'elle se promenait avec Holden sur les quais de Seine le lendemain soir.

— C'était une semaine, tout court, inoubliable, répondit-il, la prenant par la taille pour l'obliger à le regarder.

Puis il l'embrassa avec une tendresse indicible. Comme elle aurait voulu prolonger ce moment parfait à jamais, et ne pas devoir rentrer récupérer ses valises déjà fermées avant de partir vers l'aéroport…

Holden avait abandonné le passage à l'hôpital, se contentant de lui bander les poignets avec les pansements que leur avaient donnés les ambulanciers. Elle cachait les bandages sous les manches d'une petite robe noire Armani, qu'elle avait accessoirisée avec un long collier de perles. Elle se sentait très italienne ainsi habillée, et elle avait cru lire la même idée dans les yeux de son père lorsqu'il était venu la voir avec Claudia, un peu plus tôt dans l'après-midi, pour lui dire au revoir. Sa sœur était toute pâle et elle avait sans doute pleuré toute la nuit, mais Kimi avait senti que sa force et son sens de la dignité l'aideraient à se remettre sur pied très vite. Et tout le monde avait eu les larmes aux yeux au moment de partir.

Et, à présent, songea-t-elle avec un terrible pincement au cœur, il ne lui restait plus que quelques heures à passer avec Holden.

— J'aimerais tellement avoir encore un peu de temps,

dit-elle, prenant sur elle pour ne pas s'accrocher à lui lorsqu'il brisa leur étreinte.

— Oui, moi aussi.

— Mais, dit-elle avec un sourire forcé, j'ai des articles à finir et une pile de travail en retard à New York.

— Moi pareil, dans l'Oregon.

— Je sais.

— Accompagne-moi à mon hôtel, j'ai un petit quelque chose pour toi.

Son avion partant à l'aube, la Kimi raisonnable aurait dû refuser, mais elle n'hésita pas une seule seconde. Car elle n'avait que quelques heures encore avec Holden et toute sa vie pour dormir.

Une fois dans sa chambre, il lui tendit un paquet-cadeau. Un vêtement, sans doute, pensa-t-elle en le voyant. Mais c'était beaucoup trop lourd pour un pull ou un foulard. Un livre ?

Il semblait nerveux tandis qu'elle déchirait l'emballage. A l'intérieur, elle trouva une boîte avec le nom d'un studio de photo parisien : c'était un album photo, très beau, en cuir bleu nuit avec un petit cadenas en or et une clé. Sur la couverture, Holden avait fait graver les mots *Une nuit à Paris*.

Se servant de la petite clé, elle l'ouvrit.

— Oh, Holden…, dit-elle en rougissant dès qu'elle posa les yeux sur la première page.

Il vint s'asseoir auprès d'elle.

— Je voulais que tu aies un souvenir des moments que nous avons partagés, et aussi, d'une des plus belles nuits de ma vie.

Elle tourna les pages lentement, émerveillée du talent et de la passion qui se dégageaient de chaque page, de la sensualité renversante des photographies. Même si elle était nue, ou presque, sur chaque image, elle ne se sentait pas embarrassée, ni honteuse, mais reconnaissante envers Holden pour la façon dont il avait su saisir et rendre sa féminité. Elle pouvait y lire ses sentiments aussi clairement que s'il les avait énoncés à voix haute. Le plaisir qu'il avait éprouvé était patent sur chaque prise, et la façon dont il avait posé sur elle son œil de photographe lui disait tout ce qu'elle voulait savoir.

Il l'aimait.

La dernière image était la seule de l'album où ils apparaissaient tous les deux, et elle devina que ce serait celle-là qu'elle regarderait dans les semaines, les mois, et les années à venir, lorsqu'elle aurait envie de se remémorer son histoire avec lui.

Elle s'arrêta un long moment sur cette dernière page, incapable de trouver les mots pour exprimer sa gratitude, même si elle savait qu'il pouvait lire dans son cœur.

— C'est si beau… Toute cette semaine, tout a été si…

— Je sais.

Il l'embrassa et elle sentit de nouveau la vague de passion coutumière l'envahir, mêlée à la tristesse de savoir que c'était leur dernière nuit ensemble.

Parfois, pensa-t-elle tandis qu'il pressait les lèvres sur sa peau brûlante, on n'avait pas besoin d'entendre « je t'aime ». Elle pouvait sentir qu'il le pensait à la façon dont il baissa lentement la fermeture Eclair, embrassant chaque millimètre de peau qu'il découvrait. Elle pouvait le sentir à la manière dont il lui ôta sa robe, et au geste soigneux qu'il eut pour la déposer sur une chaise, car il savait qu'elle tenait à ses vêtements.

Elle portait son nouvel ensemble préféré, dans une soie satinée noire si fine qu'elle semblait plus une ombre qu'un tissu.

— J'adore la façon dont la lumière dessine ta poitrine juste ici, murmura-t-il, caressant le bout de ses seins. Et l'ombre qu'elle fait juste là.

Il embrassa le creux de son décolleté. Sa peau semblait devenir plus sensible et son cœur battait la chamade.

A son tour, elle commença à le déshabiller, savourant chaque geste qui découvrait son torse d'athlète tandis qu'il la caressait à travers les sous-vêtements, l'excitant autant qu'il s'excitait. Puis, n'y tenant plus, elle déboutonna son jean et empoigna son sexe fièrement dressé, si dur et si chaud, et qui serait très vite dans son corps.

Comme s'il avait lu dans ses pensées, il glissa une main à

l'intérieur de sa culotte et commença à caresser son clitoris à une cadence affolante jusqu'à ce qu'il lui fasse perdre la tête. Gémissante de plaisir, elle tomba sur le lit, vaincue par la force des sensations, mais elle ne lâcha pas sa prise : elle le voulait en elle.

Il se débarrassa en deux gestes du reste de ses vêtements et finit de la déshabiller avec une douce violence avant de s'allonger sur elle. La gorge de Kimi se noua, en voyant dans ses yeux noisette une expression où la luxure se mêlait à la gravité. Comme si c'était la première fois. Parce que c'était la dernière fois.

Sans la quitter des yeux, il entra en elle avec une lenteur presque solennelle, et elle gémit de nouveau. Leurs corps étaient faits l'un pour l'autre, songea-t-elle dans les brumes du désir tandis qu'ils entamaient un slow érotique et que leurs bouches se cherchaient, se trouvaient, se dévoraient.

Sans le regret de savoir que bientôt ce ne serait qu'un souvenir, son bonheur aurait été total.

Lorsqu'un gémissement de jouissance s'échappa de sa bouche, elle songea que son corps protestait contre leur séparation imminente.

Le réveil sonna à 4 heures du matin, le taxi arriverait dans une heure. Avec le décalage horaire, pensa-t-elle, il serait possible, si elle le souhaitait, d'arriver à son bureau pratiquement à la même heure que d'habitude.

Holden lui tendit une tasse de café comme elle sortait de la douche.

— Tu devrais retourner au lit, dit-elle.

— Non, je préfère me débarrasser au plus vite des adieux.

— J'aimerais tellement ne pas avoir à te le dire, dit-elle en enfilant ses collants.

— Je sais, Manhattan, mais… une relation… avec tous ces kilomètres entre nous…

— Viens à New York, proposa-t-elle soudain. Viens et

laisse-moi t'emmener dans mes restaurants préférés, on ira se promener à Central Park, au MoMA, et à l'Opéra et…

Il gratta sa joue râpeuse, et ce simple son l'émut à un point qu'elle-même jugea ridicule. Mais c'était comme ça.

— L'Opéra, tu dis ?

— Oui, que tu voies comment on vit en ville.

— Ou tu pourrais venir dans l'Oregon. Je peux te montrer des paysages comme tu n'en as jamais imaginé. On fera du kayak avec les lions de mer, on grillera le poisson qu'on aura pêché et nous verrons le soleil se lever sur le sommet d'une montagne.

— D'une montagne, tu dis ?

Il lui octroya ce sourire en coin qui ne cessait de la troubler et posa ses grandes mains sur ses épaules nues.

— Ou nous pouvons nous embrasser une dernière fois, et nous séparer en sachant que nous nous rappellerons à jamais de cette semaine égale à aucune autre.

Chapitre 22

Une semaine égale à nulle autre, pensa-t-elle, de retour à son bureau, comme si elle pouvait reprendre son train-train habituel : travail, amis et tout le reste. Paris avait été un moment exceptionnel, non seulement parce qu'elle avait rencontré Holden, mais aussi parce qu'elle avait trouvé une nouvelle famille. Enfin.

Ce matin, elle avait justement trouvé un e-mail de Claudia en arrivant à son bureau.

> Chère Kimi, je suis contente de savoir que tu as fini par vaincre le décalage horaire. En ce qui me concerne, moi aussi, j'ai l'impression de sortir, encore ensuquée, d'un mauvais rêve. Après tout, ce n'est pas un drame si grave, une rupture de fiançailles, surtout que maintenant je me rends compte que je ne l'aimais pas vraiment. Ou, en tout cas, j'essaie de m'en convaincre.

Elle avait l'air si déprimée, que Kimi regretta de ne pas savoir quoi faire pour elle. A moins que ? Elle se mit à taper sur son clavier :

> Cara Claudia, j'ai eu une idée géniale. Viens à New York! Tu vas adorer, j'ai assez de place chez moi, et nous pourrions…

« Nous pourrions, quoi, au juste ? » se demanda-t-elle. Etait-ce bien raisonnable d'inviter cette femme italienne en pleine déprime, alors qu'elle la connaissait à peine, même si c'était sa petite demi-sœur ?

Oui, ça l'était ! se dit-elle avec une pointe d'excitation.

Nous irons courir les boutiques, je t'emmènerai dans les meilleurs restaurants, et nous ignorerons les hommes royalement. Là, je file, je déjeune avec ma mère. Il faudra aussi que tu la rencontres, elle est impossible à décrire !

— Il est encore beau, fit sa mère, en regardant la photo de Giovanni qu'elle avait rapportée. Et Claudia est très belle, aussi. Pas autant que toi, évidemment, mais vous vous ressemblez, ça c'est sûr.

— J'aimerais que tu la rencontres, je l'ai invitée à venir.

— J'espère que tu ne me tends pas un piège pour que je revoie ton père…

— Aucune chance, fit Kimi en riant. Je n'arrive pas à t'imaginer avec lui, même quand vous étiez jeunes. Comment ça se fait, d'ailleurs, que vous soyez sortis ensemble ?

— Attirance, sexe ?

— Ça, j'avais deviné, merci. Mais, au milieu d'un campus bourré de types en sandales récitant Emily Dickinson, comment as-tu pu tomber sur un étudiant en finances italien ?

Sa mère repoussa ses cheveux poivre et sel derrière l'oreille avant de répondre. C'était encore une très belle femme, elle aussi.

— Je ne vais pas te servir le classique « les contraires s'attirent », qui me semble d'une stupidité sans nom, mais parfois on ressent une forte attraction sexuelle envers quelqu'un avec qui par ailleurs on n'a aucun atome crochu. Comment t'expliquer ? Je ne sais pas si cela t'est déjà arrivé…

— La vérité est… je crois que cela vient justement de m'arriver, avoua Kimi, regardant sa mère dans les yeux.

— C'est vrai ? Raconte-moi tous les détails croustillants !

— On dirait plus une copine que ma mère, maman.

— Tu sais, ma puce, j'ai tout fait pour être une bonne

mère, mais je dois t'avouer que c'était un soulagement que tu grandisses pour pouvoir profiter d'une amitié adulte.

Kimi rit. Elle le savait déjà. Elles s'adoraient, mais leur relation était bien meilleure depuis qu'elles n'avaient plus à habiter sous le même toit.

— Maman, j'imagine que nous sommes l'exemple parfait de deux opposés qui s'aiment. D'ailleurs, toi et Giovanni, aussi.

— Sauf que je n'aimais pas ton père. Enfin, c'est de l'histoire ancienne. Parle-moi plutôt de cet amant incompatible avec toi. Où l'as-tu rencontré ? A Paris, bien entendu.

— Oui, soupira-t-elle. Il s'appelle Holden, c'est un détective privé. On a travaillé ensemble, enfin, c'est avec lui que j'ai vécu toute l'aventure du vol de robes…

— Et…

— Et c'était merveilleux. Sauf qu'il vit dans l'Oregon et qu'il adore la nature, tu vois le genre, bottes de randonnée et chemises à carreaux.

— Hum. Pas de costumes Armani, ni de mocassins faits main ?

— Non, il doit s'habiller au Vieux campeur et son hobby, c'est photographier les animaux sauvages. Et bivouaquer.

Sa mère éclata de rire.

— J'adore ! J'ai passé ma vie à tenter de t'intéresser à autre chose que les fringues, et tu tombes amoureuse de Robin des bois.

Kimi gémit, au désespoir, sans même plus trouver la force de protester qu'elle n'était pas, mais pas du tout, amoureuse de ce type.

— Que vais-je faire, maman ?

— Tu as deux options. L'oublier ou… le poursuivre comme le spécimen rare en voie de disparition qu'il est.

— Toi, maman, tu me dis de courir après un homme ? Comme si c'était difficile à trouver ?

— Non. Je suis en train de te dire qu'un homme qui ne se soucie pas de son apparence te rendra beaucoup plus heureuse que ces godelureaux que tu t'entêtes à fréquenter.

Kimi ne put s'empêcher de sourire.

— J'avais juré sur ma dernière paire de bottes de randonnée, après la dernière colo féministe que tu m'as infligée, que plus jamais je n'en porterais, de ces fichues bottes !

— N'exagère pas, c'était une colo pour renforcer ta confiance en toi, ma chérie. Et, de toute façon, je te l'ai dit, tu as deux options.

— Je n'en suis pas si sûre. Je ne cesse pas de penser à lui.

Sa mère se pencha sur elle et lui tapota l'épaule, taquine.

— Il y a peut-être un Vieux Campeur sur la Ve Avenue.

Kimi enfouit la tête entre ses mains et gémit de nouveau.

— Allez, Kimi, c'était une blague.

— Je sais, maman, mais, tout à l'heure, le taxi est passé devant une boutique de sport… et j'ai failli demander au chauffeur de s'arrêter ! Je suis pathétique.

Le rire joyeux de sa mère, qui la regardait malicieusement, rappela à Kimi que sa mère n'était pas, mais alors pas du tout, une mère comme les autres.

— Alors tu peux la retrouver, cette boutique. Ecoute, je n'ai rien d'urgent cet après-midi : je viens avec toi.

— C'est ridicule, je ne compte pas y aller.

Elle protestait encore lorsque le taxi les déposa, toutes deux, devant la vitrine, où, sur un tapis de pelouse artificielle, on avait disposé un sac à dos jaune, un piolet et un cordage rouge. Un piolet ! Ri-di-cu-le.

Cette odeur… Elle l'aurait reconnue entre mille. Ça sentait la tente ! Un troupeau de sensations refoulées lui revint à l'esprit, elle en eut presque un haut-le-cœur.

Elle resta près de l'entrée, prête à se sauver, lorsqu'une jeune fille en T-shirt Team Everest et pantalon cargo vint leur demander si elles souhaitaient des renseignements. Elle avait les cheveux tirés en arrière, et les jambes musclées d'une adepte de la randonnée, sans parler de la peau hâlée de ceux qui passent leurs week-ends à grimper en montagne. C'était ça, le type de fille pour Holden, et non une fashion victime consentante.

Ce n'était pas son monde, ces gens venaient d'une autre planète… Mais que faisait-elle là, bon sang ?

Sa mère ne pipa mot, pour une fois. Elle semblait penser que c'était à sa fille de jouer. Kimi soupira : elle savait très bien pourquoi elle était là. Alors, avec son meilleur sourire, elle s'adressa à la vendeuse.

— Je n'ai pas porté de bottes de randonnée depuis plus de dix ans… Depuis que ma mère m'avait obligée à participer à un de ces camps d'été pour apprendre à vivre dans la nature.

— Super ! J'aurais adoré, moi.

— Ce n'était pas mon cas et… Enfin, je me disais qu'il faudrait que je retente le grand air, les animaux et tout le reste.

— Absolument. Vous allez voir, les bottes sont aujourd'hui beaucoup plus légères qu'avant. Côté technique, elles sont beaucoup plus performantes, aussi.

Le rêve, des bottes « techniquement performantes » !

— Ecoutez, je vais être franche. J'ai rencontré un homme, il adore la nature. Donc je veux voir si je supporte la montagne, au moins le temps d'un week-end.

La jeune fille la regarda de la tête aux pieds, passant en revue sa jupe crayon Dior, son chemisier Emilio Pucci, et ses sandales compensées Vuitton.

— Ce doit être un sacré type.

— Eh oui !

— D'accord, on commence par les bottes. La clé de voûte de votre équipement. Où allez-vous randonner ?

Elle jeta à sa mère un regard implorant de l'aide.

— Oregon, répondit Evelyn.

— Très bien, vous allez avoir besoin d'un équipement pour la pluie.

— Pour la pluie…

Trois quarts d'heure et quatre cents dollars plus tard, Kimi se trouvait en possession d'une paire de bottes de montagne, grises, d'une veste étanche-et-chaude-en-toutes-circonstances et du reste de l'équipement assorti. Pour la même somme, calcula-t-elle, elle aurait pu avoir deux carrés Hermès, ou les lunettes Dior qu'elle avait vues hier chez Sacks, une paire de… Non, ça suffisait.

Elle irait jusqu'au bout de sa décision. Holden avait déjà prouvé qu'il pouvait vivre dans son monde, maintenant c'était à son tour. Si elle y parvenait.

Après avoir quitté sa mère, elle retourna au bureau. Peut-être qu'elle aurait dû appeler Holden avant cette razzia au Vieux Campeur. Ils n'avaient pas parlé depuis leur retour en Amérique. Avec un sourire ému, elle repensa à l'album qu'il lui avait offert, et qu'elle gardait sur sa table de nuit : la dernière chose qu'elle voyait avant de s'endormir, la première qu'elle voyait en ouvrant les yeux.

Peut-être que l'amour pouvait être plus fort que toutes leurs différences.

Ou peut-être que non.

Il n'y avait qu'une façon de le savoir. Ce n'était pas la peine de tourner autour du pot. Elle allait l'appeler. Maintenant.

Même si elle mourait de trac.

— MacGreggor.

Rien qu'en l'entendant prononcer son nom à l'autre bout du fil, Kimi sut qu'elle avait bien fait. Si le seul son de sa voix la rendait déjà toute chose, elle n'imaginait même pas ce que cela lui ferait de passer un week-end avec lui en chair et en os. Même si sa chair et ses os venaient enveloppés dans une tente…

— Holden, c'est moi, Kimi.

Une petite pause s'ensuivit. Le pur plaisir de l'entendre, espéra-t-elle.

— Hey, Kimi. Où es-tu ?

— A mon bureau. Mais je dois me rendre à Seattle, j'y ai un rendez-vous.

— Excellente nouvelle. Quand ?

— J'ai le choix pour la date…

D'autant plus qu'elle n'avait strictement rien à faire à Seattle. Elle trouverait.

— J'ai pensé que je pourrais prendre deux jours ensuite pour passer te voir.

— Passer me voir…

Elle regarda les sacs avec ses dernières acquisitions, d'où il semblait émaner, oui, une légère odeur de tente.

— Je me disais que j'allais te prendre au mot, concernant ta proposition pour le… hum… camping.

— Sérieux ? dit-il avec un rire bref.

— Pourquoi pas ? Ta façon de parler des levers de soleil m'a donné envie…

— C'est tellement bon de t'entendre, dit-il, finissant la phrase dans un murmure. Tu m'as manqué.

— Toi aussi, dit-elle, sentant lui monter à la bouche un sourire irrépressible.

— Quand tu sauras la date, rappelle-moi, pour que je me libère. Combien de jours peux-tu m'accorder ?

— Je ne sais pas, quelques jours ?

— Cinq. J'ai besoin de cinq jours pour t'amener où je veux.

Kimi serra le combiné un peu plus fort et déglutit avec peine. Cinq jours ?

— Cinq jours sous une tente ?

— Non. Cinq nuits sous une tente. En journée, on sera dehors, sauf… Sauf si on décide de les passer au lit.

A ces mots, Kimi sentit un frisson de désir la parcourir des pieds à la tête. Elle allait avoir Holden pour elle toute seule pendant cinq jours. Et cinq nuits…

Et l'excitation qu'elle ressentait valait tous les sacrifices. Y compris celui de dormir sous une tente ou de marcher pendant des heures avec d'horribles chaussures en portant des sacs à dos remplis de pierres.

Dès l'instant où elle aperçut Holden, Kimi sentit toutes ses angoisses disparaître. Il était là, à l'aéroport, venu la chercher, la serrant si fort dans ses bras qu'elle craignit devoir passer les prochains jours, non sous une tente, mais dans un lit d'hôpital.

Quand enfin il la relâcha, elle s'écarta pour le regarder. C'était le même homme qu'elle avait vu la toute première fois, mal coiffé, à peine rasé et un zeste rustique. Et il était plus beau que tout le catalogue Armani réuni.

— Tu portes des bottes de randonnée ! dit-il, le regard ébahi.

— Ne te moque pas.

— Pas du tout. Tu es superbe.

Elle se hissa pour lui parler au creux de l'oreille.

— Sous mon treillis, je porte de la lingerie française.

— Tu es ma femme idéale, plus de doute ! dit-il comme il chargeait son sac à dos. En route !

C'était un mois de juin sec et ensoleillé, et Kimi se rendit compte assez vite qu'elle aurait même pu se passer de sa veste tout-terrain. Ses bottes étaient très confortables et solides, ce n'était pas pour rien qu'elle avait marché comme une idiote à Central Park pour les casser. Et passer du temps avec Holden sous une tente n'avait rien à voir avec ses souvenirs d'un mois avec d'autres ados et des moniteurs sadiques.

— Tu dois admettre que le grand air a certains avantages sur une ville surpeuplée, murmura-t-il à son oreille, le quatrième jour.

Ils étaient nus tous les deux sous les arbres, les rayons de soleil réchauffaient leur peau, et il n'y avait que ces drôles d'écureuils rayés pour déranger leurs moments de passion.

— Car tu penses que cette vue est meilleure que celle de la tour Eiffel ?

— Sans conteste, dit-il en mordillant son sein.

Demain, songea-t-elle avec tristesse, ils quitteraient ce paradis et elle prendrait son avion. Et ils se quitteraient une deuxième fois. Etait-ce donc tout ce dont ils étaient capables ? Des rencontres aussi intenses que fugaces de temps à autre ? Ne pouvaient-ils pas trouver un mode de fonctionnement pour rester ensemble ? se demanda-t-elle en regardant l'oiseau qui se posait au-dessus de leurs têtes. Un geai de Steller, remarqua-t-elle, amusée de commencer à reconnaître la faune locale avec la même aisance que les sacs griffés grâce à son coach personnel dans ce stage nature intensif.

— Tu sais, dit-elle, la tête posée sur son torse. J'ai réfléchi.

— Mmm. Moi aussi.

— Ah bon, à quoi ?

— A la façon dont tu t'es adaptée à ma vie. A part te plaindre de l'absence de cappuccinos et de ton recourbe-cils, tu as été parfaite.

— Eh ! Je me suis seulement plainte du manque de couverture pour mon téléphone.

— Aucun portable ne capte ici. Il n'y a que les téléphones par satellite qui marchent, murmura-t-il, le visage enfoui dans sa poitrine.

Elle trembla.

— J'ai adoré, j'avoue. Je crois que tu m'as guérie de ma phobie du grand air.

— C'est de voir les orques nager vers le sud qui t'a convaincue ?

— Non. Aussi spectaculaire que ce fut, ce qui m'a convertie, c'est ton corps dément et ce que tu fais avec le mien.

Il rit de bon cœur et se pencha pour l'embrasser, son visage soudain grave. Elle sentit son pouls accélérer. C'était l'un de ces baisers qui en disaient plus qu'aucun mot. Mais il prononça aussi les mots.

— Je t'aime.

Un étrange son se fit entendre, rompant la magie de l'instant. Pourquoi diable fallait-il que le téléphone se mette à sonner alors que l'homme qu'elle aimait était en train de lui faire une déclaration ? C'était bien sa veine, songea-t-elle, dépitée, avant que l'incongruité de l'événement ne lui apparaisse. Un téléphone ? Un téléphone, ici ?

— C'est quoi, ce bruit ?

— Mon téléphone satellite.

— Quoi ? ! Tu as apporté un téléphone satellite et tu ne me l'avais pas dit ?

Sans prendre la peine de répondre à l'évidence, il marcha vers son sac et revint s'allonger à côté d'elle.

— MacGreggor.

En voyant le regard plein de rancune qu'elle lui lançait, il frotta son nez contre le sien et elle ne put s'empêcher de sourire.

— Bien sûr, fit-il dans le téléphone, je patiente.

Puis il ajouta à son intention et à voix basse :

— C'est seulement pour les urgences.

— Et quelle est l'urgence, là ?

— Je ne sais pas encore.

— Salut. Mouais, oui, enfin, peut-être, répondit-il à l'interlocuteur. Je pourrais être intéressé.

Puis il sourit en la regardant.

— Oui, effectivement, je saurais où joindre Kimberley Renton.

Quoi ? Elle grimaça et voulut saisir le combiné, mais il lui fit signe d'attendre.

— Je lui transmettrai le message. D'accord. Bien sûr, je comprends. On vous rappelle assez vite.

Elle s'assit d'un bond.

— Qu'est-ce qui se passe ? Qui t'appelait ? Et pourquoi parliez-vous de moi ?

Il vint s'allonger près d'elle.

— Je te raconte ça tout de suite, mais, d'abord, je veux finir ce que je voulais te dire. C'est pour ça que je déteste apporter ce fichu téléphone ici, je n'aime pas qu'on m'interrompe. Vois-tu, jusqu'à ce que tu viennes me rejoindre ici, je pensais que nous allions continuer avec nos vies, si différentes, chacun la sienne. Mais j'ai réfléchi.

Il s'interrompit un instant, et elle eut l'impression qu'elle allait se noyer dans le regard de feu qu'il lui lança.

— Kimi, je ne peux pas le faire, je ne veux pas vivre sans toi.

— Moi non plus. Oh, Holden ! Je t'aime tellement.

Il lui ouvrit ses bras et elle s'y réfugia, les pensées tourbillonnant dans son esprit. En quoi ce qu'il venait de lui dire changeait-il quoi que ce soit à la situation ? Même s'ils s'aimaient, ils restaient les deux êtres les plus différents de la planète…

— Tu sais, finit-elle par murmurer en se pressant un peu plus contre lui, j'ai résisté ici beaucoup mieux que je ne le pensais. Mais je sais, au fond de moi, que je ne peux vivre qu'à Manhattan…

Voilà, songea-t-elle avec une intense tristesse, tout était dit. Il allait lui dire qu'elle avait raison, et qu'il n'avait rien de mieux à lui proposer qu'un rendez-vous de temps à autre. Et ils repartiraient chacun de leur côté…

— Je sais, dit-il alors, confirmant ses sombres pressentiments. Tout comme je ne pourrai jamais me passer du grand air.

Il s'interrompit, comme s'il mesurait à son tour les conséquences de ce qu'il venait de dire, et elle se recroquevilla un peu plus sur elle-même. L'homme qu'elle aimait était sur le point de lui dire adieu.

— Mais ça n'empêchera rien entre nous, reprit-il d'une voix assurée, rien du tout. Je te le promets.

Interloquée, Kimi se redressa et le dévisagea avec un sentiment d'incrédulité mêlée d'espoir au cœur. Il lui offrit un grand sourire et la serra contre lui.

— Ça n'empêchera rien, ma chérie. Nous allons juste devoir faire des compromis. Passer du temps dans le monde de l'autre. Et peut-être un jour trouver un endroit qui nous convienne à tous les deux.

Elle voulait y croire. Elle en mourait d'envie. L'avenir pouvait être radieux, elle devait lui faire confiance. Pourtant, elle ne put s'empêcher de poser les questions qui la minaient :

— Et que fais-tu de nos carrières ? Et que…

— Tu sais, l'interrompit-il, cet appel… C'était le chargé des relations publiques des ApplePie.

— Pourquoi t'a-t-il appelé ? demanda-t-elle, comprenant de moins en moins ce qui se passait.

— Parce que Mark Apple et sa future épouse ont décidé que deux membres de la presse, triés sur le volet, pouvaient couvrir leur mariage. Ce sera un événement confidentiel, dans un lieu tenu secret, pour se protéger des paparazzi. Ils nous savent gré d'avoir sauvé la robe, et, puisqu'ils allaient nous inviter quoi qu'il en soit, ils se sont dit que ce serait encore mieux si nous nous occupions du reportage.

Cette fois, Kimi sentit toute l'angoisse qui pesait sur sa poitrine s'évanouir d'un coup. Elle se leva d'un bond et tournoya sur elle-même, sentant la douceur de la brise caresser sa peau et les irrégularités du sol sous ses pieds.

— Mais tu te rends compte ? s'écria-t-elle. C'est énorme !

— Je sais. Nous pouvons travailler ensemble. Je peux m'habituer à Manhattan. Et tu peux t'habituer à l'Oregon. On peut y arriver.

— On va y arriver ! corrigea-t-elle, grisée par le bonheur.

Elle avait envie de faire une folie. Se lancer en chute libre. Escalader une montagne. Passer une autre semaine sous la tente !

— Mais, et si on n'arrive pas à trouver un lieu qui nous plaise à tous les deux ?

Il prit sa main et l'embrassa avec émotion.

— Il y aura toujours Paris.